古典詩歌研究彙刊

第八輯

龔鵬程 主編

第 7 冊

唐人之隱
——一種文學社會學角度的觀察（上）

林 燕 玲 著

國家圖書館出版品預行編目資料

唐人之隱——一種文學社會學角度的觀察（上）／林燕玲
著—初版—台北縣永和市：花木蘭文化出版社，2010〔民
99〕

目 4+246 面；17×24 公分
（古典詩歌研究彙刊 第八輯；第 7 冊）
ISBN 978-986-254-315-3（精裝）
1. 唐詩 2. 詩評 3. 文學社會學
820.9104 99016395

ISBN - 978-986-2543-15-3

9 789862 543153

古典詩歌研究彙刊
第八輯 第 七 冊 ISBN：978-986-254-315-3

唐人之隱——一種文學社會學角度的觀察（上）

作　者 林燕玲
主　編 龔鵬程
總 編 輯 杜潔祥
出　版 花木蘭文化出版社
發 行 所 花木蘭文化出版社
發 行 人 高小娟
聯絡地址 台北縣永和市中正路五九五號七樓之三
　　　　 電話：02-2923-1455／傳真：02-2923-1452
網　址 http://www.huamulan.tw 信箱 sut81518@ms59.hinet.net
印　刷 普羅文化出版廣告事業
初　版 2010 年 9 月
定　價 第八輯 20 冊（精裝）新台幣 28,000 元

唐人之隱
——一種文學社會學角度的觀察（上）

林燕玲 著

作者簡介

林燕玲，台灣雲林人，私立東海大學中文研究所畢業，國立中興大學中文研究所博士。唐代文學一直是最感興趣的領域，喜歡針對時代現象做觀察。碩士與博士論文皆以唐代的隱逸現象作為研究的議題。任教於國立台中技術學院，擔任國文科目教學工作與應用中文系的專業課程。目前除教學工作之外，也致力晚唐階段的文人社群的觀察。

提　　要

　　在宋祁、歐陽修眼中的唐隱者是「假隱」，二人認為唐士人把隱逸當作仕宦捷徑，已失隱者素節。其實唐代士人隱逸風尚的形成有其歷史背景，唐室建國以來，長期對草澤遺民特加重視。一些有心藉此步上仕途之人當然不會放過這樣成就功業的機會。唐人隱風中少「以天下為己任」的大胸襟，多有目的的隱逸，且讀書人欲以科舉之路出仕不易，隱逸便成為有心於當世者假林壑以求出仕的手段。而本論文所著重分析的唐代隱逸風氣即是以真隱以外的隱逸風氣為主，當唐代多數士人對於自己所追求的功利標的毫不假掩飾，貪利競進之風明白可辨時，探索唐代隱逸風氣改變的內涵與時代特性是有其價值的。

　　本論文所使用的研究方法主要是採用 John B.Thompson 所提出之文化分析模式，從文人社群的角度來看文人文本、朝廷掄才制度與社會風尚三者間互動與隱逸風氣形成的過程，觀察唐代隱逸文化的正當性由何處呈現？唐代知識份子又如何藉隱逸行為而為自己定義出理想、有價值與值得追求的文化？他們在創作中顯露了什麼具體的認知？只是，批判的觀點亦有其侷限，意義總是包含不同層面：認知的、情感的、美學的等等，所以須強調的是本計畫乃著重於唐代文本、制度、社會／歷史層面的綜合性觀察，並非只著重文本意義的探討。

感 謝 辭

　　呈現在這裡的，是我的博士論文：「唐人之隱－文學社會學角度的觀察」。幾年的時間裡，我經歷了人生中的巨變，從安逸優渥的生活轉而要爲很多事奔波著，感謝台中技術學院給了我一份穩定的工作，讓我在經濟上沒有後顧之憂，因爲被二個孩子依賴著，所以有了努力的動力，也發現了自己的承擔能力與人生的價值。

　　這本論文的完成要感謝的人太多了，除了摯親的家人——我的父母、弟妹與我的孩子，首先，在我幾度動念想放棄時鼓勵我的人、在我生活中紛擾麻煩不斷發生時，總是站在第一線幫我解決難題的人，是我眞誠要感謝的。我是個幸運的人，總在逢凶化吉中感受到被人關心著的幸福。

　　周師世箴是個個性開朗的人，在我針對論文的文本處理方式苦思不得方法時，帶我進入了認知語言學的領域。我不是個聰敏的學生，卻有熱心的老師引領我建構對語言認知的觀念，從旁聽到正式修課，幾年來的相處，到東海上課成了每週快樂的逗點。感謝周老師的指點，讓我的論文能夠完成。

　　李師建崑是我的論文中針對唐代議題的指導老師，感謝他給予我的論文最大的發揮空間與協助，這本論文於是才有了完成的可能，僅在此致上最大的謝忱。

中研院李豐楙教授是我一直想表答謝意的人，從碩士論文階段開始，李教授引領著我對唐代隱逸問題的觀察模式，我卻未能適時表達謝意，這篇感謝辭其實遲到多年（碩士論文未置感謝辭），直到作博士論文的研究計畫時，李教授仍熱心的給予諸多建議。雖然現在論文的完成儘量符合原計畫的思考邏輯，仍害怕會辜負了李教授的期望。

我的所長陳器文教授、口試委員謝海平教授、廖美玉教授與許東海教授都是望重士林的學者，他們從初審到博士論文口試，從論文題目、架構、思考邏輯到錯別字都給予我非常中肯具體的意見，只要看著自己的論文從初稿到定稿的增刪的過程，就可以知道幾位教授對我的論文懇切賜正的程度，是我要深切表達謝忱的。

感謝的話是說不完的，無論是生活上或學術上，都依賴了許多師友的默默幫助，胡萬川教授與師母、璦婷學姐、摯友月桃、雪眞、月秋、玉玫、湘珠、巧華、瑞玉、紋雯等，一路走來，在不同階段裡，大家總在我需要陪伴或傾聽時給予我最大的耐心與建議，尤其是璦婷學姐、巧華和瑞玉，她們總是扮演救火員的角色，安撫了我心情最忐忑不安的時刻。

還有始終不看好我的人也是我要感謝的對象，沒有這樣負面成長與督促的力量，我不知道要讓自己萎靡到何時何刻？寫完博士論文不是件偉大的事，卻是我證明自己存在與能力的方式，我會更努力走自己人生的路。

一切就盡在不言中吧！謝謝大家。

目

次

第一章　緒　論

　　有關於論文題目的訂定，是幾經波折的，在此，有作一簡單說明的必要。本論文探討的議題是唐代的隱逸文化，處理的文本來自《全唐詩》，眞正動機的觸發則在《新唐書》卷 196 的〈隱逸傳序〉：

> 唐興，賢人在位眾多，其遁戢不出者，才班班可述，然皆下概者也。雖然，各保其素，非託默於語，足崖壑而志城闕也。然放利之徒，假隱自名，以詭祿仕，肩相摩於道，至號終南、嵩少爲仕途捷徑，高尚之節喪焉。故衰可喜慕者類於篇。〔註1〕

這段文字透露出幾個訊息——其一，唐代的隱逸風氣興盛，隱者人數眾多。其二，唐人隱逸動機已非傳統隱者的單純，至少在宋祁、歐陽修眼中的唐隱者是「假隱」自名的，把隱逸當作是仕宦捷徑，已失隱者該有的素節。其三，二人所收入〈隱逸傳〉的隱者至少是「可喜慕者」。可見，還有很多不符合宋祁、歐陽修觀念中的隱者是未被收錄的。

　　而且，既有「假隱」，就必有所謂「眞隱」，若能被收於二人〈隱逸傳〉是爲眞隱者，或者更保守些說，是二人認爲的「可喜慕者」，則被視爲「假隱」的不可喜慕者所指究竟是哪一類人？唐代特別的隱逸文化究竟是如何造成的？成了筆者自碩士階段以來的興趣，詳細的

〔註1〕　《新唐書》卷 196〈隱逸傳序〉，頁 3480。北京：中華書局，1999 年。

說明置於下文。論文題目所欲處理的既是一時代的文化，文化研究所使用的方法就有選擇的空間，所使用的方法是採用新歷史主義與社會文化學者 John B.Thompson 皆提出之文化分析模式，〔註2〕分別由形式／文本分析；制度／組織分析；社會／歷史分析；批判／二度詮釋等四個階段來觀察文化現象。〔註3〕這是論文標題之所由，特別在此作簡短說明。

第一節　研究動機與範圍

在認知中，隱士不是一種職業，而是一種逃離政治、社會的行為，並且這種行為帶著令人崇敬的灑脫。中國的史書自《後漢書》開始有〈逸民傳〉的編寫，〔註4〕雖然這並不代表《後漢書》之前沒有隱士，然其後累代皆有隱逸傳的蒐列，〔註5〕可見隱逸的行為是雖自放草野，自有一定的社會認同。

筆者自於碩士班研讀以來，即以研究唐代文學為志趣，今仍希冀就碩士論文領域作更深一層之探索。在中國社會中，仕與隱是知識份子解決其出處進退的思想與行為方式，自孔子以來，中國傳統知識分子便被塑造成一種固定的生命形象──以參與政治、一展所長、抱負為生活目標。然相對立場的政治體制、條件卻不一定給與士人參政的機會，一些挫敗的士人基於「有道則現，無道則隱」的原則選擇了退隱以進德修業，此後隱逸便成了士大夫性格、情操的一部分。對於隱逸人物之收錄數量歷代不同，有關正史部份茲以表列方式統整如下：

〔註2〕 Thompson 在其《意識形態與現代文化》(Ideology and Modern Culture) Stanford University 1990，提出文化分析的模式。

〔註3〕 《意識形態與現代文化》（英）湯普森（Thompson, J.B）著；高銛等譯。南京：譯林出版社，2005。

〔註4〕 《後漢書集解》卷83，列傳第73，〈逸民列傳〉，頁963。北京：中華書局，1984年。

〔註5〕 如《晉書》《北史》《南史》《隋書》《舊唐書》《新唐書》《宋史》《元史》《明史》等皆有隱逸傳。

史　書	傳　記	數　量
《後漢書》	逸民傳	17
《晉書》	隱逸傳	38
《北史》	隱逸傳	9
《南史》	隱逸傳	17
南朝《宋書》	隱逸傳	19
《南齊書》	高逸傳	12
《梁書》	處士傳	13
《隋書》	隱逸傳	5
新舊《唐書》	隱逸傳	34
《宋史》	隱逸傳	43
《元史》	隱逸傳	9
《明史》	隱逸傳	12

　　如表所示，《後漢書》所收逸民17位，皆不慕名利之士。《晉書》隱逸傳38人，《北史》收〈隱逸傳〉共9人，《南史》收隱士17位，南朝《宋書》與《南齊書》、《梁書》共收隱士逸民44人，《隋書》收隱者5人，新舊《唐書》扣除重複者有34人，《宋史》隱逸傳分上、中、下，共收隱士43名，而《元史》收9人，《明史》收12人，雖此數量不足以涵蓋所有士人，但以正史資料而言仍表現了相當的認同性質。目前對士人隱逸現象的研究多集中在魏晉南北朝、唐代、宋代三時期，恰好反映了正史中隱逸風尚收錄最多的三個朝代，然探究宋代文人隱逸精神的繼承，卻是祖述陶淵明，而非唐代士人，〔註6〕何以如此是思考的起點。

〔註6〕如辛棄疾〈最高樓〉詞寫：「穆先生，陶縣令，是吾師」（唐圭璋編《全宋詞》冊三，頁1894。北京：中華，1984年。），據張忠綱之〈辛棄疾與陶淵明〉所述，現存辛詞六百餘首，提到陶淵明就有七十餘首（孫崇恩等主編《辛棄疾研究論文集》。北京：中國文聯出版公司，頁270，1993年）此外，據羅斯寧〈宋代隱逸詞研究〉所述，宋代許多詞人用「檃括詞」的形式將陶淵明的詩文作品插入自己的詞作，表示對這位隱逸祖師的追步（《女性的主體：宋代的詩歌與小說》黎活仁等主編，大安出版社，頁280～281，2001年。）

　　筆者碩士論文是以唐代士人傳記爲研究對象，寫作之時，幾經思考與過濾，乃決定以兩唐書中的〈隱逸傳〉、〈文苑傳〉、〈文藝傳〉、〈方伎傳〉、以及《唐才子傳》等所收列人物爲基本憑藉史料，並參以《全唐詩》、《全唐文》與《唐詩紀事》、《太平廣記》及《唐代筆記小說》等資料，從中選出 548 人爲採樣的範圍，剔除其重複荒誕與資料不足以窺見其畢生行逕者，最後才得出 195 人作爲樣本。其人物分佈的範圍，凡有皇親貴戚、出將入相的高門巨室、僧侶道士；也有仕途平順及宦途蹭蹬不遇之人，這些人大體引導了唐代部分士風，且多以隱逸作爲心靈休憩的方式或釋褐的憑藉。這批人既已留名史傳，應可做爲唐代隱者的代表，並足爲唐人之隱逸目的作一清楚的詮釋。當然，捨此而外的唐代隱士仍有不少，因爲仕與隱的抉擇，基本上便是中國士人自古以來內心就不斷交戰的課題，士人的「遇不遇」早已存在著「偶然」的性質。在非仕則隱觀念下，知識份子所懷抱的理想與客觀的政治體制間，常存在著不可避免的衝突。於是，悲劇沒有落幕的時候，官場往往是知識份子挫敗的源頭，以致歷代具備「隱居經驗」的士人比比皆是。

　　筆者碩士論文選擇《兩唐書》與《唐才子傳》、《唐詩紀事》中隱士傳記等作爲材料的根據，是因爲論文所欲分析主角是知識份子，而此四部書正是記載唐代士人行跡的主要參考資料，可以視爲整個唐代文人社會的雛型，也可以做唐代士人隱逸因素的分類，觀察唐人之所以隱的原因。然碩士階段用此方式僅爲唐人隱逸風氣做了基礎分析，對於士人藉以抒發內心情醞的詩作卻未有較全面的比對，操作的過程中因考慮到歷代論者對於隱逸的分類都失之浮泛，於是想換個角度，讓隱者自己的生平說話──即以隱逸事實來歸納類別，且不設數量、等第上的限制，再依分類結果與隱者的畢生行逕及當代或後人之評論來分辨眞隱、假隱。唐代士人之隱究爲眞隱、假隱，絕不是一概而論的，當宋祁與歐陽修在《新唐書》之〈隱逸列傳〉序中說：

　　　　其遁戰不出者，纔班班可述，然皆下概者也。雖然，各保
　　　　其素，非託默於語，足崖墼而志成闕也。然放利之徒，假

　　隱自名，以詭祿仕，肩相摩於道，至號終南、嵩少爲仕途
　　捷徑，高尚之節喪焉。〔註7〕

可見在宋祁、歐陽修眼中的唐人之隱，別有目的者不少，並不是全然單純的放逸山林的自我逍遙，這也是歷來論者所肯定的唐代士風。只是肯定了的浮薄尚利，對真心隱逸的人未免不公平，以致想整理自孔子以來，儒道二家與歷代對於「隱」的內涵、態度、標準來作爲衡量一個隱者內心、行爲的準則，盼能以此作爲判定標準，用以分辨唐人隱逸行爲真實且複雜的面貌。此部份將在本論文第二章作論述，在歷時概念下爬梳出隱逸觀念至唐代以前的演變，是爲本論文立論的基本功課。

　　對於唐代知識份子隱逸的時代特色，目前在台灣學界對於這方面的研究，專論方面仍只有隱逸風氣形成的探討，〔註8〕其餘則散見於文學作品欣賞及思想，專論唐代士人隱逸的文化尚付諸闕如。而在《舊唐書》、《新唐書》及《唐才子傳》，《唐詩紀事》等史料中，也可以發現實際上，史料也只是就隱逸的事實來陳述與批判，並沒有刻意去分辨傳主的真隱、假隱。筆者一直以爲「人」是獨立思考的生物，尤其對一個知識份子而言，思想的層面往往較一般人複雜，故唐代士人之隱究爲真隱、假隱，絕不是一概而論的，只肯定唐人的浮薄尚利，對那些真心隱逸者未免有失公允，士人的仕與隱既是先秦以來便已存在的衝突，知識份子所秉持的態度就成了很重要的問題，儒家有其隱的原則，士人以爲無道之邦服務爲恥，並且沒有功利色彩。而道家仕隱的態度，基本上是避世的，逍遙自適、養生保真、全身避辱、不貪利位、清靜無爲等幾個重點，而這樣的主張也大抵是秦漢之後隱者的行爲典範。

　　基本上，秦漢以後士人隱逸動機不脫儒道二家，若有變化，便是《梁書・處士列傳序》：

　　託仕監門，寄臣柱下，居易而以求其志，處汙而不愧其色，

〔註7〕　《新唐書》卷 196，〈隱逸傳序〉，頁 3480。北京：中華書局，1999
　　　　年。
〔註8〕　參見劉翔飛，民國 67 年碩士論文《唐人隱逸風氣及其影響》。

此所謂大隱隱於市朝。〔註9〕

前人之隱，肯定的是隱於山林之間，而南朝士人之隱則不脫離人群，甚至肯定只要內心平靜，無出仕之意，雖處汙也無愧色。這是隱逸思想上的大轉彎，隱逸原本是遠離人群的逍遙自適，如今不必離開人群也可以隱，自然消除了士人內心仕、隱兩極的衝突、緊張，但也為那些有心藉「隱」以致清望，藉隱以求利祿之人找到了藉口——雖身在魏闕，亦心存放逸之心。這樣的「心隱」就不符合儒道所高舉的真隱的條件了。

其實真隱與假隱撇開道德、立場、原則不談，在士人內心最現實的壓力莫過於「人性」。拋不拋得開功名利祿，忍不忍得了窮苦和寂寞，都是決定真假的因素，隱居了數十年，還是要出仕的，就是沒通過「功名」一關的考驗；為了要吃飯，以祿代耕也算不上絕對真隱，只是其中包含的無奈是令人同情的。

筆者碩士論文時所處理的文人社群，如前所述的 195 人，依其隱居之時間、地點、原因、動機、目的或結果等事實作分類標準，共得十一類，按其隱逸動機強弱程度分類：

（一）為栖逸山林，無心仕進的真隱者——這一類隱者的共通特色是終其一生皆以山林為志，雖偶或被薦徵於朝，皆不就，至多數日即疾辭還歸舊隱，可以說是無心功名利祿，不貪競進的一批人。

（二）為可以仕則仕，可以止則止的儒家之隱——能體現儒家所謂「有道則見，無道則隱」的仕隱原則者。

（三）為皇親貴戚之屬——即使連王孫貴戚也免不了要加入隱逸行列，說明了當代的社會風氣興盛如此，社會風尚引導他們走向隱逸，他們的隱逸不免也對社會起示範作用。

（四）為以隱入召且就官者——這批人的共通特點是皆以隱入召，又大多能全身而退，在唐代功利的時代風氣下，官場中想保全身

〔註9〕 《梁書》卷51，頁731。台北，鼎文書局，1975 年。

又不失意，是難得的，故別列一類。

（五）爲登第後又不務進取的矛盾隱者——有一些隱士都有功名，若欲仕進，未必不遇於當世，卻在功名成就之際隱退，標榜自己淡泊的志趣，其隱居便多了一層轉折，頗爲矛盾。

（六）爲仕而後隱者——他們共同的特徵便在於都曾在朝廷爲官，其後選擇退隱，差別則在於歸隱的甘心與不甘心。

（七）爲早年讀書山林者——幾乎整個唐人之隱居都與讀書脫不了干係，文人雅士如此，方外僧侶亦如是，其中將就讀書業文於山林中，後赴科舉考者歸納爲一類，特別強調「早年」的隱居事蹟。

（八）爲累舉不第的失意隱者——隱逸是失意舉子的退路之一，也是隱逸類型之一，其中有人會就此隱居以終，不復出世；卻也有藉隱以待時，仍有出仕意者。

（九）爲沽名釣譽，別有所圖的隱逸——由於唐代帝王的鼓勵，徵召隱賢成了士人在科舉之外的出仕方式之一，本來希望能「激貪勸俗，野無遺賢」的美意到了投機分子的手中便成了走捷徑、圖美官的好方法。唐人在史上的評價原本就較功利，遇上了心圖不軌的人，隱居的內涵更要變質。這些人被說成是「托薛蘿以射利，假巖壑以釣名」，〔註10〕完全不是無心仕競之人。

（十）爲以祿代耕的吏隱者——其中有士人的宦途艱困，轉而希企隱逸生活，以解憂苦心境者；也有生性疏放，樂好山林生活，卻因生計而爲官者，諸多原因，有一大共通特色，那就是都有希企隱逸的傾向。

（十一）爲避亂之隱——安史之亂以後，唐室王朝內有宦官專政，外有朝士相爭的局面，在這種動亂的條件下，出仕的道路充滿了危機，士人們即或有心科考入仕，眼見天下局勢大亂，出仕不如隱晦，還是留在山林之中較安全。於是在隱逸的士人中，便有一部分的人因

〔註10〕引自《舊唐書》卷一九二，頁 5115，〈隱逸〉傳。

生不逢時，只好歸隱不出。〔註11〕

　　前述分類中可以發現唐代隱者有真隱、假隱可以絕對判別的類型，也有真、假隱交集的現象，如那些「以隱入召且就官」者、「仕而後隱」者、「曾登第又不務進取」者就有真、假隱參雜的情況。但分類統計的結果，唐人之隱不符合傳統隱逸觀念者確實以假隱居多數，約占百分之七十。〔註12〕但所謂「假隱」如前所述並非價值判斷，而是宋祁與歐陽修對唐人之隱評價的沿用，筆者碩論階段的論文目的在於使歷來論者所肯定的唐代士風是浮薄尚的假隱者現形，使真隱者得到較客觀公平的看待，不必隱於歷來唐人浮薄、功利的評論之下。

　　筆者以為，就時代價值而言，要強調的是真、假隱並不完全可以作為批判隱逸行為高尚與卑下的標準，只是做了研究對象的區隔。隱士並不是唐代的特產，他們的出現與條件的形成有其歷史上的傳承，只是隨著時代的演進，隱逸行為背負了不少附加動機與目的，不再是單純的、消極的反對時政而已。基於各種現實上的考量，隱逸行為在唐代確實呈現了多樣化的面貌，真正無心仕進與進退有據的隱者，根據筆者的碩論統計只占了所有隱士的百分之29‧7，不到三分之一。〔註13〕

　　在傳統觀念裡，能夠符合真隱條件的，當然是那些「仕非為貧」、「高尚不仕」的隱者，因為這些人言行超逸，縱使不偶於時，也會高潔自守，甚至徹頭徹尾的清介自守，不屑天下之事，只求獨潔其身。然而，這樣的行為是不是受到真心的敬重？在唐代，恐怕未必如此，唐代士人隱逸風尚的形成有其歷史背景。就政策一項來看，由於要突顯太平盛世，天子聖明，希望能夠「舉逸民而天下歸焉」，於是唐室自建立之初，便對草澤遺民特加重視，攤開兩唐書的隱逸傳，以隱逸行為被肯定而收錄的這些隱士大都有被主上屢徵赴都的機會與經

〔註11〕以上所分類的文人傳記可參考論文附錄表格。
〔註12〕參考拙著《足崖壑而志城闕──談唐代士人的真隱與假隱》，東海大學中國文學所81年12月碩士論文，第五章，頁98～120。
〔註13〕同上，東海大學中國文學所81年12月碩士論文，第五章，頁98～120。

驗，《舊唐書，隱逸傳》序文亦云：

> 高宗、天后訪道山林，飛書巖穴，屢造幽人之宅，堅迴隱
> 士之車。〔註14〕

表達了君主對搜訪隱淪一事的重視，甚且恭親就之。有心藉此步上仕途之人當然不會放過這樣可獲得不少利益的機會。於是這些少數眞隱逸，夾在唐代士人「假隱爲名，求仕爲實」的潮流下，便顯得分外的清新可喜了。這些人的身份，茲表列如下：

姓　名	內　容　分　析	出　處
孫思邈	周宣帝時，以王室多故，隱居太白山。隋文帝徵之，稱疾不起。太宗將授爵位，辭不受，高宗召見，拜諫議大臣，又辭不受。	《新唐書》，卷196，〈隱逸傳〉
王遠知	少聰敏，博綜群書，入茅山，師事陶弘景，宗道先生臧兢。預言太宗爲天子，及登極，欲加重位，固請還山。貞觀九年，敕於茅山置「太受觀」，并度道士二十七人。卒年一百二十六歲，高武二朝皆有追贈謚號。	《新唐書》，卷204，〈方伎傳〉
崔　曙	少孤貧，不應薦辟，刻苦讀書，隱居少室山中。	《唐才子傳校正》，卷2
劉方平	隱居潁陽大谷，尙高不仕。汧國公李勉欲薦於朝，不忍屈，辭還舊隱。	《唐才子傳校正》，卷3
靈　一	童子出家，隱麻源第三谷中，結茅讀書。後白業精進，從學者四方而至矣。後順寂於岑山。	《唐才子傳校正》，卷3
潘師正	居嵩山逍遙谷積二十餘年，高宗召見，敕造崇唐觀予師正居，永淳元年卒。	《舊唐書》，卷192，〈隱逸傳〉
神　秀	少遍覽經史，隋末出家爲僧，師事弘忍。弘忍卒，往居荊州當陽山，則天聞之，追赴都，肩輿上殿，親加跪禮，敕當陽山置度門寺，以旌其德。	《舊唐書》，卷191，〈方伎傳〉
李元愷	博學，性恭順，口未嘗言人之過，宋璟欲薦舉之，拒而不答，人有所贈，皆義不受無妄之財。	《新唐書》，卷196，〈隱逸傳〉
衛大經	篤學善易，卓然高行，則天詔徵之，辭疾不赴。	《新唐書》，卷196，〈隱逸傳〉

〔註14〕語見《舊唐書》卷192，〈隱逸傳序〉，頁2425。北京：中華書局，1999年。

張　果	則天時，隱於中條山，屢召不赴。後受玄宗召，肩輿入宮，預知玄宗欲尚公主，固辭，不奉詔，請歸恆山。	《舊唐書》，卷191，〈方伎傳〉
盧　鴻	博學善書籍，廬嵩山，玄宗屢召，至開元五年赴東京，欲拜諫議大夫，又固辭，放還山，恩禮殊渥。	《新唐書》，卷196，〈隱逸傳〉
司馬承禎	嘗遍遊名山，止於天台山。則天召而讚美之，後還山。景雲二年睿宗引入宮，固辭還山，開元九年，玄宗迎入京，親受法籙十年，請還天台山。開元十五年又召至都，並令承禎於王屋山自選形勝，置壇室以居，是年卒於王屋山。	《舊唐書》，卷192，〈隱逸傳〉
朱桃椎	澹泊無為，隱居不仕，凡所贈遺，一無所受，亦終不與人接，蜀人以為美談。	《太平廣記》，卷202
皎　然	初入道，肄業杼山，與靈徹、陸羽同居妙喜寺，一時名公，俱相友善。	《唐才子傳校正》，卷4
徐　凝	潛心詩酒，老病且貧，意泊無惱，優悠自終。	《唐才子傳校正》，卷6
盧　中	居玉笥山二十寒暑，後來遊瀟、湘與齊己、顧栖蟾等為詩友，甚受敬重。	《唐才子傳校正》，卷8
齊　己	長沙人，為大浮山司牧，耆宿共推入戒，風度日改，聲價益隆，性放逸，不滯土木形骸，頗任琴樽之好。	《唐才子傳校正》，卷9
周　朴	嵩山隱者，工詩，取重當時，本無奪名競利之心，特以道尊德貴，美價益超耳。乾符中，為黃巢所得，以不屈，竟及於禍。	《唐才子傳校正》，卷9

由表格可知真隱者身份頗為複雜，道士、僧人、文士皆有，顯見唐代隱者的遍佈各階層。面對帝王的徵召，真隱者往往是「以疾辭」或「辭不就」，就算被強行徵赴京都，也馬上又辭職回舊隱，只是這一來一往的過程中，隱士的清望更昇高了，又可以領受不少賞賜回家——如「歲給米百石、絹五十匹，充其藥物，仍令府縣送隱居之所」，或「又賜隱居之服，并其草堂一所」，或「敕於隱所置某觀」，「敕某山置某寺以旌其德」〔註15〕如此一來，即使真隱者有心終生放逸山

〔註15〕參考拙著《足崖壑而志城闕——談唐代士人的真隱與假隱》，東海大學中國文學所81年12月碩士論文，第二章第二節，頁36～39。

林，雖薦官也不應，在有心人眼中看來，際遇令人羨慕。若以儒家之
隱來看，隱居是爲了「待時」這些人在去就之間既是有依據、有理由
的，爲官且有政績，俸入之餘，散於家族（如附錄二中薛戎等人），
同樣令人敬佩，只是這樣的行爲與際遇，對於那些「身在江湖之上，
心遊魏闕之下，托薜蘿以射利，假巖壑以釣名」〔註16〕的有心人而言，
不能說沒有一點示範的，推波助瀾的力量，因爲這些人早有意於當
世，只是苦無機會，在上位者既然有「以隱鳴高」、「屢造幽人之宅」
的作爲，特別禮遇那些閑雲野鶴之輩，就難免造成有心者的追隨與傚
效了。

再看另一型態的眞隱——先仕而後隱一類，這類士人大都宦途平
坦，即或不遇於時，反應也不至於激烈難平，在隱逸動機中，可算是
不再出仕的眞隱者。他們或在生命高點歸隱山林，如《新唐書》卷
196 的孟詵、《舊唐書》卷 172 的蕭俛，都有高官厚祿，卻肯退隱，
便是最佳例子。出仕對他們而言，已不是人生中最重要的計劃了。這
一類的隱士似乎生命內容不那麼乏善可陳，而是豐富的，由炫爛歸於
平淡，內心的轉折恐怕需要更多的調適，或許，這批人才是唐代士人
心中眞正的典範，因爲他們既能在傳統讀書人對社會的一分使命感中
得到滿足，又能逍遙自適於山林之間，生命的內涵是滿分的。

只是在唐代隱風之中，較少「以天下爲己任」的大胸襟，多是「獨
善其身」的隱逸——只爲自己，不爲別人，在氣度上不免狹隘了些。於
是眞隱者的行徑令人敬佩，他們不務求競進，頗能爲當世典範，以息貪
競之風，難怪當政者要把他們找出來加以褒揚一番。然由另一角度看
來，讀書人要以正常科舉之路出仕，本屬不易，如今有一批又一批的隱
士以隱入召禁中，即使不應薦舉，不當官，也有豐厚賞賜放還舊隱，怎
不令人有心於當世者起而效尤，假林壑之栖以求出仕之實？這是我們強
調唐代也有眞隱士的高風亮節之餘，必須注意的一個思考角度。

〔註16〕以上引句俱見《舊唐書》卷 192，〈隱逸傳序〉，頁 2425。北京：中
華書局，1999 年。

　　本論文所著重分析的唐代隱逸風氣是以假隱爲主，再次強調，「假隱」一詞沿用自《新唐書・隱逸傳序》中的評論，並不存在價值判斷。當多數論者認爲唐代士人對於自己所追求的標的不假掩飾，貪利競進之風明白可辨時，探索唐代隱逸改變的內涵與時代特性是有其價值的。而且，雖名之爲「假」，唐代士人的假隱逸並非全部只圖名利而已，詳究其原因、動機，我們可以看到隱逸行爲在唐代既已成士人的生活方式，士人投跡隱逸，並非完全的自覺，有時只是潮流的跟從者，他們最大的生活目的仍在求出仕上──如早年讀書山林的一類。其中也有爲圖保全身家性命，而暫時隱居於山林之內者，他們的隱逸多有其令人同情原因。而吏隱之輩，以家貧而栖於官任之上，人格也並沒有以隱求仕者那般卑下，可見說唐人尚功利雖是事實，假隱逸卻不都是只求入仕的手段而已，在隱逸行爲的背後，也許還存在著時代潮流以外的不得已之情。

　　不過考量傳記資料確實存在時空與認知上的差距（史傳作者非當事人），有關唐代士風中的隱逸問題在碩士論文的階段只做傳記分析是不足的，尤其仕與隱乃文人生命中依違的兩大重心，於此，士人內心的思考與掙扎傳統傳記並未給予適當的關注，尤其以唐代士人隱居原因中多了前朝所未有的「終南捷徑」因素，在非仕則隱的現實中，隱逸的生命型態其實佔有了絕大多數的士人生活，因而意欲一探唐代假隱現象的究竟就必須有具體的研究範圍與對象，此爲本小節意欲說明的重點。

第二節　文獻回顧

　　台灣地區過去曾以「隱逸」爲研究主題的論文多鎖定先秦兩漢及魏晉時期，針對唐代文人隱逸風氣作探索者有二，一是劉翔飛《唐人隱逸風氣及其影響》（台大中研所碩士論文，1976）該文以實證式的傳記批評爲主，探討了唐人隱逸之風盛行之因及影響，是較早以唐代士風爲研究主題的論文。二爲筆者碩士論文（東海中文所，1992）該文以兩《唐書》、《唐才子傳》、《唐詩紀事》等做爲唐代知識份子社群

雛型，以統計學方式爲唐代士人的隱逸原因做分類，試圖呈顯唐人隱逸內在因素的不單純。

其餘與唐代隱逸主題相關論文則未作全面性探討，僅探討某類作品或詩人的生平中有隱逸者，如林宏安《孟浩然隱逸形象重探》（清華文學研究所碩士論文，1991），是對孟浩然隱逸終身的形象做重新的探討；彭壽綺《唐詩中「雲」意象之承襲與延展——以初、盛唐爲主》（中興中文研所碩士論文，1998）。其文以《全唐詩》中初盛唐階段的「詠雲詩」爲探討對象，統計「詠雲詩」常用語詞以歸納其特色，並探討其中的幾個雲的意象，其中「白雲」之意象與隱逸相關，從陶淵明與陶弘景的詩中，就表現了「雲」的閒適意味，也使「雲」與山的關係密不可分，「白雲」更經常出現於隱逸之作中，初唐王績後，白雲隱逸意象漸漸興盛，至盛唐而達到高峰。而「青雲」在唐詩中則表示有富貴輕取之意，雖然詩人可能在求取功名而屢遭挫敗中偶有歸隱山林之意，然其心中仍期望以「終南捷徑」登上仕途。詩中高頻率出現的「青雲」、「白髮」對舉，亦反映了即使在盛唐時代，賢才也難於見用的事實，有一定的意義。唐代統治者對儒、釋、道三家思想都很重視，也有所提倡，所以唐代詩人不僅有入世的思想與努力，也有出世的準備。所以白雲的隱逸、仙家與禪意三種意象在唐代文人世界中是同時並行的，文人們既懷抱治國平天下的經綸大志，又以功成身退爲最後目的。此部份的研究方向給予筆者不少啓發。

又有許翠琴《太平廣記所反映之唐人仕宦觀念研究》（國立中正大學中國文學所碩士論文，1992），該文針對唐代社會承襲舊俗，以婚、宦二事評量人品高下，而唐人婚姻又以門第、資財、功名爲主要考慮條件，故婚、宦二事實可歸納爲仕宦一事。職是之故，探討唐人的仕宦觀念。而《太平廣記》保存之唐人小說，徵引豐贍，故該文以《太平廣記》所反映之唐人仕宦觀念研究爲題，以窺唐人之仕宦觀念。據該論文研究，唐人因深染功利風習，發而爲文，亦多流露熱中仕宦。在此風習下，唐人若仕宦與人生其他追求目標有所牴觸，在取

捨時，多以仕宦爲先。此論文強化了筆者論文研究方向的可行性。

　　陳凱莉《唐代遊士研究》（國立台灣大學中國文學所碩士論文，1992），該論文以唐代「遊士」爲研究對象，作爲當代知識份子，遊士有著某種程度的力量和影響力，然因不穩定之特性，所以「遊士」在不同的時代，其面目、特色亦不盡相同。唐代遊士之所以產生，大致而言，選舉制度（包括科舉、詮選、辟署等制度）與藩鎭爲主因，這些活動都間接或直接與求取功名仕宦有關，由此也可見出古代知識份子的出路與發展有限，大部分人仍是「學而優則仕」，往政治方面求發展依然是一股主流。此論文的存在也在強化筆者論文對唐代假隱風氣研究的可行性。

　　侯迺慧《唐代文人的園林生活——以全唐詩人的呈現爲主》（國立政治大學中國文學所博士論文，1990），該文探討了唐代園林興盛的背景，中國園林歷史中人文精神的發展和進步，自上古時期開始即視園林爲樂土，這種樂土嚮往的園林觀遂成爲中國園林的特殊傳統。而唐代崇尚隱逸，科舉考試的熱中，土地政策破壞自然觀演變，盛行遊春等現象對園林興盛所造成的正面催促作用。使得唐代文人的園林生活的大環境得以興盛。同時唐代文人的山水美感與文化早已建立。說明了唐人已有明顯的「建築園林」的造園理念，唐代文人的園木生活內容較諸一般文人生活更具有山水與出世特性，幾乎每一項生活都強調且珍惜其中的隱逸傾向，故展現出閒散、疏懶、高介、清明的態度，甚至把園林視爲養生，修道的道場。園林生活的境界，追求園林品質的幽邃、寂靜、清渠、樸素、古意，閒逸、疏散、隨興、清明，並且注重神遊因素的加入以體味園林生活的美感與情趣，同時以悟道，行道的自期來提升園林生活的天人合一的境界。並且從園林的角度，爲唐代的「吏隱」——亦即仕與隱調和、人文與自然調和的平衡點做了一些解釋。此論文對於筆者探討唐代隱逸文化中的社會觀察有重要的啓發。

　　陳瑞忠《唐代選士制度研究》（國立高雄師範大學中文研究所碩

士論文，1986），該論文雖不是關於唐代選士制度最新且完備的資料，至少在針對唐代掄才制度的統整上是存在的研究成果，針對探討唐代選士制度的歷史背景、唐代選士制度，士人考選的實施情形、士人任官的實施情形與唐代選士制度所產生的問題都做了整理與探討，發現唐代選士制度，有其特色及優缺點，例如可以自由報考，造成政權開放；因爲著重「才學」特重進士科；貢舉出身之初任官，均授以低職；選士職權，偏重中央；平民入仕，以「間接方式」爲主；官員任派，均由中央任派；考選與任官，分立而統合；考選難，入仕更難。於是制度有其貢獻，如考銓分屬，層次分明；考選與任官，兼收學用合一之效；選舉與任官，均採公開方式；制舉的考選，用以延攬俊彥秀異之士；官員任派，人情與法理兼等並顧；考課方法完備，並飾官箴之清白；促成唐代學術之發達。但也有其缺點：考試重才藝，輕德行；選士末流，仍重門第；考任分途，浪費時間及人力；考選的內容，無法甄別政治幹才；考選與任官，不能密切配合；考課結果，對五品以上官員，無直接作用；士人互相攀援，結群聚黨。以上研究成果對於筆者論述觀察唐代掄才制度與隱逸風氣的關係有參考作用。另有蔡麗雪《唐代文官考選制度》（國立台灣大學政治研究所碩士論文，1969），是更早針對唐代考選制度做研究者，作爲政治研究所的論文，對於唐代掄才制度的探索不脫前述論文的研究範疇。

　　葉美妏《唐代的文學傳播活動研究》（淡江大學中國文學研究所碩士論文，1990），此論文主旨在將傳播的觀點，引入中國文學領域，并試著將唐代文學與傳播的相關問題，加以探討解決。研究者認爲一個文學形式脫離不了宇宙、作家、作品、讀者四個要素。作者、讀者之間通過作品獲得溝通，即涉及到傳播的問題。故論文除對唐代以前傳播活動做檢視，認爲有諸多傳播型態方法在先秦時期便有所流傳與改進，唐代文學亦有其傳播活動。論文作者經由唐代社會、文化、經濟……等層面，透過對各層面的分析，觀察唐代文學傳播在類型上之分類，及其傳播網路之面的發展。此論文對問題切入的角度頗有新意，因爲文學的詮釋傳

播與創作確實存在互動關系。媒介透過與讀者間的閱讀情境而發生關聯：口耳、書面、歌唱諸媒介，最能影響讀者對作品的看法，進而改變文風，可見傳播媒體的發展促進文學傳播，文學技術對傳播方式及效果亦有影響，對於提供本論文對文人社群的觀察有其參考價值。

　　林珍瑩《唐代茶詩研究》（國立中正大學中國文學研究所碩士論文，2002），本論文以涉及茶事之唐詩作為研究對象，分析其文化內涵、茶道思想與藝術特色，並探討其形成之背景。運用歷史研究法，縱向地掌握飲茶的歷史嬗變以及文學本身的發展脈絡，同時橫向地考察有唐的文化背景和詩人選擇茗飲的內在動機，以歸納唐代茶詩形成的主因。並分期介紹唐代重要之茶詩作家及其作品特色，從文化的角度來研究唐代茶詩的內容，研究結果發現：唐代茶詩所反映之茶文化層面包含文人、宮廷、佛道和平民等四大方面，各具特色，此四大層面構成了唐代豐富多姿的飲茶文化，也證明了飲茶在唐代已然是雅俗皆好之道。另一方面，透過探討，還發現到唐代文人補充了陸羽《茶經》在品茶方面的不足，豐富了飲茶的美感情韻，使得飲茶進一步發展成休閒藝術；而唐代文人對品茗情境的用心經營，實啟發了後代文人，並影響至今。此為唐代文人對飲茶的一大歷史貢獻。而由思想層面來探討唐代茶詩所透顯的茶道精神，可以發現茶道思想是以儒家思想為主體，而融匯了儒、釋、道諸家之精神。從整體上來看唐代茶詩的藝術表現，可以發現茶雅化生活、擴大詩歌題材意境，也下開了宋詩取材生活化、以文為詩、理性思辨的先河。另外，2005 年完成的論文──顏鸝慧《唐代茶文化與茶詩》（輔仁大學中國文學研究所博士論文，2005），文主題也是鎖定唐代的茶詩，藉由深究唐代茶詩的內容，反映唐代僧侶與文人的茶道生活、茶詩藝術價值、以及唐代精緻飲茶文化內涵。雖然在內容上不免與前篇論文有所重疊，卻支持了關於唐詩中的「茶」這個主題的受到關注。

　　黃喬玲《唐詩鶴意象研究》（國立政治大學中國文學研究所碩士論文，2002）自古以來，得道成仙便是許多王公貴族、騷人墨客心中

的渴盼，歷經秦皇、漢武的追求，到了唐代，此股風潮亦未曾稍歇，
甚且蔚為一股時代的風潮。《全唐詩》中有鶴出現的詩作就有二千三
百首左右，鶴所得到的唐人關注，是其它鳥類所無法比擬的，詩歌數
量與創作詩人之眾多，與唐之前詩歌的零星創作相比，更是十分驚
人。「唐代詠鶴詩一方面藉鶴的高飛長鳴，表現出唐代讀書人對富貴
功名的追求，一方面也給予鶴高潔不群的形象，表達出詩人的道德操
守和生活態度，反映出唐詩人對鶴的不同看法，但鶴鳥的意象因為眾
多詩人投入創作，而使鶴的意象也呈現多種不同的面貌」（引自作者
摘要）。

　　趙國光《唐代官場文化與飲酒生活》（中國文化大學，史學研究
所碩士論文，1998）主要探索唐代社會風俗與官場習性。因受胡化影
響，表現在社會飲酒生活方面，呈現出豪邁開放的特性。而在官場應
酬習性方面，亦顯得較為崇尚侈靡之風。唐代官場文化與飲酒生活應
該是值得注意的現象。

　　歐純純《唐代琴詩研究》（國立中興大學中國文學研究所碩士論
文，1998）此論文針對唐代琴詩分析出創作背景大抵有三：一、儒、
道、釋思想的流布；二、雅樂地位的低落；三、古琴具有豐富的情感
意象。而古琴是中國極為古老的樂器，又是儒家施諸教化的雅樂，其
樂音之美，自然是研究國學者所不可不知之事。在唐代琴詩之前，對
於古琴演奏美學的描述，大抵是著眼於古琴的教化思想，亦即針對儒
家的樂教意義而說的（參考作者摘要）。雖然在六朝時期，因為受到
玄學、道教神仙之學以及佛學的影響，文人開始擴大琴樂的思想內
容，使琴樂風格逐漸加入了隱逸閒適的意境。

　　陳雅賢《唐代干謁詩文研究》（國立政治大學中國文學研究所碩
士論文，1997），此論文討論唐代士人干謁風氣盛行之原因：為實現
經世濟民之理想而干謁、為爭取入仕機會而干謁、為延續門第意識
而干謁、為維持生計而干謁。對唐代干謁詩文有其統計與檢討，於
唐代士人的士人干謁心態之掌握，如：自負其才而求伸、迫於時局

而屈己、表達不遇之憤懑或蒙擢之感恩等亦有其觀察。

　　綜上所述，可以歸納出台灣學界對唐代隱逸議題的研究現況，除了劉翔飛與筆者的論文，其實尚未有針對唐代隱逸風尚做全面性探討者，它總是被放在某一個議題下被附帶討論出來，故而筆者以為這是個值得探討的領域，並以之作為筆者碩士論文的延伸。此外，其他相關論文雖非全面論述唐代隱逸風氣，卻一如前述的支撐了本論文研究方向的可行性，尤其對論文中第三章唐詩中相關隱逸的慣用意象的選擇，有相當的幫助，筆者在第三章所選擇的隱逸相關意象基本上是以已被討論、研究過並且肯定有表達隱逸意涵者，隱逸相關意象是個龐大的語彙系統，以論文的篇幅不可能一項一項討論，但值得日後再行深耕的領域，除了第三章所探討的慣用意象，筆者願意日後另文做更全面的探討，以補目前論文之不足。

　　而大陸研究方面以隱逸為主題者，近年來似乎著作頗豐，有關隱逸文化的博、碩士論文有 1998 年，徐清泉的《隱逸與中國傳統審美文化》（博士論文）；1999 年，施建中的《隱逸與中國山水畫》（碩士論文）；2000 年，張軍的《名節、隱逸與東漢士風》（碩士論文）、胡秋銀《漢晉南朝的隱逸》（博士論文）、李紅霞《唐代隱逸風尚與詩歌研究》（博士論文）；2002 年，張駿翼《唐前隱逸文化論稿》（博士論文）；2003 年，查正賢《唐代社會隱逸意識與士人人格形象的建構──以初盛唐為中心》（博士論文）。

　　而與隱逸相關的單篇學術論文統計如下：〔註17〕

年份	90前	90	91	92	93	94	95	96	97	98	99	00	01	02	03	04	05
量	25	5	2	3	4	19	17	23	19	24	46	33	45	71	33	14	40

　　由上表數量顯示大陸在近十五年內對隱逸議題的研究可謂蓬勃

〔註17〕此表係參考《中國唐代學會・會刊》整理之 1989 年以來大陸地區唐代學術研究概況與《中國期刊網》之檢索結果製成。（http://192.83.186.79/index.html）

發展，超過三百餘篇，有的傾向於綜合研究隱士社會生活的問題，有的傾向從社會學角度考察古代文人出仕與歸隱之間的矛盾，有的力圖從文化角度闡釋隱士歸隱的心態，有的則處理隱逸文化對文學、藝術的影響等，但多半爲現象觀察，在論述及舉證上略顯薄弱。而關於書籍專著，其中體系完整之論述，則有張立偉《歸去來兮——隱逸的文化透視》（北京，三聯書店，1995）作者自言此書論述承接 1944 年蔣星煜的《中國隱士與中國文化》，是補述蔣書不足，以文化現象的探討爲主，並不單述唐代隱逸風氣。另有王德保的《仕與隱》（北京，華文書店，1997），該書探討官本位的文化系統中，士人有功名是夢寐以求的理想，但絕大多數士人都是仕途多舛的，他們的焦慮、困惑、悵惘都表現在自己的創作之中。作者認爲在官本位文化型態下，古代士人不選擇當官便選擇隱逸，或者當他不能選擇當官時，他也只有選擇隱逸，他即使當農民、做工匠、行商買賈，只要他是士林中人物，人們將視之爲隱士。認爲非仕則隱，是中國古代士人的唯一選擇。該書論述由先秦迄明清讀書人的仕隱掙扎，並未單獨論述唐代隱逸風尚。李生龍有《隱士與中國古代文學》（湖南教育出版社，2003 年），被認爲是一部填補隱士文化與文學學術史空白之作。該文探討隱士的產生原因、隱逸的理論觀念、隱士的經濟狀況及對隱士的道德評價、對政治的影響等歷史背景因素；對於隱士的文學創作與作品中常見的隱士形象著墨不少，只是筆者以爲分類評述的文學作品失之籠統，對於隱逸，作者認爲只是一種生存方式，只要是游離於官場的士人都可以歸入隱士的行列。

　　因此對唐代隱逸文化現象的研究專題實仍有極大發揮空間及研究價值，例如關於隱逸觀念如何傳承自魏晉，並與唐代的政治與社會接枝的議題，需要社會／歷史方面的分析；隱逸觀念在唐代缺乏意義上的區隔，使得真隱與假隱之間界限模糊，而後者更備受後世史家輕鄙，需要做組織／制度方面的分析；作爲唐代的代表文類，描寫隱逸生活的詩作在唐代數量不可謂不豐，若能配合隱者生平傳記做文本分

析，將有助於我們瞭解隱逸文化與文本之間的互動關係。

　　筆者以為，隱逸意義的建構只在文本、作者之間尋找難免有其不足之處，它應該是社群成員互動過程的共同構築，所以若能多元角度的針對文本、組織／制度與社會／歷史層面做分析，應能建構出較完整的文化面相，是故筆者忝願添補前一階段研究之未密，將此論題作更深更廣的挖掘。

第三節　研究方法與論文架構

一、關於本論文的方法與觀念

　　本論文乃從唐代文人社群的角度來看唐代文人文本、掄才制度與社會風尚三者間的互動與隱逸風氣形成的過程，研究文學作品常會遭遇一個方法上的困境：即詮釋分析（interpretive analysis）——即檢視作品內容所呈現的社會現象，由文學作品來看社會現象與人生百態，把文學作品化約為社會概念的具體化，使我們能以具體的例子瞭解抽象的社會概念；另一則是制度分析（institutional analysis）——即探討社會環境與結構如何呼應作品的創作與流通，如作家的來源即社會地位、文學被贊助的形式、讀者群的人口組成與社會地位……等，也就是內部分析與外部分析的對立，所以我們需要一個概念及方法架構來綜合處理文學的每一個面相：從它的內在文本形式到它的生產過程與接受過程，以及在整個社會與歷史環境下集體意義的建構。本論文企圖整合內部詮釋研究與外部組織研究，提供另一個不同的觀察角度。在此，筆者採用新歷史主義與社會文化學者 John B.Thompson 皆提出之文化分析模式，〔註 18〕分別由形式／文本分析；制度／組織分析；社會／歷史分析；批判／二度詮釋等四個階段來觀察文化現象。〔註19〕

〔註 18〕Thompson 在其《意識形態與現代文化》（Ideology and Modern Culture）Stanford University 1990，提出文化分析的四階段。

〔註 19〕參考《意識形態與現代文化》（英）湯普森（Thompson, J.B）著；高

此四個階段（形式、制度、社會、批判）中任何一個階段都可以被單獨加以研究，但整體而言，必須首先建立四個分析階段中的每一個部份都是意義建構過程中的組成分子，亦即，制度或社會的分析並不只是補充性的提供對文學作品的背景式了解，而是直接影響文學作品的詮釋；同樣的，文本分析只佔意義詮釋的一部分而不是全部。

對文化現象的——尤其是文學——的研究通常是由形式／文本分析開始。

首先，象徵形式研究從根本上說必然是認識和解釋的問題。象徵形式是要求解釋的富有意義的建構；它自是許多作為富意義建構物、可以被加以理解的行為、話語和文本。對於理解和解釋過程的這種根本性強調今天仍然保有其價值。〔註20〕

一個文學作品是由不同的元素以規律性的方式組織起來；形式／文本分析即是檢視這些元素彼此間的關係，例如記號學、敘事結構分析、句型分析等都屬於這一類的方法。社會學家慣於使用的文本分析法是內容分析，它常是質化類目的數量化，比方說一個語詞出現的次數：

> 我的論點（我將在下面闡述）卻是，雖然各種形式的，統計的和客觀的分析一般對社會分析特別對象徵形式分析是完全適當和確實重要的，然而這種分析對研究社會現象和象徵形式至多構成一種局部的方法。它們是局部的，因為，正如解釋學傳統提醒我們的，許多社會現象是象徵形式，而所有象徵形式都是富有意義的建構物，不論它可能被用

銛等譯（南京：譯林出版社，2005 年 2 月）。此分析模式並非筆者首度採用，1994 年林芳玫曾以此分析模式寫下《解讀瓊瑤愛情王國》，由時報為其出版。書中〈導論：文學社會學的多重互動模式〉一文強調此分析模式「不僅適用於研究文學，也可以廣泛應用於文化分析，如對電影、電視、建築、宗教……等任何象徵符碼的研究與分析」（林芳玫，《解讀瓊瑤愛情王國》，頁 14～38〈導論：文學社會學的多重互動模式〉，台北：時報出版，1994 年），於是給予筆者用運用的聯想，嘗試以此概念做為分析唐代假隱文化的基本模式。

〔註20〕參考《意識形態與現代文化》（英）湯普森（Thompson, J.B）著；高銛等譯，頁 296。南京：譯林出版社，2005。

形式的或客觀的方法多麼徹底地分析，都無可避免地提出
了解和解釋的特殊問題。因此，理解和解釋過程不應被視
為根本上排除形式或客觀分析的方法論層面，而應被視為
雙方互補和不可分的一個層面。〔註21〕

於是關於唐詩這個文學類型，本論文擬採用認知語言學中 Lakoff &
Johnson 的觀念來進行分析，除了數量的觀照，也檢視特定語詞的語
意演變與各作品中共同蘊含的交集，除了整理歷時概念的演變，也整
合共時概念的其來有自與時代特性，觀察特定語詞的語意在唐代顯現
了何種認知？為避免說明上的混淆，操作方式將在第三章第一節做說
明解釋，此處茲不贅述。在語意演變的觀察中，我們可以看到到唐代
士人對隱逸一事的認知，展現在詩作之中已經顯現的觀念上的改變。

除此，對於作者的背景與生涯的發展必須有基本的掌握，而作品
作為一種發聲的、自我說明的工具，讀者為誰？同時代的知識份子對
這類作品又有何看法？也必須加以考慮，因為一個文學類型會顯現某
一些特定寫作方式的成規，這些成規可以幫助讀者的詮釋工作，如果
讀者對這些規則並不熟悉，或者規則根本不存在，那就會引起眾說紛
紜的多重詮釋。某個特定類型的成規及傳統並不是一開始就存在於文
本之中，而是經過作者與讀者間的互動與交涉，逐漸才累積出關於某
種文類的成規，因此類型可說是建構共識這個社會過程下的產物。它
使讀者在閱讀作品時，對作品內容會產生預存的期待，反之，作者在
創作時也會預期讀者的心理與反應。有鑑於文類是逐漸累積共識與成
規的產物，本論文的文本分析的對象並不完全鎖定「隱逸詩」這個唐
詩類型，而以《全唐詩》為取材對象，建構在前人於隱逸意象已有其
認同的研究基礎上，選擇已被探討過的文學意象作為討論基點，對於
假隱的文人社群成員的創作做更大範圍的統計與觀察，以避免受到文
學類型成規的侷限。

〔註21〕參考《意識形態與現代文化》，〔英〕湯普森（Thompson, J.B）著；
高銛等譯，頁296。南京：譯林出版社，2005

　　形式／文本分析經常被誤認為等同於詮釋，其實完整的詮釋必須包括文本、制度、社會等不同階段。文本分析只能提供有限度的詮釋，例如仕與隱的衝突，是傳統知識分子人生方向決定時的掙扎，有了文本觀念上的掌握，接下來我們必須對歷代乃至唐代的掄才制度有所了解，才能深入體會這種仕／隱二元對立的衝突與唐代人的企圖調和矛盾，而這部份的分析已然超越了形式／文本分析的範圍。

　　文化分析的第二個階段是制度分析，也就是探討文化生產的組織層面與文化理念、傳統觀念影響其成員的狀態，每個時代的文化現象各有其社會環境與結構問題影響著文學作品的創作與流通，如作家的來源、社會地位、文學被贊助的形式、讀者群的人口組成與社會地位……等，此為第二階段所要探討的主題：

> 社會機構可以視為相對穩定的一些規則與資源，加上由它們所建立的社會關係。……分析社會機構，就是重構這些所構成社會機構的規則、資源和關係，仍是追溯社會機構的發展，以及就是觀察那些代理社會機構並在其中行動的個人的行為和態度。〔註22〕

湯普森認為文化分析中的社會／歷史分析，是不可少的一個階段，此即社會結構與歷史時期的研究，表面上看起來這似乎是背景資料的研究，其實此處所提出的社會／歷史分析是指社會結構如何影響文學作品的生產、傳遞與接受。

> 象徵形式並非存在於真空中：它們是在具體社會與歷史條件下被生產、傳輸和接收的……社會——歷史分析的目的是重構象徵形式生產、流通與接收的社會和歷史條件。這些條件可以最適當地調研的方式在不同研究中有所不同，取決於特定的對象與研究環境。〔註23〕

　　也就是說，第三階段的分析與第二階段的分析是不可分的，我們

〔註22〕參考《意識形態與現代文化》（英）湯普森（Thompson, J.B）著；高銛等譯，頁305。南京：譯林出版社，2005。

〔註23〕同上，頁304～305。

觀察文人社群如何著床於整體社會結構中，同時也發現此結構也相對影響著當時的政治、經濟活動；當文化（風氣）在文人階層意義逐漸被認同並且形成社會結構的一部分時，必然也對當代的社會結構／歷史時期產生影響，當某一類的文化於是受到官方機構的支持或被社會潮流所侵蝕時，原始意義便產生質變，從這裡我們可以看到時代或政治環境的改變也會影響文化的意涵。例如隱逸風氣是否因官方的支持、鼓勵而在社會上產生效應？隱逸的內涵是否已被潮流所侵蝕？環境的變遷（如動亂、戰亂）是否影響著隱逸文化的本質（如由為仕而隱轉為避亂而隱）？好的社會／歷史分析也可以指出社會結構是文學詮釋過程中的一部分，例如以隱逸的意義來看，唐代隱逸文化中的原始意義已然被掏空，成為「終南捷徑」中被利用的符碼，便是這一分析階段所欲探究的重點。

當完成前三階段的探討，文化分析的最後一階段便是批判／二度詮釋，湯普森（John B.Thompson）認為文化分析的最後一階段是做創造性的整合，基於所有前述階段本身已是詮釋：文本、制度、社會歷史分析都構成詮釋的一部分，所以最後階段的綜合性分析是植基於前面已經形成的詮釋。再者，文化分析者本身的思考與理解與判斷也會影響原來的詮釋，所以文化分析是對一個已經被詮釋過的領域做再詮釋：

> 在建立這個構架時，我吸收了一個通常稱為解釋學的特定思想傳統。……在一般的層面上，這一傳統提醒我們注意我所謂的社會──歷史研討的解釋學條件。……因為，社會──歷史研討的客體領域不儘是供觀察與說明的客體和事件的連結：它也是一個主體領域，這個主體領域是由一些主體所組成，他們在日常生活的常規過程中不斷地參與了解自己與他人，產生有意義的行動與思想，並解釋他人產生的行動與思想。換言之，社會──歷史研究的客體領域是一個先期解釋過的領域（pre-interpreted domain），在這個領域中，了解和解釋的過程是組成這個領域的個人日常生活中的常規活

　　動。……在進行社會──歷史研究時，我們是在設法了解和
　　說明一批現象，這些現象已經以某種方式和在某種程度上被
　　社會──歷史領域一部分人所了解；簡言之，我們是在設法
　　再解釋一個先期解釋過的領域。〔註24〕

以一首標榜隱逸情懷的詩爲例，必定是一個作者根據其以前讀過的文
本加上自己的經歷與想像、觀察而創造出來，這個特定意義的文本就
包含了作者對隱逸傳統的詮釋，研究者再去分析此文本，已經是二度
詮釋了。

　　至於文化分析的批判性則在於探索意義與權力之間的關係，意義
不是被動的存在，而是社群成員互動過程中所共同構築起來的，沿著
各個分析階段（文本、制度與社會／歷史）形成一道意義建構的軌跡，
意義在這條軌跡上來回移動，經歷建構（觀念的建立與認同）、符碼
化（當某種風格或主題被廣泛接受，並且被一再書寫，就會逐漸變成
符碼化的公式。）、變形（時代與社會的變遷會影響意義的內涵）……
等階段，使得意義成爲一社會建構過程，而非僵硬固定的物體。作爲
一種互動及社會建構下的產物，意義可以不斷被詮釋而挖深、延長，
也可能經過一再重複使用而被掏空原有意含，更可能因時空情境的轉
換而被賦予活力。藉著揭露意義建構的過程，文化批判於是具有一種
潛力，可以改變人們對其周遭世界的了解：

　　我們可以識別和描述象徵形式生產與接收的具體時──空
　　背景。象徵形式是被處在具體場所、在特定時間與特定地
　　點行程與回應的個人生產（說出，制定，寫）和接收（看
　　見，聽到，閱讀），重構這些場所是社會──歷史分析的重
　　要部份。象徵形式也典型地處在某些互動領域中。可以把
　　一個領域分析爲地位空間和一套軌跡，他們一起決定個人
　　及其得到的機會之間的一些關係。在追求互動場合內的行
　　動過程時，個人吸收自己可以取得的各種類別和數量的資

────────────

〔註24〕參考《意識形態與現代文化》（英）湯普森（Thompson, J.B）著；高
　　銛等譯，頁22。南京：譯林出版社，2005。

> 源「資本」，並吸收各種規章、慣例和靈活的「綱要」。這
> 些綱要並不是那麼明白和制訂完善的方案，而是隱含的未
> 加制訂的準則。它們以實用知識的形式而存在，在日常生
> 活的世俗活動中被逐漸灌輸和不斷複製。〔註25〕

例如藉由此一觀念，讓我們重新檢視唐代隱逸文化的正當性由何處呈
現？唐代知識份子又如何藉隱逸為自己定義出什麼是理想的、有價值
的、值得追求的文化？不過，批判的觀點當然有其侷限，因為意義總
是包含不同層面：認知的、情感的、美學的等層面，所以本論文的二
度詮釋著重的是對文本、制度、社會／歷史層面的綜合性觀察，並不
只著重文本意義的探討，以避免流於單一的意義層面，而顯現了侷限。

　　針對上述研究方法的說明，可知文本、制度、社會／歷史與二度
詮釋四者皆為文化意義建構過程中的組成份子，彼此相互影響而關係
複雜。運用此一分析方式可以整合一般研究文學與社會之關係的內部
研究與外部研究二個取向，本論文針對唐代隱逸風氣與文學關係之探
討則企圖整合二種分析方式的歧異，以提供觀察唐代假隱文化內涵為
目標。研究的對象，以唐代文人社群做為基礎，藉著檢視士人在詩作
中彼此的唱和呼應、抒發情懷所書寫的隱逸象徵、意象或主題，觀察
唐代隱逸文化所以不同於其他朝代的特殊意涵，並探索隱逸行為在唐
代與權力結構關係之對立與結合，重新思索對唐代隱士文人隱逸成風
所抱持的觀點，以尋求唐代特殊隱逸意義的呈現與對唐代隱逸文化所
宜抱持的客觀態度。

二、關於本論文的組織方式

　　本小節所敘述的文學社會學的互動模式將在本論文中嘗試做符
合思考邏輯的應用，以下章節安排的說明，因為承接前面觀念的建
構，語句的敘述難免有所重複。針對所欲處理的論題——隱逸觀念是

〔註25〕同上。與林芳玫翻譯與導論之〈導論：文學社會學的多重互動模式〉，
　　　　《解讀瓊瑤愛情王國》，頁14～38，台北：時報出版，1994年。

如何在唐代產生質變的？這需要話說從頭的，歷時性觀念的釐清，而這正是本論文第二章所處理的內容，也是探討唐代隱逸文化的基本議題。隱逸觀念的建構最早可以追溯到先秦時期，儒家、道家皆有其說法與主張，其後歷經兩漢魏晉六朝階段，隱逸觀念開始由堅守的仕／隱難兩全的對立企圖找到調和的方式，當然只是有看法與少數的例證達致了調和仕隱衝突的理想。不過，也為唐代人的亦仕亦隱或以隱求仕提供了示範與理由。

第三章所處理的是文化分析流程中的文本分析，這部份的分析將有助於我們了解隱逸觀念在唐代文本中的呈現：作品的生產，誰在寫？（文人階層）寫什麼？（內容、主題與相關意象）？讀者（文人社群成員）的接受程度？唐代的隱逸風氣事實上受到政治、社會、歷史階段的影響很大，初、盛、中、晚不同階段各有內涵，當然各歷史時期的創作會反應出不同的特質或意義上的改變，例如初唐的觀念承襲、盛唐的標榜隱逸、中唐的亦官亦隱，晚唐的避亂全身，隱逸在不同歷史階段裡確實呈現不同樣貌，當然處理文本就必須有不同時期的觀察。而隱逸存在於文本中的慣用意象其實是個龐大的語彙系統，在第三章第二節筆者以隱逸發生的處所——園林別業作為慣用意象的切入點，觀察園林的空間佈置（包含文人精心佈置的空間與眼睛所見景緻）與日常活動內容（包含遊宴、品茗、飲酒、彈琴、漁釣、採藥種藥等）以展現唐人隱逸生活的慣用意象種類與數量的龐大。因為不可能逐一說明分析，故以出現數量頻繁，前人已關注並有研究成果者為慣用意象的選擇條件，進行文本分析。

一般文本分析法常是內容分析，除了類目的數量化，比方說一個語詞出現的次數，還要有意義的掌握。關於唐詩這個文學類型，本論文擬採用認知語言學中 Lakoff & Johnson 的觀念來進行分析，除了數量的觀照，也檢視特定語詞的語意，觀察特定語詞的語意在唐代所顯現的認知，操作觀念與方式第三章第一節有說明解釋。觀察語意演變，可以提供我們另一個了解唐代士人對隱逸一事認知的途徑。

　　而隱逸行為，尤其是唐代士人「假隱」的部份，之所以備受後代論者的譏諷，需要有政治組織、掄才制度層面的分析。眾所周知的，每個時代的文化現象皆各有其社會環境與結構問題影響著文學作品的創作與流通，可以想見唐代士人在努力平衡仕與隱的對立過程中，勢必面對或利用當時的朝廷政策與制度為自己尋找到有利的立足點，於是做唐代掄才制度的全面性觀照可以觀察到隱逸觀念如何影響文人的選擇，此為第二階段，也是本論文第四章所要探討的主題。

　　對於社會結構與歷史時期的研究，是文化分析的第三階段。第二階段第三階段的分析是不可分的，因為制度與社會風氣的形成，有其密切關係。如果非仕則隱或亦仕亦隱是多數唐代文人的人生選擇，則觀察文人社群如何融入於整體社會結構中，觀察此社會結構如何相對影響著當時的政治、經濟活動是有意義的；如前所述，當文化（風氣）在文人階層意義逐漸被認同並且形成社會結構的一部分時，必然也對當代的社會結構／歷史時期產生影響，當某一類的文化於是受到官方機構的支持或被社會潮流所侵蝕時，原始意義便產生質變，從這裡我們可以看到時代或政治環境的改變也會影響文化的意涵。好的社會／歷史分析也可以指出社會結構是文學詮釋過程中的一部分，例如以隱逸的意義來看，唐代假隱行為已經使隱逸的原始意義被掏空，成為「終南捷徑」中被利用的符碼，便是此一分析階段，也是論文第五章所欲探究的重點之一。

　　來到第六章的二度詮釋，是文化分析的第四階段。藉由此一觀念，讓我們重新檢視唐代跳脫傳統價值觀的隱逸文化的正當性由何處呈現？唐代知識份子又如何藉隱逸為自己定義出什麼是理想的、有價值的、值得追求的文化？不過，如前所述，批判的觀點當然有其侷限，因為意義總是包含不同層面：認知的、情感的、美學的等層面，所以再一次強調：本論文的二度詮釋著重的是對文本、制度、社會／歷史層面的綜合性觀察，並不只著重文本意義的探討，此四者皆為文化意義建構過程中的必要組成份子，彼此相互影響而關係複雜。

　　最後一章則為總結。

第二章　隱逸傳統的形成與變調

　　隱逸思想爲中國傳統文化中的特殊產物，歷史悠久且來源、內涵複雜。從中國文字的特性看，「隱逸」二字可謂由「隱」和「逸」二個單音詞所構成的複合詞，要釐清「隱逸」的概念，由二字的本意去做還原與掌握是必要的。並且，做爲一個總是讓人感到矛盾、徘徊的問題，出仕與隱處之間，不但是政治態度、哲學觀念的展現，同時也是行爲方式，甚至是每一個知識份子終其一生的價值選擇，所以要處理唐代人隱逸觀念的論題，話說從頭有其必要。

第一節　先秦隱逸觀念的建立

　　「隱逸」二字初義並不相同，許慎《說文解字》卷十四：「隱，隱，蔽也。」段玉裁注曰：「艸部曰：蔽、茀，小也。小則不可見，故隱之訓曰蔽。」《玉篇》直謂「隱，不見也」所以「不可見」是「隱」的基本意涵。又《廣韻》：「隱，藏也」，「藏，隱也。」《爾雅・釋詁》有「隱、匿、蔽、竄、微也」郭璞注曰「微，謂逃藏也」，可見「隱」有「藏匿」「不可見」之意。

　　另外《說文解字》卷十：「逸，逸，失也。從辵兔。兔謾訑善逃也。」段玉裁注曰：「亡逸者，本義也。引申之爲逸游、爲暇逸。」

《廣韻》云：「逸，過也、縱也、奔也。」「奔，走也。」可以得知，逸的基本意義為「逃失、亡走」。〔註1〕

　　中國文字的結合，有一種方式是「以義相結」，文法上稱為「聯合式合義複詞」，兩個詞因意義相同、相近，以平行關係聯合成一複詞，具有使意義彼此加強的效用。〔註2〕根據以上整理可知「隱」「逸」初義雖不無重疊之處，卻非完全等同，例如在《論語‧微子》中就可以發現孔子的觀念中「隱者」與「逸民」是分開看待的，他稱接輿、長沮、桀溺、荷蓧丈人是「隱者」，稱伯夷、叔齊、虞仲、夷逸、朱張、柳下惠、少連是「逸民」，〔註3〕二者之間有其不同的評價。其後，在語言的具體使用情境中，二字卻因意義上的相近而漸漸合成為一個合義複詞──「隱逸」，指稱為一種行為或具備此行為特徵的人。大約在漢魏時代，「隱」「逸」已指動詞的「隱居不仕、遁匿山林」，也是名詞的「隱士、逸民」〔註4〕例如何武曰：「吏治行有茂異，民有隱逸，乃當召見，不可有所私問。」〔註5〕東漢杜篤〈祓禊賦〉：「若乃隱逸未用，鴻生俊儒，冠高冕，曳長裾，坐沙渚，談詩書，咏伊呂，歌唐虞。」〔註6〕上引文中的「隱逸」是為動詞，而《後漢書‧岑彭傳》：「遷魏郡太守，招聘隱逸，與參政事，無為而化。」〔註7〕嵇康的〈述志詩〉：「巖穴多隱逸，輕舉求吾師」〔註8〕的「隱逸」是名詞，

〔註1〕有關隱、逸二字的訓解，本文只取一般意義，未做窮盡一切解釋的嘗試。

〔註2〕許世瑛《中國文法講話》，頁24～25。台北：台灣開明書店，1980。

〔註3〕宋‧朱熹集註、蔣伯潛廣解，《四書讀本‧論語》，頁280～284。台北：啟明書局，1956年。

〔註4〕林耀福等編《大辭典》，頁5131。台北：三民書局，1985年。

〔註5〕《漢書》卷86〈何武傳〉，頁3481。北京：中華書局，1996年。

〔註6〕歐陽詢撰《藝文類聚》卷4，〈歲時部中〉，頁58。上海：上海古籍出版社，1999年。

〔註7〕《後漢書集解》卷17，列傳第7，〈岑彭傳〉，頁103。北京：中華書局，1984年。

〔註8〕嵇康〈述志詩〉，收錄於逯欽立編《先秦漢魏晉南北朝詩》上冊，〈魏詩〉，頁479。北京：中華書局，1984年。

《晉書・隱逸列傳》開始，第一次明確使用「隱逸」爲題爲隱士立傳，
並爲後代多部正史沿用，「隱逸」於是至此成爲隱士或隱居行爲常見
的用語。

　　不過，只是這樣的意義分析，還是無法明確掌握「隱逸」的內
涵，事實上，目前可見的「隱逸研究」很少清楚釐清「隱逸」究竟
所指爲何，或者只能界定「隱者」身份，卻將「隱逸」含糊帶過，
可見要直接定義「隱逸」是困難的，而這也是本文意欲展開討論的
首要前提，如果無法界定「隱者」除了具體行爲之外的思想、價值
內涵，那麼「隱逸」議題的探討就是空泛的。有鑑於此，本章企圖
藉由對於「隱逸」行爲的出現、觀念的被認同，乃至於形成一種具
有傳統特定的價值取向的資料整理，爬梳出一個發展的脈絡與價值
的定調，誠能如是，則有助於隱逸原貌的澄清與對比出唐代隱逸風
氣的時代特性。

一、儒家如是說

　　討論隱逸問題，儒家代表的論述總是被拿來作爲行爲的理論依
據，先秦儒家對隱逸觀念的建構大抵可以從《周易》《詩經》《論語》
《孟子》等書排列出一個觀念發展的輪廓。

（一）《周易》、《詩經》對隱逸文化的開啟

　　作爲儒家十三經之首的《周易》，無可否認的原是上古卜筮的
學術，至商、周之際，經過文王的整理和註述，將其由卜筮的範圍
擴及至究「天人之際」的學問，從此《周易》一書便成爲中國文化
的基礎，要研究中國文化，由《周易》著手探究是必須的，〔註9〕
《周易》中已可見不少隱逸思想，茲將其中有關隱逸的論述整理如
下：

〔註9〕　南懷瑾敘言，收於《周易今註今譯》，頁1。台北：台灣商務印書館，
　　　　1995年修訂版。

表 2-1-1

卦名	卦辭	彖	象	爻 辭	各家解釋	備 註
遯	遯，亨，小利貞。	遯，亨；遯而亨也。剛，當位而應，與時行也。小利貞，浸而長也。遯之時義大矣哉。	天下有山，遯，君子以遠小人，不惡而嚴。	上九肥遯，无不利。	※陸德明：「遯，隱退也，匿迹避時之謂。」 ※孔穎達《周易正義》：「遯者，隱退逃避之名。陰長之卦，小人方用，君子日消。君子當此之時，若不隱遯避世，即受其害。須遯而後得通，故曰遯。」〔註10〕	點明隱逸行為背後的「不得時」。
否		否之匪人，不利君子貞，大往小來，則是天地不交而萬物不通也，上下不交而天下無邦也。內陰而外陽，內柔而外剛。內小人而外君子。小人道長，而君子道消也。〔註11〕				處在不利君子的時代，君子自然只有以正自居，隱逸隨時。
乾				初九：「潛龍勿用。」		沉潛待時
明夷			用晦而明			沉潛
蹇				初六往蹇，來譽。象曰：往蹇來譽，宜待也。		待時

〔註10〕《十三經注疏》，頁 146。北京大學出版社，1999 年。
〔註11〕同上，頁 70。

困			初六臀困于株木，入于幽谷，三歲不覿。		待時
蠱			不事王侯，志可則也。	上九。不事王侯，高尚其事。	✻孔穎達《周易正義》：「最處事上，不復以世事爲心，不繫累于職位，故不承事王侯，但自尊高，慕尚其清虛之事，故云高尚其事。	不事王侯，隱逸自適
履				九二。履道坦坦。幽人貞吉。		謙退能避免災難。
大過			澤滅木大過，君子以獨立不懼，遯世無悶。			隱遁是安全無害的

《周易》對傳統隱逸文化的形成與發展意義重大，其隱逸思想集中反應在〈遯〉卦之中。〈遯〉卦卦辭中說：「遯，亨，小利貞。」象曰：「遯，亨；遯而亨也。剛，當位而應，與時行也。小利貞，浸而長也。遯之時義大矣哉。」遯，即退避之意，陸德明的解釋：「遯，隱退也，匿迹避時之謂。」已經點明隱逸行爲背後的「不得時」。象曰：「天下有山，遯，君子以遠小人，不惡而嚴。」孔穎達的《周易正義》解釋：「遯者，隱退逃避之名。陰長之卦，小人方用，君子日消。君子當此之時，若不隱遯避世，即受其害。須遯而後得通，故曰遯。」〔註12〕可見遯卦明確指出君子在不得時的時候應該隱遁，以求遠害並保全自身，個人的隱逸選擇應該配合時機。

另外，否卦也在強調「時」的概念，象曰：「否之匪人，不利君子貞，大往小來，則是天地不交而萬物不通也，上下不交而天下無邦也。

〔註12〕《十三經注疏》，頁146。北京大學出版社，1999年。

內陰而外陽，內柔而外剛。內小人而外君子。小人道長，而君子道消也。」〔註13〕處在不利君子的時代，君子自然只有以正自居，隱逸隨時。

〈乾〉卦初九也說：「潛龍勿用。」〔註14〕龍能飛能潛，比喻君子之德，當時機未到，君子也只能選擇潛伏勿用，隱逸待時。此外，如〈遯〉卦象曰：「遯而亨也」、「與時行也」；〈明夷〉卦象曰：「用晦而明」；〈蹇〉卦初六的「往蹇來譽，宜待也」；〈困〉卦初六「入于幽谷，三歲不覿」等，都是在說君子之所以隱逸是因爲不遇於時，是暫時性的遠害全身，一旦時機到來，還是可以脫隱而出，建功立業的，體現的是一種以退爲進的待時之隱，開啓了孔子「天下有道則見，無道則隱」的避世待時思想。

除了待時思想，《周易》還指出隱逸可以作爲人生歸宿的思考角度，例如〈蠱〉卦的上九說：「不事王侯，高尚其事。」孔穎達《周易正義》的解釋：「最處事上，不復以世事爲心，不繫累于職位，故不承事王侯，但自尊高，慕尚其清虛之事，故云高尚其事。」〔註15〕〈蠱〉卦象曰：「不事王侯，志可則也。《周易正義》的解釋是：「身既不事王侯，志則清虛高尚。」〔註16〕顯然在〈蠱〉卦中已經出現對於隱逸行爲的價值判斷，君子的志趣清高，不事王侯，隱逸自適是值得景仰、仿效的。

此外，〈履〉卦中的爻辭九二：「履道坦坦，幽人貞吉」，說的是隱居之人的與世無爭，可以避免危險。〈大過〉卦的象辭：「澤滅木大過，君子以獨立不懼，遯世无悶。」、〈遯〉卦爻辭上九說：「肥遯，无不利。」則表達隱遁的清虛高尚與安全無害，可見隱遁既是美德，也是一種自我安頓之道。

〔註13〕《十三經注疏》，頁70。北京大學出版社，1999年。
〔註14〕同上，頁1。
〔註15〕同上，頁91。
〔註16〕同上，頁91。

　　經過整理可以發現在《周易》中所提到的隱逸思想至少有兩個層次：（1）隱逸是一種不遇於時，等待時機的不得已的選擇，一旦時機允許，隱者終究是會出仕一展抱負的；（2）隱逸是一種高尚的節操，安全愉快的自我安頓之道，可以作為人生的終極歸宿。這兩個層次作為中國古代隱逸文化的根源基礎，意義是重大的。

　　而一談到《詩經》中的隱者形象，陳風的〈衡門〉是一定被舉證的作品：

　　　　衡門之下，可以棲遲。泌之洋洋，可以樂飢。

　　　　豈其食魚，必河之魴？豈其取妻，必齊之姜？

　　　　豈其食魚？必河之鯉？豈其取妻，必宋之子？〔註17〕

後人常以「衡門」象徵隱士之居，隱者生活清苦，支起橫木就算是門，詩中之人想必是位避世隱居的下層士人，過著簡樸的生活，安貧樂道，不慕榮利，是個典型的隱士。

　　而衛風〈考槃〉則刻劃了一位隱者的皎潔與篤靜：

　　　　考槃在澗，碩人之寬；獨寐寤言，永矢弗諼。

　　　　考槃在阿，碩人之薖；獨寐寤歌，永矢弗過。

　　　　考槃在陸，碩人之軸；獨寐寤宿，永矢弗告。〔註18〕

詩中可以想見一位賢者的清高形象，無論是在山澗之中，山坡之旁或高原之上，都是胸懷寬廣的，永不介入外世的紛紜糾葛，屈萬里認為這是一首美賢者窮處而能安其樂的詩。另外，《小雅》中的〈鶴鳴〉則被定位是一首諷諫人君求隱居賢人之作：

　　　　鶴鳴于九皋，聲聞于野。魚潛在淵，或在于渚。樂彼之園，

　　　　爰有樹檀，其下維蘀，它山之石，可以為錯。

　　　　鶴鳴于九皋，聲聞于天。魚在于渚，或潛在淵。樂彼之園，

　　　　爰有樹檀，其下維穀，它山之石，可以攻玉。〔註19〕

《詩序》認為此詩是「誨宣王也。」鄭箋加以解釋衍申：「教宣王求

〔註17〕屈萬里《詩經詮釋》，頁235。台北：聯經出版社，民國82年。

〔註18〕同上，頁102～103。

〔註19〕同上，頁333。

賢人之未仕者。」裴普賢以爲此詩「意在諷諫人君求賢人之隱居不仕
者。」〔註20〕詩人烘托出賢人居處動止有鶴鳴于高野的清遠，有魚潛
於淵渚的自如，四周又有聳立的檀樹環繞，營造令人企慕的閒適但又
有些神秘的隱居環境，讓人心嚮往之。《詩經》國風本來就是民間歌
謠，具有反應社會現象的功能，凡此種種都可以證明在春秋時期就存
在著隱逸之風與推崇、企慕隱者的價值觀。

（二）《論語》、《孟子》中的隱者與逸民

《論語》一書向來被當作是探索儒家開創者──孔子思想的重要
根據，在書中孔子提出了超越的思想：「道」，「道」的內涵極其複雜，
既是所謂天道，也是人道。就社會群體而言，道是政治的理想、公理、
正義、秩序，也是文化的合理傳統、禮儀；就個人而言，道是正直的
人格、自由的精神與高尚的道德。在〈述而〉篇中孔子說自己是：「志
於道，據於德，依於仁，游於藝。」〔註21〕面對道的偉大，孔子說：
「朝聞道，夕死可以。」〔註22〕「道」於是成了一個士人在出處之間
的判定標準：

> 子曰：「道不行，乘桴浮于海，從我者，其由與！」〔註23〕
> 子謂顏淵曰：「用之則行，舍之則藏，惟我與爾有是夫！」
> 〔註24〕
> 子曰：「篤信好學，守死善道，危邦不入，亂邦不居，天下
> 有道則見，無道則隱。邦有道，貧且賤焉，恥也；邦無道，
> 富且貴焉，恥也。」〔註25〕

〔註20〕糜文開、裴普賢著《詩經欣賞與研究》，頁40。台北：三民書局，民
　　　　國68年。
〔註21〕宋・朱熹集註、蔣伯潛廣解《四書讀本・論語》，頁89。台北：啓明
　　　　書局，1956年。
〔註22〕同上，〈里仁〉篇，頁46。
〔註23〕同上，〈公冶長〉篇，頁57。
〔註24〕同上，〈述而〉篇，頁90～91。
〔註25〕同上，〈泰伯〉篇，頁112。

子曰：「賢者辟世，其次辟地，其次辟色，其次辟言。」
〔註26〕

子曰：「直哉史魚！邦無道如矢，邦有道如矢，君子哉蘧
伯玉！邦有道則仕，邦無道則可卷而懷之。」〔註27〕

由上引文可知：在人生價值的選擇上，進退行藏之間，「道」是重
要的標準，「用之則行，舍之則藏」、「天下有道則見，無道則隱」、
「邦有道則仕，邦無道則可卷而懷之」──個人的出處並不決定於
自己的自由意志，而是取決於天下是否有道、時局是否清明安定。
儘管儒家也說：「學而優則仕」〔註28〕（子夏曰），但有其原則：「邦
有道，貧且賤焉，恥也；邦無道，富且貴焉，恥也。」「隱居以求
其志，行義以達其道。」〔註29〕君子出處的選擇焦點正在一個「道」
字之上：在孔子的認知中，隱居也罷，出仕也罷，都取決於天下是
否有「道」與自己堅持的「道」是否能夠實踐，如果時局許可，當
然要積極出仕，實踐理想；但如果時局紊亂，就可以暫時隱退，懷
抱志向，修身養性以待時機──這個部份的想法與《周易》的待時
思想算是延續的。

　　此外，孔子對隱者、逸民的不同評價對後代影響深遠，也是儒
家隱逸思想的重要部份，有必要稍做考察：根據目前學界的定論，
《論語》關於隱者的記載，至少有七人，分別為〈八佾〉的儀封人、
〈憲問〉篇的晨門與荷蕢、〈微子〉篇的接輿、長沮、桀溺與荷蓧
丈人（以上七人資料，參見表2-1-2）。

〔註26〕宋‧朱熹集註，蔣候潛廣解《四書讀本‧論語》，〈憲問〉篇，頁226。
　　　　台北：啟明書局，1956年。
〔註27〕同上，〈衛靈公〉篇，頁235。
〔註28〕同上，〈子張〉篇，頁293。
〔註29〕同上，〈季氏〉篇，頁257。

表 2-1-2

隱 者	出 處	原　　文	隱者身分	地域／國家
儀封人	《八佾》	儀封人請見，曰「君子之至於斯也，吾未嘗不得見也。」從者見之。出曰：「二三子何患於喪乎？天下之無道也久矣！天將以夫子爲木鐸」	朱熹注：蓋賢而隱於下位者也。	衛國（北方、中原）
晨　門	《憲問》	子路宿於石門。晨門曰：「奚自？」子路曰：「自孔氏。」曰：「是知其不可爲而爲之者與？」	朱熹注：蓋賢而隱於報關者也。	魯國（北方、中原）
荷　蕢	《憲問》	子擊磬於衛。有荷蕢而過孔氏之門者，曰「有心哉，擊磬乎」既而曰「鄙哉，硜硜乎！莫己知也，斯已而已矣！深則厲淺則揭」子曰「果哉！末之難矣」	朱熹注：此荷蕢者，亦隱士也。聖人之心未嘗忘天下，此人聞其磬聲而知之，則亦非常人矣。	衛國（北方、中原）
接　輿	《微子》	楚狂接輿歌而過孔子曰：鳳兮！鳳兮！何德之衰？往者不可諫，來者猶可追。已而！已而！今之從政者殆而」孔子下，欲與之言。趨而辟之，不得與之言。	佯狂避世之人。	楚國（南方）
長　沮	《微子》	長沮、桀溺耦而耕。孔子過之，使子路問津焉。長沮曰「夫執輿者爲誰？」子路曰「爲孔丘」曰「是魯孔丘與？」曰「是也」曰「是知津矣！」	朱熹注：二人隱者耦，並耕也。	蔡國（南方）
桀　溺	《微子》	問於桀溺。桀溺曰：「子爲誰？」曰：「爲仲由」曰：「是魯孔丘之徒與？」對曰：「然」曰：「滔滔者，天下皆是也，而誰以易之？且而與其從辟人之士也，豈若從辟世之士哉？」耰而不輟。子路行以告，夫子憮然曰：「鳥獸不可以與同群！吾非斯人之徒與而誰與？天下有道，丘不與易也。」		
荷蓧丈人	《微子》	子路從而後，遇丈人，以杖荷蓧。子路問曰「子見夫子乎？」丈人曰「四體不勤，五穀不分，孰爲夫子？」植其杖而芸。子路拱而立，止子路宿，殺雞爲黍而食之，見其二子焉。明日，子路行以告。子曰「隱者也」	朱熹注：丈人，亦隱者。	南方

由上表可歸納出關於隱者的一些特徵：

（1）沒有具體的姓名。

（2）隱居在社會下層，堅持一種獨善其身的原則。

（3）對於政治態度冷淡。

（4）有文化涵養及智慧，絕非一般市井階層，所以即使身處社
會角落也仍顯現潔身自處的氣質。

就地理環境觀察，可知出身北方的儀封人、晨門、荷蕢算是居處中原文化圈內，很有可能是貴族之後，〔註30〕對於孔子展現的積極態度有某一種層次的肯定，而接輿、長沮、桀溺、荷蓧丈人之徒則屬於躬耕爲業，不談君臣之倫，以辟世求獨善自居，因爲天下無道，丘卻不能隱，行徑上是有損鳳德的。整體看來，儘管這些隱者出身可能不盡相同，但皆具高蹈世外、潔身自好的特徵。生活環境或在社會下層，或在山林田野之間，不求名利，所以七人皆無姓無名，但言行被紀錄在《論語》之中，卻標示著一定程度的肯定，只有同樣具備文化涵養與智慧的人才能看到並評斷孔子的身處亂世卻積極入世的行徑，同樣也被孔子看到並且透過《論語》使這些不知姓名的，身處社會下層的，有智慧並且能獨善其身的隱者形象得到一些保留。

在《論語》的〈憲問〉篇裡提到賢人以「辟世」作爲回應亂世的一種方式：

　　　子曰：「賢者辟世，其次辟地，其次辟色，其次辟言。」

　　〔註31〕

　　　子曰：「作者七人矣！」

所謂「辟世」根據蔣伯潛廣解：辟，今作避，「辟世」者，隱居不仕，

〔註30〕春秋晚期社會變動，貴族階層淪爲皂吏、賤官，或零落異國，自食其力已是研究春秋晚期歷史的定論。可參考許倬雲〈春秋戰國間的社會變動〉，收於《求古編》頁 319～352。台北：聯經出版，1994年。

〔註31〕宋・朱熹集註、蔣伯潛廣解《四書讀本・論語》，〈憲問〉篇，頁 226。台北：啓明書局，1956 年。

世主莫得而臣也。〔註32〕而「作者七人」，朱熹註以爲「作」乃「見幾而作」之作，言起而隱去也。對於「七人」所指歷來衆說紛紜，例如《集解》認爲是長沮、桀溺等上述七人；《皇疏》引王弼的主張認爲是伯夷、叔齊、虞仲、夷逸、朱張、柳下惠、少連等七人；《論語稽》附注則認爲是堯舜禹湯文武周公七人，〔註33〕此七人爲誰，不能確定，除了長沮、桀溺等七人外，孔子還在〈微子〉篇裡讚美了七位「逸民」：

> 逸民：伯夷、叔齊、虞仲、夷逸、朱張、柳下惠、少連。曰：「不降其志，不辱其身，伯夷叔齊與？」謂「柳下惠、少連降志辱身矣！言中倫，行中慮，其斯而已矣！」謂「虞仲、夷逸隱居放言，身中清，廢中權。我則異於是！無可無不可。」〔註34〕

這段話中所謂「逸民」是確有所指的，這七位逸民有其共通點：他們都有貴族身份——伯夷叔齊爲商末孤竹君之子，爲了讓國於中子，二人逃歸文王。柳下惠爲春秋時魯大夫展禽，食邑柳下，諡惠。虞仲，朱注以爲是泰伯之弟仲雍，即周太王次子，與泰伯同竄荊蠻，斷髮紋身，裸以爲飾，《史記·吳泰伯世家》說他這樣作是爲了「示不可用，以避季曆」；〔註35〕朱張，王弼以爲即荀子所謂子弓者，少連是東夷人，事見《禮記·雜記下》，孔子稱其「善居喪，三日不怠，三月不懈，期悲哀，三年憂。」。〔註36〕而這些有身份有地位的人，爲了保持品格上的高潔超逸，選擇遁逃隱居，在「隱德」的評價上則會比長沮、桀溺之徒更具有標示性。而《孟子·公孫丑》篇對伯夷、柳下惠的具體評價可以提供儒家對於肯定「逸民」的進一步瞭解：

〔註32〕宋·朱熹集註、蔣伯潛廣解《四書讀本·論語》，〈憲問〉篇，頁226～227。台北：啓明書局，1956年。

〔註33〕同上，頁226～227。

〔註34〕同上，頁284。

〔註35〕《史記》卷31，〈吳太伯世家〉，頁1445。台北：新象書店，民國74年。

〔註36〕這些身份資料主要參考《四書讀本·論語》，頁284～285。台北：啓明書局，1956年。

> 孟子曰：伯夷，非其君不事，非其友不友；不立於惡人之
> 朝，不與惡人言。立於惡人之朝，與惡人言，如以朝衣朝
> 冠坐於塗炭。推惡惡之心，思與鄉人立，其冠不正，望望
> 然去之，若將浼焉。是故諸侯雖有善其辭命而至者，不受
> 也。不受也者，是亦不屑就已。〔註37〕

說的是伯夷潔身自好的德性，有其高標準的原則。

> 柳下惠不羞汙君，不卑小官。進不隱賢，必以其道；遺佚
> 而不怨，阨窮而不憫。故曰：「爾為爾，我為我，雖袒裼裸
> 裎於我側，爾焉能浼我哉？」故由由然與之偕而不自失焉，
> 援而止之而止。援而止之而止者，是亦不屑去已！〔註38〕

綜合孔子與孟子的說法，可以知道所謂「逸民」具有堅持行為準則，
他們並非刻意表現卻反而有值得尊敬的德行，所以孔子說：「舉逸民
而天下之民歸心焉。」，〔註39〕孟子說：「聞伯夷之風者，頑夫廉，懦
夫有立志。」，〔註40〕可見相對於全然獨善的隱者而言，逸民顯然多
了示範、風化的功能。

　　雖然孔子被荷蕢聽出來擊磬之聲是有心的：

> 子擊磬於衛。有荷蕢而過孔氏之門者，曰「有心哉，擊磬
> 乎」既而曰「鄙哉，硜硜乎！莫己知也，斯己而已矣！深
> 則厲淺則揭」子曰「果哉！末之難矣」〔註41〕

卻表示了孔子在仕與隱之間的選擇不是沒有原則的，他也主張「天下
有道則見，無道則隱」，有道或無道仍是出處的一個選擇的標準，孟
子評價孔子：

> 「可以仕則仕，可以止則止，可以久則久，可以速則速，
> 孔子也」〔註42〕

〔註37〕宋・朱熹集註，蔣伯潛廣解《四書讀本・孟子》，〈公孫丑〉篇，頁
　　　　84。台北：啓明書局，1956年。
〔註38〕同上，頁84～85。
〔註39〕同上，〈堯曰〉篇，頁302。
〔註40〕同上，〈萬章〉篇，頁234。
〔註41〕同上，〈憲問〉篇，頁189。
〔註42〕宋・朱熹集註、蔣伯潛廣解《四書讀本・論語》，〈公孫丑上〉篇，

「可以速而速，可以久而久，可以處而處，可以仕而仕，

孔子也」〔註43〕

這些都是對孔子「有道則見，無道則隱」的認同，並且也做了補充：

居天下之廣居，立天下之正位，行天下之大道，得志與民

由之，不得志獨行其道，富貴不能淫，貧賤不能移，威武

不能屈，此之謂大丈夫。〔註44〕

故士窮不失義，達不離道。窮不失義，故士得己焉；達不

離道，故民不失望焉。古之人得志澤加於民，不得志修身

見於世，窮則獨善其身，達則兼善天下。〔註45〕

在孟子的認知中，顯然出處的選擇已從有道無道的客觀考量加入了個
人的得志與否的情感意志，使得出處的選擇更具一定程度的自由性、
自主性。但無論有道無道，儒家從未脫離「仕」的社會系統，所以孔
子說「無道則隱」時還談到「君子之仕也，行其義也。道之不行，已
知之矣！」〔註46〕「隱居以求其志，行義以達其道。」〔註47〕顯然「隱」
是一種行義的模式，即使已知「道」的難以實踐，仍要抱持「知其不
可爲而爲之」〔註48〕的精神，去變無道爲有道，所以孔子針對長沮、
桀溺的「辟世」之舉的回答是：「鳥獸不可與同群，天下有道，丘不
易也。」〔註49〕雖然他也說過：「道不行，乘桴浮于海，從我者，其
由與？」，〔註50〕但孔子始終是不辟世的。

二、道家如是說

對於隱逸傳統的樹立道家的關係是絕對密切的，其代表人物老

頁57。台北：啓明書局，1956年。

〔註43〕同上，〈萬章下〉篇，頁213。

〔註44〕同上，〈滕文公下〉篇，頁107。

〔註45〕同上，〈盡心上〉篇，頁309。

〔註46〕同上，〈微子〉篇，頁277。

〔註47〕同上，〈季氏〉篇，頁248。

〔註48〕同上，〈憲問〉篇，頁207。

〔註49〕同上，〈微子〉篇，頁277。

〔註50〕同上，〈公冶長〉篇，頁57。

子與莊子不但在哲學思想與隱逸精神上的觀點是相通的，他們的人
生更是典型的體現隱士的風範，比起孔子、孟子是更爲言行合一的
人物。按照司馬遷的記載，老子的時代其實是含混不確定的，春秋
或者戰國階段都有可能，〔註51〕他是著名的「隱君子」，曾經擔任
「周守藏室之史」，他脩道德，其學以自隱無名爲務，後因見周之
衰，於是著書上下篇，言道德之意五千餘言後而去，莫知所終。所
以老子並未如孔子、孟子、墨子甚或當代游士之流的蘇秦、張儀之
輩一般周遊列國，尋求功名機會，而是甘於恬淡，隱身不見，彷彿
一條神龍，令人見首不見尾，《史記》中的老子以其不確定的行爲
和年齡論，可以稱得上是隱士中的「神仙」，後代的道教以老子爲
神仙並非沒有道理。老子帶給傳統文化的影響是巨大而多元的，尤
其是他的隱逸行徑。而其書中所標示的「無爲」思想與隱逸精神在
本質上有相通之處：

> 是以聖人處無爲之事，行不言之教。（二章）〔註52〕
>
> 愛人治國，能無爲？（十章）〔註53〕
>
> 道常無爲而無不爲。（三十七章）〔註54〕
>
> 上德無爲而無以爲，下德無爲而有以爲。（三十八章）〔註55〕
>
> 是以知無爲之有益。不言之教，無爲之益，天下希及之。（四
> 十三章）〔註56〕
>
> 爲學日益，爲道日損，損之又損，以至於無爲，無爲無不
> 爲。（四十八章）〔註57〕

〔註51〕司馬遷《史記》卷63，列傳第3，〈老子韓非列傳〉，頁2139～2143。
　　　台北：新象書店，民國74年。
〔註52〕蔣錫昌《老子校詁》，頁13。台北：東昇出版社，民國69年。
〔註53〕同上，頁58。
〔註54〕同上，頁240。
〔註55〕同上，頁243。
〔註56〕同上，頁286～287。
〔註57〕同上，頁301～302。

故聖人云：我無爲而民自化；我好靜而民自正；我無事而民自富；我無欲而民自樸。(五十七章) [註58]

爲無爲，事無事，味無味。(六十三章) [註59]

是以聖人無爲，故無敗；無執，故無失。(六十四章) [註60]

以上「無爲」主要是指順其自然，不求有所作爲，《老子》書中多次出現這樣的思想，提供了後世隱者歸隱山林的思想基礎，雖然他也說：無爲才能無不爲，不爭，故天下莫能與之爭，[註61] 即使達到無不爲，也還是要無爲──持而盈之，不若其以。揣而銳之，不可長保。金玉滿堂，莫之能守。富貴而驕，自遺其咎。功成、名遂、身退、天之道。[註62] 也就是說，一旦功成名就、金玉滿堂了，就要懂得身退隱居，否則就會「自遺其咎」。這樣的思考角度和儒家的積極用世，勇於進取爲歷代士人在仕與隱的選擇上提供了思想上的依據。

與老子同爲道家代表的莊子也是個典型的隱士，他的生平比老子要清楚些，但也非輪廓清楚，根據《史記》，只知道曾做過爲期短暫的蒙城漆園吏，與梁惠王、齊宣王同時，是個淡薄功名富貴的人，曾斷然拒絕楚威王的邀約：

楚威王聞莊周賢，使使厚幣迎之，許以爲相。莊周笑謂楚使者曰：「千金、重利；卿相，尊位也。子獨不見郊祭之犧牛乎？養食之數歲，衣以文繡，以入大廟。當是之時，雖欲爲孤豚，豈可得乎？子亟去，無污我。我寧游戲污瀆之中自快，無爲有國者所羈，終身不仕，以快吾志焉。」[註63]

在《莊子》一書中也有多則故事更形象化的展現莊子的淡薄功名利祿，如《秋水》篇裡以神龜寧可曳尾於塗中的活著爲喻，拒絕楚王的

[註58] 蔣錫昌《老子校詁》，頁354。台北：東昇出版社，民國69年。

[註59] 同上，頁383。

[註60] 同上，頁391。

[註61] 同上，頁153。

[註62] 同上，頁49～52。

[註63] 司馬遷《史記》卷63，列傳第3，〈老子韓非列傳〉，頁2145。台北：新象書店，民國74年。

邀請，以鴟鵷的非梧桐不止，非練實不食，非醴泉不飲來暗示自己對梁國相位的鄙薄，〔註64〕所以莊子甘於隱居的形象是非常突出的。在思想上，莊子也用內七篇將其個人心靈最高境界的修爲與隱逸行爲繫聯起來外：

> 物無非彼，物無非是。自彼則不見，自知則知之。故曰彼出於是，是亦因彼。彼是方生之說也，雖然，方生方死，方死方生；方可方不可，方不可方可；因是因非，因非因是。是以聖人不由，而照之於天，亦因是也。是亦彼也，彼亦是也。彼亦一是非，此亦一是非。果且有彼是乎哉？果且無彼是乎哉？彼是莫得其偶，謂之道樞。樞始得其環中，以應無窮。是亦一無窮。非亦一無窮也，故曰莫若以明。以指喻指之非指，不若以非指喻指之非指也；以馬喻馬之非馬，不若以非馬喻馬之非馬也。天地一指也，萬物一馬也。〔註65〕

老子要人通過「無爲」而「無不爲」，因爲他看到事物有對立的兩個面，而莊子用「齊物」的理論來消彌世間事物的差別，追求不受拘束的逍遙境界，在莊子看來，事物是不分彼此，沒有所謂的是非，天地萬物沒有彼此的分別，也沒有是非判斷的標準，無論壽夭、美醜、貧富、短長、大小其實都只是人的偏見，其中並無區別。既然如此，一個人際遇是出仕也好，是隱居在家也罷，是富貴或貧窮都不必去改變現狀，一切只要順其自然就行——這樣的思考給了追求逍遙的境界具體的方法，這個方法讓人的逍遙自由成爲可能：

> 夫乘天地之正，而御六氣之辯，以遊無窮者，彼且惡乎待哉！故曰：至人無己，神人無功，聖人無名。〔註66〕

　　莊子以爲，體積巨大的、氣勢驚人的大鵬鳥與能御風而行、輕靈巧妙的列子雖然可以乘風飛行，但仍必須等待足夠的御風飛行的條

〔註64〕清，郭慶藩輯《莊子集釋》，卷6下，〈秋水〉第17，頁603～606。台北：漢京文化，民國72年。
〔註65〕同上，卷1下，〈齊物〉第2，頁66。
〔註66〕同上，〈逍遙遊〉第1，頁17。

件，所以還是有所待，算不得眞逍遙。所謂的「逍遙遊」應該是順應天地萬物的本性，駕馭六氣的變化，無所憑藉，就能在廣漠無窮的自然之中達到眞正的自由，這種境界只有「至人」、「神人」等莊子理想中的人物才能做到。這樣的人有些什麼特性呢？

> 藐姑射之山，有神人居焉，肌膚若冰雪，淖約若處子；不食五穀，吸風飲露；乘雲氣，御飛龍，而遊乎四海之外；其神凝，使物不疵癘而年穀熟。〔註67〕

這段文字具體描述了所謂「神人」的形象──肌膚雪白冰冷，宛若美好的女子，不食五穀，吸風飲露，能乘雲駕龍遊於四海之外。

> 至人神矣！大澤焚而不能熱，河漢沍而不能寒，疾雷破山飄風振海而不能驚。若然者，乘雲氣，騎日月，而遊乎四海之外。死生無變於己，而況利害之端乎！〔註68〕

「至人」則更進一步的超越生死的侷限，所以寒熱雷震等災難都傷害不了他。

> 至德者，火弗能熱，水弗能溺，寒暑弗能害，禽獸弗能賊。非謂其薄之也，言察乎安危，寧於禍福，謹於去就，莫之能害也。〔註69〕

《莊子》中所描繪的「至人」、「神人」、「至德之人」充滿了理想化的神仙氣息，也爲後代文人書寫神仙、隱士的形象與游仙的活動提供了想像的藍本。其實莊子的這種徹底逍遙境界的追求，正是對苦難的人世間的曲折反應，爲世人建構了一個美好的境界讓人們去追求、去期待。在道家的隱逸思想中，如果說老子的「無爲」建立了士人選擇隱逸的哲學基礎，那麼莊子的「逍遙游」就是在這個哲學基礎上更進一步浪漫的描繪了完美隱逸生活的層次，結合二者，就能完整看到道家思想對隱逸精神的深刻影響。

〔註67〕清，郭慶藩輯《莊子集釋》，〈逍遙遊〉第 1，頁 28。台北：漢京文化，民國 72 年。

〔註68〕同上，〈齊物〉第 2，頁 96。

〔註69〕同上，〈秋水〉第 17，頁 588。

此外，莊子還在〈天地〉、〈讓王〉、〈山木〉、〈田子方〉等諸篇中刻意塑造隱逸人物，以形成一個隱逸的歷史背景。像〈逍遙遊〉中拒絕堯讓天下的許由，本是虛構的人物，但因爲在《莊子》中出現多次，[註70]卻成了後代文人時常引用的典型。而〈天地〉篇更爲許由建立了師承系譜：

> 堯之師曰許由，許由之師曰齧缺，齧缺之師曰王倪，王倪之師曰被衣[註71]

〈山木〉篇中的子桑雽是教孔子以「君子之交淡若水」的高隱賢士，[註72]〈田子方〉篇中的臧丈人完成了文王所託，於是名成身退：

> 文王於是焉以爲大師，北面而問曰：「政可以及天下乎？」臧丈人昧然而不應，泛然而辭，朝令而夜遁，終身無聞。[註73]

故事雖是虛構，但卻又樹立了一位高尚其志的隱者形象，凡此種種都對後代隱逸思想的形成有莫大的影響。

總上所述，可以發現隱逸現象的發生、行爲價值的被肯定是遠在先秦時期就存在了，要瞭解隱逸觀念、行爲發生的背景其實必須回到孔子「學而優則仕」的命題上，歷來討論隱逸問題，必然都要與「入仕」議題對比，隱逸通常的理解是：有資格入仕卻不願意入仕的一種抉擇。有抉擇的機會表示至少有兩個前提要考量——其一是私人講學風氣的興起，使知識不再是貴族的專利，平民也擁有「學」的機會，才能進一步談抉擇的可能。其二是宗法制度的崩壞，使官位不再是世襲，社會結構發生巨大變動，那些有學有識者可能是沒落的貴族，可能是平民知識階級，脫離了既有的社會定位，處在「士無定主」的活

〔註70〕根據統計，許由在《莊子》中出現的篇章，計有內篇〈逍遙遊〉、〈大宗師〉；外篇〈天地〉，雜篇〈徐無鬼〉、〈外物〉、〈讓王〉、〈盜跖〉等七篇。（《莊子集釋》台北：漢京文化，民國72年。）

〔註71〕清，郭慶藩輯《莊子集釋》，卷5上，〈天地〉第12，頁415。台北：漢京文化，民國72年。

〔註72〕同上，卷7上〈山木〉第12，頁684～686。

〔註73〕同上，卷7下〈田子方〉第21，頁720～723。

動空間裡，才能談得上仕或不仕的選擇，這樣的時代，論者以爲是在
春秋的晚期，〔註74〕也就是說，隱、逸的觀念應該是在孔子之後才具
有選擇的意義。

　　而假如隱逸是個人對人生方向或君臣關係的一個自主性的抉
擇，除了制度面的改變提供選擇的空間外，還要加上價值判斷的因
素，也就是說隱逸者所要逃避的是關乎個人道德的危險──例如個人
的自主性或品格喪失的危機，因此必須做出選擇。經歷春秋晚期至戰
國階段約三百年的發展，隱逸思想大致可借《莊子‧刻意》篇的一段
文字展現面貌：

> 刻意尚行，離世異俗，高論怨誹，爲亢而已矣；此山谷之
> 士，非世之人，枯槁赴淵者之所好也。語仁義忠信，恭儉
> 推讓，爲修而已矣；此平世之士，教誨之人，遊居學者之
> 所好也。語大功，立大名，禮君臣，正上下，爲治而已矣；
> 此朝廷之士，尊主強國之人，致功并兼者之所好也。就藪
> 澤，處閒曠，釣魚閒處，無爲而已矣；此江海之士，避世
> 之人，閒暇者之所好也。吹呴呼吸，吐故納新，熊經鳥申，
> 爲壽而已矣；此道引之士，養形之人，彭祖壽考者之所好
> 也。〔註75〕

在上述內容中展現的戰國士人面貌各式各樣，關乎隱逸者有二，其一
是山谷之士的高亢之隱，標榜的是道德面的堅持；其二爲江海之士的
閒暇之隱，是一種適性的選擇。以整個隱逸思想的發展而言，儒家認
可的隱逸顯然政治色彩與考量濃厚很多，有資格入仕卻不入仕者，多
半帶有矯俗的用心，期冀有社會功能產生；而道家的隱逸型態卻多半
有棄世色彩，偏向無爲自適，閒暇自娛的自由逍遙，此二者隨著秦漢
政權大一統天下之後各有發揮空間，而有更新的時代內涵。

〔註74〕如余英時認爲：「古代封建階級制度的根本崩壞則顯然發生在春秋的
　　　晚期」。參見余英時《中國知識階層史論‧古代篇》，頁 16。台北：
　　　聯經出版，1997 年。
〔註75〕清，郭慶藩輯《莊子集釋》，外篇，〈刻意第十五〉，頁 535。台北：
　　　漢京文化，民國 72 年。

第二節　漢代隱逸觀念的觀察

　　兩漢時期，隱者數量很多，成份也頗複雜，隱者進入了史書。而談整個漢代的隱逸觀念，不能只討論《後漢書》的〈逸民傳〉，在《史記》、《漢書》，甚至是非正史的《高士傳》等史籍中記載的隱者人數就有 120 人之多，〔註76〕大致可分三個時段來觀察——西漢時期、王莽代漢時期與東漢時期。茲將隱者中事跡可考者資料整理成表如下，以爲論述參照：

一、西漢階段隱者

表 2-2-1

人　物	具體隱逸事跡	出　處	備　註
蓋　公	明《老子》，師事樂臣公。漢之起，齊人爭往於世主，唯蓋公獨遁居不仕。	皇甫謐《高士傳》	隱居不仕
東郭先生、梁石君	齊之俊士也，隱居不嫁。	《漢書·蒯通傳》	隱居不仕
四　皓	因高帝「慢侮人，故逃匿山中，義不爲漢臣。」	《史記·留侯世家》	隱居不仕
田　何	年老家貧，守道不仕。	皇甫謐《高士傳》	隱居不仕
王　生	善爲黃老言，處士也。	《史記·張釋之列傳》	隱居不仕
摯　峻	少治清節，……獨身聽隱於部開山。	皇甫謐《高士傳》	隱居不仕
韓　福	終身不仕，卒於家。	皇甫謐《高士傳》	隱居不仕
成　公	自隱姓名，常誦經，不交世利，時人號曰成公。	皇甫謐《高士傳》	隱居不仕
安丘望之	少治老子經，恬靜不求進宦……成帝聞欲見之，望之辭不肯見……愈日損退，爲巫醫於民間，著《老子章句》。	皇甫謐《高士傳》	隱居不仕

〔註76〕根據王繼訓（2005）：〈試論兩漢隱逸之風〉，收於《青島大學師範學院學報》第 22 卷第 1 期，頁 73～80。；王繼訓（2005）：〈漢代「隱逸」考辨〉，收於山東大學《理論學刊》總第 135 期，頁 99～102。

宋勝之	從郇越牧羊，以琴書自娛。	皇甫謐《高士傳》	隱居不仕
張仲蔚	與同郡魏景卿具修道德，隱身不仕。明天官博物，善屬文，好詩賦。常居窮素，所處蓬蒿沒人。閉門養性，不治榮名，時人莫識，唯劉龔知之。	皇甫謐《高士傳》	隱居不仕
鄭樸、嚴遵	皆修身自保，非其服弗服，非其食弗食。樸遂不詘而終，遵則卜筮於成都市⋯⋯閉肆下簾。	《漢書‧王貢兩龔鮑傳》	隱居不仕

　　上表可見，西漢時期隱士數量較少，且皆為不慕名利，高尚其志之士，傳記的描述，多所肯定。等到王莽代漢，許多士人有感於時局混亂，選擇或以隱匿山谷，廣收門徒，傳道授業，以保性命；或養志修道，游五岳名山，不知所終；或閉門自絕，嘔血托病，不仕二姓，茲將相關資料整理如下：

二、王莽時期隱者

表 2-2-2

人　物	具體隱逸事跡	出　　處	備　註
郅　惲	南遁蒼梧	《後漢書》本傳	無道則隱
孔　奮	與老母幼弟避兵河西	《後漢書》本傳	無道則隱
杜林杜成兄弟	俱客河西	《後漢書》本傳	無道則隱
毋將隆	徙合浦	《漢書》本傳	無道則隱
梅　福	棄妻子，去九江，至今傳以為仙。	《漢書》本傳	無道則隱
邴　漢	歸老於鄉里	《漢書》本傳	無道則隱
郭欽、蔣詡	臥不出戶	《漢書》本傳	無道則隱
栗融、禽慶、蘇章、曹竟	去官不仕於莽	《漢書》本傳	無道則隱
卓　茂	不肯作職吏	《後漢書》本傳	無道則隱
孔　休	嘔血托病，杜門自絕	《後漢書》本傳	無道則隱
蔡　勛	攜將家屬，逃入深山	《後漢書》本傳	無道則隱
劉　宣	乃變名姓，抱經書避林藪	《後漢書‧卓茂傳》	無道則隱

鮑宣、薛方、蔡茂	不仕王莽朝	《後漢書·卓茂傳》	無道則隱
郭堅伯、郭游君	并修清節，不仕王莽	《後漢書·蔡茂傳》	無道則隱
王　丹	王莽時，連徵不至	《後漢書》本傳	無道則隱
韓　順	地皇末，隱於南山	皇甫謐《高士傳》	無道則隱
王　良	寢病不仕，教授諸生千餘人	《後漢書》本傳	無道則隱
郭　丹	與諸生逃入北地	《後漢書》本傳	無道則隱
胡　剛	亡命交趾，隱於屠肆之間	《後漢書》本傳	無道則隱
陽　寶	遁逃，不知所終	《後漢書·楊震傳》	無道則隱
龍丘萇	王莽時，四輔三公連辟，不到	《後漢書·儒林傳》	無道則隱
洼　丹	王莽時，常避世教授，專志不仕，徒眾數百人	《後漢書》本傳	無道則隱
车　常	不仕王莽世	《後漢書·儒林傳》	無道則隱
孔子建	終於家	《後漢書·儒林傳》	無道則隱
高容、高詡	父子稱盲，逃，不仕莽世	《後漢書·儒林傳》	無道則隱
劉　茂	棄官，避世弘農山中教授	《後漢書·獨行傳》	無道則隱
許　揚	變姓為巫醫，逃匿他界	《後漢書·方術傳》	無道則隱
郭　憲	逃東海之濱	《後漢書·方術傳》	無道則隱
陳　宣	隱處不仕	《後漢書》本傳	無道則隱
向　長	潛隱於家	《後漢書·逸民傳》	無道則隱
逢　萌	解冠掛東都城門，將家屬浮海，客於遼東	《後漢書·逸民傳》	無道則隱
周黨、譚賢、殷　謨	托病杜門	《後漢書·逸民傳》	無道則隱
王　霸	棄衣冠，絕交宦	《後漢書·逸民傳》	無道則隱
戴　邈	稱病歸鄉里	《後漢書·逸民傳》	無道則隱
逢　貞	終身不窺長安門，但閉戶讀書，未嘗問政。	《後漢書·逸民傳》	無道則隱
李劭公	辟地河西，優遊自樂	《後漢書·逸民傳》	無道則隱

王　遵	繪牛自給，有似蜀之嚴君平	《後漢書‧高士傳》	無道則隱
龔　勝	誼豈以一身事二姓，遂不復開口飲食，積十四日死	《後漢書》本傳	無道則隱
應　詡	以病告歸	皇甫謐《高士傳》	無道則隱
吳　羌	隱居德清縣家	皇甫謐《高士傳》	無道則隱
譙　玄	變異姓名，間竄歸家，因以隱遁。	《後漢書‧獨行傳》	無道則隱
李　業	病之不官，遂隱藏山谷，絕匿名迹	《後漢書‧獨行傳》	無道則隱
王皓、王嘉	棄官西歸	《後漢書‧獨行傳》	無道則隱
桓　榮	地皇末，抱其經書與弟子逃匿山谷，雖常飢困而講論不輟	《後漢書》本傳	無道則隱

　　王莽的篡政令許多士人選擇隱居山林，形成歷史上第一個大規模不仕新朝的隱逸潮流。這個現象展現了已經有一種價值觀在漢代形成的氛圍：讀書人對於仕與隱之間開始有了明確的原則，上表中的隱者並非全爲愉悅的自我安頓之隱，絕大多數是因新莽的篡位而有了不得時的，不願事異姓的原因而掛冠隱遁，符合的是儒家「無道則隱」的仕隱原則。而東漢階段則是另一個隱風興盛的時代，茲將相關資料整理如下：

三、東漢時期隱者

表 2-2-3

人　物	具　體　隱　逸　事　跡	出　處	備註
司馬均	安貧好學，隱居教授，不應辟命。……以賈逵荐，位至侍中。	《後漢書‧賈逵傳》	先隱後仕
楊　賜	少傳家學，篤志博聞。常退隱居約，教授門徒，不答州郡禮命。後辟大將軍梁冀府。非其好也。出除陳蒼令，因病不行。公車徵不至。連辭三公之命。後以司空高第，再遷侍中、越騎校尉。	《後漢書》本傳	先隱後仕

淳于恭	善說《老子》,清淨不慕榮名。……後州郡連召,不應,遂幽居養志,潛於山澤。舉動周旋,必由禮度。建武中,郡舉孝廉,司空辟,皆不應,客隱琅邪黔陬山,遂數十年。建初元年,肅宗下詔美恭素行,告郡賜帛二十匹,遣詣公車,除為議郎。引見極日,訪以政事,遷侍中騎都尉,禮待甚優。	《後漢書》本傳	先隱後仕
李 充	太守魯平請署功曹,不就。平怒,乃援充以捐溝中,因譖署縣都亭長。不得已,起親職役。後和帝公車征,不行。延平中,詔公卿、中二千石各舉隱士大儒,務取高行,以勸後進,特徵充為博士。	《後漢書・獨行傳》	先隱後仕
楊 震	震少好學,受《歐陽尚書》于太常桓鬱,明經博覽,無不窮究。諸儒為之語曰:「關西孔子楊伯起。」常客居於湖,不答州郡禮命數十年,眾人謂之晚暮,而震志愈篤。後有冠雀銜三鱣魚,飛集講堂前,都講取魚進曰:「蛇鱣者,卿大夫服之象也。數三者,法三台也。先生自此升矣。」年五十,乃始仕州郡。大將軍鄧騭聞其賢而辟之,舉茂才,四遷荊州刺史、東萊太守。	《後漢書》本傳	先隱後仕
馬 融	為人美辭貌,有俊才。……永初二年,大將軍鄧騭聞融名,召為舍人,非其好也,遂不應命,客于涼州武都,漢陽界中。會羌虜飆起,邊方擾亂,米穀踴貴,自關以西,道殣相望。融既饑因,乃悔而歎息,謂其友人曰:「古人有言:'左手據天下之圖,右手刎其喉,愚夫不為。'所以然者,生貴於天下也。今以曲俗咫尺之羞,滅無貲之軀,殆非老、莊所謂也。」故往應鄧召。	《後漢書》本傳	先隱後仕
劉 淑	少學明《五經》,遂隱居,立精舍講授,諸生常數百人。州郡禮請,五府連辟,並不就。永興二年,司徒種暠舉淑賢良方正,辭以疾。恒帝聞淑高名,切責州郡,使輿病詣京師。淑不得已而赴洛陽,對策為天下第一,拜議郎。	《後漢書・黨錮傳》	先隱後仕
荀 爽	耽思經書,慶吊不行,征命不應。……後遭黨錮,隱於海上,又南遁漢濱,積十餘年,以著述為事……黨禁解,五府並辟,司空袁逢舉有道,不應。……獻帝即位,董卓輔政,複征之。爽欲遁命,吏持之急,不得去,因複就拜平原相。行至宛陵,複追為光祿勳。視事三日,進拜司空。	《後漢書》本傳	先隱後仕

楊倫	爲郡文學掾。更歷數將，志乘于時，以不能人間事，遂去職，不復應州郡命。	《後漢書‧儒林傳》	先仕後隱
許劭	初爲郡功曹，太守甚敬之。……司空楊彪辟，舉方正、敦樸，征，皆不就。或勸劭仕，對曰：「方今小人道長，王室將亂，吾欲避地淮海，以全老幼。」乃南到廣陵。	《後漢書》本傳	先仕後隱
廖扶	絕志世外。專精經典，尤明天文、讖緯，風角、推步之術。州郡公府辟召，皆不應。	《後漢書‧方術傳》	終身不仕
鄭玄	玄自遊學，十餘年乃歸鄉里。家貧，客耕東萊，學徒相隨已數百千人。及黨事起，乃與同郡孫嵩等四十餘人俱被禁錮，遂隱修經業，杜門不出。	《後漢書》本傳	終身不仕
申屠蟠	隱居精學，博貫《五經》，兼明圖緯。	《後漢書》本傳	終身不仕
張楷	家貧無以爲業，常乘驢車至縣賣藥，足給食者，輒還鄉里。司隸舉茂才，除長陵令，不至官。隱居弘農山中，學者隨之，所居成市，後華陰山南遂有公超市。五府連辟，舉賢良方正，不就。	《後漢書》本傳	終身不仕
姜肱	肱博通《五經》，兼明星緯，士之遠來就學者三千余人。諸公爭加辟命，皆不就。	《後漢書》本傳	終身不仕
嚴光	少有高名，與光武同遊學。及光武即位，乃變名姓，隱身不見。帝思其賢，乃令以物色訪之。……三反而後至……謂光武曰：「昔唐堯著德，巢父洗耳。士故有志，何至相迫乎！」	《後漢書‧逸民傳》	終身不仕
台佟	隱于武安山，鑿穴爲居，采藥自業。建初中，州辟，不就……隱逸，終不見。	《後漢書‧逸民傳》	終身不仕
法眞	性恬靜寡欲，不交人間事。……辟公府，舉賢良，皆不就。……深自隱絕，終不降屈。	《後漢書‧逸民傳》	終身不仕
龐公	居峴山之南，未嘗入城府。……後遂攜其妻子登鹿門山，因采藥不反。	《後漢書‧逸民傳》	終身不仕

　　從儒家對士人的人生規劃來說，讀書人以學入道，長期的學習就是體察與把握所謂的「道」，在《說苑》中的〈政理〉篇裡有段記載：

　　孔子弟子有孔蔑者，與宓子賤皆仕，孔子往過孔蔑，問之曰：「自子之仕者，何得、何亡？」孔蔑曰：「自吾仕者未有所得，而有所亡者三，曰：王事若襲，學焉得習，以是

學不得明也，所亡者一也。奉祿少鬻，鬻不足及親戚，親
戚益疏矣，所亡者二也。公事多急，不得弔死視病，是以
朋友益疏矣，所亡者三也。」孔子不說，而復往見子賤曰：
「自子之仕，何得、何亡也？」子賤曰：「自吾之仕，未有
所亡而所得者三：始誦之文，今履而行之，是學日益明也，
所得者一也。奉祿雖少鬻，鬻得及親戚，是以親戚益親也，
所得者二也。公事雖急，夜勤，弔死視病，是以朋友益親
也，所得者三也。」孔子謂子賤曰：「君子哉若人！君子哉
若人！魯無君子也，斯焉取斯？」〔註77〕

孔蔑與宓子賤為官之後的心得顯然是對比，宓子賤「始誦之文，今履
而行之，是學日益明也」的態度得到了孔子的讚賞，儘管故事未必為
真，但劉向有選擇的輯錄這則故事，反應的正是漢儒以學為仕的價值
觀，當為官與實踐「道」二件事結合在一起，成為知識份子的人生目
標，選擇遁逃離去，毋寧是一種理念的放棄，因為弘道是知識分子的
使命：

曾子曰：「士不可以不弘毅，任重而道遠。仁以為己任，不
亦重乎？死而後已，不亦遠乎？」〔註78〕

所謂的「道」，之於儒家就是一種「仁」的實踐，就是體現治國平天
下的人間關懷，通過為政達到以「道」化民，才是士人最高的理想。
所以知識份子相信，必須以知識為橋樑，通過學習來擁有「道」，而
「道」又賦予了知識份子經世濟民的內在動力，這樣的「道」不允許
任何權勢凌駕其上──這是知識份子因此得以自立並且可以有所選
擇的關鍵。上表中兩漢隱士體現的正是這樣的思考──士人並非為仕
而仕，只有在「道」得到尊重的前提下，才有與政治合作的可能與必
要。

　　漢王朝開始集權中央，隨著皇權的日益擴大，士人的政治空間卻

〔註77〕《說苑》卷7，〈政理〉，頁292。台北：台灣古籍，1996年。
〔註78〕宋・朱熹集註，蔣伯潛廣解《四書讀本・論語》，〈泰伯〉篇，頁109。
　　　　台北：啟明書局，1956年。

越來越小，高祖的不重知識分子是史上的定見，商山四皓認為「陛下
輕士善罵，臣等義不受辱，故恐而亡匿」，〔註 79〕展現的是士人與君
王間的賓友對等關係，合則來，不合則去：

> 自園公、綺里季、夏黃公、甪里先生、鄭子真、嚴君平皆
> 未嘗仕，然其風聲足以激貪厲俗，近古之逸民也。若王吉、
> 貢禹、兩龔之屬，皆以禮讓進退云。

> ……四皓避秦，古之逸民，不營不撥，嚴平、鄭真。吉困
> 于賀，涅而不緇；禹既黃髮，以德來仕；舍惟下身，勝死
> 善道；郭欽、蔣詡，近遜之好。〔註 80〕

分析班固二段文字，可知西漢被譽為「逸民」的四皓，不仕的原因是
「上慢侮人」所以「逃匿山中，義不為漢臣」，〔註 81〕取的是孟子「禮
貌衰，則去之」〔註 82〕的意義，近於「辟色」〔註 83〕可見西漢的隱逸
多取儒家的立論與原則。

　　新莽時期士人選擇棄官逃隱山林，體現的正是對新政權的不合作
態度與批判性的立場。孔子說過：

> 篤信好學，守死善道。危邦不入，亂邦不居。天下有道則
> 見，無道則隱。邦有道，貧且賤焉，恥也；邦無道，富且
> 貴焉，恥也。〔註 84〕

這段話不僅為士人在仕進與弘道之間提供了判定標準，也為士人的隱
逸山林留下了理論根據，當儒家成為百家之尊，孔孟思想也就得到漢

〔註79〕《史記》卷 55，〈留侯世家〉，頁 2033。台北：新象書店，民國 74
年。

〔註80〕《漢書》卷 72，〈王貢兩龔鮑傳序〉，頁 3055。北京：中華書局，1996
年。

〔註81〕同上。

〔註82〕宋‧朱熹集註、蔣伯潛廣解《四書讀本‧孟子》，〈告子〉篇，頁257。
台北：啟明書局，1956 年。

〔註83〕子曰：「賢者辟世，其次辟地，其次辟色，其次辟言」。見宋‧朱熹
集註、蔣伯潛廣解《四書讀本‧論語》，〈憲問〉篇，頁226。台北：
啟明書局，1956 年。

〔註84〕同前書，〈泰伯〉篇，頁112。

儒深刻的認同，孟子說：

> 古之人未嘗不欲仕也，又惡不由其道。不由其道而往者，
> 與鑽穴隙之類也。〔註85〕

東漢趙歧的《孟子正義》對這段話的闡述是：

> 君子務仕，思播其道，達義行仁，待禮而動，苟容干祿，
> 踰牆之女，人之所賤，故弗爲也。〔註86〕

入仕在儒家的原則看來，若未依循道、傳播道，或者未得到尊重，就可以選擇離開，否則就會被看輕，可見隱逸一事在孔子、孟子的標準是認同其原則。

　　此外，作爲從政的傳統，堅持志向、固守氣節是士人最重要的品質，這部份一直以來是知識份子所讚許的。孔子肯定伯夷、叔齊義不食周粟，也稱頌周朝的典章制度，所展現的正是政治對有氣節的知識份子的尊重與包容，而知識份子的不改其節，又形成一種激勵世俗的力量。在天下紊亂不堪之際，對於社會與政治的不滿會促使一部分士人在體制外以清流的面目出現，期冀能激盪風俗，既然體制內無法實現「道」，只好脫離體制，《後漢書》的〈逸民傳〉等傳記中就有一些士人逃遁之後在鄉林中授徒著書的，這些人雖遠離官場，卻未遠離世間的關懷，也或者他們是以另一方式完成其對世間的關懷，卻更能激發人們的敬意，如鄭玄的「遇黃巾賊數萬人，見玄皆拜，相約不敢入縣境。」，〔註87〕鄭敬辭吏不做，郅惲勸其復出，鄭敬回答：「還奉坟墓，盡學問道，雖不從政，施之有政，是亦爲政也。」〔註88〕鄭敬的爲政之道在於「道」的實踐，這是使風俗得以磨礪，教化得以弘揚的儒家精神要求，《論語・爲政》篇說：

〔註85〕《四書讀本・孟子》，〈滕文公下〉篇，頁 140～141。台北：啓明書局，1956 年。

〔註86〕李學勤主編《十三經注疏》卷六上，〈孟子滕文公章句下〉，頁 165。北京：北京大學出版社，1999 年 12 月。

〔註87〕《後漢書集解》卷 35，列傳第 25，〈鄭玄傳〉，頁 920。北京：中華書局，1984 年。

〔註88〕同上，卷 29，列傳第 19，〈郅惲傳〉，頁 360。

或謂孔子曰：「子奚不爲政。」子曰：「《書》云：『孝乎！
惟孝，友于兄弟，施於有政。』是亦爲政，奚其爲爲政？」
〔註89〕

對眞正的士人而言，爲政未必在朝，若能以潛移默化的方式扮演社會良心的角色，也是一種爲政。許多隱逸之士或許未有出眾才華，但品行對政治有澄清的重要作用，班固就稱讚這些人雖「大率多能自治而不能治人」「然其風聲足以激貪厲俗，近古之逸民也」，〔註90〕可見漢世對隱者的評價不在事功、才能，而在對德行的尊重。

王莽爲政時，大量士人「裂冠毀冕，相攜持而去之者，蓋不可勝數」〔註91〕逄萌得知王莽殺子以邀名，便對有人說：「三綱絕矣！不去，禍將及人。」於是「解冠掛東都城門，歸，將家屬浮海，客於遼東。」〔註92〕還有，劉宣「知王莽當篡，乃變名姓，抱經書隱避林藪，建武初乃出。」〔註93〕桓榮也有抱經遁逃之舉，〔註94〕在此「經書」是一種理想的寄託與象徵，當時局動盪，不能實踐理想時，因爲爲政不必朝的觀念，主動歸隱變成了一種不一樣的選擇。

而東漢隱逸之盛，其中政治因素複雜，從初期朝廷的多方徵詔，〔註95〕對隱逸之風有正面的鼓勵效應，到桓、靈之際的朝政大壞，邪

〔註89〕宋・朱熹集註，蔣伯潛廣解《四書讀本・論語》，〈爲政〉篇，頁13。台北：啓明書局，1956年。

〔註90〕《漢書》卷72，〈王貢兩龔鮑傳序〉，頁3055。北京：中華書局，1996年。

〔註91〕《後漢書集解》卷83，列傳第73，〈逸民傳〉，頁2755。北京：中華書局，1984年。

〔註92〕同上，卷83，列傳第73，〈逸民傳〉，頁2755。

〔註93〕同上，卷25，列傳第73，〈卓茂傳〉，頁869。

〔註94〕同上，卷37，列傳第73，〈桓榮傳〉，頁1249。

〔註95〕如章帝建初五年春二月詔：「公卿已下，其舉直言極諫、能指朕過失者各一人，遣詣公車，將親覽問焉。其以岩穴爲先，勿取浮華。」（同上，卷3，〈帝紀一・肅宗孝章帝紀〉，頁75。）
和帝永元六年三月詔：「其令三公、中二千石、二千石、内郡守相舉賢良方正、能直言極諫之士各一人。昭岩穴，披幽隱，遣詣公車，朕將悉聽焉。」（同上，卷4・〈孝和孝殤帝紀〉，頁86。）

孽當朝，又引發士人抗憤，因而寧可放逸山林。同樣是不仕，余英時〈漢晉之際士之新自覺與新思潮〉一文就認爲漢末士大夫的避世，頗有非外在境遇所能完全解釋者，〔註96〕余氏認爲東漢知識份子已發展出群體與個體自覺，表現於隱逸是個人「率性樂志」的合理化與推崇。亦即漢末的避世思想雖有其現實面，但士人內心的自我覺醒，自足於胸中丘壑的層面也已出現，范曄《後漢書·逸民列傳》的序言：

> 然觀其甘心畎畝之中，憔悴江海之上，豈必親魚鳥、樂林
> 草哉！亦云性分所至而已。〔註97〕

已經看到此現象，到了東漢末的隱士往走山林已未必關乎時局的混亂而已，「性分所至」是一種生命境界的追求，仕與不仕之間，朝廷或山林之棲，性情所好，自得其樂變成了理由，王仁祥認爲他們雖多終身不仕，但生活不脫人群，因此有「更多人間味，而較少隱逸氣」，〔註98〕這樣的人物毋寧更近乎所謂的「名士」，許尤娜認爲就「名士」一品而言，「文化理想」是他們最不能拋棄的根性，因而名士總是表面上看來「不近人情」，可是實際上又「很近人情」，〔註99〕

安帝永初二年七月詔：「其百僚及郡國吏人，有道術明習災異陰陽之度璇機之數者，各使指變以聞。二千石長吏明以詔書，博衍幽隱，朕將親覽，待以不次，冀獲嘉謀，以承天誡。」（同上，帝紀卷5，〈孝安帝紀〉，頁98。北京：中華書局，1984年。）

東漢安帝初臨朝政，「忠以爲臨政之初，宜微聘賢才，以宣助風化，數上薦隱逸及直道之士馮良、周燮、杜根、成翊世之徒。於是公車禮聘良、燮等。」（同上，卷46，〈陳忠傳〉，頁633。）

〔註96〕文見余英時《中國知識人之史的考察》，頁212～319。廣西師範大學出版社，2004。

〔註97〕《後漢書集解》卷83，列傳第73，〈逸民傳〉，頁963。北京：中華書局，1984年。

〔註98〕王仁祥《先秦兩漢的隱逸：從政治史與思想史角度考察》，頁218。台北：台大出版委員會，1995年。

〔註99〕許尤娜〈隱者、逸民、隱逸概念內涵之釐清——以東漢之前爲限〉，收於《哲學與文化》25卷11期，1998年11月，頁1061～1095。（關於名士的矛盾性格，可另參考樂蘅軍〈中國小說裡的名士形象及其變貌〉文收於《意志與命運》一書，頁307～336。台北：大安出版社，1992年。）

這樣的觀察得自范曄「性分所至」的觀點。而值得再探究的是這種個體自覺的獲得重視，余英時認為以漢晉之際仲長統的〈樂志論〉最為典範，〔註100〕仲氏「性俶儻，敢直言，不矜小節，默語無常，時人或謂之狂生．每州郡命召，輒稱疾不就，常以為凡遊帝王者，欲以立身揚名耳，而名不常存，人生易滅，優遊偃仰，可以自娛，欲卜居清曠，以樂其志。」〔註101〕本身就很能展現這種「性份所至」的特質，可以想見東漢時期隱逸人物對州郡的徵召往往稱疾不就，實在是內心已別具一個自己認同的人生天地，以自我性情為中心，形成東漢士人希企隱逸中強調個人性格的思想特質。

隱逸行為從先秦階段孔子賦予意義開始，歷經春秋、戰國以降，隱者的「潔其身」、「讓德」、「不得已」、「待時」的隱逸型態多源於外在條件的刺激與配合，到了東漢階段開始出現知識人的個體自覺，隱逸思想與政治不再有必然的關聯，很多人選擇徹底離開官宦體制，如周黨在光武帝的優禮之下，絲毫不為功名所動，他「伏而不謁，自陳願守所志」，〔註102〕而東漢末的龐公在回答「後世何以遺子孫乎」的責難時回答：「世人皆遺之以危，今獨遺之以安，雖所遺不同，未為無所遺也。」〔註103〕可以看到隱逸觀念的演變到漢末確實是有其新的內涵。

另一個在東漢出現並且值得關注的現象是：史傳的崇隱、高隱，帝王的蒐求隱逸的背後其實別有考量，許多隱逸之士或許其實才幹並不出色，但其品行、人格卻具備感召力量，有其扮演社會良心與激貪勵俗的社會功能在，班固在評價漢代隱者就認為雖然他們率多能自治而不能治人，但：

自園公、綺里季、夏黃公、角里先生、鄭子真、嚴君平皆

〔註100〕余英時〈漢晉之際士之新自覺與新思潮〉，文見《中國知識人之史的考察》，頁212～319。廣西師範大學出版社，2004年。

〔註101〕《後漢書集解》卷49，列傳第39，〈仲長統傳〉，頁572。北京：中華書局，1984年。

〔註102〕同上，卷83，列傳第73，〈逸民傳〉，頁963。

〔註103〕同上，卷83，列傳第73，〈逸民傳〉，頁963。

未嘗仕，然其風聲足以激貪厲俗，近古之逸民也。〔註104〕

肯定的就是對德行的尊重。對於光武帝禮遇周黨，朝中並非沒有聲音，博士范升就表示了不滿：

> 臣聞堯不須許由、巢父，而建號天下；周不待伯夷、叔齊，而王道以成。伏見太原周黨、東海王良、山陽王成等，蒙受厚恩，使者三聘，乃肯就車。及陛見帝廷，黨不以禮屈，伏而不謁，偃蹇驕悍，同時俱逝。黨等文不能演義，武不能死君，釣采華名，庶幾三公之位。臣願與坐雲台之下，考試圖國之道。不如臣言，伏虛妄之罪。而敢私竊虛名，誇上求高，皆大不敬。」

光武帝沒有理會范升的提議，反而下詔：

> 自古明王聖主，必有不賓之士。伯夷、叔齊不食周粟，太原周黨不受朕祿，亦各有志焉。其賜帛四十匹。〔註105〕

劉秀並非不知道周黨並非治國幹才，也並不打算委以治國重任，尊重隱逸是一種帝王姿態，這種尊重既顯示天子賢明寬厚，也可藉以發揮激貪勵節的社會功能，「斯固所謂『舉逸民天下歸心』者乎！」〔註106〕背後有其政治考量在，但這一來也就打開了一個功利的缺口。在漢代已經出現了這樣的一個故事：根據《後漢書・方術傳》，東漢安、順之際的樊英，並無才幹，由於隱逸不出，反而聲譽日著，加上一再拒絕朝廷徵召，被認為一定有不世之才，越發得到朝廷的禮遇，最後勉強走上政治舞台卻「不聞匡救之術，進退無所據矣。」，〔註107〕與其說這是樊英的問題，其實不如說是體制的必然結果。樊英的清流角色成了鬧劇一場，從而隱逸行為裡高尚其志的形象與精神也遭受到了破壞。

〔註104〕《漢書》卷 72，〈王貢兩龔鮑傳序〉，頁 3055。北京：中華書局，1996 年。

〔註105〕《後漢書集解》卷 83，列傳第 73，〈逸民傳〉，頁 963。北京：中華書局，1984 年。

〔註106〕同上，卷 83，列傳第 73，〈逸民傳〉序言，頁 963。北京：中華書局，1984 年。

〔註107〕同上，卷 82，列傳第 72，〈方術傳〉下，頁 954。

第三節　魏晉時期隱逸觀念的改變

　　處理所謂「隱逸觀念」的議題其實是困難的，因為觀念是抽象的，只能從古代史料中整理、歸納隱逸者的特殊行事，找到他們共同的特徵來做展現。為求篇幅精簡，本小節不擬討論時代背景，選擇由史傳角度切入問題。

　　魏晉階段根據《隋書‧經籍志》的紀錄，已有不少以「高士」、「逸民」為主題的人物集傳，如皇甫謐的《高士傳》、嵇康的《聖賢高士傳贊》、孫綽的《至人高士傳贊》、虞槃佐的《高士傳》、張顯的《逸民傳》等，又根據葛洪的《抱朴子‧自敘》，他自己也有《隱逸傳》之作。

一、從皇甫謐的《高士傳》說起

　　上述傳記多已散佚不全，只有皇甫謐的《高士傳》較為完整，只是皇甫謐為魏晉初期人士，〔註108〕所以並不適合作為全面探討魏晉隱者的依據。但可大要瞭解魏晉以前被認同的隱逸模式與概念，皇甫氏在書的序言中表明了創作意圖：

> 然則高讓之士，王政所先，屬濁激貪之務也。史班之載，多所闕略。梁鴻頌逸民，蘇順科高士，或錄屈節雜而不純；又近取秦漢，不及遠古。夫思其人猶愛其樹；況稱其德而贊其事哉？〔註109〕

可見《高士傳》是為了讚美高讓不仕者的德行，所以所選皆隱逸之士。自堯時代的被衣到魏時的焦先，共91傳96人，把魏以前的隱逸人士做了一次秩序化的整理，並為後世隱逸傳記提供了範例。皇甫謐接受了道家的傳說人物，把隱逸傳統的根源上溯到《莊子》裡的人物——上皇之代的洪崖和唐虞時代的許由，〔註110〕隱逸典型顯然在皇甫謐的認知中

〔註108〕根據《晉書》卷51，列傳第21，〈皇甫謐〉：「皇甫謐生於漢末，卒於西晉，歷經漢、晉、魏三朝，終身不仕，以著述為務。」（頁1409，台北：鼎文書局，1976年。）《高士傳》被視為他的「自況」之作（卷末跋語）。

〔註109〕皇甫謐《高士傳序》。台北：藝文印書館，1966年。

〔註110〕皇甫謐《高士傳》序言：「洪崖先生創高道於上皇之代，許由善卷

分成了伯夷和許由二類：〔註111〕伯夷爲仁義殉身，許由自得其樂，《高士傳》未錄伯夷，顯然有意凸顯「個體自由」在隱逸傳統中位置〔註112〕的企圖，而「伯夷型」與「許由型」的隱逸，在內涵上有不同差異，卻大致上是魏晉階段對隱逸類型的分類。前者包含對人倫禮教的關懷，其隱逸是基於立身處世的道德選擇，後者則包含對自我生命的完全尊重，疏離世俗名利是爲了追求「個體的內在和諧」；〔註113〕前者算是「儒家隱者」，後者則爲「道家隱者」。道家隱者常名氏弗傳，所以生平事蹟常湮滅不存，如《高士傳》至少使用十次「不知何許人也」，〔註114〕也有「不得其姓氏」〔註115〕者多人，可見道家型隱者名氏不傳是一個特徵。此外，有別於世俗的價值觀是特徵之二，如東漢末的龐公把安全給子孫的論述、〔註116〕林類對生死的看待，〔註117〕他們以危爲安，以貧爲樂

不降節於唐虞之朝。」頁。台北：藝文印書館，1966 年。

〔註111〕 參考許尤娜《魏晉隱逸思想及其美學涵義》，頁 38～41。台北：文津出版，2001 年。

〔註112〕 根據《高士傳・彭城老父》，老父對龔勝「恥仕二姓，遂不食而死」的作爲，雖感悲痛，卻也認爲龔勝「竟夭天年，非吾徒也」，這個老父「不治名利，至年九十餘」與龔勝的「不食而死，夭其天年」形成對比；再如《子州支父》載子州支父二度辭堯舜之讓位，其理由爲：「以我爲天子，猶之可也。雖然，我適有幽憂之病，方且治之，未暇治天下也。」皇甫謐此二傳引自《莊子・讓王》，內中有「個體生命優先於天下」的內在邏輯，這樣的思考角度與外在政治的好壞就沒有必然的關係了，強調的是個體的自由。（清・郭慶藩輯《莊子集釋》雜篇，〈讓王第二十八〉，頁 965。台北：漢京文化，民國72 年。）

〔註113〕 參考許尤娜《魏晉隱逸思想及其美學涵義》，頁 42～43。台北：文津出版，2001 年。

〔註114〕 確實用到此語者，計有石戶之農、商容、榮啟期、常沮、桀溺、荷蓧丈人、老商氏、河上丈人、東海隱者、漢濱老父、焦先等人。

〔註115〕 不詳姓字者，有被衣、齧缺、巢父、子州支父、披裘公、荷蕡、石守門、漢陰丈人、漁父、黃石公、魯二徵士、彭城老父等。

〔註116〕 見本論文第二章第二節，頁 60。

〔註117〕 據《高士傳》卷上，〈林類傳〉所載，子貢見林類並歌並行而拾穗，有段對話：子貢曰：「先生少不勤行，老無妻子，死期將至，亦有何樂而拾穗行歌乎？」林類笑曰：「吾之所以爲樂，人皆有之而反以爲憂：少不勤行，長不競時，故能壽若此；老無妻子，死期將至，

的思考都與老子「反者道之動」的思考邏輯相類，所以是道家型隱者的第二特徵。《高士傳》中多「自得其樂」的隱者算是道家型隱者的第三特徵，這樣的樂有其生命安頓的內涵，而這類隱者基於上述特徵往往非正史所青睞，這也是《高士傳》的撰作目的。

於是正史系統的《晉書·隱逸傳》所收錄的三十九篇四十三位隱者事蹟便成了最接近魏晉又較完整的隱者集傳與討論本議題的主要依據。不過，前文已指出作為「正史」的立場，書寫隱逸通常在於期望得到「激貪止競」的美俗或垂訓的效果，所以「道德」是重要的指標，保障了隱者的「傳統」美德，卻不容易看出時代性，於此，《世說新語》的〈棲逸〉篇或許可為補充之用。

魏晉人論隱逸，常將許由和伯夷視作隱逸代表，范曄更將二人視為隱逸始祖：

> 堯稱則天，不屈潁陽之高；武盡美矣，終全孤竹之絜。自茲以降，風流彌繁。〔註118〕

因為道家型隱者多名氏弗傳，所以有具體行跡提供討論者，理論上多為伯夷型隱者，根據《魏晉隱逸思想及其美學涵義》的整理發現，《晉書·隱逸傳》最常出現的描述語言共九類二十八項：〔註119〕

（一）性情方面：（1）恬靜（2）寡嗜欲（3）寡言語（4）無喜慍之色（5）好山水

（二）出身背景：（1）貧寒（2）不知何許人也

（三）經濟來源：（1）自食其力（2）教授（3）不受饋贈

故能樂若此。」子貢曰：「壽者，人之情；死者，人之惡。子以死為樂。何也？」林類曰：「死之與生，一往一反，故死於是者，安知不生於彼？故知其不相若。吾又安知營營而求生非惑乎？又安知吾今之死不愈昔之生乎？」（皇甫謐《高士傳》，卷上，頁12。台北：藝文印書館，1966年。）

〔註118〕《後漢書集解》卷83，列傳第73，〈逸民傳〉，頁963。北京：中華書局，1984年。

〔註119〕參考許尤娜《魏晉隱逸思想及其美學涵義》，頁50～56。台北：文津出版社，2001年。

（四）人際關係：（1）至孝（2）仁愛鄉鄰（3）不交當世

（五）娛樂取向：（1）琴、書自娛（2）常遊山水

（六）物質條件：（1）布衣（2）粗食（3）陋室（4）蔽車（5）巖居穴處

（七）政治態度：（1）不樂仕進（2）逃仕

（八）人生態度：（1）樂天知命（2）安貧樂道（3）悠遊自得

（九）年壽情形：（1）以壽終（2）終於家（3）莫知所終

這二十八項的描述，大致可以拼湊出大部分隱者的一生經歷：（一）生性恬淡（二）沈默少言（三）不攀附權貴（四）不出仕（五）物質生活簡單（六）在藝術、典籍或大自然中有高度的精神滿足感（七）看淡生死（八）終身堅持上述生活狀態與生命態度。

其實，上述一到七的描述具體展現的是一個隱者安貧樂道、恬淡寡慾、疏離世俗的特質，但第八項的「堅持」所要求的終身是一個嚴格的考驗，如果沒有某種堅定的道德信仰，其實很難達致。這樣的描述，實在是蘊含了史家「志於道」與「固守」的期許，也包含了理智的選擇和實踐的功夫在內，絕不只是范曄所云「性分所至」而已，所以隱者多「性恬靜」，但少了「至死彌堅」的層面，就顯現不出隱者生命的強度與深度來。

如前所述，具有「不知何許人」、或「莫知所終」、長年「隱於山林」、與「鳥獸」和諧相處者，在《晉書‧隱逸傳》中有：孫登、董京、夏統、魯褒、董養、石垣、瞿研、陶淡、郭文、楊軻、公孫鳳、公孫永、張忠、郭瑀、朱沖等人，此類隱者屬「道家型」隱者。如公孫鳳「隱于昌黎之九城山谷，多衣單布，寢處士床，夏則並食於器，停令臭敗，然後食之。彈琴吟詠，陶然自得」；〔註120〕郭文「乃步擔入吳興余杭大辟山中窮谷無人之地，倚木於樹，苫覆其上而居焉，亦無壁障。時猛獸爲暴，入屋害人，而文獨宿十餘年，卒無患害。」；

〔註120〕《晉書》，卷94，列傳64，〈隱逸傳‧公孫鳳〉，頁2450。台北：鼎文書局，1976年。

〔註121〕朱沖所居邑里「路不拾遺，村無凶人，毒蟲猛獸皆不爲害。卒以壽終。」；〔註122〕陶淡「于長沙臨湘山中結廬居之，養一白鹿以自偶。」〔註123〕都是例證，這樣的描述顯然想強調一種境界，雖描述不盡合常理，卻符合莊子「至人潛行不窒，蹈火不熱，行乎萬物之上而不慄」，〔註124〕郭文曾有解釋：

　　問曰：「猛獸害人，人之所畏，而先生獨不畏邪？」文曰：

　「人無害獸之心，則獸亦不害人。」〔註125〕

或許從道家觀點看，人在「疏離世務，隱逸山林」的時候，是一種修養自我的狀態，在過程中，人是有可能與鳥獸和平共處的，所以可以知猛獸之痛，〔註126〕可以與毒蟲共處。〔註127〕

　　除了道家之隱，《晉書・隱逸傳》有更多如儒家之隱的記載，那些更有社會教化功能的典例，是具有孝友、仁愛的表現者，德化鄉里者，或者，在家著述典籍、教授所學，創作詩文的隱者，有：夏統、朱沖、范粲、范喬、孟陋（注論語）、翟湯、翟莊、劉驎之、石垣、龔玄之、任旭、龔壯、劉鱗、邴郁、譙秀、郭琦（注穀梁）、宋纖（注論語）、郭瑀（注春秋、孝經）、霍原、張忠、楊軻、魯勝、董養、魯褒、索襲、祈嘉、戴逵、陶潛。這些人展現的是孝友、仁愛與德化的隱逸特色，是儒家向所推崇的「人倫」道德，而「注釋」儒家經典，作爲一種經典的「再詮釋」，代表的是隱者「澄清」儒家思想的用心。

〔註121〕《晉書》，卷94，列傳64，〈隱逸傳・郭文〉，頁2440。
〔註122〕同上，卷94，列傳64，〈隱逸傳・朱沖〉，頁2430。
〔註123〕同上，卷94，列傳64，〈隱逸傳・陶淡〉，頁2460。
〔註124〕清・郭慶藩輯《莊子集釋》外篇，〈達生第十九〉，頁630。台北：漢京文化，民國72年。
〔註125〕《晉書》卷94，列傳64，〈隱逸傳・郭文傳〉，頁2440。台北：鼎文書局，1976年。
〔註126〕同上，卷94，〈隱逸傳・郭文傳〉，頁2440，載郭文：「嘗有猛獸忽張口向文，文視其口中有橫骨，乃以手探去之，猛獸明旦致一鹿於其室前。」。
〔註127〕同上，卷94，列傳64，〈隱逸傳・朱沖傳〉，頁2430，載：「毒蟲猛獸皆不爲害。」

至於「教授」所學，又有傳遞文化價值觀的內在意義，也是儒者事業，許多隱者的「著述」往往針對「時俗」有感而發，更顯示隱者對所處社會會有其深刻關切。《晉書・隱逸傳》中具有此類描述語的隱者，占有大部分。如夏統：「幼孤貧，養親以孝聞，睦於兄弟」，〔註128〕范喬：「父粲佯狂不言，喬與二弟並棄學業，絕人事，侍疾家庭，至粲沒，足不出邑里。」，〔註129〕孟陋：「喪母，毀瘠殆於滅性，不飲酒食肉十有餘年。」，〔註130〕郭翻：「嘗以車獵，去家百餘里，道中逢病人，以車送之，徒步而歸。其漁獵所得，或從買者，便與之而不取直，亦不告姓名。」，〔註131〕劉驎之：「雖冠冕之族，信儀著於群小，凡廝伍之家婚娶葬送，無不躬自造焉。居於陽岐，在官道之側，人物來往，莫不投之。驎之躬自供給，士君子頗以勞累，更憚過焉。凡人致贈，一無所受。去驎之家百餘里，有一孤姥，病將死，歎息謂人曰：『誰當埋我，惟有劉長史耳！何由令知。』驎之先聞其有患，故往候之，值其命終，乃身爲營棺殯送之。其仁愛隱惻若此。卒以壽終。」，〔註132〕類似孝友仁愛的例子還有不少，可以斷言史傳中的隱者多數具有「道德情操」，也有具體「德行」表現，甚且，可以感化周遭的人，如朱沖的所居邑里「路不拾遺，村無凶人。」〔註133〕便是例證。而著述部份，包括注釋經典、議論時事與詩歌創作等，如陶潛以詩歌傳達內心情感，孟陋與朱縚都爲《論語》做注，創作並非爲了利益，顯示隱者的人格高潔。葛洪在《抱朴子・逸民》篇說：「大儒爲吏，不必切事。肆之山林。則能陶冶童蒙，闡弘禮教。」〔註134〕同書〈嘉

〔註128〕《晉書》，卷94，列傳64，〈隱逸傳・夏統〉，頁2428。台北：鼎文書局，1976年。
〔註129〕同上，卷94，列傳64，〈隱逸傳・范喬〉，頁2432。
〔註130〕同上，卷94，列傳64，〈隱逸傳・孟陋〉，頁2442。
〔註131〕同上，卷94，列傳64，〈隱逸傳・郭翻〉，頁2446。
〔註132〕同上，卷94，列傳64，〈隱逸傳・劉驎之〉，頁2447。
〔註133〕同上，卷94，列傳64，〈隱逸傳・朱沖〉，頁2430。
〔註134〕葛洪《抱朴子》外篇第2，〈逸民篇〉，頁106。上海：上海書店，1986年。

遯〉篇又云:「非有出者,誰敘彝倫;非有隱者,誰誨童蒙」〔註135〕
揭示了仕與隱之間,承擔的社會責任並不相同,但皆有其應延續的「文
化傳承」意義。

　　綜上所述,可以知道《晉書‧隱逸傳》特別強調隱者的德行(如
孝友、仁愛)與知識涵養(如著述、教授),人格之外,也重視學問,
而知識正是有別於山林野夫的關鍵點:

　　　　含貞養素,文以藝業,不然,與樵者之在山,何殊別哉?
　　　〔註136〕

可見,道德與學問都是史書評斷「隱逸」的重要條件。

二、魏晉隱逸觀念的轉變

　　由於性質的限制,正史中的隱者總是帶著「道德可宗,學藝可範」
〔註137〕的形象,但從歷史實況來看,魏晉以來盛行的人物品評風氣,
標準是超越道德學藝的,魏初劉劭以《人物志》品評人的才性、體別、
性格、風格等,魏晉結束之際劉義慶的《世說新語》也以力求超脫傳
統的品鑑方式來品評人物,都給了那些不合史傳標準,但個性獨特的
人有了機會被看見。尤其《世說新語》書中所立三十六門人物品類中
獨立一篇〈棲逸〉,除了顯示了劉義慶對這類人物的重視,也說明當
時隱逸風氣的盛行。於是《世說》便有了補充正史,擴大視角的價值。

　　所謂「棲逸」,指的是「因棲遲衡門而得的一種閒暇之情」,指涉
的是「因不出仕而得的一種棲息安樂」,「身處衡門」所對立的概念是
「學而優則仕」,劉義慶提供一個「不仕」但「心得暇逸」的角度來
觀看隱者,意在鑑賞魏晉隱者身、心情態。從〈棲逸〉篇中所錄人物
看,「不仕」有不同狀況:

〔註135〕葛洪《抱朴子》,外篇第 1,〈嘉遯篇〉,頁 103。
〔註136〕《齊書》卷 54,列傳 35,〈高逸傳序〉,頁 925。台北:鼎文書局,
　　　　民國 64 年。
〔註137〕《梁書》卷 51,列傳 54,〈處士傳序〉,頁 731。台北:鼎文書局,
　　　　民國 64 年。

（一）終身不仕者：蘇門隱者、孫登、李廞、劉驎之、翟湯、孟
　　　陋、范宣、戴逵、許詢。

（二）先仕後隱者：嵇康、孔愉、阮裕。

（三）先隱後仕者：周子南：傅約。

（四）供養隱者：郗超。

（五）因宗教信仰而不涉足政治者：何準、康僧淵、謝敷。

相對於《晉書‧隱逸傳》多「終身不仕」的嚴格選錄標準，〈棲逸〉
篇的選錄顯然寬泛多了。第一類中的隱者與《晉書‧隱逸傳》多有
重複，第二類能由名利場中撤退，大抵還能獲得社會尊重，而三、
四類則有疑義，充其量只能說在心理情感上有「隱逸情懷」，但實
際上卻仍有其名利之心，第五類因宗教因素而隱，是符合當代宗教
風尚的現象。總體來說，如果企慕隱逸可以到達一種願意供養隱者
的層次，如果宗教信仰可以凌越文人對政治權勢的趨附，那麼，隱
逸風氣的盛行在魏晉階段不但殆無疑義，而且還有其時代特徵，當
然也包含了撰作者對隱逸的批評和期待——如「終身不仕」展現的
是作者期許社會有堅持守志的道德情操，「先仕後隱」則表示社會
需要一種「知所進退的君子之節」，而「供養隱者」則未始不是作
者在表達一種對隱逸功能的期待，能如宗教一般具有「淨化人心」
的效力。〔註138〕

　　此外，隱逸在魏晉階段的「貴族化」、「名士化」是一個值得觀察
的現象。所謂「貴族化」指的是越過「衡門陋巷」的界線，與當世權
貴多所往來。〈棲逸〉篇中已有「交游貴盛」的隱者出現，如許詢：

> 許玄度隱在永興南幽穴中，每致四方諸侯之遺。或謂許曰：
> 「嘗聞箕山人，似不爾耳！」許曰：「筐篚苞苴，故當輕於
> 天下之寶耳！」〔註139〕

〔註138〕以上說法根據許尤娜《魏晉隱逸思想及其美學涵義》，頁 61～72。
　　　　台北：文津出版社，2001 年。

〔註139〕劉義慶《世說新語》卷下之上〈棲逸篇‧許詢傳〉，頁 161。北京：
　　　　中華書局，1991 年。

隱身幽穴之中，卻接受諸侯饋贈，有巢許形貌，卻甘食豐衣，已經有違傳統隱者形象。而戴逵不但多與高門風流者游，而且接受郗超的饋贈：

> 郗超每聞欲高尚隱退者，輒爲辦百萬資，并爲造立居宇。在剡爲戴公起宅，甚精整。戴始往舊居，與所親書曰：「近至剡，如官舍。」〔註140〕

優渥的生活讓他們在行爲上常踰越「疏離世務」的界限，游走在權貴與隱遁之間，這對傳統隱逸觀念極具挑戰性。因爲「出處進退」是君子必須審愼選擇的道路，觀念上出仕該做的事，隱逸該有的修養，都有一個傳承的共識在，例如《論語》中孔子的觀念：

> 子曰：「篤信好學，守死善道，危邦不入，亂邦不居，天下有道則見，無道則隱。邦有道，貧且賤焉，恥也；邦無道，富且貴焉，恥也。」〔註141〕

從《論語》中所整理的隱者形象，可參考本文表2-1-2（頁38），所以隱者通常沒有具體的姓名、隱居在社會下層，堅持一種獨善其身的原則、對於政治態度冷淡、沒有文化涵養及智慧，絕非一般市井階層，所以即使身處社會角落也仍顯現潔身自處的氣質。

就算隱者非終身隱逸，從「先仕後隱」者在退隱之後的某些堅持也可以看到所謂的「分際」，如孔愉在晚年「棄官居草屋」時，有人送資數百萬，他「悉無所取」：

> 「乃營山陰湖南侯山下數畝地爲宅，草屋數間，便棄官居之。送資數百萬，悉無所取。病篤，遺令斂以時服，鄉邑義贈，一不得受。」〔註142〕

明顯表現他對仕與隱之間界限的劃分十分清楚，一般說來，這種行徑很容易被看待是「知足」或「知止」的清流人士。因此，照理說，如

〔註140〕劉義慶《世說新語》卷下之上，〈棲逸篇・戴逵傳〉，頁。
〔註141〕宋・朱熹集註，蔣伯潛廣解《四書讀本・論語》〈泰伯〉篇，頁112。台北：啓明書局，1956年。
〔註142〕《晉書》卷78，列傳48，〈孔愉傳〉，頁2051。台北：鼎文書局，1976年。

果隱逸是對世俗事務的刻意保持距離，把仕隱界線劃分清楚的人會比隱逸後仍「交游貴盛」的人得到更多的尊重，不過魏晉名士對於「不仕者」與當世周旋，交游權貴的情形卻樂意接受，並無譴責言語（如前引文），可以看出魏晉人對隱逸有一種矛盾心態，一方面知道隱逸必須對世俗事務保持距離，才能清高拔俗；一方面卻又樂於見到隱逸之人能有優渥生活，能沾染一些世俗之氣，所以，從人物的隱逸類型來看，隱逸在魏晉是有「貴族化」的傾向，〔註143〕道德已非隱逸的「充分條件」，並且，隱逸者開始與貴族周旋的狀況顯示了魏晉人偏向從認知層面來評斷隱者，而非從單純的隱居形式。

三、朝隱問題的思考

自有隱逸的文獻紀錄以來，隱者隱居的地點多在深山老林或窮巷僻野之間，仕隱殊途，界限明確。但至西晉時期，受到社會思潮改變的影響，如前所述，人們對仕隱的區分標準發生改變，隱居的地點、隱者的道德不再是判斷依據，閭丘沖〈招隱詩〉：

> 大道曠且夷。蹊路安足尋。
>
> 經世有險易。隱顯自存心。
>
> 嗟哉巖岫士。歸來從所欽。〔註144〕

詩的內容說明隱逸的判定標準不是居於巖岫或朝市的問題，而是隱者心態的問題。王康琚〈反招隱〉詩：

> 「小隱隱陵藪，大隱隱朝市。伯夷竄首陽，老聃伏柱史。昔在太平時，亦有巢居子。今雖盛明世，能無中林士？放神青雲外，絕跡窮山裏。鵾雞先晨鳴，哀風迎夜起，凝霜凋朱顏，寒泉傷玉趾。周才信眾人，偏智任諸己。推分得天和，矯性失至理。歸來安所期？與物齊終始。」〔註145〕

〔註143〕借用許由娜用語，《魏晉隱逸思想及其美學涵義》，頁61～72。台北：文津出版社，2001年。

〔註144〕閭丘沖〈招隱詩〉，《先秦漢魏晉南北朝詩》上冊，〈晉詩〉，頁750。北京：中華書局，1984年。

〔註145〕王康琚〈反招隱詩〉，《新譯昭明文選》卷22，頁932。台北：三民

被認爲是「一篇極盡狡辯之能事的歷史文獻，對發展中的隱逸文化帶來極大的曲解性和侵蝕性。」〔註146〕顯然，作者把大隱和小隱對立起來，認爲眞正大開大闔的隱士，應該可以任心放意的寄棲在朝廷之中，那些刻意藏身在林泉山谷之中的人，只能算是小格局的隱士，唐·呂向注：「康琚以爲：混俗自處，足以免患，何必山林，然後得道，故作反招隱之詩，其情與隱者相反。」〔註147〕──把詩解釋得相當透徹，也表達唐人對魏晉隱逸的認知。

　　然而王康琚的見解並非一家之言，他所反應的是魏晉時期知識份子長期以來企圖調和仕隱衝突的心理，倒如東晉士人對於出處優劣的問題屢有爭議，且無定論，郭象在其有名的《莊子·逍遙遊注》云：

> 夫聖人雖在廟堂之上，然其心無異於山林之中，世豈識之哉！徒見其戴華屋、佩玉璽，便謂足以纓紱其心矣！見其歷山川、同民事，便謂足以憔悴其神矣，豈知至至者之不虧哉！〔註148〕

這段話把廟堂／山林，仕／隱之間的界線淡化了：

> 聖人常遊外以冥內，無心以順有，故雖終日揮形而神氣無變，俯仰萬機而淡然自若。〔註149〕

既然「終日揮形」能「神氣無變」，則身處何處，似乎並不重要，關鍵在於「無心以順有」的思想配合當代玄學論題中的「言意之辯」，結合其中「得意忘言」的觀念，使得所謂「朝隱」之說盛行當代。何邵〈贈張華詩〉說：「奚用遺形骸，忘筌在得魚。」〔註150〕

書局，民國86年。

〔註146〕王文進《仕隱與中國文學──六朝篇》，頁31。台北：台灣書店，民國88年。

〔註147〕《新譯昭明文選》卷22，頁932。台北：三民書局，民國86年。

〔註148〕清，郭慶藩輯《莊子集釋》內篇，〈逍遙遊第一〉，頁28。台北：漢京文化，民國72年。

〔註149〕同上，內篇，〈大宗師第六〉，頁268。

〔註150〕何邵〈贈張華詩〉，《先秦漢魏晉南北朝詩》上冊，〈晉詩〉，頁648。北京：中華書局，1984年。

《晉書・鄧粲傳》的「夫隱之爲道，朝亦可隱，市亦可隱，隱初在我不在於物」〔註151〕說的就是歸隱在於「意」，不在形骸。所以到了南朝，朝隱成了一些士大夫的行爲準則，不但受社會尊崇，甚至王室也以此爲尙：如《南史》卷41〈齊宗室・衡陽王鈞傳〉載：

> 居身清率，言未嘗及時事。會稽孔珪家起園，列植桐柳，多構山泉，殆窮眞趣，鈞往遊之。珪曰：「殿下處朱門，遊紫闥，詎得與山人交邪？」答曰：「身處朱門，而情游江海，形入紫闥，而意在青雲。」珪大美之。吳郡張融清抗絕俗，雖王公貴人，視之傲如也，唯雅重鈞，謂從兄緒曰：「衡陽王飄飄有淩雲氣，其風情素韻，彌足可懷，融與之遊，不知老之將至。」見賞如此。〔註152〕

可以想見蕭鈞以身在魏闕但心在山林而自傲，也被時人所見賞的情態。又同書卷21〈王弘傳附僧佑傳〉載僧佑：

> 雅好博古，善老、莊，不尚繁華。工草隸，善鼓琴，亭然獨立，不交當世。沛國劉瓛聞風而悅，上書薦之。爲著作佐郎，遷司空祭酒，謝病不與公卿遊。齊高帝謂王儉曰：「卿從可謂朝隱。」答曰：「臣從非敢妄同高人，直是愛閑多病耳。」經贈儉詩雲：「汝家在市門，我家在南郭；汝家饒賓侶，我家多鳥雀。」儉時聲高一代，賓客塡門，僧佑不爲之屈，時人嘉之。〔註153〕

僧佑爲官卻不與公卿遊的個性，受到齊高帝「朝隱」的推崇讚許，《南齊書》卷46〈王秀之〉傳載王瓚之：

> 瓚之歷官至五兵尚書，未嘗詣一朝貴。江湛謂何偃曰：「王瓚之今便是朝隱。」及柳元景、顏師伯令僕貴要，瓚之竟不候之。至秀之爲尚書，又不與令王儉款接。三世不事權

〔註151〕《晉書》卷82，列傳64，〈鄧粲傳〉，頁2151。台北：鼎文書局，1976年。
〔註152〕《新校本南史》卷41，列傳第31，〈齊宗室・衡陽王鈞傳〉，頁1037。台北：鼎文，民國65年。
〔註153〕同上，卷21，列傳第11，〈王弘傳附僧佑傳〉，頁578。台北：鼎文，民國65年。

貴，時人稱之。〔註154〕

由上引文可以發現，所謂「朝隱」並非不問職事，而是仕於朝但不結交權勢的無競之心，《南齊書・高逸傳》所錄為「仕不求聞，退不譏俗，全身幽履，服道儒門」的「逸民」十餘人，《梁書・處士傳》也以正史的標準，收納朝隱之士：

> 古之隱者，或恥聞禪代，高讓帝王，以萬乘為垢辱，之死亡而無悔。此則輕生重道，希世間出，隱之上者也。或托仕監門，寄臣柱下，居易而以求其志，處汙而不愧其色。此所謂大隱隱於市朝，又其次也。或裸體佯狂，盲喑絕世，棄禮樂以反道，忍孝慈而不恤。此全身遠害，得大雅之道，又其次也。〔註155〕

可以說「朝隱」在南朝確立為士人的一種處世方式，也影響了唐代的隱逸風尚，值得另文深入探討，不在此處論述。

當然，對此流風，也並非完全沒有批判之聲，梁元帝的〈全德志論〉就充滿嘲諷意味：

> 物我俱忘，無貶廊廟之器，動寂同遺，何累經綸之才，雖坐三槐，不妨家有三徑，接王侯，不妨門垂五柳。但使良園廣宅，面水帶山，饒甘梁而足花卉，葆筠篁而玩魚鳥。九月肅霜，時饗田畯。三春捧繭，乍酬蠶妾。酌升酒而歌南山，烹羔豚而擊西缶。或出或處，並以全身為貴。優之遊之，咸以忘懷自逸，若此，眾君子可謂得之矣。〔註156〕

有這樣的生活，出仕者在不必企慕隱逸，更無須被質疑失德，仕隱融為一家，出處不再界線分明。其實這種忘懷自逸的全身之隱一旦與動亂的環境並置，就難以協調！如《晉書・庾敳傳》：

〔註154〕《南齊書》卷46，列傳第27，〈王秀之傳〉，頁799。台北：鼎文，民國64年。

〔註155〕《梁書》卷51，〈處士列傳〉，頁731。台北：鼎文書局，民國64年。

〔註156〕梁元帝〈全德志論〉。《漢魏六朝百三家文選》，蕭繹著〈梁元帝集〉，頁2743。台北，文津，1979年。

數爲陳留相，未嘗以事嬰心，從容酣暢寄通而已。……遷吏部郎，是時天下多故，機變屢起，數常靜默無爲。〔註157〕

《晉書·潘尼傳》：永興末，時三王戰爭，皇家多故，尼居要職，從容而已。〔註158〕

《南史·袁粲傳》：粲負才尚氣，愛好虛遠，雖位任隆重，不以事物經懷。獨步園林，詩酒自適。家居負郭，每杖策逍遙，當其得意，悠然忘反。〔註159〕

這些都是「朝隱」的描寫，但已失前述王鈞、僧佑、王瓚之的處事原則。

讀書人的仕隱之道走到「朝隱」的發展，表面上好像折衷了仕隱之間的矛盾與衝突，但實際上知識份子隱逸行爲最初的道德堅持與爲人處事在進退攻守之間基本分際卻淡化了，朝隱的出現，就隱逸原始的抗議性功能或避亂全身的目的而言，是一種轉變，但站在對魏晉以來知識份子所處時代的同情與瞭解而言，有其時代的隱痛。

第四節　唐代隱逸觀念的承繼與變調

隱逸行爲由先秦乃至秦漢南北朝，大抵不脫消極反抗時政、逍遙自適、避亂等模式，只是其方式是溫和的。到了唐代，原來或求逍遙或養眞志的目的再又蒙上「求仕」的渴望，使得唐人的隱逸行爲內涵愈形複雜。

一般論述唐代隱逸風氣是功利的，原因複雜，其中「隱逸求仙」一項，本是唐代文人社會的一大特色，我們由唐代隱者的身分形形色色，可知隱者涵概了唐代社會的各階層，且他們各自所懷的目的也可能甚爲複雜，只用「功利」的印象概括唐人的隱逸行爲，是不甚合理

〔註157〕《晉書》卷50，列傳第20，〈庾數傳〉，頁1395。台北：鼎文，1976年。
〔註158〕同上，卷55，列傳第25，〈潘尼傳〉，頁1507。
〔註159〕《新校本南史》卷26，列傳第16，〈袁粲傳〉，頁702。台北：鼎文，1976年。

的。筆者在碩論階段，基於對唐代此一特殊的現象的好奇心理，因此利用了基礎的統計、分析的方式，爲唐代的隱逸風氣做了分類，並藉由數字的呈現，探究在此一風氣下，士人投跡幽隱時其內心的眞假及實質內涵，發現功利固然爲唐代普遍社會風氣，然士人選擇隱逸卻不可以偏概全的都視爲別有用心，在唐代，隱逸行爲背後的因素複雜，不同於其他朝代，是不爭的事實，於是論述唐代隱逸文化背後的因素與觀念的演變，是本小節的前提。

一、隱逸在唐代

　　承接魏晉以來對隱逸風尚的認知，唐人姚思廉作《梁書》時，認爲隱者的隱逸基本上可分三個層次，或可做爲唐代人對於隱逸層次認同的觀察：上焉者「恥聞禪代，高讓皇帝，以萬乘爲垢辱，之死亡而無悔，此則輕身重道，希世間出」，肯定的是先秦以來對隱逸行爲的道德要求；其次「或託仕監門，寄臣柱下，居易而求其志。處汙而不愧其色。此所謂大隱隱於市朝」；又其次爲「或裸體佯狂，盲瘖絕世，棄禮樂而反道，忍孝慈而不恤，此全身遠害，得大雅之道」──可看到的是「朝隱」居然在價值認知上高於「身隱」，顯示了唐人對「朝隱」觀念的擁抱。在此，「隱居的境界」成爲姚氏判定隱逸行爲層次的根據，但「以萬乘爲垢辱」爲何高尚於一般不出仕的隱者？姚氏未做說明，留下了疑惑待解。〔註160〕但姚思廉還是肯定了其〈處士傳〉的觀點與寫作目的：

> 《孟子》曰：「今人之於爵祿，得之若其生，失之若其死。」
> 《淮南子》曰：「人皆鑒於止水，不鑒於流潦。」夫可以揚
> 清激濁，抑貪止競，其惟隱者乎！自古帝王，莫不崇尚其
> 道。雖唐堯不屈巢、許，周武不降夷、齊；以漢高肆慢而
> 長揖黃、綺，光武按法而折意嚴、周；自茲以來，世有人
> 矣！有梁之盛，繼紹風猷。斯乃道德可宗，學藝可範，故

―――――――――――――――――――――――――――

〔註160〕姚思廉之說參見《梁書》卷51，〈處士列傳〉序，頁731～732。台北：鼎文書局，民國64年。

以備〈處士篇〉云。〔註161〕

從文字玩味，可以想見姚思廉對於隱逸一事的社會功能寄望頗深，所站的立場仍在「揚清激濁，抑貪止競」之上，選錄標準仍在道德與學藝的可為典範上。

到了宋祁、歐陽修的《新唐書》卷196〈隱逸傳序〉，也將隱者分作三等：「上焉者，身藏而德不晦，故自放草野，而名往從之，雖萬乘之貴，猶尋軌而委聘也」；這是隱逸傳統觀念的繼承。「其次，挈治世具弗得伸，或持峭行不可屈于俗，雖有所應，其於爵祿也，汎然受，悠然辭，使人君常有所慕企，怊然不足，其可貴也」，是說在不得時的當下，對名位的來去自在以對，汎然受，悠然辭，還是有其可貴之處；而「末焉者，資槁薄，樂山林，內審其才，終不可當世取捨，故逃丘園而不返，使人常高其風而不敢加訾焉。」則表示了隱之下者逃丘園而不返的節操也是令人敬仰的，其分類準則清楚，已經不強調朝隱，對於爵祿的態度並不強調「大隱隱市朝」的折衷，而是一種不加強求的瀟灑態度，似乎只要是選擇隱逸，都有令人敬重之處。〔註162〕

只是以上各文皆未對唐代士人隱居原因中所多出的「終南捷徑」因素做任何分析或論述，上述簡單的分類其實對隱者內心的真情假意並未做出分析。歷來隱者的行徑流落在人間者，原本只可見到一鱗半爪，其心靈境界，不易為人探知，在非仕則隱的現實中，隱逸的生命型態其實佔有了絕大多數士人的生活內容，因而唐代隱逸觀念的內涵實有深入研究之價值。

二、仕與隱之間

如上所敘，唐代仕人對於仕隱的掙扎狀態，是有其複雜因素的，

〔註161〕《梁書》卷51，〈處士列傳〉序，頁731～732。台北：鼎文書局，民國64年。

〔註162〕宋祁、歐陽修之說參見《新唐書》卷196，列傳第121，頁4300。北京：中華書局，1999年。

隋唐之後，科舉制度由興起而確立，儒家「學而優則仕」、「內聖外王」的觀念也進一步制度化了，考試方式也由漢代的薦舉轉化成以儒家經典或文學為內容，於是士人的面貌是純學問的，可以藉由考試分高低，而不是可以自由心證的道德修養，開闢了士人與政權之間確定可行且較公平的道路。更進一步的拉近了士人與政治間的關係。宋祁與歐陽修《新唐書》之〈隱逸列傳〉序中說：

> 唐興，賢人在位眾多。其遯戰不出者，纔班班可述，然皆下概者也。雖然，各保其素，非託默於語，足崖壑而志城闕也。然放利之徒，假隱自名，以詭祿仕，肩相摩於道，至號終南、嵩少為仕途捷徑，高尚之節喪焉。

朝代的興盛，文人失去「無道則隱」的理由，朝中賢人在位眾多，但至少隱者仍保有清高形象，不過其中不乏托隱名高，意在城闕者，可見唐代士人選擇隱逸一途，別有目的者大有人在，並不是全然單純的放逸山林的自我逍遙，這是歷來論者所肯定的。

唐室之開國時間承接在魏晉南北朝之後，可以想見受到氏族門閥影響的嚴重性，據陳寅恪《唐代政治史述論稿》上篇：〈統治階級之氏族及其升降〉文中所云：

> 若以女系母統言之，唐代創業及初期君主，如高祖之母為獨孤氏，太宗之母為竇氏，即紇豆綾氏，高宗之母為長孫氏，皆是胡種而非漢族。故李唐皇室之女系母統雜有胡族血胤。世所共知。〔註163〕

唐室在開國之始，即缺乏巨大的地方力量為憑藉，本身又非真正的豪門巨室，血統混雜，以故陳寅恪又云：

> 總而言之，據可信之材料，依常識之判斷，李唐先世若非趙郡李氏之破落戶，即是趙郡李氏之假冒牌，至於有唐一代之官書，其紀述皇室淵源〔註164〕，間亦保存原來真實之

〔註163〕見《陳寅恪先生文集》第三冊，頁1。台北：里仁書局，1981年。
〔註164〕此官書指《舊唐書》卷1，〈本紀第一·高祖本紀〉，頁1與《新唐書》卷70，〈表第10上·宗室世系表〉上，頁1341，都說唐高祖

事蹟，但其大部盡屬後人諱飾誇誕之語。〔註165〕
即李唐皇室並未如其宗室世系所云，系出名門貴族，這在崇尚門第的
時代中，基於政治上的考慮，唐皇室只好捏造自家族譜，以與當時之
山東士族相抗衡，並由思想上著手，創造老君神蹟，〔註166〕謂李氏
乃老子苗裔，老子又爲道教之祖，如果皇室是這樣一位神仙祖宗之
後，必定可使廣大群眾對之更加敬畏，於是李唐皇室自創業伊始，便
已大力傳播、弘揚老子神話，促使政治與宗教做緊密結合，以收攬民
心。據《唐會要》卷50〈尊崇道教〉條云：

> 武德三年五月，晉州人吉善行，於羊角山見一老叟，乘白馬
> 朱鬣，儀容甚偉，曰：「謂吾語唐天子，吾汝祖也，今年平
> 賊後，子孫享國千歲。」高祖異之，乃立廟於其地。〔註167〕

實際上，這種神蹟並未見於正史，只有《舊唐書‧高祖本紀》於武德
七年下云：

> 冬十月丁卯，幸慶善宮。癸酉，幸終南山，謁老子廟。〔註168〕

高祖之謁老子廟的舉動，無疑奠定了唐室與宗教之政教關係，於是道教
信徒增多了。此後的唐室帝王也都與道教保持良好關係。因唐代既確認
了老子爲其遠祖，自然不能不尊宗道教，以高其門第與假神道設教來收
人心。相對的，李唐在建立之初，也頗得一些道教人士的幫助，爲皇室
編造譜牒、神話來攏絡人心，如《舊唐書》卷192〈隱逸傳‧王遠知傳〉：

> 高祖之龍潛也，遠知嘗密傳符命。

又如《道藏‧混元聖紀》卷8亦載山人李淳風稱老君降顯於終南山，

李淵是隴西成紀人。《舊唐書》，北京：中華書局，1999年。《新唐
書》，北京：中華書局，1999年。
〔註165〕此語引自《陳寅恪先生文集》之〈唐代政治史述論稿〉上篇，頁11。
台北：里仁書局，1981年。
〔註166〕王溥撰《唐會要》上冊，卷50，〈尊崇道教條〉，頁1013。上海：
上海古籍出版社，1991年。
〔註167〕同上。
〔註168〕《舊唐書》卷1，〈本紀第一‧高祖本紀〉，頁1。北京：中華書局，
1999年。

對他說：

> 唐公當受天命。〔註169〕

《舊唐書》卷70〈王珪傳〉云：

> ……季叔頗當時通儒，……開皇末，爲奉禮郎。及頗坐漢
> 王諒反事被誅，珪當從坐，遂亡命于南方，積十餘歲。

又同書卷71〈魏徵傳〉云：

> 徵少孤貧，落拓有大志，不事生業，出家爲道士。

這二人後來都成爲初唐時輔國的重臣。再加上太平盛世，爲了搜舉隱賢以示萬民歸心的動機，種種原因都加強了唐代帝王對草澤遺民的重視。太宗在秦王時，就已致力「徵求草莽、置驛招聘」。〔註170〕等他踐帝位，仍一本初衷，力主「山藪幽隱，尤須徵召」，〔註171〕故屢屢下詔搜訪遺逸，而以後君王，亦多留心於此。

除此，在制舉考試方面，也做了政策上的配合。據《唐會要》卷76〈貢舉中〉之制科舉條內羅列了唐代無定期之制舉名目與及第者，茲整理如下：

時　間	制　舉　名　目	及　第　者
乾封元年	幽素科	蘇瑰、解琬、苗神客、格輔原、徐昭、劉納言、崔谷神及第。
景龍二年	抱器懷能科	夏侯銛及第。
景雲二年	藏名負俗科	李俊之及第
開元元年	哲人奇士逸倫屠釣科	孫逖及第。
開元十五年	高才沉淪、草澤自科舉	鄧景山及第。

〔註169〕此見台北藝文印書館發行，民國51年影印本之《道藏》第九十三函〈混元聖紀〉，卷8。

〔註170〕宋・王欽若編《冊府元龜》卷97，〈帝王部・禮賢〉，頁509。台北：大化書局，景明崇禎15年刻本。「唐太宗初爲秦王，徵求草莽，置驛招聘，皆自遠而至……」。

〔註171〕同上，卷76，〈帝王部・襃賢〉，頁284。「（貞觀）十三年二月，特進魏徵抗表乞骸骨，帝曰：以卿正直，拔居左右，數進忠讜，用益國家，朕爲四海之王，山藪幽隱，尤須徵召……」。

大曆二年	樂道安貧科	楊膺及第。
建中元年	高蹈丘園科	張紳、衛良儒、蘇哲及第

〔註172〕

考《舊唐書》隱逸傳之內容，共收二十人之傳，其中王遠知、田遊巖、潘師正、劉道合、史德義、王友貞、衛大經、司馬承禎、王希夷、盧鴻一、白履忠、吳筠、孔述睿、陽城、崔覲等十五人與其同代最高統治者高祖、太宗、高宗、武后、中宗、睿宗、玄宗、代宗、德宗、文宗等都有關係，可見唐代歷位君主都有獎掖隱淪的具體行動。而《舊唐書·隱逸傳序》云：

　　前代貴丘園，招隱逸，所以重貞退之節，息貪競之風。〔註173〕

又《新唐書·隱逸傳序》云：

　　且世未嘗無隱，有之未嘗不旌貴而先焉者，以孔子所謂「舉逸民，天下之人歸焉。」〔註174〕

朝廷推舉逸民之所以不遺餘力，按理說正如前引語，除了求才得賢之外，也在敦勵風俗，盼能藉獎重貞退的節操來息貪競之風，即使徵而不至，或應召赴京又疾辭，在過程上已足以為教化助力，何以會如此？陳貽焮在其《唐代某些知識分子隱逸求仙的政治目的》一文即提到隱逸原是不滿現實，反抗時政的表現，如果能把隱者高士之中的幾位「名揚宇宙」的代表人物找來應景，以示「天下歸心」、「聖代無隱者」，可收點綴昇平之效。能滿足統治者虛榮心的最佳例證，首推《舊唐書》卷192〈隱逸田遊巖傳〉：

　　調露中，高宗幸嵩山，遣中書侍郎薛元超就問其母。遊巖
　　山衣田冠出拜，帝令左右扶止之。謂曰：『先生養道山中，

〔註172〕此表據王浦《唐會要》下冊，卷76，〈貢舉中·制科舉〉，頁1641。
　　　　上海：上海古籍出版社，1991年。復興崗學報第十八期，趙明義《唐
　　　　代科舉考試述評》一文，頁183引錄。陳夢雷編《古今圖書集成·
　　　　選舉典》之〈唐制科舉表〉，頁635，亦可供參考。台北：鼎文書局，
　　　　民國66年。
〔註173〕《舊唐書》卷192，〈隱逸傳序〉，頁3480。北京：中華書局，1999年。
〔註174〕《新唐書》卷196，〈隱逸傳序〉，頁4300。北京：中華書局，1999年。

比得佳否？』遊巖曰：『臣泉石膏肓，煙霞痼疾。既逢聖代，
幸得逍遙。』帝曰：『朕今得卿，何異漢獲四皓乎？』薛元
超曰：『漢高祖欲廢嫡立庶，黃、綺方來，豈如陸下崇重隱
淪，親問巖穴。』帝甚歡。因將遊巖就行宮，并家口給傳
乘赴都，授崇文館學士。〔註175〕

引文中三人一搭一唱，田氏與薛氏之諂媚已極曲盡頌聖之能事，而高
宗因爲自己可以親訪巖穴，自然比之漢代商山四皓的典故不知道要賢
能多少，於是唐代帝王訪賢舉逸的用意，也有一層上擬前代美談，點
綴昇平之意。

　　前述種種，都顯示唐自開國伊始，便很注意獎勵在野的隱賢，此
後，國家承平日久，徵召隱逸不但有政策上的考慮──可以美俗，可
以息貪競之風，也有滿足虛榮心，自比古之賢君的用意，因爲目的不
在重用隱者（朝廷另有選拔人才的方法），自然也不指望隱者會有大
表現、大作爲，故所召之隱者未必有賢才，如前所述之田遊巖赴都任
太子洗馬一職，卻在東宮無所規益。

　　當然，我們不能否認所徵召之隱者中確有賢人，希望能藉徵召而
有所作爲，如李白、吳筠、陽城之輩，〔註176〕可惜能藉隱而獲實質
官任，得以一展抱負者少之又少，大多數的時候，隱士會不應徵辟，
此時，君主便可順手推舟，下些「不奪隱淪之志，以成高尚之美」或
「雖思廊廟之賢，豈違山林之願」一類詔書褒美之，然後賜以布匹、
白米、隱服等優渥的賞賜放歸舊隱，以示國家的太平強盛與君主的泱
泱大度。一場又一場的政治喜劇便週而復始的上演於唐代朝廷之上，
如此一來，既有歷任君主的提拔獎掖，上有所好，下必從焉，自然造
成唐人假隱逸之名以干祿位之實的浮薄士風，朝廷的最高統治者實在

〔註175〕田遊巖傳見《舊唐書》卷192，〈隱逸傳・田遊巖傳〉，頁3480。北
　　　　　京：中華書局，1999年。
〔註176〕李白傳見《舊唐書》卷190下，頁3439。吳筠傳見《舊唐書》卷
　　　　　192，〈隱逸傳・吳筠傳〉，頁3488。陽城傳見《舊唐書》卷192，〈隱
　　　　　逸傳・陽城傳〉，頁3490。北京：中華書局，1999年。

有其責任要承擔，因為君主的搜訪隱逸不但未達到野無遺賢的效果，反而更加刺激有心者一窩蜂的往山林泉水中隱居了。

此外，進士科之於唐代士人，可說是盡力努力的目標，士人苦讀於山林寺院往往達十數年，甚至數十年之久，為的便是科舉提名金榜，及第極其困難，以是每回科舉落榜舉子不知凡幾。據王壽南《隋唐史》之唐代制舉科目及登科人數統計表的顯示，〔註177〕可知唐代制舉次數不少而登第人數卻不多。明經與進士二科是考生最多的科目，明經科應考人數每年大約為一千人，錄取率約百分之十至十二；而進士科最為士人所嚮往，每年應考約八百至一千餘人，而登第者最多四十人，有時少，僅取一人，大致以二十至三十人為多，錄取率比明經科少很多。〔註178〕且據《通典》卷十五〈選舉〉三云：

> 開元以後，四海晏清，士無賢不肖，恥不以文章達，其應
> 詔而舉者，多則二千人，少猶不減千人，所收百纔有一。
> 〔註179〕

何以唐代士人會特重進士科？《唐摭言》卷一之〈散序進士〉條或可作約略說明：

> 進士科始於隋大業中，盛於貞觀永徽之際。縉紳雖位極人
> 臣，不由進士者終不為美，以至歲貢常不減八、九百人，
> 其推重謂之白衣公卿，又曰一品白衫。其艱難謂之三十老
> 明經，五十少進士。〔註180〕

因為及第困難，錄取比例低，相對的，登第者便彌足珍貴，應考數十年才得登第者比比皆是，如顧況之子顧非熊沉淪科場達三十年，

〔註177〕此表見王壽南《隋唐史》第 14 章，第 2 節，頁 549～556。台北：三民書局，民國 75 年。

〔註178〕以上數字，比率據《隋唐史》第 14 章，第 2 節，頁 557～558。台北：三民書局，民國 75 年。

〔註179〕見杜佑《通典》卷 15，〈選擇三〉，頁 140。台北：大化書局，民國 67 年。

〔註180〕《唐摭言》卷 1。收入《歷代筆記小說集成・唐代筆記小說》，頁 428。河北教育出版社，1993 年。

始得一第〔註 181〕、劉得仁貴爲公主之子，出入舉場二十年竟無所成，〔註182〕可見進士科白首登第是常事，《文獻通考》卷 29〈選舉二〉云：昭宗天復元年時及第之進士有六人，最年輕的是曹松五十四歲，其餘五人年齡：陳光問六十九歲，鄭希顏五十九歲，王希羽七十三歲，劉象七十歲，柯崇六十四歲，時稱「五老榜」，〔註 183〕可見「五十少進士」之言不虛，能中進士確實不容易。

其次，據李樹桐之《唐代之科舉制度與士風》所述：〔註184〕

在位帝王	宰相人數	明經出身	進士出身	制舉出身	其 他
太 宗	29	0	0	0	0
高 宗	47	2	8	0	1（對策）
武 后	78	11	9	0	0
玄 宗	34	3	8	7	2
德 宗	35	3	12	0	4
憲 宗	29	2	16	0	0
文 宗	24	1	19	0	0
宣 宗	23	0	19	0	0
僖 宗	23	0	19	0	0

由上表可知，太宗朝共 29 位宰相，其中經由唐代的明經、進士科出身的，無一人。高宗朝共 47 位宰相，其中由明經出身者 2 人，進士出身者 8 人，對策擢第出身者 1 人。比之太宗時代，由科舉出身的宰

〔註181〕顧非熊傳見傅璇琮主編《唐才子傳校箋》第五冊，卷 7，頁 380。北京：中華書局，2002 年。《唐摭言》卷 8，〈已落重收〉條亦云：非熊屈在舉場三十年（收錄《歷代筆記小說集成・唐代筆記小說》第二冊，頁 472。河北教育出版社，1993）。

〔註182〕劉得仁傳見前引書，卷 6，頁 184，《唐摭言》卷 10，〈海敘不遇〉條，頁 481（河北教育出版，1993）作「出入舉場三十年」，與傅璇琮主編《唐才子傳校箋》所述不同（北京：中華書局，2002）。

〔註183〕見《唐摭言》卷 8。收入《歷代筆記小說集成・唐代筆記小說》，頁 470。河北教育出版社，1993 年。

〔註184〕此統計見於李樹桐之《唐代的科舉制度與士風》，華崗學報，第六期，頁 97～163，1970。

相顯有增加。武后時，共用宰相 78 位宰相，其中明經出身者 11 人，進士出身者 9 人。玄宗時宰相 34 位，其中明經出身者 3 人，進士出身者 8 人，制舉出身者 7 人，其它出身者 2 人，共計 20 人，在 34 人中佔 20 人，已過半數，可見進士科出身已漸受重視的趨勢。德宗時共 35 位宰相，其中明經出身者 3 人，進士出身者 12 人，其它出身者 4 人，共計 19 人。憲宗朝共有 29 位宰相，其中明經出身者 2 人，進士出身者 16 人，可看出宰相由進士出身比例又加多了。文宗朝共 24 位宰相，其中明經出身者 1 人，進士出身者 19 人。宣宗共 23 位宰相，其中明經出身者無一人，進士出身者佔 19 人。僖宗共 23 位宰相，其中明經出身者亦無一人，進士出身者佔 19 人。明經科明顯逐漸式微。

以上統計數字，可知唐初宰相由進士出身寥寥無幾，其後逐漸上升，直至唐末，宰相出身於進士者占百分之九十強。自高宗武后開始重用進士科人才，便造成唐代君主用人的一種傳統習慣，於是唐代的進士及第者在政治舞台上比其它類別及第者要升遷更快、更高，自然以進士科較受唐代士人青睞。

進士要為時所重，士人們亦以其為入仕捷徑，除上述二個因素之外，要加上一條「打擊門閥」的因由，高宗龍朔年間（西元 661 至 663 年）武則天確立了自己的統治階層，她開始重用進士科，以打破高祖以來較重經學的傳統，特重詩賦取士，陳寅恪在其《唐代政治史述論稿》中指出：

> 進士科主文詞，高宗、武后以後之新學也；明經科專經術，兩晉、北朝以來之舊學也。究其所學之殊，實由門族之異。故觀唐代自高宗、武后以後，朝廷及民間重進士而輕明經之記載，則知代表此二科之不同社會階級在此三百年間升沉轉變之概述矣。〔註185〕

經學與詩賦雜文分別代表了不同的社會階級（門閥與寒門素士），武后之重進士使得門閥士族受到打擊，而再度出現「布衣可致卿相」的

〔註185〕見《陳寅恪先生文集》第 3 冊，頁 83。台北：里仁書局，1981 年。

情形，同時也令文學日盛而經學日衰。如此所述，唐代科舉的常科爲生徒、鄉貢與制舉，由學校出身的生徒只佔其一，且例以經學爲重。而進士科之重詩賦，乃在武則天時，詩賦早已爲帝王所欣賞，玄宗時，又正式定詩賦爲考試的內容，所以詩賦就爲士人所注意學習的主科。〔註186〕《舊唐書》卷 111〈高適傳〉說：

> 天寶中，海內事干進者，注意文詞。

《舊唐書》卷 119〈崔祐甫傳〉亦云：

> 常袞當國，非以辭賦登科者，莫得進用。

詩賦是較仰賴性靈的創作，不太需要從師問學，正所謂「陶鈞氣質，漸潤心靈者，人不若地」〔註187〕山林藪澤僻靜幽深，正好是陶冶性情，培養靈感的理想處所，於是史料中頻見唐代士子攻習舉業，每每入於山林寺院之中。《唐摭言》卷 3 末，王定保論曰：

> 皇帝撥亂反正，特盛科名，志在牢籠英彥，遄來林棲谷隱，櫛比鱗差。〔註188〕

又，《唐摭言》卷 10〈海敘不遇〉條記述學子讀書山林的盛況說：

> 中條山書生淵藪。〔註189〕

而嚴耕望之〈唐人讀書山林寺院之風尚〉一文亦言及士子讀書山林者日見眾多乃在武后專擅，薄於儒術，致學官成衰之後，士子於山林寺院之中，論學會友，蔚爲風尚，及學成乃出應試以求聞達，而宰相大臣、朝野名士亦多出其中。也肯定士人之選擇隱居讀書乃當代之風尚。

再以李頎〈緩歌行〉一詩爲例：

> 男兒立身須自彊，十五閉戶潁水陽。

〔註186〕此說見上引李樹桐之《唐代的科舉制度與士風》，頁 147。華崗學報第 6 期，1970。

〔註187〕語出徐鍇〈陳氏書堂記〉。《全唐文》卷 888，頁 9279。北京：中華書局，1983 年。

〔註188〕語見《唐摭言》卷 3，〈慈恩寺題名遊賞賦詠雜紀〉條末。收入《歷代筆記小說集成・唐代筆記小說》第 2 冊，頁 441。河北教育出版社，1993 年。

〔註189〕同上，頁 244。

業就功成見明主，擊鐘鼎食坐華堂。……〔註190〕

要讀書不入學從師問道，反而閉門於穎水之濱，可見當代並不以入學
爲時尚，反而讀書山林可能較有所獲。

　　此外，因家貧無法自學，須寄食讀書於寺院之中，亦成爲士人隱
居山林原因之一，《唐摭言》卷7〈起自寒苦〉條敘述徐商、韋昭度、
王播三人少年讀書的情形：

　　王播少孤貧，嘗客揚州惠昭寺木蘭院，隨僧齋餐。諸僧厭
　　怠，播至已飯矣……徐商相公常於中條山萬固寺泉入院讀
　　書，家廟碑云：隨僧洗缽。

　　韋令公昭度，少貧窶，常依左街僧錄淨光大師，隨僧齋粥。
　　淨光有人倫之鑑，常器重之。〔註191〕

可知唐代之寺院是爲寒士聚讀之所。縱然山僧有慢侮之處，貧士再不
高興，仍不得不寄寓寺院以便習業。相對的，豪門巨室雖不至於要寄
食寺院，卻仍有讀書山林之舉，如房琯之與呂向偕隱陸渾伊陽山中讀
書，凡十餘載〔註192〕陳子昂以富家子任俠尙氣，年十八猶未知書，
後感悔，即於梓州東南金華山觀讀書。〔註193〕由此不難想見唐代士
人爲了參加科考而隱居讀書之風氣十分鼎盛。

　　進士既然在武則天後，成爲寒士入仕的正規捷徑，且由進士出
身，入仕後能有機會以很快的速度出將入相，成爲政界與社會的新
貴，自然進士科便成了士人們競奔的鵠的，姚合的〈寄陝府內兄郭冏
端公〉一詩云：

　　蹇鈍無大計，酷嗜進士名。〔註194〕

〔註190〕詩見《全唐詩》卷24，頁321。北京：中華書局，1996年。
〔註191〕以上所引見《唐摭言》卷7，〈起自寒苦〉。收入《歷代筆記小說集
　　　　成‧唐代筆記小說》第二冊，頁465。河北教育出版社，1993年。
〔註192〕房琯事見《舊唐書》卷111，列傳第61，〈房琯傳〉，頁2253。北京：
　　　　中華書局，1999年。
〔註193〕陳子昂傳見傅璇琮主編《唐才子傳校箋》第1冊，卷1，頁101。
　　　　北京：中華書局，2002年。
〔註194〕詩見《全唐詩》卷497，頁5647。北京：中華書局，1996年。

便毫無隱瞞的承認進士及第是其人生最大目標，而為了達到此目標，士人所傾注的心力是可觀的，如前所述，進士及第困難重重，錄取率低至百分之一、二，士人沉浮舉場數十年是常有的事，得意者百不過一、二，失意人便不可勝數，在得與失的強烈對照下，落第舉子內心的辛酸是深刻的：

> 牓前潛制淚，眾裏自嫌身。〔註195〕
> 落第逢人慟哭初，平生志業欲何如。〔註196〕
> 誰知失意時，痛於刃傷骨。〔註197〕
> 十上十年皆落第，一家一半已成塵。〔註198〕
> 年年春色獨懷羞，彊向東歸懶舉頭。〔註199〕

抱熱切功利思想，卻身處山林幽隱之中，這些人就外在形跡看來固然是放逸山林的，內心卻有熱切的功名冀望，即使遭受一次又一次的挫敗，仍然要奮力為之。如此消耗士人的精力於舉場之中，以致只要有入仕希望，士人們即使要老死於文場，一考再考，對於考試一事仍是心甘情願的。這樣的人雖然放跡山林，內心到底不會平靜，他們的隱居大多是在為仕宦做準備，因為隱逸山林可以博致清望，萬一科考一再失利，退隱山林的清高自適也許可以成為另一種入仕的籌碼，甚至，只是作為維護自尊的藉口，如姚合之〈送狄劇兼下第歸故山〉：

> 慈恩塔上名，昨日敗垂成。
> 賃舍應無直，居山豈釣聲。
> 半年猶小隱，數日得閒行。
> 映竹窺猿劇，尋雲探鶴情。
> 愛花高酒戶，煮藥汙茶鐺。

〔註195〕李廓〈落第〉，《全唐詩》卷479，頁5457。北京：中華書局，1996年。
〔註196〕詩見《全唐詩》卷549，趙嘏〈下第後上李中丞〉，頁6360。北京：中華書局，1996年。
〔註197〕同上，卷605，邵謁〈下第有感〉，頁6993。
〔註198〕同上，卷600，公乘億之選句，頁6944。
〔註199〕同上，卷654，羅鄴之〈落第東歸〉，頁7525。

> 莫便多時住，煙霄路在城。〔註200〕

一旦功名不遂，隱居實不失為進退有據的好辦法，例如任蕃之舉進士
不第，牓罷進謁主司曰：

> 僕本寒鄉之人，不遠千里，手遮赤日，步來長安，取一第
> 榮父母不得。侍郎豈不聞江東一任蕃？家貧吟苦，志令其
> 去如來日也？敢從此辭，彈琴自娛，學道自樂耳。〔註201〕

喻坦之亦舉進士不第，久寓長安，囊罄，憶漁樵，還居舊山。其有李
頻以詩送歸云：

> 從容心自切，飲水勝銜杯。
> 共在山中長，相隨闕下來。
> 修身空有道，取事各無媒。
> 不信昇平代，終遺草澤才。〔註202〕

總之，進士科之於唐代士人，往往是畢生努力的目標，士人苦讀於山
林寺院達十數年，甚至數十年之久，為的便是提名金榜，而其及第困
難，以是每回科舉落榜舉子真不知凡幾。士人的窮蹇與騰達既全繫於
此功名的成就與否，山林之中便免不了多了許多磨礪身手準備應試者
及久舉不第的士人徘徊其中，以解內心的抑鬱，以致唐代隱逸成風，
科舉制度似乎也該負起的責任。

　　行文至此，回歸到問題的中心點——何以一般會認為唐人是尚功
利的？多位學者喜歡從皇室紛爭談起：太宗於高祖末年發動玄武門政
變，確立了自己為帝的條件，手段殘酷，雖後來勵精圖治，開創了唐
代盛世，但已為世人之尚功利作了不好的示範，羅龍治在其〈論唐初
功利思想與武曌代唐的關係〉一文中談到第一次的「玄武門之變」的
五大功臣為房玄齡、長孫無忌、杜如晦、侯君集、尉遲敬德，其中房、

〔註200〕《全唐詩》，卷496，頁5629。北京：中華書局，1996年。
〔註201〕任蕃傳見傅璇琮主編《唐才子傳校箋》第三冊，卷7，頁346。北
　　　　京：中華書局，2002年。
〔註202〕喻坦之事見傅璇琮主編《唐才子傳校箋》第四冊，卷9，頁194。
　　　　北京：中華書局，2002年。詩見《全唐詩》卷587，頁6815〈貽友
　　　　人喻坦之〉。北京書局，1996年。

長孫與杜爲前朝世族顯貴的後裔，而昧於大義，不但未勸阻太宗的骨肉相殘，反而助太宗奪嫡，是故這些做臣子的具濃厚功利思想，是極明顯的。〔註203〕

此外，陳寅恪也認爲：

> 玄武門地勢之重要，建成、元吉豈有不知，必應早有所防備，何能令太宗之死黨得先隱伏而據此要害之地乎？今得見巴黎圖書館藏書常何墓誌銘，然後知太宗與建成、元吉兩方皆誘致對敵之勇將。常何舊曾隸屬建成，而爲太宗所利誘。當武德九年六月四日常何實任屯守玄武門之職，故建成不以致疑，而太宗因之竊發，迨太宗既殺其兄弟之後，常何遂總率北門之屯軍矣。〔註204〕

常何身爲建成舊部，任守玄武門之職，居然可以爲太宗所利誘收買，則君臣相互利用的關係是很明顯的，此後唐代皇室便以太宗爲次子而可奪嫡當政，東宮之位也就不等於確立踐祚的條件，它是動搖不定的。太宗之子亦有奪嫡之爭即可爲證。至武后代唐，爲鞏固其政權，採取恐怖政策，任用酷吏，大肆誅殺，冤濫至極，但武后亦知長期的恐怖政策是行不通的，所以她一方面排除異己，另一方面則以文章拔擢寒門，來迎合讀書人的利祿心理，於是進士出身的文人成了朝廷中的新貴，武后成功的鞏固了自己政權，從而也令士人們因可藉文詞而爲達官顯宦，朝野更加崇尙功利。

從初唐至盛唐、中唐間朝廷由尙進士而爲重文輕武，終於導致日後安史之亂以降的無窮後患，而功利主義也幾乎成了唐代上至天子，下至士庶的處事準則，綜觀唐室自高祖起，至於唐亡，皇位繼承權的爭奪，幾乎無代無之，甚且骨肉相殘，亦不覺恥，究其原因，全爲了「利益」二字。於是我們可以看到唐代的官吏大多通權達變，勇於進

〔註203〕 羅龍治《論唐初功利思想與武曌代唐的關係》。參見《史原》，頁 1～12。1970 年 7 月第 1 期。

〔註204〕 參見〈唐代政治史述論稿〉中篇〈政治革命與黨派分野〉，《陳寅恪先生文集》，頁 5。台北：里仁書局，1981 年。

取，因此能臣很多，但相對的，善應變而無節操也是唐代士人的毛病，故唐代欲求高風亮節之士則不多見，如李泌之出仕幾遭妒嫉，他都藉退隱來保身即證明了他是通權達變之士，但非真的甘心恬退，只是以隱逸作爲逃避手段，便不能讓人肯定他的操行；〔註205〕韓愈在唐人中算是較有節操的，但他在求仕無門之際，屢次上書宰相以求委用，措辭謙卑阿諛，〔註206〕其作品中更多諛墓之辭，可見當時知識界所瀰浸功利之盛，即使是以儒者自居的韓愈，也不能免俗。

　　而盛唐時期到了安史之亂算是劃上了休止符，自此唐朝走向衰落之途，玄宗到了晚年怠於政事，漸肆奢欲。開元二十四年，張九齡因諫玄宗不可易太子，致李林甫得以日夜短九齡於上，張九齡於是罷相，「自是朝廷之士皆容身保位，無復直言」，〔註207〕而李林甫呢？《資治通鑑》說他：

　　　　（天寶二年）時李林甫專權，公卿之進，有不出其門者。
　　　　必以罪去之。〔註208〕

這是唐朝內政衰敗的標誌，李林甫執宰相位達十九年之久（自開元二十一年至天寶十一年），可以說是造成唐朝政局腐敗的因素，他引進了安祿山，埋下了安史之亂的種子。其後楊國忠爲相，竟一身兼四十餘職：

　　　　國忠爲人強辯而輕躁，無威儀。既爲相，以天下爲己任，
　　　　裁決機務，果敢不疑；居朝廷，攘裾扼腕，公卿以下，頤
　　　　指氣使，莫不震慴。自侍御史至爲相，凡領四十餘使。臺
　　　　省官有才行時名，不爲己用者，皆出之。〔註209〕

〔註205〕李泌傳見《舊唐書》卷130，頁2463。北京：中華書局，1999年。

〔註206〕語見韓愈，〈上宰相書〉、〈後十九日復上宰相書〉、〈後二十九日復上宰相書〉等文。《全唐文》卷551，頁5582～5584。北京：中華書局，1983年。

〔註207〕語見《資治通鑑》卷214，〈唐紀三〇・玄宗開元二十四年〉，頁1449。台北：啓明書局，1960。

〔註208〕同上，卷215，〈唐紀三一・玄宗天寶二年〉，頁1458。

〔註209〕《資治通鑑》卷216，〈唐紀三二・玄宗天寶十一年〉，頁1466。台北：啓明書局，1960。

朝綱不振是唐室衰落原因之一，宦官干政則更促進政治腐敗，唐室重用宦官始於玄宗時的高力士，開元末年甚至大臣奏疏，須經高力士過目，小事他即行處理，大事才奏請玄宗，李林甫、安祿山、高仙芝等人能取得將相位，皆出其力。唐肅宗之登位是李輔國之助，此後宦官權勢又得到進一步的擴大，於是直至唐亡，宦官之禍逐不絕，在政治日益黑暗的情形下，人民生活只有更加悲困，不但租稅繁重，而且連年用兵，卻又先後敗於南詔、契丹、大食等國，造成安祿山反叛的機會，此亦是節度使（藩鎮）割據的開始。安史之亂綿延八年之久，不但破壞了北方經濟，也破壞了人口結構，使人口大量南移，更造成當時的邊防空虛，少數民族（吐蕃、南詔等）經常侵犯內地，〔註 210〕人民生活更加困頓。

天寶末年以後，唐朝社會各種問題互相交織，全面爆發，原本一片昇平景象的大唐帝國暴亂不斷，大小起的抗爭持續至終唐。而唐朝後期政治上的重大問題在於藩鎮割據與宦官為禍。在經濟問題方面，產生土地私有的狀況，上至官僚貴族，下至普通商人、地主都參與了對均田制的破壞，加之農民避兵亂、重稅而逃亡，更造成均田制的全面崩潰，地主田莊遍佈全國各地，為此，產生了「兩稅法」，歷來對它的優劣評斷並不是很好，不過，政治與經濟上的改革對當時的社會而言是必然的。

牛李黨爭是唐朝後期的重大歷史事件，自唐憲宗至唐宣宗，前後延續半個世紀之久，發生黨爭的原因是牛、李黨的出身不同，代表了士族一方的李德裕反對進士考試的流弊──善詩賦者未必能經邦濟世，而且他厭惡進士及第者朋黨勾結，所以在他執政時，取消了進士及第後的曲江大會，以減少「座主」與「門生」之間的互相勾結，這

〔註 210〕安史之亂資料見顧俊《隋唐史話》第三章，〈唐朝的衰落〉，頁 196
～184。木鐸出版社，民國 77 年。

　　王壽南《隋唐史》第八章，頁 217～258。台北：三民書局，1986
年。

個決定應是切中時弊的，卻與進士出身的牛黨針鋒相對，兩黨爭鬥從憲宗開始歷經穆宗、武宗、宣宗歷四朝之久才稍止。

　　此期間政局動蕩不安，到僖宗登位，由於長期以來的政治腐敗、水利失修，致黃河以北發生旱災，無數百姓餓死，終於被迫作亂，其中最著名的是高仙芝與黃巢二起。征戰所經歷：山東、河南、安徽、湖北、湖南、江西、浙江、福建、廣東、廣西、江蘇、陝西、十二省，百姓所受的荼毒，不可勝計，《舊唐書》卷200下〈黃巢傳〉：

> 京畿百姓皆砦於山谷，累年廢耕耘，賊坐空城，賦輸無入，穀食騰踊，米斗三十千，官軍皆執山砦百姓鬻於賊為食，人獲數十萬。朝士皆往來同、華，或以賣餅為業。……賊怒坊市百姓迎王師，乃下令洗城，丈夫丁壯殺戮殆盡，流血成渠。……關東仍歲無耕稼，人餓倚牆壁間，賊俘人而食，日殺數千……江右、海南、瘡痍既甚，湖湘荊漢，耕織屢空。……東南卅府遭賊之處，農桑失業，耕種不時。就中廣、荊南、湖南，盜賊留駐，人戶逃亡，傷夷最甚。〔註211〕

綜合上述，可知中晚唐之時局內有奸臣當道、宦官為亂、牛李黨爭、外有民亂多起與藩鎮為禍，再加上外族凌夷，不論是政治、社會、經濟都受到嚴重破壞，處在此內憂外患的局勢下，士人不論在朝在野，想求自保是極自然的反應，故辛文房在其《唐才子傳》卷一中，便有一段議論：

> 唐興迄季葉，治日少而亂日多，雖草衣帶索，罕得安居。……自王君以下，幽人間出，皆遠騰長往之士，危行言遜，重撥禍機，糠核軒冕，掛冠引退，往住見之。躍身炎冷之途，標華黃綺之列。雖或累聘丘園，勉知冠佩，適足以速身藏於藪澤耳。……〔註212〕

因為朝中奸臣當政、宦官當權，身在魏闕者，為了避禍全身，宗教與

〔註211〕《舊唐書》卷19下，〈僖宗本紀廣明元年制〉，頁467。北京：中華書局，1999。

〔註212〕語見傅璇琮主編《唐才子傳校箋》第1冊，卷1，頁3。北京，中華書局，2002年。

隱逸成了最好的護身符，於是「退朝以後，焚香獨坐，以禪誦爲士」者不少，於山林之中置別業、隱所者亦所在多有。至若在野處士，因戰亂因素避入林泉之際者，數量就更多了，這是局勢使然，不是在士人內心的真願，以致我們可以看到唐人之「待時」是隱逸極重要的因素之一，這就難怪辛文房要說：

> 時有不同也，事有不侔也。〔註213〕

除了在上位者的尊奉，唐代寺院道觀本身也多在山谷清幽之地，吸引好佛慕道的人群趨入山林，應該是自然的結果。同時，寺院道觀多位於山林之中，且尚有食宿之便，更有豐富藏書，乃至有義學僧可資學，故學子每樂於寄寓其中讀書。〔註214〕這些人日後學有所成，仍要出山參加科考，僅就形跡而言，也可說是短暫的隱逸。

換個角度來看，僧道之流居於山林，屛絕俗務，在行爲上無異於隱士，而一般人也把他們與高人逸士們一體看待。此所以兩唐書隱逸傳多載道士，而《唐語林・栖逸篇》〔註215〕每錄僧人。試看《舊唐書・隱逸傳》對王希夷的記載：

> 孤貧好道，……隱於嵩山，師道士黃頤，向四十年，盡能傳
> 其閉氣導養之術。頤卒，更居兗州徂徠山中，與道士劉玄博
> 爲棲遁之友。好易及老子，嘗餌松柏葉及雜花散。〔註216〕

如此則當爲道士一流人物無疑，而玄宗下制，乃稱其爲「徐州處士王希夷」。再如王守愼，是因爲請爲僧，才被列入隱逸傳的。唐初篤嗜佛法的蕭瑀，早年得病，不即醫療，卻說：

> 若天假餘年，因此望爲栖遁之資耳。〔註217〕

皇帝對隱士們下詔褒揚，措辭不外是些「深歸解脫之門」或「絕學棄

〔註213〕同前註。
〔註214〕參閱嚴耕望先生〈唐人習業山林寺院之風尚〉。《嚴耕望史學論文選集》。台北：聯經，1989，頁271～316。
〔註215〕《唐語林校證》，卷4，〈栖逸篇〉，頁393。北京：中華書局，1987年。
〔註216〕《舊唐書》卷192，〈王希夷傳〉，頁3483。北京：中華書局，1999年。
〔註217〕同上，卷63，〈蕭瑀傳〉，頁2398。

智，抱一居貞」之類的話。從這裡，不難看出緇黃方外之徒與高隱逸人之間的界線是如何不易分清；或者也可以說，佛、道二家盛行與在位者之信奉，在以功利為前提的唐代士人眼中，是藉以保身、療慰不遇痛苦的護身符與安慰劑，在論述隱逸的時代環境時，不可不提。

三、小　結

　　綜合上述種種隱逸的因素，可以發現，這些原因是相互作用影響的，尤其是在朝野尚功利的前提下，在上位者的信仰宗教、獎勵隱淪，可以刺激宗教的興盛與在野之人求在朝之實；朝野奸宦當道，朋黨相爭，會令士人在有志難伸之下，選擇宗教與隱逸做為自保的方式；而朝廷特重進士，實與欲瓦解舊勢力，建立新勢力有關，本質上仍不脫政治因素，卻造成士人喜讀書於山林寺院之間的社會風氣，故本小節雖將唐人隱逸時代背景因素做了多元角度的分析，卻仍只是作概略呈現，其相互影響之處有待下文作更詳盡的探討。

　　而有關唐代隱逸文化的研究在海峽對岸逐漸受到重視，有不少專題論文出刊。針對比較全面性的探討，筆者以為隱逸意義的建構應該是社群成員互動過程的共同構築，所以若能沿著文化分析的概念，針對詩人創作做文本分析、對當世組織／制度做觀察、並且探討社會／歷史的因素、當世批評者對隱逸風氣的認同及批判等四個向度做探究，可望建構出較完整的文化面相，而此四者皆為文化意義建構過程中的組成份子，彼此相互影響而關係複雜。能夠完整呈現唐代隱逸文化全貌是本論文期待的成果，對於唐代隱逸文化不同於其他朝代的特殊意涵，希望能做更廣泛、深刻的探討。

第三章　唐詩中隱逸相關意象的觀察

　　對文化現象的——尤其是文學——的研究通常是由形式／文本分析開始。一個文學作品是由不同的元素以規律性的方式組織起來，形式／文本分析即是檢視這些元素彼此間的關係，例如記號學、敘事結構分析、句型分析等都屬於這一類的方法。社會學家慣於使用的文本分析法是內容分析，它常是質化類目的數量化，比方說一個語詞出現的次數，不過這對意義的詮釋並不完整，於是關於唐詩這個文學類型，本章擬採用認知語言學中 Lakoff & Johnson 的觀念來進行論述與分析，除了數量的觀照，也檢視一些特定語詞的語意演變，觀察這些特定語詞的語意在唐代的語意演變狀態顯現了何種認知？在語意演變的現象中，我們可以藉以觀察唐代士人對隱逸一事的認知，展現在詩作之中已經顯現的觀念上的改變。

　　除此，對於作者的背景與生涯的發展必須有基本的掌握，而作品作為一種發聲的、自我說明的工具，寫給誰看的？同時代的知識份子對這類作品的看法為何？一個文學類型會顯現某一些特定寫作方式的成規，這些成規可以幫助讀者的了解與詮釋，如果讀者對這些規則並不熟悉，或者規則根本不存在，那就會引起紛紜的多重詮釋。通常某個特定類型的成規及傳統並不是一開始就存在於文本之中，而是經過作者與讀者間的互動與交涉，逐漸才累積出關於某種文類的成規，因此類型可說是建構共識這個社會過程下的產物。它使讀者在閱讀作

品時，對作品內容會產生預存的期待，反之，作者在創作時也會預期讀者的心理與反應。〔註1〕有鑑於文類是逐漸累積共識與成規的產物，本章的文本分析的對象並不完全鎖定「隱逸詩」這個被後人所規範的唐詩類型，而以《全唐詩》爲取材對象，以便對於前文所界定的假隱的文人社群成員的創作做更大範圍的統計與觀察，以避免受到文學類型成規的侷限。

第一節　觀念與方法的說明與運用

要觀察唐代士人對隱逸一事的認知，文本意象的掌握與語意演變的探討可以是個切入點，本小節擬針對已被學界探討過的唐詩隱逸意象的掌握與觀察慣用語彙語意演變狀態的觀念依據作說明。

一、所謂「意象」

古代文論中，對「意」和「象」關係的討論類同於「情」與「景」關係的辨析，這是因爲中國詩歌一向重視寫景的傳統，在這樣的討論中，意象之象接近含情之景，詩歌的意象常是用視覺語言來表現的。目前人們對意象的定義並不一致，或者說，意象一詞如同女性衣櫃中的衣服，雖然很多卻總是還缺少一個適當且明確的定義。這使得我們在運用這一術語分析作品時常有意猶未盡之憾。在此將對「意象」這一術語略加梳理，以方便本章更準確地理解這一重要的觀念。

關於「意象」的定義，可由來源、形態與功能三個部份來論述：從來源來說，意象的基礎是「象」，所以意象與視覺經驗很有關聯。從哲學的角度而言，高掛天空的明月，如果不被人看見，那麼它對人來說，就沒有被言說的可能。實際上，獨立於人的心靈之外的「客觀」事物對人來說是沒有意義的，只有能被人的心靈反映的客觀事物，才算產生關聯性。例如當李白吟詠「舉頭望明月，低頭思故鄉」〈靜夜

〔註1〕 以上觀點請參考《意識形態與現代文化》（英）湯普森（Thompson, J.B）
著；高銛等譯。南京：譯林出版社，2005。

思〉的時候，月亮進入了人的視野，才與人的存在狀態互相關聯。

　　意象除了源自視覺經驗外，聽覺、嗅覺等感官經驗，都可能造成詩人心中的抽象意念。如龐德所言：「意象是文字（語言）建構的心靈圖畫，其範疇包括——視覺性、嗅覺性、聽覺性、味覺性、觸覺性與感覺性等六種。他們產涉象徵也潛藏意義功能。」〔註2〕韋勒克（Wellek）亦有類似的陳述：「意象是一個兼屬心理學和文學研究上的一種重演或記憶。所以意象並不僅是視覺上的，它還包括味覺上的、嗅覺上的、溫度上的、壓力的、靜的、動的、以及共同感覺等不同的感官意象。」〔註3〕意象不是物象，不是現實的，也不是當下呈現的，而是以想象、回憶等形式再現的；它是一種形象意識，包含著圖象意念。

　　但意象的生成可以來源於人的外部世界的可見之象。如：「枯藤老樹昏鴉，小橋流水人家，古道西風瘦馬。」這些密集的意象，都是名物，是來自視覺直接感知的景象，構成蕭索的景況。不過，意象不一定是可見之象，也可以是可察之態。如：「昔我往矣，楊柳依依。今我來思，雨雪霏霏。」（〈小雅・采薇〉）又如：「江南三月，暮春草長，雜花生樹，群鶯亂飛。」「楊柳依依」、「雨雪霏霏」、「雜花生樹，群鶯亂飛」都不是名物，而是名物的狀態。這也是屬於可以被視覺觀察的範圍，所以能夠構成意象。虛擬的可視的情景，如頑石點頭、天女散花，明珠有淚，良玉生煙，雖不可得見，也能構成意象。

　　另外，從形態看，意象是意與象的契合，「象」裏還必須包括「意」，即人的主觀色彩，所以是人主觀情感客觀化的產物，在本質上是一種有意義的符號，脫離了意義的物象，就會淪為單純的自然存在，不具備文學的價值。意象的「意」是包孕在「象」中的，是融入水中的鹽，

〔註2〕　見束定芳《隱喻學研究》，頁118～119。上海外語教育出版社，2003。書中提及「有時，人們往往借用某一更為熟悉或直接的經驗領域的感覺來更精確、形象地表達另一種經驗領域的感覺」。

〔註3〕　見韋勒克（Wellek, Rene）、華倫（Warren, Austin）著、梁伯傑譯《文學理論》，頁278。台北：大林出版社。

無形而有味。在一個意象中，我們看得見的是「象」，而品味得出的是「意」。意象的語言形式是隱喻性質的，需要我們體悟發掘，而隱喻的獲得不能脫離語境框架。

物象的存在是客觀的，並不依賴人的存在而存在，也不因人的喜怒哀樂而發生變化。但是物象一旦進入詩人的構思，就帶上了詩人主觀色彩。這時的物象就要受到兩方面的加工：一方面經過詩人審美經驗的篩選與點染，以符合詩人的美學理想和美學趣味；另一方面，又經過詩人思想感情的融合與展現，滲入詩人的人格和情趣。經過這兩方面加工的物象進入詩中產生意象。詩人的審美經驗和人格情趣，即是意象中那個意的內容。因此可以說，意象是融入了主觀情意的客觀物象，或者是借助客觀物象表現出來的主觀情意。於是，從功能上來說，意象的情感又往往超越個體的主觀情感，具有普遍的傳達性，能引起讀者的共鳴。在中國古典文學，特別是詩詞，普遍存在著以特定意象對應特定情感的現象。

而意象在詩歌領域是一個重要的概念：詩歌通常是形象鮮明的，這是因為詩歌中普遍運用意象操作。而意象操作，又為展開聯想和發揮想象創設了巨大的空間，詩歌的意象本來與直覺關係密切，它又能誘導直覺產生頓悟，打通讀者的自覺意識與無意識心理之間的屏障，使讀者平時沉潛於心的潛意識被喚醒，從而產生共鳴。事實上，那些打動我們的詩歌往往使我們感到，詩人說出了我們早有的但從未說出的某種感覺。

除此，詩歌中意象的背後尚有著悠遠而深厚的文化意蘊，假如這些意象在某個相對的歷史平面中反復出現，應該有相對一致的內在含義，而且這個含義不因作者和作品的特殊性而出現混亂。照此劃分，從唐詩中語詞意象出現的頻率至少可以窺知某一時代社會風氣在文學中的反映，基於此，本章將擇取有典型意義的幾則意象予以剖析，以窺豹於一斑。

二、Lakoff & Johnson 的觀念

　　意象的語言形式常是隱喻性質，需要讀者的體悟與發掘，而隱喻的獲得不能脫離語境框架。傳統語言研究中，隱喻僅僅被認為是對常規語言的一種變異，是一種用於修辭話語的修辭現象；而且隱語式表達被排除在常規語言範疇之外。隱喻的使用和研究的歷史都是淵遠流長的。多數人也一致認為隱喻是一種修辭性的語言——例如：

人　　物	說　　法	觀　　點
Aristoteles（亞里斯多德）	用一個表示某個物的詞借喻他物」〔註4〕	隱喻是一種修辭性的語言
墨　子	辟也者，舉也物以明之也。	隱喻是一種修辭性的語言
王　符	夫譬喻也者，生於直告知不明，故假物之然否以彰之。	隱喻是一種修辭性的語言
劉　勰	夫此之為義，取類不常：或喻於聲，或方於貌，或擬於心，或譬於事。」〔註5〕	隱喻是一種修辭性的語言
馮廣藝	其《漢語比喻研究史》可以了解從先秦以迄於當代的各家、各派，怎樣從「修辭」的角度來談論隱喻。〔註6〕	隱喻是一種修辭性的語言

　　以上這些這些傳統隱喻理論現在受到了現代隱喻研究強而有力的挑戰：束定芳在《隱喻學研究》中引述 I.A.Richards 的觀念——隱喻是「語言無所不在的原理」〔註7〕、隱喻意義是「兩個語意之間的語義映射」。〔註8〕傳統修辭學中的隱喻被重新定義為隱喻表達，它是跨語義場映射的表層實現方式。「隱喻不僅僅是一種語言現象，它其實還是人類思維的一種方式」，〔註9〕所有的語言都具有隱喻性。語言紮根於人

〔註4〕　見亞里斯多德（Aristotle）著、陳中梅譯《詩學》，頁149。北京：商務印書館，1996年。
〔註5〕　以上轉引自黃慶萱《修辭學》，頁321～2。台北：三民書局，2002年。
〔註6〕　馮廣藝《漢語比喻研究史》。武漢：湖北教育出版社，2002年。
〔註7〕　見束定芳《隱喻學研究》，頁28。海外語教育出版社，2003。
〔註8〕　同上，頁43。海外語教育出版社，2003。
〔註9〕　同上，頁28。海外語教育出版社，2003。

的認知結構中，I.A. Richards 指出好的語言是一種圓滿的實現，能表達人的感知本身所不能表達的事情。語言是不同領域經驗的交匯點，不僅是認知的表現方式，而且也是它的組成部份。源於日常經驗的認知系統構成了語言運用的心理基礎。〔註10〕這一論述精闢地揭示了認知與語言的關係。而隱喻語言的運用更集中地體現了這一點。

> 鑽研隱喻就是面對隱藏在個人內心和他所屬文化中的各個方面。要瞭解詩隱喻，必先瞭解慣用隱喻；瞭解慣用隱喻就是一個人的世界觀、想像的範圍，還有隱喻在形塑人理解日常事務上佔有何等的大份量。慣用隱喻是詩隱喻力量的重要部份：它審視吾人理解世相的深層模式並驅使吾人以別出心裁的方式來運用它。（Lakoff & Turner 1989：214）

Lakoff 和 Johnson 認為隱喻是以身體經驗為基礎的，具有想像力的理性思考方式，「隱喻不僅只是字詞而已」（Metaphors are not mere word）（Lakoff 1993：208）指的是：「隱喻是思維的方式」，Lakoff 與 Johnson 以新的觀點來看待隱喻現象：認為隱喻不僅僅是一種語言層面的事物，而更是一種思想層面的事物。隱喻運用人們概念系統的固有特性，它的本質是一種跨越不同概念領域間的映射關係，令我們得以藉由某一類事物來瞭解另一類事物。〔註11〕

　　隱喻概念在一定的文化中形成一個系統的、一致的整體，並在人們認為的客觀世界中起著主要和決定性的作用，不同文化領域中一件事物或概念與另一件事物概念之間的聯想意義和文化意象，反映了不同文化內涵，有的甚至存在很大的差異。比如漢語中的「梅、竹、荷、松」等很多詞語都有特別的文化函義，沒有相應的漢民族文化知識和心理聯繫是無法理解這些隱喻的文化內涵的。因此，語言表達中隱喻

〔註10〕參見胡壯麟《認知隱喻學》，頁 38～47。北京：北京大學出版社，2004。文中從「語言實質上是隱喻的」、「隱喻有本體與喻源兩方面」以及「共同點理論」三方面對理查茲的隱喻研究作了概略的介紹。

〔註11〕以上轉引自陳瓔婷博士論文中的翻譯，《概念隱喻理論（CMT）在小說的運用──以陳映真、宋澤萊、黃凡的政治小說為中心》，頁 1。私立東海大學中國文學系博士論文，2007。

的出現是系統的，它不僅反映了人的心理結構，而且也反映出不同的文化模式。本章除了重新審視幾個唐詩中常見的隱逸意象，尤其希望藉由語意演變的語料整理呈現意象共同蘊含的交集，在歷時性與共時性的觀照中，觀察唐代士人對隱逸一事的認知情形。

　　如前所述，作爲一種認知現象，隱喻與人類的思維方式和思維發展過程關係密切。隱喻利用一種概念表達另一種概念，這需要兩種概念之間存在的關聯，這種關聯是客觀事物在人的認知領域裏的聯想。但這兩種概念是怎樣共存於一個隱喻中？用隱喻作爲概念去認識事物與事物之間的內在聯繫，並不是人們信手拈來，隨心所欲創造出來的，其中有其深刻的使用理由。從認知的角度而言，個體對環境的注意，主要取決於內容的心理結構。個體在適應環境的過程中，不斷地修正自己的內部結構，從而建立起認知思維活動的模型。在文學創作的過程中，詩人分別與情境、心理活動變化以及相關的經驗聯繫，組織出己身的「認知網路」，進而表達出主觀的意志和情感。在這個過程中，有外部的情境活動，也有內部的心理活動，還有內部和外部的交互活動。本章的重點，即在藉此解析唐詩中詩人與隱逸概念所建立的認知網路，以掌握其思維方向與內涵。

　　閱讀的核心是理解意義，本論文對唐詩中隱逸的慣用意象進行整理，目的即在於觀察唐代士人對隱逸一事的認知。而文學語言本來就具有岐義性和暗示性，富有高度的內涵和意蘊。所以筆者在此致力的是特定詞語向外延展的意義和特定的語境意義。

三、觀念的實踐

　　慣用意象就是約定俗成的「概念隱喻」，它們有些由特定的語言社團（speech community）擁有，有些超越地域、社會、文化的隔閡爲全體人類所共有，由於它們已深入潛意識，以致人們頻頻使用而不自知，所以很容易發現他們的存在。根據這些現象 Lakoff-Turner 標舉它們的特徵是：無意識的、自發的、不假思索的、不被注意的。由

於這些隱喻反映人對生命、生活問題、週遭事物的基本看法，因此，也可以將之視為人思想的一部分。﹝註12﹞

在中國的文學作品中，一詞多義是常態，詩句中的語詞尤其如此，在 Lakoff 的《女人、火與危險事物——範疇所揭示之心智的奧秘》一書中有針對一詞多義的實例研究，﹝註13﹞然而英語的構詞原理不同於中文語意演變模式，中文一個單字就可以構成一個詞，使一部分單音詞詞義不斷豐富，是古代詞彙發展的主要途徑。﹝註14﹞於是，古代漢語單音詞就有一詞多義的現象，如「節」字便有諸多義項：

竹節	《說文》：「節，竹節也。」左思《吳都賦》：「竹則⋯⋯苞筍抽節。」
木節	（用於樹木）《後漢書・虞詡傳》：「不遇槃根錯節，何以別利器乎？」
關節	（用於動物）《莊子・養生主》：「彼節者有閒，而刀刃者無厚。」
節奏	（用於音樂）陸機《擬古》詩：「長歌赴促節。」
節操	（用於道德）文天祥《正氣歌》：「時窮節乃見。」
法度	（用於社會政治）《禮記・曲禮》：「禮不踰節。」
節制	（用於人或事）《論語・學而》：「不以禮節之，亦不可行也。」
節省	（用於物）《論語・學而》：「節用而愛民。」
節氣	（用於時日）《史記・太史公自序》：「四時八位十二度二十四節。」

漢字單詞義項較多，常隨文而異，必須分析其在句中的地位和作用，才能確定它在句中的詞義。有時，有些意義尚未達到十分精確的程度，往往在作品中需要靈活加以解釋，特別是表達抽象概念的詞更

﹝註12﹞ 更多的例子可參考 Goerge Lakoff（雷可夫）、Mark Johnson（詹森）著，周師世箴譯：Metaphors We Live By .《我們賴以生存的譬喻》第九章。台北：聯經出版，2006。與陳瓊婷博士論文〈概念隱喻理論（CMT）在小說的運用——以陳映眞、宋澤萊、黃凡的政治小說為中心〉頁 23～76，2007。
﹝註13﹞ Goerge Lakoff 著、梁玉玲等譯《女人、火與危險事物——範疇所揭示之心智的奧祕》，頁 589～650。台北桂冠圖書股份有限公司，2002 年。
﹝註14﹞ 高振鐸主編《古籍知識手冊（2）古代漢語知識》，頁 71。台北：萬卷樓出版，民國 86 年。

是如此，例如「嚴」有「認真而一絲不苟」的意思，但仍有程度上得區別，「嚴厲」就比「嚴肅」來得厲害，需要放在語境中加以觀察。除此，單音詞絕大多數都有一定的構詞能力，如「書」有很多意項，單「書信」一項，就可以構成「書信」、「書牘」、「書函」、「書簡」、「書啟」、「書札」、「書翰」等同義詞。〔註15〕

　　中文複音詞的量亦龐大，其構詞模式更形複雜，凡此皆不同於英文中的一詞多義構詞模式，然而一詞多義是觀察語意演變的重要根據，本文嘗試以唐詩中常見的幾個隱逸慣用意象的語意演變觀察隱逸觀念如何在唐詩中呈現人們的社會經驗、文化環境及思維習慣。因為，隱喻的相似性不僅表現在唐詩中呈現的客觀事物，而且影響著當時與後人對其社會經驗和思維方式的認知。

　　如果「慣用隱喻」展現思維方式，則觀察詩歌中慣用的隱逸相關意象應可有助於掌握唐代文人對隱逸一事所認同的觀念。必須聲明的是本論文不做文本藝術層面、技巧層面的探討，而在於文本中所呈現的思維方式，對某些語彙、隱喻的接受並使用的狀況。詩是作家對外在世界主觀／理想化的觀察和書寫，它由各種名詞所表徵的概念所組成，各個概念又組織成命題，屬於更基本的直陳性質，是隱喻的基礎，未必有語意演變可以探討，所以本章有的小節會改以陳述方式作處理。

第二節　唐詩中的園林別業

　　隱逸的慣用意象是個龐雜的語彙系統，要想做全面性的呈現實屬不易。不過，詩作為文人表情達意的工具，創作時總有觸發情感的場所，再由此延展出表達的模式與內容，於是隱者居住休憩之處便成為一個可行的切入點。

〔註15〕參考高振鐸主編《古籍知識手冊（2）古代漢語知識》，頁 71～73。
　　　　台北：萬卷樓出版，民國 86 年。

　　作為一個隱者的休憩隱居之所，或是廊廟士人休沐暫居之處，園林別業都是極其重要的地方，在隱逸風氣盛行的唐代，它是眾多詩文隱逸相關意象的載體，所以要整體性的觀察唐詩文本中的種種隱逸相關意象，園林是一個重要的觀察點。在《全唐詩》中，與「園」或「庭」相關的詩作超過 4500 首，〔註 16〕但在唐代詩文及相關載集中，「園」與「庭」合置的語詞並不存在，「園」「林」二字連用則甚為普遍。例如「園林」一詞已是確指山、水、花木與建築的組合範圍，如

　　　　我愛陶家趣，園林無俗情。〔註 17〕
　　　　天供閒日月，人借好園林。〔註 18〕
　　　　京洛園林歸未得，天涯相顧一含情。〔註 19〕

「林園」也是唐代詩文中常見的語詞，如：

　　　　幽寂曠日遙，林園轉清密。〔註 20〕
　　　　林園雖少事，幽獨自多違。〔註 21〕
　　　　門巷掃殘雪，林園驚早梅。〔註 22〕
　　　　林園傲逸真成貴，衣食單疏不是貧。〔註 23〕

從語意看，「林園」與「園林」意涵是相同的，除此，唐人使用的名詞中尚有許多與「園林」意涵相同者。根據彭一剛說：「歷史上曾經用來表述園林的詞彙之多是相當驚人的，即使撇開庭院和苑、囿不談，單就園來講就有園、園林。園庭、園亭、園囿、園池、林泉、山池、別業：山莊、草堂……等十餘種。這些不同的名稱雖然可以反映

〔註 16〕 此數據根據元智大學羅鳳珠，中國文學網路研究室，唐宋文史資料庫（http://cls.admin.yzu.edu.tw）《全唐詩》檢索系統查索並統計所得。
〔註 17〕 孟浩然〈李氏園林臥疾〉，《全唐詩》卷 160，頁 1651。北京：中華書局，1996 年。以下引書同。
〔註 18〕 白居易〈尋春題諸家園林〉，《全唐詩》卷 456，頁 5166。
〔註 19〕 韓偓〈李太舍池上玩紅薇醉題〉，《全唐詩》卷 681，頁 7801。
〔註 20〕 陳子昂〈秋園臥病呈暉上人〉，《全唐詩》卷 83，頁 901。
〔註 21〕 孟浩然〈閒園懷蘇子〉，《全唐詩》，卷 160，頁 1637。
〔註 22〕 劉禹錫〈元日樂天見過因舉酒為賀〉，《全唐詩》卷 358，頁 4038。
〔註 23〕 白居易〈閒行〉，《全唐詩》卷 448，頁 5041。

出造園手段上的某些差異，例如有的以花木構成主要景觀；有的以山景為主；有的以水景為主；但在多數情況下都不外綜合運用建築、花木、水、山、石等四大要素來組景造景，所以用一個『園』字便可以概括其餘。」〔註24〕

　　別業，則是唐代園林的另一個稱呼，如：

　　　　霽日<u>園林</u>好，清明煙火新。〔註25〕（〈清明宴司勳劉郎中<u>別業</u>〉）

　　　　不過<u>林園</u>久，多因寵遇偏。〔註26〕（〈和中丞出使恩命過終南<u>別業</u>〉）

　　　　數畝<u>園林</u>好，人知賢相家。〔註27〕（〈題樊川杜相公<u>別業</u>〉）

其餘「別莊」、「別墅」、「山莊」「草堂」實際上都是園林的另一種表述，也有部份代全體的用詞，如「林亭」、「池亭」、「園亭」、「山亭」、「新亭」、「南亭」、「山齋」、「溪齋」、「書齋」、「東齋」、「山池」、「竹閣」、「釣閣」……等所指涉也多為園林景象。〔註28〕隱逸風氣的盛行造成自然山水林園的大量增加，那些隱者不論是純粹真隱或別有目的，選擇一塊山泉林地闢建住屋，每日與山水煙霞為伍。其中不乏大型莊園別業，但一般幾間茅舍草堂，幾畦圃田，茂林天成，禽鹿時來，這種有山、有水、有林木、有屋舍的山居，就是園林。大部分的隱者都有居住別業林園的紀載，《全唐詩》中描述隱者園林的詩很多，茲舉數例如下：

　　　　嘗讀高士傳，最嘉陶徵君。日耽田園趣，自謂羲皇人。予復何為者，棲棲徒問津。中年廢丘壑，上國旅風塵。忠欲事明主，孝思侍老親。歸來當炎夏，耕稼不及春。扇枕北窗下，采芝南澗濱。因聲謝同列，吾慕潁陽真。〔註29〕

〔註24〕彭一剛《中國古典園林分析》，頁20～21。台北：博遠出版社，民國78年。

〔註25〕祖詠〈清明宴司勳劉郎中別業〉，《全唐詩》卷131，頁1336。北京：中華書局，1996年。以下引書同。

〔註26〕劉長卿〈和中丞出使恩命過終南別業〉，卷151，頁1581。

〔註27〕錢起〈題樊川杜相公別業〉，卷237，頁2645。

〔註28〕侯迺慧《詩情與幽境——唐代文人的園林生活》，頁5～12。台北：東大圖書，民國80年。

〔註29〕孟浩然〈仲夏歸漢南園寄京邑耆舊〉，《全唐詩》卷159，頁1619。

尋君石門隱，山近漸無青。鹿跡入柴戶，樹身穿草亭。雲
低收藥徑，苔惹取泉瓶。此地客難到，夜琴誰共聽。〔註30〕

松徑隈雲到靜堂，杏花臨澗水流香。身從亂後全家隱，日
校人間一倍長。金籙漸加新品秩，玉皇偏賜羽衣裳。何如
聖代彈冠出，方朔曾爲漢侍郎。〔註31〕

以上詩句所述內容都顯示隱者所居爲自然山水林園，並且園林實爲隱
者最佳安頓。流風所及，官宦士大夫階層、公卿貴士們爲表示自己也
具備隱者的高潔形象（當然其中不乏眞心嚮往隱逸者），也競相購置
林園，享受類似隱居的生活。

萬騎千官擁帝車，八龍三馬訪仙家。鳳凰原上開青壁，鸚
鵡杯中弄紫霞。〔註32〕

借地結茅棟，橫竹掛朝衣。秋園雨中綠，幽居塵事違。陰
井夕蟲亂，高林霜果稀。子有白雲意，構此想巖扉。〔註33〕

隱幾日無事，風交松桂枝。園廬含曉霽，草木發華姿。跡
似南山隱，官從小宰移。〔註34〕

每日在南亭，南亭似僧院。人語靜先聞，鳥啼深不見。……
行簪隱士冠，臥讀先賢傳。更有興來時，取琴彈一遍。〔註35〕

政務纏身的官員藉園林來滿足自己喜好山水的隱心，並且表現高潔的
胸懷。爲了配合入朝公務，園林多半置於城內或京城近郊，就算主人
被貶抑他方，林園仍顯示了主人的清虛自守形象。

　　對於某個幸福圓滿的、快樂無憂的、自給自足的的園地的嚮往，
在《詩經・衛風・碩鼠》中已有顯現，那些受欺壓的百姓渴望一片人

北京：中華書局，1996 年。
〔註30〕顧非熊〈題馬儒乂石門山居〉，《全唐詩》卷 509，頁 5785。北京：
中華書局，1996 年。以下引書同。
〔註31〕陸龜蒙〈王先輩草堂〉，卷 626，頁 7197。
〔註32〕李嶠〈奉和聖制幸韋嗣立山莊應制〉，卷 61，頁 729。
〔註33〕韋應物〈題鄭拾遺草堂〉，卷 192，頁 1984 年。
〔註34〕權德輿〈南亭曉坐因以示璩〉，卷 320，頁 3607。
〔註35〕韓偓〈南亭〉，卷 681，頁 7812。

間樂土；屈原在飽受抑鬱苦悶之時，上天下地去尋找合理對待，後來都成了人們苦難生活的心靈慰藉。等到神仙之說盛行，仙境於是成爲期待的樂園，太清觀天經曰：

> 上士得道，升爲天官；中士得道，棲集昆侖；下士得道，長生世間。〔註36〕

> 朱砂爲金，服之昇仙者，上士也；茹芝導引，咽氣長生者，中士也；餐食草木，千歲以還者，下士也。〔註37〕

所謂天仙，是居住在雲天之中的，但葛洪認爲留在地上人間是勝過天仙的：

> 篤而論之，求長生者，正惜今日之所欲耳，本不汲汲於升虛，以飛騰爲勝於地上也。若幸可止家而不死者，亦何必求於速登天乎？〔註38〕

這樣的概念結合了現實（眷戀塵世）與超現實（渴慕神仙），給予魏晉世族名士肆欲放誕的行徑與生活以論述的依據，也讓園林逐漸在生活中扮演著快樂仙境的角色。

之後陶淵明的《桃花源記》讓桃花源成爲文人心中另一種樂園，努力把自己的園林佈置成桃花源。由於陶淵明最後以「遂迷不復得路」與高士劉子驥的尋訪未果，後遂無問津者作結，使得桃花源便蒙上濃厚的神秘色彩。之後，尋覓、迷途就成爲桃花源不可企及的印象。而此樂園到了唐代成了不必外求的處所，唐人把自己的林園設計成芳草鮮美、落英繽紛、良田美池、桑竹溪湲，也可以怡然自得，自成一個桃花源，所以唐人每每直接以桃花源直稱園林：

> 桃花源裡人家。〔註39〕

> 年年洞口桃花發，不記曾經迷幾人。〔註40〕

〔註36〕葛洪《抱朴子》內篇之卷4，〈金丹篇〉，頁12。上海：上海書店，1986年。

〔註37〕同上，內篇之卷16，〈黃白篇〉，頁71。

〔註38〕同上，內篇之卷3，〈對俗篇〉，頁8。

〔註39〕王維〈田園樂〉七首之三，《全唐詩》卷128，頁1306。北京：中華書局，1996年。

   桃花成泥不須掃，明朝更訪桃源老。〔註41〕

   將取一壺閒日月，長歌深入武陵溪。〔註42〕

在唐人心中，桃花源就是一座林園，因而只要園林具有美景、幽邃、怡然自得等條件，如同王維的輞谷別業一般，都是桃花源了。吳融說：「無鄰無里不成村，水曲雲重掩石門。何用深求避秦客，吾家便是武陵源。」〔註43〕祖詠也說：「寧知武陵趣，宛在市朝間。」〔註44〕所謂武陵、桃源不必眞是武陵郡的溪洞中那個避秦的天地，只要具有相似的趣味，就是桃花源了。

  有時雖不在詩文中直稱園林爲桃花源，卻也描繪桃花源特質：

   故人家在桃花岸，直到門前溪水流。〔註45〕

   再來迷處所，花下問漁舟。〔註46〕

   欲知源上春風起，看取桃花逐水來。〔註47〕

   南村小路桃花落，細雨斜風獨自歸。〔註48〕

也有把桃花源當仙境看待的：

   桃源應漸好，仙客許相尋。〔註49〕

   夜靜春夢常，夢逐仙山客。〔註50〕

   桃花流出武陵洞，夢想仙家雲樹春。〔註51〕

由詩可見桃花源被仙化了，連帶的也使神話中讓人長壽的仙桃也成了象徵，所以唐人的園林別業喜歡種植桃樹：

〔註40〕陸暢〈題獨孤少府園林〉，卷478，頁5444。北京：中華書局，1996年。以下引書同。

〔註41〕呂溫〈道州春遊歐陽家林亭〉，《全唐詩》卷371，頁4169。

〔註42〕司空圖〈丁未歲歸王官谷〉，卷632，頁7249。

〔註43〕吳融〈山居即事〉四首之四，卷684，頁7848。

〔註44〕祖詠〈題韓少府水亭〉，卷131，頁1335。

〔註45〕常建〈三日尋李九莊〉，卷144，頁1463。

〔註46〕孟浩然〈梅道士水亭〉，卷160，頁1647。

〔註47〕施肩吾〈臨水亭〉，卷494，頁5597。

〔註48〕李群玉〈南莊春晚〉二首之一，卷570，頁6616。

〔註49〕錢起〈歲暇題茅茨〉，卷237，頁2645。

〔註50〕盧綸〈同吉中孚夢桃源〉，卷277，頁3141。

〔註51〕劉商〈題水洞〉二首之一，卷304，頁3463。

　　春苔滿地無行處，深映桃花讀閉門。〔註52〕

　　重門深鎖無尋處，疑有碧桃千樹花。〔註53〕

　　山源夜雨度仙家，朝發東園桃李花。〔註54〕

賀知章說桃李人家即是仙家，園林內栽滿桃林是件令人欣羨之事，桃花之所以喜被栽種，一方面得自桃花源的樂園象徵，一方面得自神話仙桃的影響，二者統合之後在唐代成了文人嚮往的園林典型。〔註55〕

　　私人園林其實肇自漢代，六朝漸有增加，但擁有者多為達官貴人，到了唐代，私人園林大幅增加，分佈層面及於士庶文人，窮困如盧照鄰、杜甫、賈島、甚至是僧人如皎然、貫休者也都擁有私人園林。在此基礎上，文人開始盡心造園，並以其美感與情思去品賞林園，發為詩文，便顯現了唐人對意境的獨特要求，對文學有起興與提昇的功能。文人盛行在園林中宴遊、夜吟、所詠詩作常題於牆石或蕉葉之上，促使詩、書與園的藝術結合在一起。

　　園林的構築在唐代有重要的進展，文人注重空間的佈置，大量使用石頭佈置園景，或堆疊假山、或單獨立為奇峰、或砌聚水中以為險灘等。對水景的造設也特別用心，講究在小池小水中表現悠遠的景趣，使一勺水也能產生氣象，盆池造景是園林特色之一。有了山水，還需要植物關建出特殊的景觀，唐代園林喜植竹、桃、柳、荷等植物，在詩文的加強下，這些植物成了傳統園林中不可或缺的點綴物。植物需要動物陪襯，於是鹿、鶴、魚、鳥的大量歌詠也成為傳統林園景觀之一。唐代人已經敏銳的掌握了許多造景原則，透過視覺聽覺嗅覺的傳導，置身其中可以感受種種美感，呈現在詩文中：鐘聲、松濤、鶴唳、鳥啼、梵音、漁歌、樵唱、荷香、桂香等

〔註52〕劉常卿〈題張山人居所〉，《全唐詩外編》《全唐詩補逸》，頁108。台北：木鐸出版社，民國72年。

〔註53〕郎士元〈聽臨家吹笙〉，《全唐詩》卷248，頁2786。北京：中華書局，1996年。

〔註54〕同上，賀知章〈望人家桃李花〉，卷112，頁1146。

〔註55〕侯迺慧《詩情與幽境——唐代文人的園林生活》，頁522～526。台北：東大圖書，民國80年。

便烘托出幽深寂靜之美，影響所及，也成了後代造園者所努力追求的意境。〔註56〕

　　這樣的一個理想的園地，是唐人隱逸風氣下的產物，統合著種種唐人對隱逸的認知，刺激著唐代文人的創作，從唐人的作品中，可以讀到文人在遊賞園林時的品味與鑑賞經驗，思想與意境。以下擬由空間佈置與生活內容二個角度探討唐詩中與隱逸意象相關的語詞，一窺文本中所呈現的觀念與認知。

一、園林的空間佈置

（一）山與石

　　唐代文人在有關園林的詩作中，常寫出他們對山的喜愛，因此「看山」是一種享受：

> 隔花開遠水，廢卷愛晴山。〔註57〕
> 望見南峰近，年年懶更移。〔註58〕
> 日窺萬峰首，月見雙泉心。〔註59〕
> 白日逍遙過，看山復繞池。〔註60〕

這些詩句表達著文人們愛山的情意，透露著欣賞山在晴空下展現清黛翠亮的姿色，遊賞在山中的深曲幽趣，山是有其想像空間與美感的。大多數的時候，文人注意到的是山色之美：

> 地侵山影掃，葉帶露痕書。〔註61〕
> 山影暗隨雲水動，鐘聲潛入遠煙微。〔註62〕

〔註56〕參考侯迺慧《詩情與幽境──唐代文人的園林生活》，頁536～549。台北：東大圖書，民國80年。

〔註57〕錢起〈裴僕射東亭〉，《全唐詩》卷238，頁2665。北京：中華書局，1996年。以下引書同。

〔註58〕于鵠〈春山居〉，卷310，頁3503。

〔註59〕孟郊〈陪侍御叔遊城南山墅〉，卷375，頁4210。

〔註60〕姚合〈閒居遣懷〉十首之三，卷498，頁5655。

〔註61〕賈島〈送唐環歸敷水莊〉，卷572，頁6641。

〔註62〕劉滄〈晚歸山居〉，《全唐詩》卷586，頁6805。北京：中華書局，1996年。以下引書同。

　　　　山光晴逗葦花村。〔註63〕

光影的移動，造成山色深淺的變化，讓熱愛自然的文人可以終日流連其
中。所以園林的築造經營，總愛選在山林之中，面對群山，如果限於地
形地點，無山可看，也會在園中疊山造崖，作個假山一解看山的渴望。

　　　　直與南山對，非關選地偏。〔註64〕

　　　　結廬對中嶽，青翠常在門。〔註65〕

　　　　東窗對華山，三峰碧參差。〔註66〕

　　　　忽向庭中摹峻極，如從洞裏見昭回。小松已負干霄狀，片
　　　　石皆疑縮地來。〔註67〕

　　　　更買太湖千片石，疊成雲頂綠嵾峨。〔註68〕

疊石成山所追求的效果是「峻極」、「嵾峨」，表現山形的嶙峋崢嶸，
富於雄奇的氣勢。「怪石」是疊山的好材料，太湖石便是此中好典型，
其凹凸不平的表面，透瘦穿漏的醜狀，即使只有單獨一片，也像內容
豐富的巖崖，所以說「片石皆疑縮地來」，也說明了唐人堆疊假山掌
握的是奇突峻拔的遒勁氣勢。

　　山形山勢疊得逼真，是一個基礎；疊在何處，也是學問，可以對
著庭戶，也可以「山形對路開」──沿著彎曲的路徑轉換方向，人所
見的山也就隨著角度而有變化。崔公信的〈和太原張相公山亭懷古〉：
「疊石狀崖巘，翠含城上樓。前移廬霍峰，遠帶沅湘流。瀟灑主人靜，
夤緣芳徑幽。清輝在昏旦，豈異東山游。」〔註69〕詩中所描繪的山是
堆石而成，石山上可以置亭，可以沿幽徑而游賞，可見這假山規模不
小。這種疊石如果再引飛瀑於其上，與自然景觀就更像了，能在自然
挺拔中再添飄逸的靈秀：

〔註63〕翁洮〈和方干題李頻莊〉，卷667，頁7640。

〔註64〕孟浩然〈冬至後過吳張二子檀溪別業〉，卷160，頁1663。

〔註65〕岑參〈緱山西峰草堂作〉，卷198，頁2039。

〔註66〕白居易〈新構亭臺示諸弟姪〉，卷429，頁4732。

〔註67〕權德輿〈奉和太府韋卿閣老左藏庫中假山之作〉，卷321，頁3616。

〔註68〕無可〈題崔駙馬林亭〉，卷814，頁9165。

〔註69〕崔公信〈和太原張相公山亭懷古〉，卷484，頁5498。

攢石當軒倚，懸泉度牖飛。〔註70〕

疊石峨峨象翠微，遠山魂夢便應稀。從教蘚長添峰色，好
引泉來作瀑飛。螢影葉攢疑燒起，茶煙朝出認雲歸。知君
創得茲幽致，公退吟看到落暉。〔註71〕

因為唐人用石堆疊假山，而且喜用怪石堆砌，石與山有其相似之處，
所以假山與真山之間就有一種似而不是的差異，這種形似、神似但規
模微小的假山有「咫尺山林」的稱許，也把園林帶入寫意山林的境界。
因為假山，唐人開始賞愛石頭，發現它有獨立欣賞的價值，所以也常
在詩中表達文人對石頭的愛眷之情：

多喜陪幽賞，清吟繞石叢。〔註72〕

波濤漱古岸，鏗鏘辨奇石。〔註73〕

主人得幽石，日覺公堂清。〔註74〕

奇石長年經過波濤漱沖拍打，侵蝕成奇怪形狀，醜奇的形正好涵蘊著
歲月的痕跡，石頭所在之處，似乎四周也浸染了清靈之氣，所以以之
妝點園林，是受歡迎的。在唐人愛太湖石，白居易在洛陽的履道園就
有他遠從杭州運回的太湖石，在他的〈池上作〉：

華亭雙鶴白矯矯，太湖四石青岑岑。〔註75〕

姚合也有描述太湖石之作：

我嘗遊太湖，愛石青嵯峨……置之書房前，曉霧常紛羅。碧
光入四鄰，牆壁難蔽遮。客來謂我宅，忽若巖之阿。〔註76〕

皮日休更寫出了太湖石的形狀：

厥狀復若河，鬼工不可圖。或拳若虺蝎，或蹲如虎貙……〔註

〔註70〕杜審言〈和韋承慶過義陽公主山池〉五首之四，《全唐詩》卷62，頁
　　　733。北京：中華書局，1996年。以下引書同。

〔註71〕李中〈題柴司徒亭假山〉，卷748，頁8513。

〔註72〕鄭巢〈陳氏園林〉，卷504，頁5739。

〔註73〕孟郊〈遊韋七洞庭別業〉，卷375，頁4213。

〔註74〕楊巨源〈秋日韋少府廳池上詠石〉，卷333，頁3740。

〔註75〕白居易〈池上作〉，卷453，頁5127。

〔註76〕姚合〈買太湖石〉，卷499，頁5676。

〔註77〕皮日休〈太湖石〉，《全唐詩》卷610，頁7042。北京：中華書局，

77〕

石頭不僅形狀、顏色、色澤、氣勢、精神足以作爲園林的重要景觀，他還能製造出一些特殊景象，生起雲氣，《說文解字・九下山部》對「山」的形義曰：「宣也。謂能宣散气，生萬物也。有石而高，象形。」〔註78〕十一下的「雲」則說：「山川气也。从雨，云象回轉之形。」〔註79〕雲是山川之氣生成的，山宣散其氣，正是雲的根源。而石是具體而爲的山，所以也能凝聚水氣，生成雲嵐，所以說「亂石上雲氣」、「曉霧常紛羅」、「片石欲生煙」，當石頭移動，就是移動雲的根柢，才會說：

> 移石動雲根。〔註80〕

杜甫也有詩爲證：

> 石亂上雲氣，杉清延月華。〔註81〕

方干也說：

> 孤雲戀石尋常住。〔註82〕

在文人眼中，白雲似乎特別依戀石頭，總愛縈繞陪伴在它左右，甚至以石頭爲雲的歸宿，這些雲煙繚繞的景象正好帶給石頭雲霧飄渺的視覺，磋磨著山石呈現多變的風貌，讓假山更具眞正高山的美感。

除了假山，石頭本身也可以是造景工具，與水、泉、溪流配合，製造激越的效果：

> 石疊青稜玉，波翻白片鷗。〔註83〕

> 蓋激溜衝攢，傾石叢倚，鳴湍疊濯，噴若雷風。〔註84〕

石頭也可以當臥床，供遊者坐臥：

1996 年。

〔註78〕漢・許愼《說文解字》卷 9 下，〈山部〉，頁 379。北京：中華書局，民國 74 年。

〔註79〕同上，卷 11 下，〈雲〉，頁 386。

〔註80〕賈島〈題李凝幽居〉，《全唐詩》卷 572，頁 6639。北京：中華書局，1996 年。以下引書同。

〔註81〕杜甫〈柴門〉，卷 221，頁 2337。

〔註82〕方干〈鹽官王長官新創瑞隱亭〉，卷 651，頁 7481。

〔註83〕白居易〈府西池北新葺水齋即事招賓偶題十六韻〉，卷 451，頁 5100。

〔註84〕盧鴻一〈嵩山十志・雲錦淙序〉，卷 123，頁 1224。

> 尋常絕醉困，臥此片石醒。〔註85〕

綜觀唐人對山、石的欣賞，可知山石與園林關係的密切，唐代與山有關係的詩超過萬首，作為如此被鍾愛的創作題材，以想見文人喜歡終日與山為伍的心境，因此在園林選址相地時，會考慮巖嶺與屋廬之間的位置關係，最好是門庭直接對山而開，以便長與青山對飲對望談心。但並非人人都可延山入室，受地勢地形限制的人只好以石堆疊假山景，聊慰對山的渴望。於此有發展出對石的鑑賞品味來，假山與石頭於是成了唐代園林中不可或缺的重要造景。

（二）水　景

作為大自然的景象，山水是分不開的。唐詩中描寫水的詩句也超過萬首，可見是極其重要的創作題材。一個園林的存在或許可以沒有山，卻不能沒有水，因為水不僅作為景觀美化園林，也可灌溉花木、提供飲水、調節濕度，控制著園林的興茂衰廢，所以唐人園林對水景的處理十分用心。

水的美在唐代文人眼中最先被注意到的就是他的映照性，如鏡的水面對園林最大的意義不是照人，而是照景──把園林景色收攝到一潭明水之中，再由水面映現出來：

> 澄明山滿池。〔註86〕
>
> 水底遠山雲似雪。〔註87〕
>
> 徹底千峰影。〔註88〕

一池水也許沒有一座山那麼巨大，可是隨著距離拉遠，即使是千峰萬嶺也可以收在一泓池水之中，所以水面倒影不只是收入影像，也收入壓縮的空間，景物不分遠近都可在水中倒影裡顯現，合成一個對稱平

〔註85〕杜甫〈高柟〉，《全唐詩》卷 226，頁 2441。北京：中華書局，1996年。以下引書同。

〔註86〕盧綸〈和太常李主簿秋中山下別墅即事〉，卷 277，頁 3141。

〔註87〕劉禹錫〈和牛相公遊南莊醉後寓言戲贈樂天兼見示〉，卷 360，頁 4073。

〔註88〕鄭谷〈興州東池〉，卷 674，頁 7716。

衡的景緻：

> 浦派縈迴誤遠近，橋島向背迷窺臨。澄瀾方丈若萬頃，倒
> 影咫尺如千尋。〔註89〕

水既能使園林的上下空間都加深，平靜時如一面明鏡倒映諸影，有波浪時，又帶給水面一種動態之美：

> 東風動柳水紋斜。〔註90〕

> 檀欒映空曲，青翠漾連漪。〔註91〕

> 疊翠蕩浮碧。〔註92〕

> 浪搖花影白蓮池。〔註93〕

> 晚晴搖水態，遲景蕩山光。〔註94〕

> 池光搖萬象，倏忽滅復起。〔註95〕

> 一片水光飛入戶，千竿竹影亂登牆。〔註96〕

在波浪蕩漾中，受到最明顯影響的是被折射的光線。照射水面的光，經水波一搖晃，散撒爲一片碎金，盈溢似近還遠的迷離之美，一切事物都閃爍不定，在光起光滅之間，一切驟然呈現又瞬間消失，變化無常。池光反照帶有虛幻不實的特質，而倒映在水面的建築則被這些浮光閃爍得躍動起來了。

水的光源多半來自太陽，但也有月光映水：

> 時見水底月，動搖池上風。〔註97〕

> 池月夜淒涼。〔註98〕

月亮的高不可及，一經映在潭水上就覺得近切多了，而月亮的到處遍

〔註89〕白居易〈池上作〉，《全唐詩》卷453，頁5127。北京：中華書局，1996年。以下引書同。

〔註90〕李端〈閒園即事贈考功王員外〉，卷286，頁3271。

〔註91〕王維〈輞川集・斤竹嶺〉，卷128，頁1300。

〔註92〕孟郊〈遊韋七洞庭別業〉，卷375，頁4213。

〔註93〕白居易〈池上小宴問程秀才〉，卷451，頁5094。

〔註94〕韋述〈春日山莊〉，卷108，頁1119。

〔註95〕儲光羲〈晚霽中園喜赦作〉，卷137，頁1393。

〔註96〕韓翃〈張山人草堂會王方士〉，卷243，頁2730。

〔註97〕孟郊〈遊城南韓氏莊〉，卷375，頁4209。

〔註98〕白居易〈葺池上舊亭〉，卷445，頁4993。

在的特性，是只要千江有水，就會千江有月。有時微風拂過水面，月影也隨之湧擺，月的涼感加上夜的淒寂，易使詩人產生淒涼之感。月亮本身含有的時間與空間的特質，會勾起文人的感懷，想起悲劇性的際遇，加上水中月的虛幻不實，景象深寓哲理，於是產生：「清池皓月照禪心。」〔註99〕、「每夜坐禪觀水月。」〔註100〕的觀照和禪悟，水月在文人園林生活中，是充滿情趣和理趣的景緻。

　　水的美，又在於其自身所具有的澄澈明淨的質感，有水之處，整個環境都清爽明淨起來，如此一來，園居就不只是可游可息的場所而已，它還可以修養身心，水的淡泊恬靜，有助於提昇人格，潔淨心靈。所以白居易說：「水能性淡為吾友」。〔註101〕唐代園林盛行開池引泉，不但具實用價值，也在種種關於水的美感經驗中，加強了園林水景的處理設計。有的挖池聚水，如「砌水親開決，池荷手自栽」；〔註102〕有的則引流水成溪，蜿蜒在園地上，如「暗引巴江流」〔註103〕、「手開清淺溪」；〔註104〕也有先疊假山再懸泉作瀑或堆石激阻水流以成灘湍。有些園地較小的主人會衡量情形而挖小池，文人遂也強調小池之好，如杜甫浣花草堂的南鄰朱山人就是「小水細通池」〔註105〕的小水池。甚至，有改以「盆池」的方式製造水景：

　　　鑿破蒼苔地，偷他一片天。白雲生鏡裡，明月落階前。〔註106〕
　　　移得龍泓激灩寒，月輪初下白雲端。無人盡日澄心坐，倒
　　　影新篁一兩竿。〔註107〕

〔註99〕李頎〈題璿公山池〉，《全唐詩》卷134，頁1363。北京：中華書局，1996年。以下引書同。

〔註100〕白居易〈早服雲母散〉，卷454，頁5147。

〔註101〕白居易〈池上竹下作〉，卷446，頁5014。

〔註102〕王建〈題別遺愛草堂兼呈李十使君〉，卷299，頁3400。

〔註103〕岑參〈過王判官西津所居〉，卷198，頁2041。

〔註104〕孟郊〈送豆盧策歸別墅〉，卷378，頁4245。

〔註105〕杜甫〈過南鄰朱山人水亭〉，卷226，頁2435。

〔註106〕杜牧〈盆池〉，卷523，頁5989。

〔註107〕陸龜蒙〈移石盆〉，《全唐詩》卷628，頁7215。

雖是小小盆池，也是費了心思造景。盆池體積雖小，依然可以映得一片天空、幾顆星子和浮雲數片、明月一輪，自成一個小天地。盆池也可以種蓮養魚，引來成群青蛙，謂夏夜平添鳴音。蓮葉可以擎雨蕭蕭，倒映的竹子可以彎腰迎風，為池面吹皺波痕，仍是熱鬧的小水池。

　　盆池的出現讓文人領略以小觀大的園林情趣，小小的盆池已足夠讓登門客「煙波入夢」，是園林走向象徵、寫意、提煉的好開始。且盆池的出現，也證明唐代文人對水景的重視，為此願意克服空間狹小的限制，設計並製造出具體而微的景觀，讓園林逸趣走向更高的境界。

　　對於水的造景除了表現這種「以小見大」的匠心外，還有水畔的設計有木、有花，更喜愛引水周繞堂舍階砌之下，讓水能親近於起居的住所四周，如：

　　　　水流經舍下。〔註108〕

　　　　水繞亭臺碧玉環。〔註109〕

　　　　一帶山泉遶舍迴。〔註110〕

　　　　冽泉前階注，清池北窗照。〔註111〕

水泉周繞堂舍之下，對於建築物就產生隔離的效果，產生完全獨立的空間；臥眠之時還有流水之聲發自枕下，形成水姿婉轉有緻的景象。此外，砌石造灘、引泉做瀑也是唐人慣用水景，使園林有飛躍、靈動、飄逸之美，有時還有設計之外的景觀，例如禽鳥親近，為園林帶來飛動的趣味，增添生氣，飛禽雖非水景，卻因水而生景緻，也是園林之美的一部分。

　　水不但是可觀的景，也是可聆聽的地籟：如「幽聲聽難盡，入夜睡常遲。」〔註112〕、「逼枕溪聲近」，〔註113〕聆聽泉響成為一種享受。

〔註108〕劉長卿〈送鄭十二還廬山別業〉，卷148，頁1528。北京：中華書局，1996年。以下引書同。

〔註109〕劉禹錫〈尉遲郎中見示自南遷牽復卻至洛城東舊居之作因以和之〉，卷359，頁4054。

〔註110〕白居易〈別草堂三絕句〉之三，卷440，頁4911。

〔註111〕韋應物〈題從姪成緒西林精舍書齋〉，卷192，頁1983年。

〔註112〕姚合〈題家園新池〉，《全唐詩》卷499，頁5676。

而製造泉聲也有不同方式，一種是「水聲鳴石瀨」〔註114〕的石泉之聲；另一種則是「山泉落滄江，霹靂猶在耳」〔註115〕的落泉之聲。一般文人比較喜歡前者，如白居易就讚美泉聲：「泉石磷磷聲似琴，閒眠靜聽洗塵心。莫輕兩片青苔石，一夜潺湲值萬金。」〔註116〕

而雲是與水同質但不同型態的景觀，歷來亦是唐詩中的重要創作主題，將在下一節另文探討，另有煙雨霞霧等水的不同存在形式也為園林景色帶來不同的光影與空間的變化，製造幽邃神秘如仙境般的氣氛，凡此種種都是由水景帶來的園林意趣。

（三）花　木

花木的並稱是因為它們同屬植物，在園林中是會成長、凋零的生命體，不像假山泉池，一經造景就已固定，它們是需要養護修整的。只是，花與木在園林中所造成的景觀差別大，常被分列對比。唐人園林對樹木的經營，除了自然山林已長成之外，也注意人工的栽造，以下依唐代園林常見植物來分類論述：

1. 竹

竹很早就進入文學作品被描述，《詩經》有「綠竹猗猗」、「綠竹青青」〔註117〕的句子，魏晉時愛竹是文人名士的雅行，所以唐人的愛竹是其來有自，竹在唐人園林中是普遍的景觀：

> 興來林是竹。〔註118〕
> 辛苦移家為竹林。〔註119〕
> 修竹已多猶可種，豔花雖少不勞栽。〔註120〕

〔註113〕李中〈寄廬山莊隱士〉，卷749，頁8533。北京：中華書局，1996年。以下引書同。
〔註114〕戴叔倫〈過友人隱居〉，卷273，頁3083。
〔註115〕杜甫〈種萵苣〉，卷221，頁2348。
〔註116〕白居易〈南侍御以石相贈助成水聲因以絕句謝之〉，卷459，頁5226。
〔註117〕屈萬里《詩經詮釋》〈衛風‧淇奧篇〉，頁100。台北：聯經出版，民國73年。
〔註118〕孟浩然〈尋張五回夜園作〉，卷160，頁1650。
〔註119〕李涉〈茸夷陵幽居〉，《全唐詩》卷477，頁5431。

竹之受寵，來自於竹的各方美感，在色澤上，竹青翠欲滴，鮮潔純粹：
「種竹交加翠」〔註121〕、「百竿青翠種新成」〔註122〕、「萬竿如束翠
沈沈」〔註123〕、「不厭東溪綠玉君」〔註124〕。且竹不會因季節而改
變太多顏色，終年是常綠的，持久的青綠爲園林在春夏之外，減少了
許多蕭條枯澀。

在型態上，竹有婀娜的姿態，引發詩人文思，與大自然氣候相
配合，總是呈現不同神韻，像「含煙映江島」〔註125〕、「籠竹和煙
滴露梢」〔註126〕、「繞屋扶疏千萬竿，……日光不透煙常在」。〔註
127〕竹常圍繞池畔或溪岸而生，或者時有泉水川流而過竹叢，所以
生長之處必定高濕水多地帶，常一遇氣溫升高或下雨，就有煙氣繚
繞，當竹煙一片，日光照不透時，原本蕭疏飄逸的竹姿就更添迷濛
之美了。

竹常與露爲伴：「含露漸舒葉」〔註128〕、「露光憐片片，雨潤愛濛
濛。」〔註129〕「竹露滴清響」，〔註130〕凡此都給園林帶來聽覺之美。

竹也與風並提，如「溪竹唯風少即涼」〔註131〕、「便有好風來枕
簟」，〔註132〕在文人看來竹特別容易引招涼風，竹風既能使人舒適平
和，也爲其他景物帶來變化，如水紋因竹風而生，爲水中倒影及反照

〔註120〕杜荀鶴〈和友人見題山居水閣八韻〉，卷692，頁7976。北京：中
　　　　華書局，1996年，以下引書同。
〔註121〕杜甫〈春日江村〉五首之三，卷228，頁2487。
〔註122〕白居易〈和汴州令狐相公新於郡内栽竹百竿拆壁開軒旦夕對玩偶題
　　　　七言五韻〉，卷449，頁5059。。
〔註123〕李涉〈葺夷陵幽居〉，卷477，頁5431。
〔註124〕陳陶〈竹〉十一首之一，卷746，頁8490。
〔註125〕李白〈慈姥竹〉，卷181，頁1851。
〔註126〕杜甫〈堂成〉，卷226，頁2433。
〔註127〕劉言史〈題源分竹亭〉，卷468，頁5328。
〔註128〕韋應物〈對新篁〉，卷193，頁1992年。
〔註129〕賈島〈題鄭常侍廳前竹〉，卷574，頁6690。
〔註130〕孟浩然〈夏日南亭懷辛大〉，卷159，頁1620。
〔註131〕杜荀鶴〈和舍弟題書堂〉，卷692，頁7971。
〔註132〕李中〈竹〉，卷747，頁8510。

帶來動態變因，竹起風或風吹竹，都能使搖曳的葉片發出聲響，所以有「竹聲兼夜泉」〔註133〕、「竹含天籟清商樂」〔註134〕、「風吹千畝迎雨嘯」〔註135〕的句子，引發詩人的多聯想。

竹比德和附會神仙傳說，有來自竹林七賢高逸氣節的象徵意義──竹的德性比附於君子，篤定、正直、虛心、遒勁，幾乎形體的各部份都在體現君子的道德，將之栽種在園林之中，可以啟發和提醒文人。至於神仙傳說竹可以棲鳳、化龍，更引發文人的遐想。

竹具有實用與經濟價值，能為栽植者帶來財富，其生長十分快速，所以有經濟實益。且對造園而言，竹常是就地取材的對象、製做日常用品、造園，如伐竹為亭、建竹樓、竹籬、做竹筏、竹橋、竹椅等。竹也用以作為變化空間的布局，例如隔離景區，竹常被種在水邊、窗前，以佐靜添幽。

綜上可見竹之成為園林中重要植物與景觀，有其原因理由，詩人濡染園林之中，對竹不會沒有觀察和感情，終致成為唐代詩人重要創作題材之一，並且以之展現文人自我對園林景緻與隱居生活的品味意趣，有其豐富內涵。

2. 松

松也是唐人園林喜種的植物之一，「松竹風姿」是常見的詩句：

青松繞殿不知春。〔註136〕

松瘦石稜稜。〔註137〕

盤石青巖下，松生盤石中。〔註138〕

偶來松檻立，熱少清風多。〔註139〕

〔註133〕李嶷〈林園秋夜作〉，《全唐詩》卷145，頁1466。北京：中華書局，1996年。以下引書同。

〔註134〕劉禹錫〈尉遲郎中見示自南遷牽復卻至洛城東舊居之作因以和之〉，卷359，頁4054。

〔註135〕李賀〈昌谷北園新筍〉四首之四。卷391，頁4410。

〔註136〕盧綸〈過玉真公主影殿〉，卷279，頁3169。

〔註137〕韓偓〈南亭〉，卷681，頁7812。

〔註138〕儲光羲〈石子松〉，卷136，頁1376。

惟愛松筠多冷淡，青青偏稱雪霜寒。〔註 140〕

栽松獨養眞。〔註 141〕

手種一株松，貞心與師傳。〔註 142〕

和竹相似，松也是清涼的植物，夏日時分，伴隨清風，使人感到塵垢滌盡，神清氣爽，這是松濤的功用。從聽覺的洗滌到視覺的清涼，加上松也是君子貞毅的象徵，於是松有自我修持的提醒和顯示的作用，如同劉得仁所說的「栽松獨養眞」，「養眞」和仙術有關，大約是松的長壽象徵的聯想。所以，在許多方面松與竹有近似之處，其清氣可滌盪胸臆，醒人心神，松的貞勁可以警惕、啓示德性修養，可以與人同修共進。只是。在園林的栽植方面，普遍性不及竹，但仍是園林中的重要植物。

3. 柳

柳在唐代有其歷史承繼的背景，《古今圖書集成・草木典・柳部》紀事引《淮南子注》云：「展禽之家有柳樹，身行惠德，因號柳下惠。」〔註 143〕柳樹因此成爲和暢之木，春天來時，柳條隨東風款擺也是和暢姿態；送客至霸橋，折柳贈別讓柳成爲離別的象徵；韋莊的〈臺城〉詩云：「無情最是臺城柳，依舊煙籠十里堤。」〔註 144〕告訴我們吳後宮的臺城柳是文人感嘆興亡無常的興發，在柳樹下彈琴的嵇康，給予柳樹幾許悲壯清迷情調，陶淵明宅邊的五柳樹又是恬淡、不慕名利的象徵，所以有「五株衰柳下」〔註 145〕、「門前五柳正堪攀」〔註 146〕來描述自己的園林，可見，柳爲園林池邊喜種植物，有

〔註 139〕曹松〈夏日東齋〉，《全唐詩》卷 717，頁 8239。北京：中華書局，1996 年。以下引書同。

〔註 140〕李中〈和潯陽宰感舊絕句〉五首之三，卷 750，頁 8540。

〔註 141〕同上，劉得仁〈題王處士山居〉，卷 544，頁 6281。

〔註 142〕同上，賈島〈題岸上人郡內閒居〉，卷 571，頁 6628。

〔註 143〕《古今圖書集成・草木典》，〈柳部〉，頁 2437。台北：鼎文書局，民國 66 年。

〔註 144〕同上，韋莊〈臺城〉，卷 697，頁 8021。

〔註 145〕同上，錢起〈秋園晚沐〉，卷 237，頁 2628。

〔註 146〕同上，朱慶餘〈歸故園〉，卷 514，頁 5877。

其內在意涵象徵。

4. 梧　桐

　　唐詩中數量不多，並未被文人大量詠，但梧桐高聳挺拔，往往需要仰望抬頭，也就容易與天上景物一起入詩，像「眾星列梧桐」。〔註147〕梧桐枝葉大，是遮蔭的好資源，于鵠就寫過「桐陰到數家」〔註148〕的句子。每當風襲吹時，巨大的葉片發出的聲響往往震撼強烈，「楸梧葉暗瀟瀟雨。」〔註149〕就有持續而強勢的幽暗在其中。

　　梧桐秋天落葉，往往只剩禿兀的枝幹，所以季節性很強，很有提示性：「高梧一葉下秋初」〔註150〕「露葉凋階蘚，風枝戛井桐」，〔註151〕可見梧桐有其時間美。

5. 牡　丹

　　是在唐代前不被注意的花卉，但種牡丹在唐代卻成為流行風尚，劉禹錫的〈賞牡丹〉說：「唯有牡丹真國色，花開時節動京城。」〔註152〕牡丹能癡迷唐人，原因很多，唐人筆下牡丹的姿采豐富：

> 葩疊萼相重，燒欄復照空。妍姿朝景裏，醉豔晚煙中。乍怪霞臨砌，還疑燭出籠。遠行驚地赤，移坐覺衣紅。〔註153〕
> 爛銀基地薄紅妝，羞殺千花百卉芳。〔註154〕
> 含香帶霧情無限。〔註155〕
> 露華凝後更多香。〔註156〕
> 入門唯覺一庭香。〔註157〕

〔註147〕轟夷中〈題賈氏林泉〉，《全唐詩》卷636，頁7299。北京：中華書局，1996年。以下引書同。
〔註148〕于鵠〈過張老園林〉，卷310，頁3506。
〔註149〕許渾〈朱坡故少保杜公池亭〉，卷533，頁6088。
〔註150〕許渾〈再遊姑蘇玉芝觀〉，卷534，頁6093。
〔註151〕張祐〈秋夜宿靈隱寺師上人〉，卷510，頁5819。
〔註152〕劉禹錫〈賞牡丹〉，卷365，頁4119。
〔註153〕姚合〈和王郎中召看牡丹〉，卷502，頁5705。
〔註154〕徐夤〈依韻和尚書再贈牡丹花〉，卷708，頁8150。
〔註155〕鄭谷〈牡丹〉，卷677，頁7762。
〔註156〕吳融〈僧舍白牡丹〉二首之一，卷686，頁7887。

> 數十千錢買一顆。〔註158〕
>
> 一叢深色花，十戶中人賦。〔註159〕
>
> 萬物珍那比，千金買不充。〔註160〕
>
> 一夜輕風起，千金買亦無。〔註161〕

可見，牡丹不論是在色相或香相上都呈現穠豔媚麗、厚重雍容的氣質，所以被視為富貴的象徵，且價格真的昂貴，確實是富貴人家才養得起，因此，也有富貴人家以之作為鬥富的標的：「落盡春紅始著花，花時比屋事豪奢。門倚長衢攢繡轂，幄籠輕日護香霞。」〔註162〕為了使自家的牡丹長得最豔盛，還必須以繡帳錦幄細加庇護。白居易的〈買花〉就寫出了養護牡丹必須要有細緻的心思：「上張幄幕庇，旁織巴籬護。」牡丹和富貴確實是脆弱易零的，為園林所帶來的只是瞬間的燦爛光彩。

6. 荷

　　荷也是唐代園林中常見的水景花卉，只要是鑿池蓄水，通常都會養荷，哪怕是小小的盆池，也要個幾枝。白居易：「雇人栽菡萏，買石造漣漪。」〔註163〕王維、杜甫、李德裕等人的園林也都種有荷花。只是唐人對荷花的欣賞比較集中在香氣與高潔的象徵上，而不在荷的花形顏色：

> 風荷嫋翠莖。〔註164〕
>
> 蓮朵含風動玉杯。〔註165〕
>
> 風荷似醉和花舞。〔註166〕

〔註157〕韋莊〈白牡丹〉，《全唐詩》卷700，頁8044。北京：中華書局，1996年。以下引書同。

〔註158〕柳渾〈牡丹〉，卷196，頁2014。

〔註159〕白居易〈買花〉，卷425，頁4676。

〔註160〕姚合〈和王郎中召看牡丹〉，卷502，頁5705。

〔註161〕王建〈賞牡丹〉，卷299，頁3401。

〔註162〕羅鄴〈牡丹〉，卷654，頁7506。

〔註163〕白居易〈西街渠中種蓮疊石頗有幽致偶題小樓〉，卷454，頁5146。

〔註164〕白居易〈答元八宗簡同遊曲江後明日見贈〉，卷428，頁4712。

〔註165〕皮日休〈宿報恩寺水閣〉，卷614，頁7081。

〔註166〕司空圖〈王官〉二首之一。《鍾詩》卷633，頁7271。北京：中華

魚散芰荷風。〔註167〕

荷花的香氣不似牡丹濃烈，但持久優雅，對於置身在能清耳目、滌煩慮的園林中，觀察敏銳的文人而言，荷的幽香是讓人印象深刻的，尤其是雨洗過之後，香氣更加清新：「池荷雨後衣香起」。〔註168〕因為清雅的香氣使荷花被屈原視為君子美人，加上荷為佛教中西方極樂世界的代表花卉，〔註169〕對於普遍沾染佛道的唐代文人而言，不沾染人間污濁的概念應是背景深厚而廣受肯定的。

7. 桃 花

前面談園林的桃花源意象時曾提到桃樹是唐代園林常種的花木，在唐人心中，桃花有極特殊地位。桃花的象徵是很耐人尋味的，長生不死的仙桃和可以驅邪避鬼的桃木讓桃花染上仙道色彩；李白在桃李園中卻要興感時間、生命的短暫而要秉燭夜遊，及時行樂。可見桃花在唐代文人心中的聯想是生命歲月的慨嘆和嚮往的美感。與仙鄉呼應的是陶淵明的桃花仙境：一個芳草鮮美、落英繽紛、與世隔絕、怡然自得的快樂園地，桃花於是成了桃花源的象徵，用以比擬潔淨、無爭、自足、樸素的樂園。文人並非不知眼前之景非昔日晉時武陵的桃花林，但仍樂意一廂情願的認為桃花就是來自桃花源（參考前引詩）。因此，與荷相同，二者不僅是園林景色，還支持唐代文人把園林視為一方淨土、樂園的理念。

另外，常見於詩文中的園林花卉是「藥」，文人們似乎特別重視它的栽種歷程，此部份在本章第五節作專文討論，此不贅述。

8. 苔

苔不是刻意種植的植物，卻常被強調其存在，不論是「石龕苔

書局，1996 年。以下引書同。

〔註167〕鄭巢〈陳氏園林〉，卷 504，頁 5739。

〔註168〕劉禹錫〈送周使君罷渝州歸郢州別墅〉，卷 359，頁 4046。

〔註169〕參考〈佛說阿彌陀經〉，刊淨空法師《淨土五經讀本》，頁 7。高雄：高雄淨宗學會，民國 80 年。

蘚積」〔註170〕、「日夜苔徑綠」〔註171〕、「苔徑綠無塵」〔註172〕、「樹影搜涼臥，苔光破碧行」〔註173〕、「青苔地上消殘暑」〔註174〕都在展示苔的綠意深潤、不受季節影響，且似乎沒有塵土污垢會沾染它。文人描述苔，常是為了暗示某些寓意或呈現某種氣氛，通常人煙罕至之處綠苔才得以蔓延滋長，例如皇甫冉的：「空庭復何有，落日照青苔」〔註175〕寫出了空庭的寂寥，所以才會長滿清苔，青苔成了常寂山館的表徵。

　　於是文人常以青苔來顯現園林的荒廢：

　　　　古井碑橫草，陰廊晝雜苔。〔註176〕

　　　　舞榭蒼苔掩，歌臺落葉繁。〔註177〕

廊道、舞榭本是富貴人家展示富麗，宴遊歡樂之所，如今卻只見蒼苔圍繞，一切是如此荒砌寂寞，在此，苔表示了一種落寞——由繁榮而頹廢，在時光的無情淘洗下，一切終將如同泡沫。所以，「荒廢」，這個青苔的園林意象，常是文人無力的慨嘆。

　　另一個讓青苔改變負面意象的意涵是：青苔代表了所在地的幽僻深邃。

　　　　青苔幽巷遍。〔註178〕

　　　　綠苔日已滿，幽寂誰來顧。〔註179〕

　　　　唯憐石苔色，不染世人蹤。〔註180〕

〔註170〕戴叔倫〈遊少林寺〉，《全唐詩》卷273，頁3075。北京：中華書局，1996年。以下引書同。

〔註171〕錢起〈小園招隱〉，卷236，頁2613。

〔註172〕盧綸〈題興善寺後池〉，卷279，頁3171。

〔註173〕方干〈山中即事〉，卷649，頁7460。

〔註174〕白居易〈池上逐涼〉二首之一，卷456，頁5169。

〔註175〕皇甫冉〈山中五詠〉，卷249，頁2806。

〔註176〕司空曙〈過慶寶寺〉，卷292，頁3312。

〔註177〕許堯佐〈石季倫金谷園〉，卷319，頁3600。

〔註178〕韋應物〈神靜師院〉，卷192，頁1980。

〔註179〕韋應物〈休暇東齋〉，卷193，頁1987年。

〔註180〕錢起〈藥堂秋暮〉，卷238，頁2653。

　　　　到君幽臥處，爲我掃莓苔。〔註181〕

　　　　石床苔蘚似匡廬。〔註182〕

正因爲人跡罕至，苔所在之處一定是寂寥清淨之處，所以石床上的苔蘚會引人遙想起高深僻遠的匡廬幽境，顯示苔蘚具有幽深的性質，所以，韋應物會稱青苔滿地的巷子爲幽巷，而佈滿青苔的東齋顯得十分幽寂，長莓苔的寺院成爲幽臥之處。可見，青苔入詩，常用以暗示所詠園林的僻遠深靜，少與塵世俗人相往還。

　　　苔的不染世跡塵情顯示了一種隔絕：

　　　　苔封舊瓦木。〔註183〕

　　　　門閉莓苔秋。〔註184〕

　　　　苔封石室雲含潤。〔註185〕

「封」、「閉」使舊亭或山居變成一個封閉的空間，與外界完全隔絕，沒有酬贈交流。空間之外，苔也是時間封閉的象徵，深厚的苔蘚是時間累積的結果，越是深密，表示幽寂景況的持久，隨著苔的幽閉特質，唐詩中可以看見兩種園林意象，一爲苔徑，一爲苔砌：

　　　　誰家煙徑長莓苔。〔註186〕

　　　　山陟莓苔梯。〔註187〕

　　　　茅堂階豈高，數寸是苔蘚。〔註188〕

　　　　青苔滿階砌。〔註189〕

　　　　砌因藍水長秋苔。〔註190〕

徑道原是行走的，如今卻長滿莓苔，這或許表示了小徑的曲折幽深，

〔註181〕劉長卿〈集梁耿開元寺所居院〉，《全唐詩》卷147，頁1499。北京：
　　　　　中華書局，1996年。以下引書同。

〔註182〕李中〈書郭判官幽齋壁〉，卷748，頁8524。

〔註183〕白居易〈莒池上舊亭〉，卷445，頁4993。

〔註184〕賈島〈題岸上人郡內閒居〉，卷571，頁6628。

〔註185〕劉滄〈雨後遊南門寺〉，卷586，頁6802。

〔註186〕張喬〈題宣州開元寺〉，卷639，頁7331。

〔註187〕孟郊〈送豆盧策歸別墅〉，卷378，頁4245。

〔註188〕姚合〈題金州西園九首‧莓苔〉，卷499，頁5673。

〔註189〕杜牧〈題揚州禪智寺〉，卷522，頁5964。

〔註190〕溫庭筠〈寄清源寺僧〉，卷578，頁6717。

也或許表示了平日甚少觀遊來訪者，莓苔所在，是個靜僻之園，當詩人對本不該長有苔蘚的動線卻有欣賞和得意之情，苔蘚就成了主人幽情清雅的表達。喜歡苔，自然就刻意養苔，說是刻意，其實還算輕鬆，因爲苔的生長環境只要陰涼潮濕，所以溪邊池邊的苔毋需費心培植，只要花心思把欲染苔的石頭或古木等排列在水岸附近即可，其他地方則只要澆水也可以製造效果。

其他的園植花木，種類猶多，如榆、槐、楊、柏、枏、檜、芭蕉、梅、菊、杏、蘭、薔薇、櫻桃、木蘭……等，可別立專題，另行討論，在此不暇一一細論。

（四）動　物

園林中的動物描寫，以禽鳥、魚、鹿和猿爲多，文人筆下悠遊在園林中的動物多半快樂無憂，可以增添豐足和諧的樂園氣氛。

禽鳥在園林之中是悠閒的：

> 閒隨白鷗去，沙上自爲群。〔註191〕
> 水鳥自來去。〔註192〕
> 鷺鷥飛破夕陽煙。〔註193〕

常常，在園林景象中，鳥和魚是並舉的：

> 齊物魚何樂，忘機鳥不猜。〔註194〕
> 嘯檻魚驚後，眠窗鶴語間。〔註195〕

描寫數量多或許是園林中魚、鳥的普見，在文人看來魚和鳥都是自得其樂、悠閒安然的典型。魚的快樂在莊子和惠施的辯論中已是眾所周知的事，唐人見魚的感受正與莊子相近：「魚樂隨情性」〔註196〕、「池面魚

〔註191〕李白〈過崔八丈水亭〉，《全唐詩》卷180，頁1840。北京：中華書局，1996年。以下引書同。
〔註192〕劉禹錫〈牛相公林亭雨後偶成〉，卷358，頁4040。
〔註193〕李咸用〈題王處士山居〉，卷646，頁7404。
〔註194〕呂溫〈道州夏日郡內北橋新亭書懷贈何元二處士〉，卷370，頁4161。
〔註195〕項斯〈姚氏池亭〉，卷554，頁6418。
〔註196〕綦毋潛〈題沈東美員外山池〉，卷135，頁1371。

行不怕人」，〔註197〕水是魚最大的保障，在水中的魚可以順任性情之
真，不必怕人的干擾，除非人以「釣術」騙誘。所以，在水的世界中，
魚是安然悠閒的。而魚鳥的並舉還在於牠們的快樂是盡情流露的：

　　枕前看鶴浴，床下見魚遊。〔註198〕

　　鬥雀翻衣袂，驚魚觸釣竿。〔註199〕

　　雛鳥啼花催釀酒，驚魚濺水誤沾衣。〔註200〕

鶴鳥浴水，撥弄起一池的水花；吵鬧打鬥的群雀圍繞詩人身旁，偶然
撞到詩人的衣袂；魚兒則是流暢的在水中穿游，留下一道道曲柔的動
線，有時躍出水面，濺起水花，噴灑得觀者一身是水，凡此種種動態，
都使原本靜謐的園林增添生趣。

　　鳥也為園林帶來聽覺之美：

　　山鳥助酣歌。〔註201〕

　　鶯散讓清歌。〔註202〕

　　好鳥疑敲磬，風蟬認軋箏。〔註203〕

鳥聲為園林帶來天籟般的妙音，觀覽山水美景之中，還有聽覺上的享
受。當然園林之中不只於鳥鳴，猿嘯、蟬噪、蛙鳴、鐘聲、梵音、漁
唱、樵歌，甚至人語都是藉其聲以顯園林寂靜的意象。

　　在所有鳥類中，鶴最為園林主人喜愛，作為別有所指的隱逸象
徵，寫鶴的詩在唐詩中超過二千首，而同為隱逸象徵的鷗鳥則約為五
百首左右，這其間問題非三言兩語可以道盡，鶴意象將在本章第四節
專文討論，此不贅述。

　　園林中的動物較為文人常詠寫者尚有鹿：

〔註197〕王建〈題金家竹溪〉，《全唐詩》卷300，頁3404。北京：中華書局，
　　　　1996年。以下引書同。
〔註198〕白居易〈府西池北新葺水齋即事招賓偶題十六韻〉，卷451，頁5100。
〔註199〕姚合〈和裴令公遊南莊憶白二十章七二賓客〉，卷501，頁5697。
〔註200〕方干〈鹽官王長官新創瑞隱亭〉，卷651，頁7481。
〔註201〕孟浩然〈夏日浮舟過陳大水亭〉，卷160，頁1646。
〔註202〕白居易〈上巳日恩賜曲江宴會即事〉，卷437，頁4848。
〔註203〕杜牧〈題張處士山莊一絕〉，卷523，頁5988。

　　竹園相接鹿成群。〔註204〕

　　野麋林鶴是交遊。〔註205〕

　　鹿跡入柴戶。〔註206〕

　　鹿群多此住。〔註207〕

　　園近鹿來熟。〔註208〕

詩中的鹿常扮演園林主人的好友，通常牠們都總是保持嫻靜，所以常以眠息狀態入詩：

　　地靜留眠鹿。〔註209〕

　　松聲驚鹿眠。〔註210〕

　　園銷開聲駭鹿群。〔註211〕

　　籬根眠野鹿。〔註212〕

能留鹿眠的場所一定寂靜寧謐，靜到連松音或開鎖推門的聲響都會驚嚇到睡眠中的鹿，而文人所流露的是鹿與人親的友善情誼，文人與鹿在園林之中展現的境界是與自然無隔無別的相知與交應。鹿與佛、道均有淵源，所以養鹿的園林也有靜土、仙境的象徵，所以，文人的園林其實也是修養身心的道場。

二、園林的生活內容

　　生活本來應該很日常，可是園林生活在唐代對某些文人而言是生活的常態（日常生活的全部），但對某些文人卻只是生活的點綴。不同的生活方式帶出關於園林生活內容的不同描寫，此為以下論述所欲

〔註204〕盧綸〈早春歸盩厔舊居卻寄耿拾遺湋李校書端〉，《全唐詩》卷278，頁3156。北京：中華書局，1996年。以下引書同。

〔註205〕白居易〈香爐峰下新卜山居草堂初成偶題東壁〉，卷439，頁4890。

〔註206〕顧非熊〈題馬儒乂石門山居〉，卷509，頁5785。

〔註207〕皮日休〈奉和魯望四明山九題·鹿亭〉，卷612，頁7057。

〔註208〕李洞〈秋日曲江書事〉，卷721，頁8278。

〔註209〕戴叔倫〈過友人隱居〉，卷273，頁3083。

〔註210〕皮日休〈奉和魯望四明山九題·樊榭〉，卷612，頁7057。

〔註211〕皮日休〈開開元寺開筍園寄章上人〉，卷613，頁7076。

〔註212〕李中〈訪蔡文慶處士留題〉，卷747，頁8497。

探討者。

（一）宴遊與琴、酒

　　構築園林的目的除了爲自己安置一個休憩的場所外，園林其實也是個重要的社交場合。遊宴之風早在六朝就已盛行，遊宴之所又以園林及名山勝地爲常。園林對唐代遊宴是一大方便，園林中的亭臺樓榭正好用以擺設筵席，不受氣候影響，宴遊中產生的應制或奉和之作對文學創作具有強制性的催迫作用，雖不見得有情感深刻的好作品，卻可以是當代風氣的紀錄。

　　遊宴不免帶有應酬性質。筵席之上琴酒並舉是歡樂熱絡的表徵，人情於是在杯觥交錯與音樂飄揚中交流暢達，人，在這類園林生活內容中是入世的，塵俗色彩非常濃厚。

　　宴飲既在園林之中，遊賞園林就成了重要活動，不過爲了建立情誼的目的，這類紀錄宴遊的作品往往非純粹的美感欣賞，反而成了對主人的大加讚賞。當然，能夠放下應酬或姿態，把感情放入山水景物的宴遊也非沒有，但多屬個人小型聚會。因此，園林作爲社交入世的場所，山水正是主客雅興的標誌。以身份作觀察，貴族大夫們的園林生活通常只是點綴性質，看似繽紛卻非日常生活，這些人待在園林時間並不長，他們通常只是以擁有園林和參與聚會作爲一種身份象徵或雅興的表現，熱鬧過後常只是留下悵惘寂寥：

> 水木誰家宅，門高占地寬……試問池臺主，多爲將相官。
> 終身不曾到，唯展宅圖看。〔註213〕
> 回看甲乙第，列在都城內。素垣夾朱門，藹藹遙相對。主
> 人安在哉，富貴去不迴。〔註214〕

詩中園林主人爲了富貴功名競奔於塵世，園林只是他們身份地位的象徵與心靈的慰藉，園林不是常駐之所，而是常憶之處，《全唐詩》

〔註213〕白居易〈題洛中第宅〉，《全唐詩》卷448，頁5046。北京：中華書局，1996年。
〔註214〕同上，白居易〈自題小園〉，卷459，頁5218。

這類園林作品不算少見。宴遊之中的賦詩聯句等應制酬唱是常有的文學活動，唱和之中含有交遊情誼，圓融人際關係的實質效益。大抵文友群聚、同僚會集是難得之事，除了為平淡生活增添熱鬧，也為奔波的政宦生活作紓解放鬆，同時，每一場宴遊都是唯一的，不會再重複，當然要紀錄下來以茲回味。雖不免有歌功頌德之作，卻不失為促進文學創作的動因。

　　何以文人熱衷參與這類遊宴？恐怕與科舉考試的方式難脫干係。科舉考試作為唐代士人的重要出路，詩賦文才又是熱門的進士科考的取用標準，投刺在唐代是被允許的考前文才宣傳的重要方式，許多文人在科舉及第前藉著宴會上的行酒賦詩以逞其才思文藝，以博得權貴與名人的良好印象與肯定，此舉有助於考試結果的決定，所以為文學而文學成了此類宴遊的重要目的之一。

　　此外，已及第或為官者，藉此廣交朋僚，建立交情，甚至以此干謁，透過文辭來進行歌頌讚嘆，有助於自己人際網脈的拓展與鞏固。所以為入世人情而文學，是此類園林生活的重要內容之一。

　　在唐人的園林生活中，彈琴是常見而重要的人文活動，此處所論非大型宴集群聚的音樂，而是三兩好友或個人獨處時的彈奏，唐代許多文人喜在園亭內彈奏或以琴為伴，聊解孤寂於一時，有時琴音與歌謠相和，加以夜飲的醺然，便是盡興酣暢的歌樂一場：

> 彈琴復長嘯。〔註215〕
>
> 芳陰庇清彈。〔註216〕
>
> 更無人作伴，唯對一張琴。〔註217〕
>
> 彈琴學鳥聲。〔註218〕

王維則獨坐在其幽寂隱密的竹里館中彈琴對月；孟郊則是坐在芳花

〔註215〕王維〈輞川集・竹里館〉，《全唐詩》卷128，頁1301。北京：中華書局，1996年。以下引書同。

〔註216〕孟郊〈新卜清羅幽居奉獻陸大夫〉，卷376，頁4221。

〔註217〕白居易〈池窗〉，卷448，頁5052。

〔註218〕姚合〈武功縣中作三十首〉之28，卷498，頁5659。

叢陰中彈奏清朗簡樸的曲調；姚合以琴音模擬清翠鳥聲。這一切都
透露彈琴之所爲清幽無人的園地，琴音也呈現素樸清寂的情調。

　　彈琴本爲文人雅事，竹林七賢的琴樂是與竹林間的放逸生活結合
的；陶淵明的無弦琴也與其田園的閒澹生活契合，二者對唐人的園林
彈琴都有示範與影響作用：

> 忽聞悲風調，宛若寒松吟。〔註219〕
>
> 此曲彈未半，高堂如空山。石林何颼颼，忽在窗戶間。繞
> 指弄鳴咽，青絲激潺湲。〔註220〕
>
> 巫山夜雨弦中起，湘水清波指下生。〔註221〕

琴音帶引彈琴者及聆賞者走向空山、寒松、巫山夜雨、湘楚泉波，琴
音本身似乎就有潺湲、颼颯的音質，山水便在作曲者，彈奏者，聆聽
者之間貫串相連的感知，「山水弄」成爲彈琴的代稱。

　　彈琴需要清淨幽極的場所，很多詩寫出賞琴、彈琴多在秋日或夜
晚，彈琴、聽琴遂成爲文人們園林生活神遊於山水、契合於自然的重
要方式。園林中的彈琴很多時候是文人獨處的自彈自賞，縱有三兩好
友齊聽，也非宴遊應酬性質，多半是山人的彈奏，有其深刻的相知和
情誼。這類活動在清幽的園林裏，在清幽的月夜進行，讓文人的生活
更加向內心深幽之處迴退。

　　唐代流行胡樂，琵琶尤其時尚，因爲唐代是史上大量與外族交流
的時代之一，音樂自然吸取融合很多少數民族的特色，成爲帝王，宮
廷與民間普遍流行的燕樂。以琴音爲主的雅樂於是被孤立在典禮等嚴
肅場合之內，古琴於是在這股潮流中被視爲不合時宜而冷落了。《唐
語林》卷4〈豪爽〉條記載：

> 玄綜性俊邁，不好琴。會聽琴，正弄未畢，叱琴者曰：「待詔

〔註219〕 李白〈月夜聽盧子順彈琴〉，《全唐詩》卷182，頁1856。北京：中
　　　　　華書局，1996年。以下引書同。

〔註220〕 岑參〈秋夕聽羅山人彈三峽流泉〉，卷198，頁2048。

〔註221〕 韋莊〈聽趙秀才彈琴〉，卷695，頁8000。

出。」謂內官曰：「速令花奴將羯鼓來，爲我解穢。」〔註222〕
玄宗視琴樂爲污穢，可以想見琴與彈者同遭鄙棄，那種身爲雅樂卻不
遇於時的委屈。在此背景下，彈琴或聽琴就具有曲高和寡的心情：

　　古調雖自愛，今人多不彈。〔註223〕

　　古聲澹無味，不稱今人情。……何物使之然，羌笛與秦箏。

〔註224〕

　　鍾期久已沒，世上無知音。〔註225〕

　　欲取鳴琴彈，恨無知音賞。〔註226〕

與歡快愉悅的胡樂、俗樂相比，古琴是平淡舒遲的，一般人不易體會
其中的內韻，琴樂本身已是曲高和寡，再將之深藏在園林之中，就變
成雙重孤寂，更加知音難逢了。所以文人雅士喜歡獨自彈琴；聽琴，
藉以表達自己高古的格調，不與俗同流的一面。白居易就說過：「自
弄還自罷，亦不要人聽」，〔註227〕甚至還以無人聽琴爲喜：「近來漸
喜無人聽，琴格高低心自知。」〔註228〕越是無人聽琴就越顯出自己
的超卓不群，文人雖是孤寂的，卻自有傲骨。

　　彈琴需要背景，詩中與文人相伴的，除了琴樂，還有園林中的山
水風景，還有明月相伴：

　　開軒琴月孤。〔註229〕

　　共琴爲老伴，與月有秋期。〔註230〕

　　窗中早月當琴榻。〔註231〕

〔註222〕周勛初校正《唐語林校正》卷4，〈豪爽〉條，頁323。北京：中華
　　　　書局，1987年。
〔註223〕劉長卿〈聽彈琴〉，《全唐詩》卷147，頁1481。北京：中華書局，
　　　　1996年。以下引書同。
〔註224〕白居易〈廢琴〉，卷424，頁4656。
〔註225〕李白〈月夜聽盧子順彈琴〉，卷182，頁1856。
〔註226〕孟浩然〈夏日南亭懷辛大〉，卷159，頁1620。
〔註227〕白居易〈夜琴〉，卷430，頁4752。
〔註228〕白居易〈彈秋思〉，卷450，頁5087。
〔註229〕孟浩然〈尋張五回夜園作〉，卷160，頁1650。
〔註230〕白居易〈對琴待月〉，卷449，頁5056。
〔註231〕方干〈題睦州郡中千峰榭〉，卷650，頁7463。

是時心境閒，可以彈素琴。〔註232〕

予亦將琴史，棲遲共取閒。〔註233〕

對著不合時宜的古琴，置身幽僻的園林，與孤涼的明月相望，構成一幅清幽景相，孤傲的文人對著與自己際遇同調的明月、青山，把內心的情意透過素琴傳達出來，與天地在琴樂中取得溝通感應，明月與素琴成了文人的知交。

而飲酒，常見於宴集，具有應酬功能，並非本段論述重點。此處欲論之酒，是三兩友伴的小酌與個人獨處的品酌。喝酒是高人名士間交遊必不可少的密友。酒在漢魏時期，已是士人逃避現實的工具，與文人日益相親，成為曠達逍遙隱士人格的一部分。如竹林七賢的惟酒是耽，藉此忘憂患、並澆塊壘，開創了酣飲任達的名士典型。

流風所及，使後人競相仿效。但是能於自己詩文中不諱言飲酒，並視飲酒為日常生活中之雅趣、人生境界之寄寓，肇自東晉陶淵明。他「性樂酒德」，史傳中多載其飲酒的種種逸聞趣事。更為可貴的是，陶淵明開始以酒入詩，把詩和酒連了起來，從此酒和文學發生了更密切的關係。他飲酒並非追求縱酒狂飲的感官享受，而是一種日常生活情趣，一種人生境界的領悟，他所確立的飲酒的高雅脫俗理念，使得酒成為後代隱者日常隱居生活中自我排遣、自得其樂的展示和高潔不群心境的寄託，也令隱者藉酒形塑自己脫俗不羈的形象。唐代有隱逸行跡的文人大多嗜酒，有唐以來以「醉吟先生」為號的有兩人，一是白居易，一是皮日休。當然兩人飲酒意趣並不相同，一為閒情消遣的工具，一為保全天性的託辭。

酒對唐代隱士而言已帶有文化品味與文士精神的內涵，對其偏愛吟唱中得生活的樂趣。酒使人寬鬆自在，輕盈飄逸，所以隱居生活中

〔註232〕白居易〈清夜琴興〉，卷 428，頁 4721。北京：中華書局，1996年。

〔註233〕孟浩然〈秋登張明府海亭〉，《全唐詩》卷 160，頁 1647。

飲酒成爲必不可少的「調味品」，既可借此吟詩撫琴，也是澆心中塊壘、助逍遙之興的憑籍。

當然詩酒風流並不限於隱士，但隱者自身的高雅脫俗和酒醉的浪漫氣息使得唐代文人在與隱者交往時，飲酒成爲一項重要的內容，面對沒有世俗利害關係的隱者，唐代文人不需唯諾經營，率性對酌流露的是深切樸實的眞情：

> 壺酒朋情洽。〔註234〕
> 肯與鄰翁相對飲，隔籬呼取盡餘杯。〔註235〕

更多的時候，酒是文人賞景的意興：

> 色侵書帙晚，陰過酒樽涼。〔註236〕
> 賒酒風前酌。〔註237〕
> 醉觸藤花落酒杯。〔註238〕
> 斜對酒缸偏覺好。〔註239〕

良辰美景當前，正是心曠神怡之時，飲酒有助心情的放鬆，雅興一起，便能寫出眼下情境。在此，文人所面對是園林的景物色相，所感卻是山水自然在更換季節時所暗示的生命本質，此時的酒，是用來彌補這層遺憾的：

> 處世若大夢，胡爲勞其生。所以終日醉，頹然臥前楹。〔註240〕
> 二月已破三月來，漸老逢春能回。莫思身外無窮事，且盡生前有限杯。〔註241〕
> 滴破春愁壓酒聲。〔註242〕

〔註234〕孟浩然〈遊鳳林寺西嶺〉，《全唐詩》卷160，頁1646。北京：中華書局，1996年。以下引書同。
〔註235〕杜甫〈客至〉，卷226，頁2438。
〔註236〕杜甫〈嚴鄭公宅同詠竹〉，卷228，頁2485。
〔註237〕姚合〈閒居遣懷十首之三〉，卷498，頁5655。
〔註238〕方干〈題越州袁秀才林亭〉，卷651，頁7478。
〔註239〕秦韜玉〈題竹〉，卷670，頁7657。
〔註240〕李白〈春日醉起言志〉，卷182，頁1857。
〔註241〕杜甫〈絕句漫興〉九首之四，卷227，頁2451。
〔註242〕鄭谷〈郊墅〉，卷676，頁7751。

> 拂硯輕冰散，開尊綠酎濃。無悰託詩遣，吟罷更無悰。〔註243〕
> 尋芳不覺醉流霞，倚樹沉眠日已斜。客散酒醒深夜後，更
> 持紅燭賞殘花。〔註244〕

這樣的酒是帶著愁思的，在文人縱情的底層，是面對生命短暫瞬息的痛苦，但痛苦的背景卻是爛漫春光與花景，美好時光難留的悲哀，紅霞、日斜、殘花的幽闇衰敗意象都涵蓋在內了，雖是遊樂放逸的情景，卻有無可奈何的遺憾感在其中，是春日的躍動卻配上秋涼的心境。所以，喝酒是爲了解愁，醉，成了文人最好的自處：

> 今朝醉舞同君樂。〔註245〕
> 高談有伴還成藪，沈醉無期即是鄉。〔註246〕
> 一春春事好，病酒起常遲。流水綠縈砌，落花紅墮枝。樓
> 高喧乳燕，樹密鬥雛鸝。不學山公醉，將何自解頤。〔註247〕
> 閒釣江魚不釣名，瓦甌斟酒暮山青。醉頭倒向蘆花裏，卻
> 笑無端犯客星。〔註248〕

綜上所述可見，琴、酒是隱居生活不可少的點綴，也是文學創作構思時的靈感來源。如白居易有：「琴罷輒舉酒，酒罷輒吟詩。三友遞相引，循環無已時。一彈愜中心，一詠暢四肢。猶恐中有間，以酒彌縫之。」〔註249〕之作，不僅把琴、酒、詩作爲生活中不可或缺的密友，而且呈現出由琴而酒再詩的遞承關係。姚合在〈過楊處士幽居〉指出：「酒熟聽琴酌，詩成削樹題」，〔註250〕這種琴、酒、詩的有機結合成爲隱士生活中的曼妙之旅，也成爲唐人欽羨並樂於與隱士交往的所在。

〔註243〕李商隱〈樂遊原〉，卷540，頁6211。北京：中華書局，1996年。以下引書同。
〔註244〕李商隱〈花下醉〉，卷540，頁6220。
〔註245〕盧綸〈春日題杜叟山下別業〉，《全唐詩》卷278，頁3164。
〔註246〕溫庭筠〈李羽處士寄新醞走筆戲酬〉，卷578，頁6718。
〔註247〕韋莊〈春暮〉，卷696，頁8015。
〔註248〕崔道融〈釣魚〉，卷714，頁8207。
〔註249〕白居易〈北窗三友〉，卷452，頁5115。
〔註250〕姚合〈過楊處士幽居〉，卷500，頁5682。

（二）讀書與茶、棋

文人生活離不開讀書，琴書是文人生活中不可少的備件。讀書應該是退居在人群交際之外的，不過唐人既有讀書山林的風尚，所以許多文人在園林中讀書是為了入仕的政治理想或宦途做準備，看起來是退隱向內的生活，卻有許多蓄勢待發的向外意圖。無論出於何種動機而讀書，讀書都是生活日常之事。園林一方面以其幽靜清涼的特質來助成讀書時所需的專注和清明，一方面又以其優美景色相伴，讀書於是成為一件怡然喜樂、充滿情趣的智慧與美的饗宴。

園林因為有山水美感的調節，可以消解考思考判斷的緊張，因而文人喜歡隨性自由的態度閱讀，所讀之書以儒釋道各家精義的兼容並蓄為理想。談議是讀書的向外延伸，同時也從交談的往返中調整或豐富自己的識見內涵，談論的內容或是宴席上的閒聊言談，或是主題式的玄談清言，或是正式的講經說法，或是閒逸的品議名山、討論文學創作等，都使讀書生活在獨學之外，還有朋友共學，得到生命的交流契應。

宴遊而談笑閒聊與某個程度的清談評議，仍帶有濃厚的人際社交色彩，與純正主題式的玄言清談，講經議山的摒棄塵俗，讓園林談議也兼具出與處兩個向度。談議時喜佐以品茗。唐代興盛的飲茶流風，能洗滌身心、醒神明腦。茶是寺院僧侶的日常飲料，且在文人生活中廣為傳佈，有助談議時有清晰敏利的思辨。

《封氏見聞記》卷6飲茶條記載：

> 開元中，泰山靈巖寺有降魔師大興禪教，學禪務于不寐，
> 又不夕食，皆許其飲茶，人自懷挾，到處煮飲，從此轉相
> 仿效，遂成風俗。自鄒、齊、滄、隸，漸至京邑，城市多
> 開店鋪煎茶賣之，不問道俗，投錢取飲。〔註251〕

說明喝茶風尚與方外僧人關係密切，僧人普遍寓居在山林丘壑之中，

〔註251〕唐・封演〈封氏聞見記〉卷6。收入《歷代筆記小說集成・唐代筆記小說》第1冊，頁132。河北教育出版社，1994年。

而茶葉又適合種在郊野、陽崖陰林、爛石裡，〔註 252〕煮茶之水又以山泉為佳，〔註 253〕於是喝茶的地點多選在山林寺院之中是可以理解的。加上「茶為藥飲」的觀念自魏晉以來便流行於文人之間，唐詩中有些作品顯示了詩人以茶混藥來求療效的事實，而這樣的觀念其實與道士生活有其交集：陸羽《茶經》有引南朝，陶宏景《雜錄》之言：

> 苦茶輕身換骨，昔丹丘子、黃山君服之。〔註 254〕

而隨著飲茶人的增加，也出現為了蓋道觀廟宇，有道士捐餅茶募款的記載：

> 唐開元中有王天師仙喬。初天師為行者道性，沖昭有非常之志，因將嶽中茶二百餘串直入京國，每攜茶器於城門內施茶。忽一日遇高力士，見而異之，問其所來，乃曰某是南嶽行者，今為本住九眞觀，殿宇破落，特將茶來募施主耳。〔註 255〕

這條資料至少可以看出道觀寺院中的餅茶在當代有一定的知名度，也看出飲茶風氣的深入社會。

佛教對飲茶的重視，使飲茶成為寺院制度的一部分，民間有謂「寺必有茶，僧必善茗」，茶飲是僧人生活的一部分，透過飲茶參禪修煉，茶禪成了和尚家風，茶被賦予了禪機。佛門寺院普遍種茶、專人管理種茶製茶、制定茶規，飲茶成了一種有其內涵的文化活動。

茶也是寺院經濟來源，寺院多在山林之中，本是為了方便參悟修煉，而深山環境適合茶樹生長，讓寺院之茶不但自產自用，還可以舉行施茶活動、饋贈客人與供佛，甚且為寺院與上層社會往來的媒介。僧侶結廬於山林間，自行栽種茶園，精於茶事，與士大夫品茗論道，讓尋求佳茗的群眾走入山間，是有詩為證的：

〔註 252〕唐・陸羽〈茶經〉卷上，收入《歷代筆記小說集成・唐代筆記小說》第 1 冊，頁 224。河北教育出版社，1994 年。

〔註 253〕同上，唐・陸羽〈茶經〉卷下，頁 228。

〔註 254〕同上，卷下，頁 232。

〔註 255〕唐・李沖昭《南嶽小錄》，〈九眞觀〉條，頁 5。收入百部叢書集成第 35 冊藝海珠塵本。台北藝文印書館。

楚客西來過舊居，讀碑尋傳見終初。佯狂未必輕儒業，高
尚何妨誦佛書。種竹岸香連菡萏，煮茶泉影落蟾蜍。如今
若更生來此，知有何人贈白驢。〔註256〕

唐代僧人與文人往還頻仍，陸羽住湖州郊外的青塘別業時，便與僧人
皎然多有往還，品茗賦詩。唐代文士間的相互往來或與僧道間的交
誼，隨著茶文化的深入社會，文士們以茶會友、煮茶宴客、舉行茶會，
甚且以茶爲題作詩賦文、往來酬唱是常見的事：

窮通行止長相伴，誰道吾今無往還。〔註257〕

起嘗一甌茗，行讀一卷書。〔註258〕

或吟詩一章，或飲茶一甌。〔註259〕

夜茶一兩杓，秋吟三數聲。〔註260〕

盡日一餐茶兩碗，更無所要到明朝。〔註261〕

飲茶風氣既盛，於是風俗貴茶，造成貴茶現象有其特殊時代背景與社
會條件。「貴」有重視與高尚之意，由飲者身份看，皇室宮廷飲茶之
風由來已久，奠定茶在政治場上的高度。而僧道的提倡，則加強了飲
茶之風，茶能消除疲勞、提神醒腦，是寺院道觀中不可或缺的必需品，
飲茶是寺院生活的重要內容，使茶進一步結合清高、淡泊的形象，間
接的塑造了茶的格調高度。再加上文人雅士的推波助瀾：參與茶事、
寫茶詩、茶文、茶書、畫茶畫，紀錄並傳播了品飲盛事，茶不管是心
理或生理上都擄獲了文人雅士的心。

　　而養生風氣瀰漫，茶也被認爲是延年益壽的妙方，李白在其〈答
族姪僧中孚贈玉泉仙人掌茶并序〉提到「玉泉仙人掌茶」的神效居然
可以返老還童。求長生正是唐人好服食的心理基礎，喝茶風氣的盛

〔註256〕齊己〈過陸鴻漸舊居〉，《全唐詩》卷846，頁9569。北京：中華書
　　　　局，1996年。以下引書同。

〔註257〕白居易〈琴茶〉，《全唐詩》卷448，頁5038。

〔註258〕白居易〈官舍〉，卷431，頁4760。

〔註259〕白居易〈詠意〉，卷430，頁4745。

〔註260〕白居易〈立秋夕有懷夢得〉，卷452，頁5110。

〔註261〕白居易〈聞眠〉，卷460，頁5238～5239。

行，必須考慮此因素。

　　茶與酒同爲中國人生活中的重要角色，豐富了人們生活的內容。但茶與酒卻有著不同的特質。茶能提神醒腦、滌去煩慮，能解除酒後昏滯，提振精神，成爲一種修養的助力。酒卻完全相反，它令人激動、亢奮，雖然痛快，卻無法昇華心志。茶與酒一內斂，一外放，特性完全不同。唐詩中有不少書寫茶酒之作：如：

　　　飲茶勝飲酒，聊以送將歸。〔註262〕

　　　慇懃蕭庶子，愛酒不嫌茶。〔註263〕

　　　桃根知酒渴，晚送一甌茶。〔註264〕

　　　午茶能散睡，卯酒善銷愁。〔註265〕

　　　嘗茶春味渴，斷酒晚懷清。〔註266〕

　　　愧君千里分滋味，寄與春風酒渴人。〔註267〕

　　　昨日東風吹枳花，酒醒春晚一甌茶。〔註268〕

　　　酒渴漫思茶，山童呼不起。〔註269〕

　　　亂飄僧舍茶煙溼，密灑歌樓酒力微。〔註270〕

　　　春醒酒病兼消渴，惜取新芽旋摘煎。〔註271〕

　　　數醆綠醅桑落酒，一甌香沫火前茶。〔註272〕

　　　何日煎茶醞香酒，沙邊同聽暝猿吟。〔註273〕

〔註262〕張謂〈道林寺送莫侍御〉，《全唐詩》卷197，頁2018。北京：中華書局，1996年。以下引書同。

〔註263〕白居易〈蕭庶子相過〉，卷450，頁5076。

〔註264〕白居易〈營閒事〉，卷454，頁5144。

〔註265〕白居易〈府西池北新葺水齋即事招賓偶題十六韻〉，卷451，頁5100。

〔註266〕薛能〈題漢州西湖〉，卷560，頁6497。

〔註267〕李群玉〈答友人寄新茗〉，卷570，頁6611。

〔註268〕李郢〈酬友人春暮寄枳花茶〉，卷884，頁9993。

〔註269〕皮日休〈閒夜酒醒〉，卷615，頁7093。

〔註270〕鄭穀〈雪中偶題〉，卷675，頁7731。

〔註271〕陸希聲〈陽羨雜詠十九首之茗坡〉，卷689，頁7914。

〔註272〕韓偓〈己巳年正月十二日自沙縣抵邵武軍將謀撫信之行到纔一夕爲閩相急腳相召卻請赴沙縣郊外泊船偶成一篇〉，卷681，頁7801。

〔註273〕徐鉉〈和陳洗馬山莊新泉〉，卷755，頁8586。

喝茶喝酒在唐代文人身上可以是必然的生活習慣，許多人生的感悟、趣味、品味都在茶酒中展現。中唐以後品茶成為文人生活習慣，也成為創作的題材之一，文人常在作品中反映參與各項茶事活動的經驗，茶與文人交集不少：「詩情茶助爽」〔註 274〕、「茶興復詩心，一甌還一吟」〔註 275〕、「茶爽添詩句」，〔註 276〕如前所述，《全唐詩》中與茶相關的詩就有七百多首，顯示出茶在唐代文人心中的地位。方回的《瀛奎律髓》提到晚唐詩中題材：「晚唐詩料，於琴、棋、僧、鶴、茶、竹、石，無一不犯。」詩人藉茶起詩興，或以茶為寫作對象，或敘述茶事活動的樂趣，或描寫茶山景觀。如果文學會反映某種程度的社會風氣，唐代飲茶風氣依作品數量與內容看是風行的。

白居易對茶的體悟與豐富的形容在唐代是足以為代表的，從其六十餘首與茶相關的詩作可見，舉凡閒飲、待客、遺贈、批評或瞭解茶的功效，甚至自闢茶園，都有創作，其中〈睡後茶興憶楊同州〉可為代表：

> 昨晚飲太多，嵬峩連宵醉。今朝餐又飽，爛熳移時睡。睡足摩挲眼，眼前無一事。信腳繞池行，偶然得幽致。婆娑綠陰樹，斑駁青苔地。此處置繩床，傍邊洗茶器。白瓷甌甚潔，紅爐炭方熾。沫下麴塵香，花浮魚眼沸。盛來有佳色，嚥罷餘芳氣。不見楊慕巢，誰人知此味。〔註 277〕

詩內容細訴品茶的情狀，用白瓷襯托茶湯的鮮翠欲滴，煮茶過程繁瑣，卻井然有序，每個步驟、每項器物都有其必要性，文人雅士在細緻的煮茶程序中領略茶的真滋味，也為讀者呈現品飲過程的藝術樂趣。

喝茶不只是有情趣，茶也有其效用，包括消暑、解渴、解睏、滌煩、清神、甚至延年益壽、返老還童、潤澤肌膚，好茶是唐代文人眼中的無價寶，其功效從生理到心理，可以說是全方位的。而品飲不只

〔註 274〕劉禹錫〈酬樂天閒臥見寄〉，卷 358，頁 4036。北京：中華書局，1996 年。以下引書同。
〔註 275〕薛能〈留題〉，《全唐詩》卷 560，頁 6497。
〔註 276〕司空圖〈即事二首其一〉，卷 632，頁 7253。
〔註 277〕白居易〈睡後茶興憶楊同州〉，卷 453，頁 5126。

是喝茶水，還交融了其他事物以增情趣，如音樂，美人、好友、鸚鵡、花、石、荷、林間場景：

> 香泉一合乳，煎作連珠沸。時看蟹目濺，乍見魚鱗起。聲疑松帶雨，餑恐生煙翠。尚把瀝中山，必無千日醉。〔註278〕
> 閒來松間坐，看煮松上雪，時於浪花裡，併下藍英末。傾餘精爽健，忽似氛埃滅。不合別觀書，但宜窺玉札。〔註279〕

李群玉〈答友人寄新茗〉：

> 滿火芳香碾麴塵，吳甌湘水綠花新。愧君千里分滋味，寄與春風酒渴人。〔註280〕

短短七絕至少說明七事──答謝贈茶美意、煮茶試飲的過程、使用的水源、以吳甌裝茶、分享好滋味的心情、茶有醒酒的功用、所喝的茶應為春茶。好茶難求，所以茶也常是交遊圈中饋贈的好禮品，當然答謝贈茶也就成了書寫題材。

　　文人雅士三五好友相聚，在山林野泉邊煮茶品茗，一方享受大自然洗禮，一方面品茶言志、賦詩談心、是一種獨特的品茶模式，白居易〈新居早春二首其二〉：

> 地潤東風暖，閒行躅草芽。呼童遣移竹，留客伴嘗茶。雷滴簷冰盡，塵浮隙日斜。新居未曾到，鄰里是誰家。〔註281〕

早春時節，白居易喬遷，留客人飲茶，茶成了人際互動的橋樑。朱慶餘的〈與石畫秀才過普照寺〉：

> 問人知寺路，松竹暗春山。潭黑龍應在，巢空鶴未還。經年為客倦，半日與僧閒。更共嘗新茗，聞鐘笑語間。〔註282〕

喝茶的空間講究，喝茶的器具自然也不馬虎，陸羽《茶經》有專章提

〔註278〕皮日休〈茶中雜詠──煮茶〉，卷611，頁7055。北京：中華書局，1996年。以下引書同。

〔註279〕陸龜蒙〈奉和襲美茶具十詠──煮茶〉，《全唐詩》卷620，頁7145。

〔註280〕李群玉〈答友人寄新茗〉，卷570，頁6611。

〔註281〕白居易〈新居早春二首其二〉，卷442，頁4940。

〔註282〕朱慶餘〈與石畫秀才過普照寺〉，卷514，頁5871。

到喝茶器具，〔註283〕陸羽煮茶以餅茶爲主，茶的製造，不論爲餅爲末，都需要經過炙、焙、碾、羅、煎等程序，每一道功夫需要不同的器具，所以《茶經》中光是煮茶品飲的過程，就有二十五種器物要使用：風爐、筥、炭撾、火筴、鍑、交床、夾、紙囊、碾、羅合、則、水方、漉水囊、瓢、竹夾、熟盂、鹺簋、揭、碗、畚、滌方、滓方、巾、具列、都籃等，陸羽所列的茶具，差不多已把唐代由民間到宮廷的飲茶器具都收羅在其中了。

　　唐代品飲爲文人身份格調的象徵，喝茶之於文人儼然成爲一種符號，日常生活少不了茶，朋友間聚會送別，茗飲也成爲一種習慣。甚至人生病了也要品茶，「碧篑絳紗帳，夜涼風景清。病聞和藥氣，渴聽碾茶聲」是白居易病中的心聲。

　　最後要談的是喝茶的心情，強調忘機、歸隱、無憂無慮、快活似神仙是茶詩的心情主調：

> 夜坐冷竹聲，二三高人語。〔註284〕
> 他日願師容一榻，煎茶掃地學忘機。〔註285〕
> 食罷一覺睡，起來兩甌茶。舉頭看日影，已復西南斜。樂人惜日促，憂人厭年賒。無憂無樂者，長短任生涯。〔註286〕
> 或吟詩一章，或飲茶一甌。身心一無繫，浩浩如虛舟。〔註287〕
> 飯後嫌身重，茶中見鳥歸。〔註288〕
> 旋碾新茶試，生開嫩酒嘗。看看花漸老，無復滯春光。〔註289〕

〔註283〕陸羽〈茶經〉之卷上、卷中之〈二之具〉、〈四之器〉二目。收入《歷代筆記小說集成・唐代筆記小說》第1冊，頁224。河北教育出版社，1994年。

〔註284〕孟郊〈宿空姪院寄澹公〉，《全唐詩》卷378，頁4239。北京：中華書局，1996年。以下引書同。

〔註285〕李洞〈寄懷海惠澤上人〉，卷723，頁8293。

〔註286〕白居易〈食後〉，卷430，頁4750。

〔註287〕白居易〈詠意〉，卷430，頁4745。

〔註288〕薛能〈寄終南隱者〉，卷558，頁6470。

〔註289〕張祜〈閒居作五首其四〉，《全唐詩外編・全唐詩補逸》卷8，頁126。台北：木鐸出版社，民國72年。

人生自古少百年，彈琴飲酒須歡然。老子於今得此趣，縱有塵事難糾纏。左安藥爐右茶具，失記朝來與朝去。偶因送客出前溪，便過溪橋拾詩句。〔註290〕

隱者或仕途困頓者亦喜以茶解憂：

君家山頭松樹風，適來入我竹林裏。一片新茶破鼻香，請君速來助我喜。莫合九轉大還丹，莫讀三十六部《大洞經》。閒來共我說真意，齒下領取真長生。不須服藥求神仙，神仙意智或偶然。自古聖賢放入土，淮南雞犬驅上天。白日上昇應不惡，藥成且輒一丸藥。暫時上天少問天，蛇頭蠍尾誰安著。〔註291〕

此詩充分表達茶爲其帶來之功效遠勝服藥求神仙，「一片新茶破鼻香，請君速來助我喜」，一甌茶道盡盧仝心思，生命終歸是一坯黃土，何必追逐？不如當下品飲，以似得道成仙，何必再問人間事？作品充滿詩人的感悟，生命如此稍縱即逝，生年不滿百，長懷千歲憂是不必要的，不如不問人間事，忘機過餘生。啜茗看花誦經，生命自有圓融自在，茶之爲事，自有其哲理。

但也要說，唐詩中在敘述採茶、製茶、煮茶的過程中，充滿悠閒的逸趣，極少觸及民生疾苦，紀錄了飲茶文化的風雅，卻鮮少暴露風華下的悽愴悲傷，與民生是帶有距離的。而喝茶的意境總是件賞心樂事，面對茶飲，人們的步調便放慢了，心情便忘憂了，一切凡塵俗事似乎藉由茶道中的種種講究切割開一個不染塵的世界，在這個純淨安穩的世界裏，詩人至少暫時是忘憂的，忘機的，這是茶與隱逸生活結合的最好理由，茶飲、茶事的描寫於是也就成爲唐人創作中一個普遍的題材。

琴酒之外，在隱士的閒逸生活中，棋也占了相當重要的地位。早

〔註290〕呂從慶〈山中作〉，《全唐詩外編・全唐詩補逸》卷15，頁237。台北：木鐸出版社，民國72年。

〔註291〕盧仝〈憶金鵝山沈山人二首其一〉，《全唐詩》卷388，頁4382。北京：中華書局，1996年。

在魏晉時代，名士阮籍、王導、謝安等人都喜歡下棋，遂使下棋成為高人的雅事象徵。這種智慧的交鋒深受隱士喜愛，許多隱士善下棋，當時甚至有以圍棋為「坐隱」的說法。於是下棋也成為唐代文人隱居生活中重要的消遣。李洞筆下的田處士「愛酒耽棋」，而他本人亦偏愛於此，在〈對棋〉一詩中詩人寫道：「小檻明高雪，幽人鬥智棋。日斜拋作劫，月午整成遲。」小檻屋舍，與隱者對奕，竟然不知不覺由白晝下至深夜，可見對奕雙方投入之熱切。韋莊的〈和友人〉也稱自己「閉門同隱士，不出動經時。靜閱王維畫，閑翻褚一棋。」「靜」字，「閑」，字，顯出隱士的逍遙之態，同時也代表著詩人的幽渺淡遠的心性。隱者以奕棋為樂，在唐詩中多有反映：

草際成棋局。〔註292〕

餘棋在石床。〔註293〕

巖在床前亦看棋。〔註294〕

岩樹陰棋局。〔註295〕

一柯樵斧坐看棋。〔註296〕

林間掃石安棋局。〔註297〕

園裏水流澆竹響，窗中人靜下棋聲。〔註298〕

性急卻於棋上慢。〔註299〕

棋局長攜上釣船。〔註300〕

草際岩樹林間，靜默屏氣凝神慎思，和著潺潺水聲、蕭蕭竹響和清脆的落子聲，更襯托出隱者內心的沉靜定慮。在文人筆下，隱者下棋的

〔註292〕王維〈春園即事〉，《全唐詩》卷126，頁1278。北京：中華書局，1996年。以下引書同。

〔註293〕司空曙〈過終南柳處士〉，卷293，頁3327。

〔註294〕王建〈贈王處士〉，卷300，頁3411。

〔註295〕許渾〈題鄗處士隱居〉，卷531，頁6068。

〔註296〕李群玉〈送隱者歸羅浮〉，卷569，頁6601。

〔註297〕許渾〈遊錢塘青山李隱居西齋〉，卷533，頁6091。

〔註298〕皮日休〈李處士郊居〉，卷613，頁7068。

〔註299〕李洞〈送包處士〉，卷723，頁8296。

〔註300〕司空圖〈雜題二首〉其一，卷634，頁7281。

畫面常是：「茅簷秋雨對僧棋」、「雪屋夜棋深」，這種秋雨雪屋的對奕使得隱者對奕具有一種隔世離塵的幽邃。

下棋講究攻池掠地，奇謀巧思，似與隱者知言守默相悖。但文人與隱者的對奕並不在勝負得失，而是在於追求一種超越棋式之上的智慧和精神境界。如吳融〈山居即事四首〉之三「萬事翛然只有棋」〔註301〕、徐鉉〈白題山亭三首〉之三「機心忘未得，棋局與魚竿」，〔註302〕從棋奕中可以得道、養性，因此勝負已不是重點，只要自己專心一志，滌除萬慮，放下外緣，以純靜沈潛的精神狀態奕棋，以愉然自在的逍遙閑致來觀局審勢，由奕者的入神用智，來呈現隱居進於道的精神境界。正因如此，貫休讚美說：「棋信無聲樂，偏宜境寂寥」，〔註303〕正點出了對奕中的隱逸精神層面。司空圖〈耐辱居士歌〉云：「休休休，莫莫莫，一局棋，一爐藥，天意時情可料度。」〔註304〕從其「一局棋，一爐藥」的寄託察知他對唐末時局的無奈與退隱的關係。奕，在他們既是一種消遣，也是一種心境與情趣之所在。所以，奕棋實在是與閒適幽靜的隱逸有關，蘇東坡也是在靜寂中體悟出司空圖「棋聲花院閉」之妙。

（三）農耕藥釣

別業型的莊園大都擁有田疇畦圃，一部分的園主不必親事耕作，他們雇有佃農奴僕來進行勞力工作。握斧執鋤只是文人偶而為之，餘暇的遊戲與雅興而已，從詩人的作品可以看出此點。屬於經濟活動的這個議題其實頗有豐富內涵可探索，本章第五節與第六節將專文探討，此不做贅述。

在結束本節前需對唐代文人的園林生活特色做一統整——從園林生活內容看，似乎生活其中的文人與一般文人的生活並無太大不

〔註301〕吳融〈山居即事四首〉之三，卷684，頁7848。北京：中華書局，1996年。以下引書同。

〔註302〕徐鉉〈白題山亭三首〉之三，《全唐詩》卷755，頁8594。

〔註303〕貫休〈棋〉，卷829，頁9348。

〔註304〕司空圖〈耐辱居士歌〉，卷634，頁7282。

同，但站在歷史發展角度看，卻可發現園林文化在唐代有其典型內容：從型態與心境看，唐代文人的園林生活比起一般文人仍有特殊之處，他們更具山水特性，例如彈琴內容講究透過琴音以神遊山水，與大自然契合；例如談議的內容喜歡涉及山水的品鑑，展現山水的美感；其他如種藥、採藥、漁釣、栽植等生活也跳脫一般文人生活內容。再者，園林文人生活具有出世特性，幾乎每一項生活都強調其隱逸傾向：如雲與鶴的相伴、彈琴的孤絕、飲酒的忘化、棋奕的仙化、藥植的養生、漁釣的隱僻……全是離世隱遁的象徵。尤其視園林爲仙境樂園的觀念，使園林生活自覺的加強了隱逸清介的格調，也讓我們發現唐詩中展現隱逸的慣用意象是個龐大的語彙系統，以本論文的研究方向與篇幅而言，要全面駕馭、展現的空間是不足的，筆者將另文處理。

　　吳融〈贈方干處士歌〉對處士方干的生活情趣作了不遺餘力的讚美：

> 不識朝，不識市，曠逍遙，閒徒倚。一杯酒，無萬事，一葉舟，無千里。衣裳白雲，坐臥流水。霜落風高忽相憶，惠然見過留一夕。一夕聽吟十數篇，水榭林蘿爲岑寂。拂旦舍我亦不辭，攜筇徑去隨所適。隨所適，無處覓。雲半片，鶴一隻。〔註305〕

在曠放悠閒的歌吟裏，可以看到唐代文人對隱士生活描寫的典型：詩、酒、舟、雲、水、鶴相伴，可以作爲本節的結論與印證。以下則針對前文中特別說明要專文探討的隱逸風氣相關意象進行論述。

第三節　唐詩中的雲

　　「雲」作爲自然景觀的一種，不論形狀、色彩與動態皆呈現著豐富的美感，不需要任何理性與思想作用的賦予，它已是文學中觀照描

〔註305〕吳融〈贈方干處士歌〉，《全唐詩》，卷 687，頁 7898。北京：中華書局，1996 年。

寫的對象。《詩經》中已有「祁祁如雲」、「有女如雲」之類或比喻或
起興的句子，表現了先民對「雲」形象特徵的感受與把握；孔子云：
「不義而富且貴，於我如浮雲」，〔註306〕也透露了對雲的認識涵蓋了
價值判斷。六朝時期詠物詩盛行，對「雲」的刻畫著重形、姿、色的
展現；延續至唐代，「雲」的描摹由外形轉入內在思維的比附，不僅
是單純的自然景觀而已，還有意象、象徵在其中。隨著詩歌題材的擴
大與累積，寫雲之作數量龐大，《全唐詩》中提到「雲」的作品有 11276
首，12565 句詩與「雲」相關，〔註307〕在比例上約佔 23％，近四分
之一。以盛唐詩人孟浩然為例，在其詩作連補遺之作約 275 首中，寫
到「雲」的作品就有 46 首，佔約六分之一左右的比例，不可謂不高，
著名的唐代詩人也多有詠雲、寫雲之作，其間或寫景或托物言志，以
烏雲蔽日、白雲游空、青雲干霄、彩雲呈祥、翻雲覆雨、浮游變幻等
各種面貌供詩人取材、構思，表現著詩人因人因時因地的不同思想和
意趣，也提供了此小節內容思考的起點──可見將雲書寫入詩，在唐
人創作中是為一大創作主題，則究竟「雲」是從什麼時候開始由單純
的自然美景，語意轉化演變為一種眾所熟知的象徵？成為唐人創作的
大宗呢？而且，其與隱逸的關係為何？欲解決此問題首先必須追本溯
源，爬梳「雲」在歷代文本中被呈現的面貌。

　　有關於對「雲」的認識《左傳‧僖公五年》有謂：

　　　「僖公五年……正月辛亥朔。日南至。公既視朔，遂登台以
　　　望，而書。禮也。凡分至啓閉必書雲物為備故也。」〔註308〕

可見先秦時已知道對雲進行定期觀測。

　　許慎《說文解字》：

〔註306〕宋‧朱熹集註，蔣伯潛廣解《四書讀本‧論語》，〈述而〉第七，頁
　　　　86。台北：啟明書局，1956 年。
〔註307〕此數據根據元智大學羅鳳珠，中國文學網路研究室，唐宋文史資料庫
　　　　（http：//cls.admin.yzu.edu.tw）《全唐詩》檢索系統查索並統計所得。
〔註308〕《十三經注疏‧春秋左傳正義》，頁 318，〈僖公‧卷十二‧傳五年〉。
　　　　北京大學出版社，1999 年。

「雲，山川气也。」〔註309〕

則說明了至遲至東漢，已知雲形成的原因：山川表面蒸發之水可成雲。

《漢書・天文志》：

「陳雲如立垣。杼雲類杼。柚雲搏而耑銳。杓雲如繩者，
居前竟天，其半半天。蜺雲者，類鬭旗故。（銳）鉤雲句曲。
諸此雲見，以五色合占。」〔註310〕

說明漢了代已能區分各種雲類。

而根據《淵鑑類函》卷五，列有「雲」的異名別稱多達一百七十
餘種，如：山帶、天公絮、風花、妒羅棉、梢雲、卿雲、慶雲、景雲、
玉女披衣、玉葉、纖翳、纖凝、雲氣、彩暈、寒靄、天波、夕霏、夕嵐、
夕烟、烟靄、烟霞、氳氲、紫氣、堯壁、漢鼎、沛歌、赤鳥、丹蛇、從
龍、翼鳳、鵬翼、扶日、金枝、觸石、若煙、非霧、雨具、貫月、含水、
得氣、翳日、襲霞、奔牛、綠翹、垂天、出岫、書瑞、不興、可望、絳
車、美人髮、王母車、望玉宸、山頭望、氣白如綿、不解、不形、蒼雲、
元雲、赤如兔、形如鳥、大如席、王母輦、巫女行、飛揚、朔雲、慶霄、
愁雲、陽雲、重陰、天衣、翠鳥、雕雲、遊絲、火雲、素練、雲葉、南
雲、雲濤、龍氣、變化、舒卷、朝飛、暮合、繽紛……等。〔註311〕

此外，《增廣詩韻集成》中收《詞林典腴》卷上〈天文門〉亦蒐有
三十餘種「雲」的別名異稱，去其與《淵鑑類函》重出者，尚有：紛郁、
因風、織裳、垂天、伴月、玉海、堯白、蓊鬱、南浦、銀城、漢黃、翻
綿、西郊、秦女粧、驚似虎、行玉馬、望如牛、浮嵐滴、迷野境、下陽
臺、遍太虛、玉葉開、罩山峰、排玉筍、簇芙蓉……等，〔註312〕皆是
歷代騷人墨客、先民百姓長時間對「雲」的顏色、種類、厚薄、位置、

〔註309〕漢・許慎《說文解字》卷11下，〈雲〉，頁386。北京：中華，民國
74年。

〔註310〕班固撰《漢書》，〈天文志第六〉，頁1273。北京：中華書局，1996
年。

〔註311〕清・張英《淵鑑類函》，頁63。台北：新興，民國67年。

〔註312〕余照春亭編輯《增廣詩韻集成》，〈天文門〉，頁6。台中：增文書局，
民國69年。

形狀、典故、傳說等加以鋪陳、創造、想像而來，可見「雲」自古以來即為人們關注焦點，要處理每個語詞的語義演變，是龐雜的工作，由於牽扯問題龐大，故本節擬就唐詩中最為常見的三種與隱逸風氣相關的雲類──白雲（《全唐詩》佔 1089 首）、浮雲（《全唐詩》佔 349 首）、青雲（《全唐詩》佔 419 首）〔註 313〕作嘗試，借用 Lakoff&Johnson 的隱喻認知觀念做觀察，期望能找出「雲」在唐詩中作為慣用意象的原型與其語意演變的軌跡。

一、「白雲」之語意演變

由自然景觀的雲，輾轉附會多重意義，是經過時間的累積、轉變的。從習慣上說，象徵閒適淡泊的雲，多半是白雲。在文人眼中，自然本來就是純潔素樸的場所，人處其間會覺得輕鬆、自在、隨心所欲，自然的山水可以洗滌人心中的煩憂，獲得寧靜，於是「雲」的悠閒舒緩、飄然無心的特質，自然成為詩人們用以象徵閒適、自由自在的生活，表現超然物外、與世無爭的人生態度。

以白雲表現隱逸於是形成傳統概念，雲既是隱者居所的環境特徵之一，雲也是隱者親密的伴侶。陶潛〈歸去來辭並序〉中的白雲：「雲無心以出岫」，〔註 314〕展現的是閒適的情調，雖未直接述說隱者，錢鍾書認為陶詩的「無心」已然與隱士間有某種關聯。〔註 315〕而自南朝梁的詩人陶弘景寫下〈詔問山中何所有賦詩以答〉詩後，〔註 316〕「白雲」意象變經常出現在描寫隱逸的作品中，成為詩人在表現閑澹曠遠的隱士風格中不可或缺的語詞。

〔註 313〕 此數據根據元智大學羅鳳珠，中國文學網路研究室，唐宋文史資料庫（http：//cls.admin.yzu.edu.tw）《全唐詩》檢索系統查索並統計所得。

〔註 314〕 《先秦漢魏晉南北朝詩》上冊，〈晉詩〉，頁 986。北京：中華書局，1984 年。

〔註 315〕 《管錐篇》第 1 冊，頁 112。北京：中華書局，1979 年。

〔註 316〕 陶弘景〈詔問山中何所有賦詩以答〉：「山中何所有？嶺上多白雲。只可自怡悅，不堪持寄君。」《先秦漢魏晉南北朝詩》中冊，〈梁詩〉，頁 1814。北京：中華書局，1984 年。

在中國神話傳說裡，「雲」是夭矯飛騰的神物，是仙人飛升登高的憑藉——重要交通工具。如《易經》有「雲從龍」的說法；〈漢武內傳〉有西王母「乘紫雲之輦，駕九色斑龍」之說。莊子〈逍遙遊〉中所描述想像中的仙人，〔註317〕便是藉雲而凌虛蹈空、遐舉飛升的。莊子〈天地〉篇中更直指到「帝鄉」的憑藉工具是為「白雲」。〔註318〕（「帝鄉」本指天與地交接之處，其後慢慢演變為天帝之鄉、仙境或天子居所。）於是「白雲」在詩作中或為交通工具；或用以襯托煙霧飄邈的仙境：

表格 3-3-1 「白雲」語意演變舉例

時期	作者	作 品	詩 句 摘 錄	說 明
南朝梁	沈 約	〈遊鍾山詩應西陽王教〉五章之五	白雲隨玉趾，青霞雜桂旗。淹留訪五藥，顧步佇三芝。〔註319〕	白雲為仙境必有景象
南朝陳	釋惠標	〈詠山詩〉三首之一	靈山蘊麗名，秀出寫蓬瀛。香爐帶煙上，紫蓋入霞生。……定知丘壑裡，併佇白雲情〔註320〕	白雲為仙境必有景象
初 唐	王 績	〈贈薛學士〉	昔歲尋周孔，今春訪老莊。途經丹水岸，路出白雲鄉。〔註321〕	白雲為可移動交通工具
	宋之問	〈緱山廟〉	王子賓仙去，飄颻笙鶴飛。徒聞滄海變，不見白雲歸。〔註322〕	白雲為可移動交通工具

〔註317〕 莊子《逍遙遊》：「藐姑射之山，有神人焉。肌膚若冰雪，綽約若處子，不食五穀，吸風飲露，乘雲氣，御飛龍，而遊乎四海之外。」《莊子集釋》〈內篇·逍遙遊第一〉，頁28。台北，漢京文化，1985年。

〔註318〕 莊子《天地》：「夫聖人，鶉居而鷇食，鳥形而無彰；天下有道，則與物皆昌；天下無道，則脩德就閒；千歲厭世，去而上僊；乘彼白雲，至於帝鄉。」《莊子集釋》〈外篇·天地第十二〉，頁403。台北，漢京文化，1985年。

〔註319〕 《先秦漢魏晉南北朝詩》中冊，〈梁詩〉，頁1633。北京：中華書局，1984年。

〔註320〕 同上，下冊，〈陳詩〉，頁2621。

〔註321〕 王績〈贈薛學士〉，《全唐詩外編》《全唐詩補逸》。台北：木鐸出版社，民國72年。

〔註322〕 宋之問〈緱山廟〉，《全唐詩》卷52，頁633。北京：中華書局，1996年。

		〈桂州黃潭舜祠〉	神來獸率舞，仙去鳳還飛。……帝鄉三萬里，乘彼白雲歸。〔註323〕	白雲爲可移動交通工具
盛　唐	李　白	〈暖酒〉	熱暖將來賓鐵文，暫時不動聚白雲。撥卻白雲見青天，掇頭裡許便乘仙。〔註324〕	白雲爲可移動交通工具
		〈太華觀〉	厄磴層層上太華，白雲深處有人家。道童對月閒吹笛，仙子乘雲遠駕車。〔註325〕	白雲爲仙境景象之一與可移動交通工具
	王　維	〈送張道士歸山〉	先生何處去，王屋訪茅君。別婦留丹訣，驅雞入白雲。人間若剩住，天上復離群。當作遼城鶴，仙歌使爾聞。〔註326〕	白雲爲仙境代稱
		〈山中寄諸弟妹〉	山中多法侶，禪誦自爲群。城郭遙相望，唯應見白雲。〔註327〕	白雲爲隱喻，有各種相關的可能禪意
盛　唐		〈終南別業〉	行到水窮處，坐看雲起時。〔註328〕	白雲具哲理思維
	孟浩然	〈越中逢天台太乙子〉	仙穴逢羽人，停艣向前拜。……雞鳴見日出，常覩仙人旆。往來赤城中，逍遙白雲外〔註329〕	白雲爲仙境代稱
盛　唐	孟浩然	〈秋浦歌十七首〉之十七	桃波一步地，了了語聲聞。闇與山僧別，低頭禮白雲。〔註330〕	白雲具哲理思維
	杜　甫	〈江亭〉	水流心不競，雲在意俱遲。〔註331〕	白雲具哲理思維

〔註323〕宋之問〈桂州黃潭舜祠〉，《全唐詩》卷53，頁651。北京：中華書局，1996年。以下引書同。
〔註324〕李白〈暖酒〉，《李白集校注》，頁1699。台灣：里仁書局，1980。
〔註325〕李白〈太華觀〉，《李白集校注》。台灣：里仁書局，1980。
〔註326〕王維〈送張道士歸山〉，卷126，頁1269。
〔註327〕王維〈山中寄諸弟妹〉，卷128，頁1303。
〔註328〕王維〈終南別業〉，卷126，頁1276。
〔註329〕孟浩然〈越中逢天台太乙子〉，卷159，頁1627。
〔註330〕孟浩然〈秋浦歌十七首〉之十七，卷167，頁1724。
〔註331〕同上，杜甫〈江亭〉，卷226，頁2440。

　　由上表可以看出「白雲」的語意演變過程，原本白雲只是想像中仙境該有的雲霧飄邈的景象，逐漸因爲其移動性而聯想爲可移動的交通工具，欲赴仙鄉，必藉白雲，其後在詩人作品中，白雲又直接成爲仙鄉的代稱。唐代道教盛行，自天子以至庶民，無不慕仙而欲致之，道人修煉處所又多爲名山勝巖，環境清幽，道士所居雖非眞正仙境，卻是個白雲鬱鬱、煙霧迷濛、人跡罕至的擬仙境，可以看出「白雲」一詞在唐代語意含有追求神仙的意涵。

　　另外，佛教禪宗的盛行又令唐詩展現「白雲」意象與禪趣的結合，雲在佛教經典中具有的形象是變幻、無常的，如《維摩詰所說經——方便品第二》有：「是身無強無力無堅……是身如浮雲，須臾變滅」；《觀眾生品第七》有眾生「如空中雲」的說法，都是把雲當作雨水中月、空中音、鏡中影的短暫象徵，與夢、電、幻覺一樣，都是虛假的。在意境上賦予了詩作新的精神——追求言有盡而意無窮的意境，王維、李白、杜甫、孟浩然都在不同程度上有傾心佛教之作，雲自浮，任意東西；水自流，無意爭先——這正是禪家「不住心」、「平常心」的境界，此時的「白雲」在唐代於是又多了抽象的哲理思維。

　　白雲由山林中常見之自然景象而聯想到隱者閒適、無心的特質，甚而白雲於是成了隱者身邊不可或缺的親密伴侶。而受到神話傳說的影響，白雲的移動性又被聯想成爲可迅速移動的交通工具，欲赴仙鄉，必藉白雲不可，逐漸的白雲由交通工具又成爲仙鄉的直接代稱，白雲與仙鄉的密切關係除了是受到文化層面的影響，更是隱者對理想境界的渴望。而唐代佛教的盛行，又使白雲的飄忽多變被聯想爲人生的多變，白雲於是開始由具象延伸爲抽象語意，而具有禪意、哲理的呈現。

二、「浮雲」之語意演變

　　「浮雲」本只是大自然現象的一個觀察，在《莊子》與《論語》

中出現的描述取的是雲漂浮在空中的狀態，聯想到船隻在水面的漂浮；〔註 332〕其後又由漂浮而虛幻的觀察，再延伸爲不重要或不值一顧的事物。而其位置低，厚實、灰黑的狀態與顏色，具遮蔽日月的性質在《楚辭》時已被用以做爲小人與讒佞的象徵。〔註 333〕而雲的漂遊、移動性與「浮」字並列，建構了對「遊子」的認知基礎，當然由此也可延伸出世事變幻無常的變動性。〔註 334〕

表 3-3-2 「浮雲」語意演變舉例（一）

時　期	作　者	作　品	詩　句　摘錄	說　明
戰　國	屈　原	《楚辭・遠遊》	載營魄而登霞兮，掩浮雲而上征。〔註 335〕	浮雲原初只是天上飄逝、來去自如的雲朵
戰　國	宋　玉	〈九辯〉	何氾濫之浮雲兮，猋壅蔽此明月。〔註 336〕	浮雲開始指涉小人
東　漢	孔　融	〈臨終詩〉	讒邪害公正，浮雲翳白日。〔註 337〕	隱喻的沿用，使「浮雲」比喻奸佞小人、邪惡勢力，有了更形象化的說法。

〔註 332〕 《莊子・說劍》：「上決浮雲，下絕地紀。」《莊子集釋》，頁 1016。台北：漢京文化，1985 年。《論語・公冶長》：「乘桴浮於海。」，《四書讀本・論語》〈公冶長〉，頁 53。台北：啟明書局，1956年。

〔註 333〕 比喻小人、邪臣。〈楚辭・宋玉・九辯〉「何氾濫之浮雲兮，猋壅蔽此明月。」注：「浮雲行，則蔽月之光；讒佞進，則忠良壅也。」《新譯昭明文選》，頁 1518。台北：三民書局，1997 年。

〔註 334〕 杜甫〈哭長孫侍御〉：「流水生涯盡，浮雲世事空。」，《全唐詩》卷234，頁 2580。北京：中華書局，1996 年。

〔註 335〕 屈原《楚辭・遠遊》。《楚辭》卷 5，頁 199。台北：台灣古籍，2007。

〔註 336〕 宋玉〈九辯〉，《新譯昭明文選》，頁 1518。台北，三民書局，1997年。

〔註 337〕 孔融〈臨終詩〉，《先秦漢魏晉南北朝詩》上冊，〈漢詩〉，頁 197。

東　漢	《古詩十九首》	〈行行重行行〉	浮雲蔽白日，遊子不顧返。〔註338〕	開始把「浮雲」與「遊子」對舉，奠定日後以「浮雲」比喻、象徵「遊子」的基礎。
晉	阮　籍	〈詠懷詩八十二首〉之三十	讒邪使交疏，浮雲令晝冥。〔註339〕	浮雲開始有人格化的趨勢，已具有小人佞臣的意象。
初　唐	盧照鄰	〈贈益府裴錄事〉	浮雲映丹壑，明月滿青山。〔註340〕	浮雲只是對仗之用，未具特別意涵。
初　唐	宋之問	〈明河篇〉	已能舒卷任浮雲，不惜光輝讓流月。〔註341〕	浮雲只是對仗之用，未具特別意涵。
初　唐	沈佺期	〈被彈〉	安得吹浮雲，令我見白日。〔註342〕	以「浮雲」、「白日」表奸佞之輩與君主的並置狀態，開始在唐詩中大量出現
盛　唐	李　白	〈古風〉其三七	浮雲蔽紫闥，白日難回光。〔註343〕	以雲、日關係表達對邪惡勢力的入侵與無奈。
盛　唐	李　白	〈答杜秀才五松山見贈〉	浮雲蔽日去不返，總爲秋風摧紫蘭。〔註344〕	以雲、日關係表達對邪惡勢力的入侵與無奈。
		〈古風〉其四五	浮雲蔽頹陽，洪波振大壑。〔註345〕	以雲、日關係表達對邪惡勢力的入侵與無奈。

　　　北京：中華書局，1984 年。

〔註338〕 〈行行重行行〉，《古詩十九首》，《新譯昭明文選》，頁 1273。台北，三民書局，1997 年。

〔註339〕 阮籍〈詠懷詩八十二首〉之三十，《先秦漢魏晉南北朝詩》上冊，〈晉詩〉，頁 502。北京：中華書局，1984 年。

〔註340〕 盧照鄰〈贈益府裴錄事〉，《全唐詩》卷 41，頁 516。北京：中華書局，1996 年。以下引書同。

〔註341〕 宋之問〈明河篇〉，卷 51，頁 627。

〔註342〕 沈佺期〈被彈〉，卷 95，頁 1025。

〔註343〕 李白〈古風〉其三十七，卷 161，頁 1679。

〔註344〕 李白〈答杜秀才五松山見贈〉，卷 178，頁 1820。

〔註345〕 李白〈古風〉其四十五，《全唐詩》卷 161，頁 1679。北京：中華

		〈登金陵鳳凰臺〉	總爲浮雲能蔽日，長安不見使人愁。〔註346〕	以雲、日關係表達對邪惡勢力的入侵與無奈。
		〈魯郡堯祠送竇明府薄華還西京〉	何不令皋繇擁篲橫八極，直上青天掃浮雲。〔註347〕	掃浮雲、清君側，除妖氛成了李白的強烈希望。
		〈在水軍宴贈幕府諸侍御〉	浮雲在一決，誓欲清幽燕。……齊心戴朝恩，不惜微軀捐〔註348〕	掃浮雲、清君側，除妖氛成了李白的強烈希望。

「雲」在古典詩歌中本不具閒適語意，「浮雲」一開始也只是自然景觀，「浮雲」用之以表示「小人」，應始於宋玉，東漢孔融的意象使用，除了是沿用語意，使「浮雲」比擬比喻奸佞小人、邪惡勢力，有了更形象化的說法。《古詩十九首》開始把「浮雲」與「遊子」對舉，奠定日後以「浮雲」比喻、象徵「遊子」的基礎。魏晉六朝「浮雲」開始有人格化的趨勢，如阮籍的〈詠懷詩八十二首〉之三十，此時「浮雲」已具有小人佞臣的意象了。初唐時「浮雲」在詩中多半只是講求對仗，如盧照鄰、宋之問、沈佺期之作，詩中以「浮雲」、「白日」表奸佞之輩與君主的並置狀態，開始在唐詩中大量出現。李白便多首作品皆以雲、日關係表達對邪惡勢力的入侵與無奈──乃至掃浮雲、清君側，除妖氛成了李白的強烈希望。

書局，1996 年。以下引書同。
〔註346〕李白〈登金陵鳳凰臺〉，卷180，頁1836。
〔註347〕李白〈魯郡堯祠送竇明府薄華還西京〉，卷175，頁1793。
〔註348〕李白〈在水軍宴贈幕府諸侍御〉，卷170，頁1749。

表 3-3-3　「浮雲」語意演變舉例（二）

時 期	作 者	作 品	詩 句 摘 錄	說 明
漢	漢樂府	〈古八變歌〉	北風初秋至，吹我章華台。 浮雲多暮色，似從崹嵫來。 枯桑鳴中林，絡緯響空階。 翩翩飛蓬征，愴愴遊子懷。 故鄉不可見，長望始此回。 〔註349〕	比喻浪跡四方的遊子
盛 唐	李 白	〈送友人〉	浮雲遊子意，落日故人情。〔註350〕	以浮雲意象表遊子
		〈對雪奉餞任城六父秩滿歸京〉	獨用天地心，浮雲乃吾身。〔註351〕	以浮雲自喻
		〈閨情〉	流水去絕國，浮雲辭故關。〔註352〕	以浮雲自喻
	杜 甫	〈夢李白二首〉之二	浮雲終日行，遊子久不至。 三夜頻夢君，情親見君意。〔註353〕	以浮雲意象表遊子

　　浮雲所具有漂泊無定、孤寂徬徨的特性，使得古代詩歌常藉以比喻浪跡四方的遊子，大凡他鄉遊子，對於季節的嬗遞都敏感，尤其秋冬之季，於是「浮雲」的飄飛無端與「遊子」的漂泊無依對應起來，成為常見意象。盛唐時期以浮雲意象表遊子之詩是屢見不鮮的，因為唐代漫遊風氣興盛，李白便有多首此類作品，使「浮雲遊子」意象深烙在一般人的印象中。當然，「浮雲」本身更暗示了小人得志，更兼有遊子與讒佞的隱喻在其中，形成固定用語。當然，要附帶一提的是「浮雲」關於價值的對應，把看似無重量，輕飄飄的特性看待成微不

〔註349〕漢樂府〈古八變歌〉，《先秦漢魏晉南北朝詩》上冊，〈漢詩〉，頁288。北京：中華書局，1984年。

〔註350〕李白〈送友人〉，《全唐詩》卷177，頁1804。北京：中華書局，1996年。以下引書同。

〔註351〕李白〈對雪奉餞任城六父秩滿歸京〉，卷175，頁1792。

〔註352〕李白〈閨情〉，卷184，頁1881。

〔註353〕杜甫〈夢李白二首〉之二，卷218，頁2289。

足道的價值，從而引申出「富貴如浮雲」的安貧人生態度，故不慕榮利亦爲「浮雲」的象徵之一。

自古以來浮雲並非與閒適、閒散作聯想，反而由其位置低、雲層厚，具遮蔽日月的性質而被人們用以和官場、政治場域聯想在一起，比擬讒佞小人和邪臣，而其漂浮無定的特質又被聯想到人的漂泊、流浪。當然，由其清飄飄虛幻的特性又自古即被孔子用以比擬不值一顧的不義之富貴，早已是對人生態度的一種概念。

三、「青雲」之語意演變

「青雲」最初是一個遨遊的空間（如《楚辭‧遠遊》），〔註354〕其後又因所在位置高，而有不同聯想，一方面是對於德高望重者的隱喻，〔註355〕取其爲人所景仰的德行如青雲一般高的寓意；一方面青雲位置之高，又容易讓人聯想到政治場域中位高權重者，於是升官便被比擬爲登青雲；〔註356〕而其遠、高也被用以比擬隱居之處。〔註357〕

表3-3-10　「青雲」語意演變舉例（一）

時　期	作　者	作　品	詩　句　摘　錄	說　明
漢	司馬遷	《史記‧范睢蔡澤列傳七十九》	「不意君能自致於青雲之上。賈不敢復與天下之事。」〔註358〕	「青雲」已帶有權勢富貴意味。

〔註354〕青雲指天空，《楚辭‧屈原‧遠遊》：「涉青雲以氾濫游兮，忽臨睨夫舊鄉。」《楚辭》卷5，頁199。台北：台灣古籍，2007。

〔註355〕《史記‧伯夷傳》「閭巷之人，欲砥行立名者，非附青雲之士，惡能施於後世哉？」會注考證：「楊慎曰：『青雲之士，謂聖賢立言傳世者，孔子是也。』」《史記》‧卷61〈伯夷傳〉，頁2121。台北：新象書局，1985年。

〔註356〕同上，《史記‧范睢蔡澤傳》「須賈頓首言死罪，曰：『賈不意君能自致於青雲之上。』」卷79，頁2401。

〔註357〕《南史‧衡陽元王度道傳》「身處朱門，而情遊江海；形入紫闥，而意在青雲。」《新校本南史》卷41，列傳第31，〈齊宗室‧衡陽元王度道傳〉，頁1037。台北：鼎文，民國65年。

〔註358〕《史記》‧卷61〈伯夷傳〉，頁2121。台北：新象書局，1985年。

東　漢	曹　植	〈雜詩七首〉之三	西北有織婦，綺縞何繽紛。……太息終長夜，悲嘯入青雲。〔註359〕	青雲表示高度，間接隱喻悲傷的程度。
晉	傅　玄	〈詩〉	白雲翩翩翔天庭，流景髣髴非君形。白雲飄飄捨我高翔，青雲徘徊爲我愁腸。〔註360〕	青雲表示高度，間接隱喻憂愁的程度。
晉	司馬彪	〈贈山濤詩〉	茗茗椅桐樹，寄生於南岳。上凌青雲霓，下臨千仞谷。〔註361〕	青雲表示高度。
晉	謝靈運	〈登石門最高頂詩〉	晨策尋絕壁，夕息在山棲。……連巖覺路塞，密竹使徑迷。來人忘新術，去子惑故蹊。……居常以待終，處順故安排。惜無同懷客，共登青雲梯。〔註362〕	將青雲用以指涉隱居、隱所。
晉	謝靈運	〈還舊園作見顏范二中書詩〉	託身青雲上，棲巖挹飛泉。〔註363〕	將青雲用以指涉隱居、隱所。
南朝宋	顏延年	〈五君詠・阮始平〉	仲容青雲器，實稟生民秀。達音何用深，識微在金奏。……屢薦不入官，一麾乃出守。〔註364〕	青雲表上達權勢。
初唐	陳子昂	〈酬李參軍崇嗣旅館見贈〉	寶劍終應出，驪珠會見珍。未及馮公老，何驚孺子貧。青雲儻可致，北海憶孫賓。〔註365〕	青雲用以表示仕宦榮祿。

〔註359〕 曹植〈雜詩七首〉之三，《先秦漢魏晉南北朝詩》上冊，〈漢詩〉，頁456。北京：中華書局，1984年。以下引書同。

〔註360〕 傅玄〈詩〉，《先秦漢魏晉南北朝詩》上冊，〈晉詩〉，頁573。北京：中華書局，1984年。

〔註361〕 司馬彪〈贈山濤詩〉，上冊，〈晉詩〉，頁728。

〔註362〕 謝靈運〈登石門最高頂詩〉，下冊，〈宋詩〉，頁1165。

〔註363〕 謝靈運〈還舊園作見顏范二中書詩〉，〈宋詩〉，頁1174。

〔註364〕 顏延年〈五君詠・阮始平〉，《先秦漢魏晉南北朝詩》〈宋詩〉，頁1235。北京：中華書局，1984年。

〔註365〕 陳子昂〈酬李參軍崇嗣旅館見贈〉，《全唐詩》卷83，頁899。

		〈送別出塞〉	平生聞高義，書劍百夫雄。言登青雲去，非此白頭翁。……〔註366〕	青雲成為仕途的代稱。
盛 唐	裴 迪	〈青雀歌〉	動息自適性，不曾妄與燕雀群。幸禿鵷鷺早相識，何時提攜致青雲。〔註367〕	青雲成為仕途的代稱。
盛 唐	劉長卿	〈雜詠八首上禮部李侍郎〉之七	幽姿閒自媚，逸翮思一騁。如有長風吹，青雲在俄頃。〔註368〕	青雲成為仕途的代稱。
		〈湖上遇鄭田〉	故人青雲器，何意常窘迫。三十猶布衣，憐君頭已白。〔註369〕	青雲成為仕途的代稱。
		〈小鳥篇上裴尹〉	自憐天上青雲路，弔影徘徊獨愁暮。〔註370〕	青雲成為仕途的代稱。
	李 白	〈相和歌辭－鞠歌行〉	聽曲知甯戚，夷吾因小妻。秦穆五羊皮，買死百里奚。洗拂青雲上，當時賤如泥。〔註371〕	青雲成為仕途的代稱。
		〈古風〉之十五	奈何青雲士，棄我如塵埃。〔註372〕	青雲指涉仕途
		〈陳情贈友人〉	斯人無良朋，豈有青雲望。〔註373〕	青雲指涉仕途
		〈獻從叔當塗宰陽冰〉	顧慚青雲器，謬奉玉樽傾。〔註374〕	青雲指涉仕途
	李 頎	〈行路難〉	當時一顧登青雲，自謂生死長隨君。〔註375〕	青雲指涉仕途

〔註366〕陳子昂〈送別出塞〉，《全唐詩》卷83，頁900。北京：中華書局，1996年。以下引書同。

〔註367〕裴迪〈青雀歌〉，卷129，頁1312。

〔註368〕劉長卿〈雜詠八首上禮部李侍郎〉之七，卷148，頁1521。

〔註369〕劉長卿〈湖上遇鄭田〉，卷149，頁1544。

〔註370〕劉長卿〈小鳥篇上裴尹〉，卷151，頁1576。

〔註371〕李白〈鞠歌行〉，卷19，頁233。

〔註372〕李白〈古風〉之十五，卷161，頁1679。

〔註373〕李白〈陳情贈友人〉，卷171，頁1762。

〔註374〕李白〈獻從叔當塗宰陽冰〉，卷171，頁1765。

〔註375〕李頎〈行路難〉，《全唐詩》卷133，頁1348。

	岑　參	〈北庭西郊候封大夫受降回軍獻上〉	喜鵲捧金印，皎龍盤畫旗。如公未四十，富貴能及時。直上排青雲，傍看疾若飛。前年斬樓蘭，去歲平月支。天子日殊寵，朝廷方見推。……〔註376〕	青雲指涉富貴權勢。
		〈虢中酬陝西甄判官見贈〉	白髮徒自負，青雲難可期。……〔註377〕	青雲指涉仕途。
		〈送王七錄事赴虢州〉	早歲即相知，嗟君最後時。青雲仍未達，白髮欲城絲。〔註378〕	青雲指涉富貴權勢。
	高　適	〈同顏六少府旅宦秋中之作〉	跡留黃綬人多歎，心在青雲世莫知。〔註379〕	青雲指涉仕途。
		〈酬李少府〉	君若登青雲，余當投魏闕。〔註380〕	青雲指涉仕途。
	杜　甫	〈秋日荊南送石首薛明府辭滿告別奉寄薛尚書景仙頌德敘懷斐然之作三十韻〉	……白髮甘凋喪，青雲亦卷舒。經綸功不朽，跋涉體何如。……〔註381〕	青雲指涉高位。
中晚唐	錢　起	〈夕發箭場巖下作〉	懿爾青雲士，垂纓朝鳳闕。〔註382〕	青雲指涉仕途。
		〈送陸三出尉〉	盛才仍下位，明代負奇文。……梅生寄黃綬，不日在青雲。〔註383〕	青雲指涉仕途。

〔註376〕岑參〈北庭西郊候封大夫受降回軍獻上〉，卷198，頁2023。北京：中華書局，1996年。以下引書同。

〔註377〕岑參〈虢中酬陝西甄判官見贈〉，卷198，頁2031。

〔註378〕岑參〈送王七錄事赴虢州〉，卷200，頁2078。

〔註379〕高適〈同顏六少府旅宦秋中之作〉，卷214，頁2234。

〔註380〕高適〈酬李少府〉，卷211，頁2193。

〔註381〕杜甫〈秋日荊南送石首薛明府辭滿告別奉寄薛尚書景仙頌德敘懷斐然之作三十韻〉，卷232，頁2563。

〔註382〕錢起〈夕發箭場巖下作〉，卷236，頁2609。

〔註383〕錢起〈送陸三出尉〉，《全唐書》卷237，頁2637。台北：三民書局，

崔膺	〈感興〉	……白屋抱關人，青雲壯心死。本以勢利交，勢盡交情已。〔註384〕	青雲指涉仕途
楊巨源	〈寄江州白司馬〉	莫謾拘牽雨花社，青雲依舊是前途。〔註385〕	青雲指涉仕途。

　　雲的位置高高在上，容易使人將晉身高位的權勢聯想在一起。「青雲」在古代是一種世俗的進取、向上的象徵，《史記》記載須賈向范睢叩頭謝罪時所說的「青雲」已帶有權勢富貴意味，從好的方向看是向上、進取；從不好的角度看，就是攀附權貴了。《史記》的記載於是成爲典故，但並非使用普遍，至六朝階段，「青雲」一詞多用以間接比喻高處或強烈程度，如上表中曹植、傅玄、司馬彪之作，而謝靈運的「青雲」將之用以指涉隱居、隱所；南朝宋顏延年曾將「青雲」用於上達權勢的意涵，唐李善注《昭明文選》：「青雲，言高遠也。《史記》太史公曰：『夫閭巷之人，欲砥行立名者，非附青雲之士，惡能施於後代哉！』」〔註386〕顏延年的稱美阮咸是「青雲器」，還用以爲稱頌人才不凡的典故。然而其後詩人賦詩，「青雲」仍多指涉高處。直到陳子昂時，「青雲」才用以表示仕宦榮祿——其〈酬李參君崇嗣旅館見贈〉詩中的寶劍、驪珠既是對朋友的稱美，也是對自己的期許，「青雲」於是成爲仕途的代稱（詩句摘錄請參見上表）。

　　而唐代仕進之路的多元化，產生了爲數不少的干謁之作，與王維同住終南山的裴迪就寫過作品期望王維的提攜，詩中的「青雲」也是指涉了功名。劉長卿、李白也常以「青雲」指涉仕途，詩人李頎，用「青雲」以隱喻顯爵，寫其憤世譏刺之言，高適、岑參作品中的青雲，也多半喻指富貴權勢，都是以「青雲」表達功名前程意

　　　　民國86年。台北，三民書局，1997年。

〔註384〕崔膺〈感興〉，卷275，頁3119。北京：中華書局，1996年。以下引書同。

〔註385〕楊巨源〈寄江州白司馬〉，卷333，頁3724。

〔註386〕《新譯昭明文選》，卷21，頁885。

象。杜甫詩中亦不乏以「青雲」表示高位之意，中晚唐也有不少詩人以「青雲」表示求取功名、晉身仕途的志向，錢起、崔曙、楊巨源等詩人皆以「青雲」喻仕途，表達了對政治理想及建功立業的抱負或失望之情，且由於唐代文人使用「青雲」一詞頻率比唐前文人高出許多，「青雲」既是景觀，也寄託詩人的企望，加上也泛指隱所，一詞多義的狀態下，既展現詩人飄逸形象，也寄託用世之意，由此，可藉以觀察出唐代「青雲」一詞所具有的多重意象。

「青雲」也有「仙家」或藉以攀登仙境的工具意象，在唐代是「積極入世」的象徵這點是確定的，它與「白雲」不同，白居易有「拋卻青雲歸白雲」〔註387〕之句，顯然「青雲」尚有象徵世俗的仕宦生涯之意，而「白雲」則多象徵超塵的隱逸生活。

六朝前青雲的語意較多元，不論是泛指隱所、形容高度或者表示權勢富貴皆有文人運用，到了唐代則相當固定的運用在對權位仕宦的比擬，形成固定套語，在使用上，因為青雲也有仙鄉之意，對於別有目的的隱者而言，青雲比白雲更有耐人尋味的雙關意涵，也顯見了唐人對「青雲」一詞的認知，由此點觀察，似乎也可以作為「唐人重功利」的又一佐證。

四、小　結

透過以上對白雲、浮雲與青雲語意演變的分析，可以得到以下結論：

（一）雲由自然景觀的一種，輾轉發展附會出多種意涵，需要長時期的累積。雲在古典詩歌中，本不具閒適語意，只是天上漂浮、來去自如的雲朵。但雲的純潔素樸、自由自在、悠閒舒緩、飄然無物的特性和感覺，很容易轉化為詩人用以象徵閒適與自由自在的隱者生活；或表達超然物外、與世無爭的人生態度。從習慣上說，象徵閒適

〔註387〕白居易〈題崔常侍濟上別墅〉，《全唐詩》，卷450，頁5086。北京：中華書局，1996年。

淡泊的雲，多半是白雲。陶潛的〈歸去來辭〉爲後人展示了白雲的閒適情調，已然與歸隱的概念作了結合，再經陶弘景詩〈詔問山中何所有賦詩以答〉的影響，「白雲」於是成爲詩人表現隱士風格的必要詞語。

（二）而雲多變的特性，也影響了神話傳說的型構，在中國神話中，雲既是夭矯飛騰的神物，也是仙人飛登升天的工具，《易經》、《莊子》、《漢武內傳》皆有仙人乘雲的想像與記載，於是白雲在詩作中，成了詩人內心渴望一試的交通工具，甚且更進一步用以象徵煙霧飄邈的仙境。而唐代道教的盛行、終南捷徑的存在，都促使道人、隱者選擇名山勝巖，環境清幽之所隱居，所居之處雖非眞正仙境，但至少與想像中仙境該有的煙霧迷濛、白雲環繞、人跡罕至、秀美非常等條件相應合，故「白雲」一詞在唐代又兼有求仙、慕仙的意涵。

（三）唐代禪宗的盛行，爲詩歌創作開啓了另一層精神境界，唐詩於是展現了禪趣與白雲意象的結合。佛經中的雲是變幻的、無常的、短暫的、虛假的，對應人生哲理／宗教，提供給詩人不同角度攝取而進行創作；並賦予唐詩意境上的新追求──言有盡而意無窮，則此階段的「白雲」又多了抽象的哲理思維。

（四）浮雲最初只是天上漂浮的雲朵，宋玉開始用之以表示小人，至《古詩十九首》時代浮雲開始與遊子對舉，奠定日後浮雲象徵遊子的基礎，六朝以後浮雲開始人格化，可以直接用以指涉小人或遊子，此意象的大量運用是在唐代，浮雲與日、月並置，形成讒佞與明君的對比是重要的表現方式。當然，浮雲漂泊的特性很容易與浪跡四方的遊子連結，唐代詩人多有漫遊或貶謫經驗，自身即是遊子，於是大量的創作使「浮雲遊子」慣用意象形成。

（五）青雲在《史記》已然形成榮華利祿的典故，自古以來即是世俗的進取、向上的象徵。六朝時，「青雲」尚且只來表示高處概念或強烈程度，又或者也用以表示隱居或隱所，但尚未大量用以表示權勢富貴。至初唐陳子昂以「青雲」指涉仕宦榮祿，青雲意象與仕宦榮祿之間的關係宣告確定，迄盛唐至中晚唐，文人皆好以「青雲」指涉

仕途，在一定程度上提供了唐人積極入世、充滿競進之心的文化史評價的參考證據，顯示了唐人「青雲」的使用是別有用心的象徵與套語。

　　總之，「白雲」之意象與隱逸關係密切，從陶淵明與陶弘景的詩中，就表現了「雲」的閒適意味，也使「雲」與山的關係密切，「白雲」更經常出現於隱逸之作中，初唐王績後，白雲隱逸意象漸漸興盛，至盛唐而達到高峰。而「青雲」在唐詩中則表示有富貴輕取之意，雖然詩人可能在求取功名而屢遭挫敗中偶有歸隱山林之意，然其心中仍期望以「終南捷徑」登上仕途。唐詩中高頻率出現的「青雲」、「白髮」對舉，亦反映了即使在盛唐時代，賢才也難於見用的事實，有一定的意義。此外，唐代統治者對儒、釋、道三家思想都很重視，也有所提倡，所以唐代詩人不僅有入世的思想與努力，也有出世的準備。所以白雲的隱逸、仙家與禪意三種意象在唐代文人世界中是同時並行的，文人們既懷抱治國平天下的經綸大志，又以功成身退為最後目的，以上為唐詩中的雲意象所展現的認知。

第四節　唐詩中的鶴

　　一般而論，詠物詩的取材範圍廣闊，從大自然的風雲雪月，花草木石到蟲魚鳥獸無一不可入詩，唐代詠物詩數量龐大，且在同一物類中常有焦點集中的現象，某些特定題材會有重複且大量的出現，例如花類的牡丹、獸類的馬、自然景觀的雲、水中之魚等，《全唐詩》中描寫禽鳥類的作品有 3691 首作品，鶴是鳥類題材中創作數量最多者，詠鶴詩共有 2197 首，約佔六成比例，同具隱逸象徵的鷗鳥則計 428 首，〔註 388〕懸殊的數字透露唐人偏愛詠鶴題材應有其脈絡與深意，值得一探究竟。唐代詠鶴詩一方面藉鶴的高飛長鳴，表現唐代讀書人自命不凡與對富貴功名的追求，一方面也賦予鶴高潔不群的形

〔註 388〕此數據根據元智大學羅鳳珠，中國文學網路研究室，唐宋文史資料庫（http：//cls.admin.yzu.edu.tw）《全唐詩》檢索系統查索並統計所得。

象，表達詩人的道德操守和生活態度，反映出唐代詩人對鶴的不同看法，〔註 389〕唐詩的鶴意象在眾多詩人的投入創作中有多種不同面貌，是本小節所欲探索者。

　　鶴的意象其實在歷來面貌就相當豐富，從最基本的視覺開始：鶴的身形、羽毛及其的顏色、站立的姿勢到飛行的行列都是古人顯而易見並且有所感覺的意象，例如老人的白髮稱為鶴髮，取其顏色的聯想；鶴的頭形也被製成書寫詔書的詔板與鋤頭的頭部，《釋名‧釋用器》：「鋤，助也。去穢助苗長也。齊人為其……頭曰鶴，似鶴頭也。」〔註 390〕鶴立雞群是由鶴與雞同群時顯見的感受，被藉以說明一個人的卓立不群。其次，鶴的聲音如此稀罕，如同士之修身踐言，為時所稱者那般的珍貴，而鶴的壽命據說在千年以上，除了被認為是長壽的象徵之一，很容易便會和仙家傳說連結在一起，成為仙人的座駕，更延伸出人之逝去如鶴之蹤跡飄渺難尋的認知來，所以逝去會被稱為「駕鶴西歸」。《左傳》中，閔公二年記載：狄人伐衛。衛懿公好鶴，鶴有乘軒者。將戰，國人受甲者皆曰『使鶴，鶴實有祿位，余焉能戰？』於是，延伸出無能力者卻有食祿的觀念，〔註 391〕「鶴軒」便是指官吏的俸祿。從具體的感官發展語意語詞，到與典故、傳說鍊結的抽象的理解，鶴的語意延伸其實是豐富的。

一、唐以前鶴的慣用意象

　　在唐代之前，鶴在文學創作中，尤其是詩文學的創作，其實就有一些特定意象存在，茲以《先秦漢魏晉南北朝詩》為基礎，探索並整理鶴意象在唐代以前詩作中出現的狀況，整理表格如下：

〔註 389〕據卓清芬《唐代詠鶴詩的傳承發展》，頁 75。國立編譯館館刊，民國 85 年。

〔註 390〕《釋名》卷 7，〈釋用器第二十一〉，頁 103。北京：中華書局，1985 年。

〔註 391〕《左傳‧閔公二年》，《春秋左傳正義》卷 11，頁 302。北京大學出版，1999 年。

表 3-4-1　鶴在唐代以前詩中的慣用意象

時　期	作　者	作　品	詩　句　摘　錄	意象說明
《詩經》	不　詳	小雅・鶴鳴	鶴鳴於九皋，聲聞於野。〔註392〕	鶴為未出仕賢人的意象
漢樂府	不　詳	豔歌何嘗行	飛來雙白鵠（鶴），乃從西北來。十十將五五，羅列行不齊。忽然卒被病，不能飛相隨。〔註393〕	雙鶴之一因病難以同飛，其伴侶憂思徘徊不忍離去。
魏　晉	曹　植	雜詩	雙鶴俱遨遊，相失東海傍。雄飛竄北朔，雌驚赴南湘。〔註394〕	雙鶴代喻曹植兄弟。
魏	何　晏	擬古	雙鶴比翼遊，群飛戲太清。常恐失網羅，憂禍一旦并。豈若集五湖，順流棲浮萍。逍遙放志意，何為怵惕驚。〔註395〕	表現想掙脫政治上的束縛，企望逍遙之意。
晉	阮　籍	詠懷詩	於心懷寸陰，羲陽將欲冥。揮袂撫長劍，仰觀浮雲征。雲間有玄鶴，抗志揚哀聲。一飛沖青天，曠世不再鳴。豈與鶉鷃遊，連翩戲中庭。〔註396〕	鶴為詩人寫照，對光陰流逝有所感慨，抱負無法施展感到抱憾。
晉	鮑　照	代別鶴操	雙鶴俱起時，徘徊滄海間。長弄若天漢，輕軀似雲懸。〔註397〕	雙鶴喻夫妻，因故被迫分離。
南朝宋	吳邁遠	飛來雙白鶴	可憐雙白鶴，雙雙絕塵氛。連翩弄光景，交頸遊青雲。逢羅復逢繳，雌雄一旦分。哀聲流海曲，孤叫出江濆。〔註398〕	雙鶴比擬夫妻分離。

〔註392〕屈萬里《詩經詮釋》，頁 333。台北：聯經出版，民國 73 年。
〔註393〕逯欽立《先秦漢魏晉南北朝詩》上冊，〈漢詩〉卷 9，頁 272。北京：中華書局，1983 年。
〔註394〕同上，上冊，〈魏詩〉卷 7，頁 456。北京：中華書局，1983 年。
〔註395〕同上，上冊，〈魏詩〉卷 8，頁 468。
〔註396〕同上，上冊，〈魏詩〉卷 10，頁 500～501。
〔註397〕同上，中冊，〈南朝宋詩〉卷 7，頁 1262。
〔註398〕逯欽立，《先秦漢魏晉南北朝詩》中冊，〈南朝宋詩〉卷 10，頁 1318。

南朝齊	齊高帝	群鶴詠	八風舞遙翮，九野弄清音。一摧雲間志，為君苑中禽。〔註399〕	齊高帝自況之作，有身困苑囿的無奈。
南朝梁	梁元帝	飛來雙白鶴	紫蓋學仙成，能令吳市傾。逐舞隨疏節，聞琴應別聲。集田遙赴影，隔霧近相鳴。時從洛浦渡，飛向遼東城。〔註400〕	鶴與仙家意象有關連。
南朝梁	吳　均	主人池前鶴詩	本自乘軒者，為君階下禽。摧藏多好貌，清唳有奇音。稻粱惠既重，華池遇亦深。懷恩未忍去，非無江海心。〔註401〕	鶴為賢者，對主人恩惠不忍離棄。
南朝梁	梁簡文帝	登板橋詠洲中獨鶴詩	遠霧旦氛氳，單飛纔可分。孤驚思嶼浦，羈淚下江濆。〔註402〕	獨鶴的徬徨。
南朝梁	梁簡文帝	賦得鷀鶴詩	來自芝田遠，飛渡武溪深。振迅依吳市，差池逐晉琴。奇聲傳迴澗，動翅拂花林。欲知情外物，伊洛有清潯。〔註403〕	鶴之高潔、出世形象
南朝梁	沈　約	夕行聞夜鶴	夕行聞夜鶴，夜鶴叫南池。對此孤明月，臨風振羽儀。〔註404〕	以離鶴心孤苦自況，寫去留兩難之情。
南朝陳	陳後主	飛來雙白鶴	朔吹已蕭瑟，愁雲屢合開。玄多辛苦地，白鶴從風催。音響已清切，毛羽復殘催。飛來進口口。但為失雙回。儻逢□嗆德，當共銜珠來。〔註405〕	雙鶴分離情景。

　　北京：中華書局，1983年。以下引書同。
〔註399〕同上，中冊，〈南朝齊詩〉卷1，頁1376。
〔註400〕同上，下冊，〈南朝梁詩〉卷25，頁2034。
〔註401〕同上，中冊，〈南朝梁詩〉卷10，頁1749～1750。
〔註402〕同上，下冊，〈南朝梁詩〉卷10，頁1960。
〔註403〕同上，下冊，〈南朝梁詩〉卷22，頁1960。
〔註404〕同上，中冊，〈南朝梁詩〉卷7，頁1666。
〔註405〕同上，下冊，〈南朝陳詩〉，卷4，頁2503。

南朝陳	因 鏗	詠鶴	依池屢獨舞，對影或孤鳴。 乍動軒墀步，時轉入琴聲。 〔註406〕	詠離鶴。

　　參考上表可以知道唐代以前鶴的意象多半與離別相關《詩經·鳴鶴》篇是較例外的意象，《詩序》說「鶴鳴，誨宣王也。」鄭箋引申「誨，教也，教宣王求賢人之未仕者」。〔註407〕鶴以其鳴叫的特性，〔註408〕用以比擬賢者的聲聞於世，或仕或隱，進退不常，鶴在《詩經》即具有未出仕賢人的意象。但自漢樂府之後，迄南朝卻常用以表達男女之思、離別愁緒，根據逯欽立輯校《先秦漢魏晉南北朝詩》引崔豹〈古今注〉說：

> 《別鶴操》商陵牧子所作也。娶妻五年而無子，父兄將爲之改娶。妻聞之，中夜驚起，倚戶而悲嘯。牧子聞之，援琴鼓之云云。痛恩愛之永離，因彈別鶴以舒情，乃歌曰：「將乖比翼兮隔天端，山川悠遠兮路漫漫，攬衣不寐兮食忘餐。」
> 〔註409〕

於是以別鶴擬夫婦乖離，抒發別離的憂思就成爲後代詩人慣常吟詠的意象。

　　魏晉階段詠鶴之作不多，但對夫妻離別意象已有跳脫，如曹植藉鶴擬兄弟，頗有想衝出禁錮卻恐懼苦悶的心理呈現。而魏何晏的〈擬古〉詩藉雙鶴表達對「網羅」「憂禍」的擔憂，雖想掙脫政治迫害的威脅，逍遙在五湖四海之中，但現實卻是束縛的。阮籍的〈詠懷〉詩則表現面對時光的流逝，詩人懷抱理想卻無法施展的無奈，詩有「鶴爲賢士」的譬喻，詩也有鶴之高飛遠引，不屑與鶉鷃爲伍

〔註406〕逯欽立《先秦漢魏晉南北朝詩》下冊，〈南朝陳詩〉，卷1，頁2449。北京：中華書局，1983年。

〔註407〕阮校《十三經注疏·毛經正義》，〈詩小雅·鴻雁之什·鶴鳴〉，頁668。北京大學出版，1999年。

〔註408〕陳夢雷編《古今圖書集成·禽蟲典》引朱注：「鶴長頸竦身……其鳴高亮，聞八九里。」，頁78。台北：鼎文書局，民國66年。

〔註409〕逯欽立《先秦漢魏晉南北朝詩》上冊，〈漢詩〉卷11，〈琴四歌辭·別鶴操〉，頁305。北京：中華書局，1983年。

的驕傲，可以說為詠鶴詩增添了新意象。鮑照的〈代別鶴操〉雖仍承繼別鶴為夫妻分離的意象，但詩中渲染分離雙方刻骨銘心的思念，以「三山」、「瑤臺」、「紫煙」營造飄渺迷離的美感，又賦予鶴仙家意象。承繼這樣的仙家場景，梁元帝的〈飛來雙白鶴〉詩中也有「紫蓋」之語，內容已脫離原來雙鶴別離的哀傷，而有自由自在的意象。

南朝有多首以詠鶴為題的詩作：齊高帝〈群鶴詠〉以鶴自況，《南史·荀伯玉列傳》記載：「齊高帝鎮淮陰，為宋明帝所疑，被徵為黃門郎，深懷憂慮。見平澤有群鶴，命筆詠之。」〔註410〕表示了此詩以鶴自道身困苑囿的無奈。而吳均的〈主人池前鶴〉詩也是以鶴喻人，昔日尊貴的白鶴，成了主人階下之禽，鶴的才華不凡（低昂多好貌，清唳有奇音），主人也寵渥有加，但鶴嚮往逍遙的江海生涯，面對主人盛情卻又不忍離去，托物言志知情溢於言表。沈約的〈夕行聞夜鶴〉也是以鶴寄託心境的創作。南朝自陳後主也有〈飛來雙白鶴〉之作，別無寄託。南朝群臣在宴飲遊賞之際喜歡賦詩詠物，詠鶴題材多環繞孤鶴被當成寵物，物質生活富裕，精神上卻嚮往自在逍遙之境，通過孤鶴的意象，作品往往呈現一種想振翅高飛，不受拘束的志向。

二、唐代詩歌中的鶴

唐代詩歌中與鶴相關的數量高達二千餘首，已如前所述，鶴得到唐人的關注是其他禽鳥類所不及的，在數量上與唐前相比是驚人的，並且，伴隨著時代特質的變化，鶴在初唐、盛唐、中唐乃至晚唐更延伸出不同的意涵，茲以《全唐詩》為根據，統整出各時期以鶴為主題的代表意象為下表，作為論述的參考。

〔註410〕李延壽《南史》卷47·〈荀伯玉列傳〉，頁1167。台北：鼎文書局，民國65年。

表3-4-2　鶴意象在唐代各階段的展現

時　期	作　者	作　品	詩　句　摘　錄	意象說明
初唐	虞世南	飛來雙白鶴	飛來雙白鶴，奮翼遠凌煙。雙棲集紫蓋，一舉背青田。颻影過伊洛，流聲入管弦。鳴群倒景外，刷羽閬風前。映海疑浮雪，拂澗瀉飛泉。燕雀寧知去，蜉蝣不識還。何言別儔侶，從此間山川。顧步已相失，裴回各自憐。危心猶警露，哀響詎聞天。無因振六翮，輕舉復隨仙。〔註411〕	鶴具有清高聖潔形象，雖仍寫別離悲涼，卻有仙氣。
初唐	宋之問	詠省壁畫鶴	粉壁圖仙鶴，昂藏眞氣多。騫飛竟不去，當是戀恩波。〔註412〕	附和吳均報恩的典故〔註413〕
初唐	沈佺期	黃鶴	黃鶴佐丹鳳，不能群白鷴。拂雲遊四海，弄影到三山。遙憶君軒上，來下天池間。明珠世不重，知有報恩環。〔註414〕	瀟灑不群的鶴，爲報恩徘徊不去。
初唐	李　嶠	鶴	黃鶴遠聯翩，從鸞下紫煙。翱翔一萬里，來去幾千年。已憩青田側，時遊丹禁前。莫言空警露，猶冀一聞天。〔註415〕	貌似出世的仙鶴，其實關懷著塵世。
盛唐	儲光羲	雜詠五首池邊鶴	舞鶴傍池邊，水清毛羽鮮。立如依岸雪，飛似向池泉。江海雖言曠，無如君子前。〔註416〕	白鶴美麗高潔，單純詠物。
盛唐	李　白	賦得鶴送史司馬赴崔相公幕	崢嶸丞相府，清切鳳凰池。羨爾瑤臺鶴，高棲瓊樹枝。……珍禽在羅網，微命若游絲。願托周周羽，相衝漢水湄。〔註417〕	對清貴顯要官職的嚮往。

〔註411〕《全唐詩》卷20，頁244。北京：中華書局，1996年。
〔註412〕同上，卷53，頁658。
〔註413〕南朝梁・吳均〈主人池前鶴詩〉：本自乘軒者，爲君階下禽。摧藏多好貌，清唳有奇音。稻粱惠既重，華池遇亦深。懷恩未忍去，非無江海心。（逯欽立《先秦漢魏晉南北朝詩》中冊，〈梁詩〉卷11，頁1749～1750。北京：中華書局，1983年。）
〔註414〕同上，卷95，頁1025。
〔註415〕同上，卷60，頁719。
〔註416〕同上，卷136，頁1376。
〔註417〕同上，卷185，頁1890。

盛唐	李 白	宣州長史弟昭贈余琴谿中雙舞鶴詩以見志	令弟佐宣城,贈余琴谿鶴。謂言天涯雪,忽向窗前落。白玉爲毛衣,黃金不肯博。背風振六翮,對舞臨山閣。顧我如有情,常鳴似相託。何當駕此物,與爾騰寥廓。〔註418〕	以鶴的仙家意象寄託自己的心志。
盛唐	孫昌胤	遇旅鶴	靈鶴產絕境,昂昂無與儔。群飛滄海曙,一叫雲山秋。野性方自得,人寰何所求。時因戲祥風,偶爾來中州。中州帝王宅,園沼深且幽。希君惠稻粱,欲并離丹丘。不然奮飛去,將適汗漫遊。肯作池上鶩,年年空沈浮。〔註419〕	藉鶴表明自己欲仕之意。鶴有高昂才華──藉以自薦。
盛唐	陳 季	鶴警露	南國商飆動,東皋野鶴鳴。溪松寒暫宿,露草滴還驚。欲有高飛意,空聞召侶情。風間傳藻質,月下引清聲。未假摶扶勢,焉知羽翼輕。吾君開太液,願得應皇明。〔註420〕	藉鶴自況,盼在官場上獲得賞識。
盛唐	杜 甫	通泉縣署屋壁後薛少保畫鶴	薛公十一鶴,皆寫青田眞。……佳此志氣遠,豈惟粉墨新……威遲白鳳態,非是倉庚鄰。……赤霄有眞骨,恥飲洿池津。冥冥任所往,脫略誰能馴。〔註421〕	鶴的形象不馴、自在,有以鶴自勉意。
中唐	楊巨源	別鶴詞送令狐校書之桂府	海鶴一爲別,高程方眘然。影搖江漢路,思結瀟湘天。……含情九霄際,顧侶五雲前。遲心屬清都,淒響激朱弦。超遙聞風雨,迢遞各山川。東南信多水,會合當有年。雙飛唳冥冥,此意何由傳。〔註422〕	以別鶴意象比擬對友人思慕之意,擴大鶴的意象。
中唐	王 建	別鶴曲	主人一去池水絕,池鶴散飛不相別。青天漫漫碧水重,知向何山風雪中。萬里雖然音影在,兩心終是死生同。池別巢破松樹死,樹頭年年鳥生子。〔註423〕	離別題材的承繼,表達情感的堅定。

〔註418〕《全唐詩》,卷185,頁1891。北京:中華書局,1996年。
〔註419〕同上,卷196,頁2013。
〔註420〕同上,卷204,頁2132。
〔註421〕同上,卷220,頁2318。
〔註422〕同上,卷333,頁3733。
〔註423〕同上,卷298,頁3378。

中唐	白居易	雨中聽琴者彈別鶴操	雙鶴分離一何苦，連陰雨夜不堪聞。莫教遷客嬬妻聽，嗟歎悲啼泥殺君。〔註424〕	離別題材的承繼。
中唐	白居易	感鶴	鶴有不群者，飛飛在野田。飢不啄腐鼠，渴不飲盜泉。貞姿自耿介，雜鳥何翩翾。同遊不同志，如此十餘年。〔註425〕	貞姿耿介的仙鶴，艱難環境不改其志。
中唐	白居易	代鶴	我本海上鶴，偶逢江南客。感君一顧恩，同來洛陽陌。洛陽寡族類，皎皎唯兩翼。貌是天與高，色非日浴白。……〔註426〕	鶴之高潔被詩人藉以自喻。
中唐	錢　起	病鶴篇	獨鶴聲哀羽摧折，沙頭一點留殘雪。……驚群各畏野人機，誰肯相將霞水飛。不及川鳧長比翼，隨波雙泛復雙歸。碧海滄江深且廣，目盡天倪安得往。雲山隔路不隔心，宛頸和鳴長在想。何時白霧捲青天，接影追飛太液前。〔註427〕	孤鶴思飛，想再度受到賞識。
中唐	孟　郊	曉鶴	曉鶴彈古舌，婆羅門叫音。應吹天上律，不使塵中尋。虛空夢皆斷，歘唏安能禁。如開孤月口，似說明星心。既非人間韻，枉作人間禽。不如相將去，碧落窠巢深。〔註428〕	寫鶴之聲古奧艱澀，非凡禽，當返回碧落，自況之作
中唐	戴叔倫	松鶴	雨溼松陰涼，風落松花細。獨鶴愛清幽，飛來不飛去。〔註429〕	鶴為隱逸象徵
中唐	錢　起	藍田溪雜詠之田鶴	田鶴望碧霄，舞風亦自舉。單飛後片雪，早晚及前侶。〔註430〕	鶴為隱逸象徵
中唐	張仲素	緱山鶴	羽客驂仙鶴，將飛駐碧山。映松殘雪在，度嶺片雲還。清唳因風遠，高姿對水閒。笙歌憶天上，城郭歎人間。幾變霜毛潔，方殊藻質斑。迢迢煙路逸，奮翮詎能攀。〔註431〕	《列仙傳》丁令威化鶴成仙，此喻學道成仙。〔註432〕

〔註424〕《全唐詩》，卷456，頁5168。北京：中華書局，1996年。
〔註425〕同上，卷424，頁4661。
〔註426〕同上，卷452，頁5110。
〔註427〕同上，卷236，頁2601。
〔註428〕同上，卷380，頁4258。
〔註429〕同上，卷274，頁3100。
〔註430〕同上，卷239，頁2687。
〔註431〕同上，卷367，頁4135。

中唐	司空曙	田鶴	散下渚田中，隱見菰蒲裏。哀鳴自相應，欲作凌風起。〔註433〕	以鶴自況。
中唐	張眾甫	寄興國池鶴上劉相公	馴狎經時久，襟袵短翩存。不隨淮海變，空愧稻梁恩。獨立秋天靜，單棲夕露繁。欲飛還斂翼，詎敢望乘軒。〔註434〕	借鶴自言之作。
中唐	劉禹錫	鶴歎二首	寂寞一雙鶴，主人在西京。故巢吳苑樹，深院洛陽城。〔註435〕	鶴為馴養的寵物。
晚唐	雍　陶	病鶴	憶得當時（一作年）病未遭，身為仙馭雪為毛。今來沙上飛無力，羞見檣烏立處高。〔註436〕	以病鶴自況。
晚唐	雍　陶	放鶴	從今一去不須低，見說遼東好去棲。努力莫辭仙路遠，白雲飛處免群雞。〔註437〕	鶴志凌雲，宜乎歸仙。
晚唐	項　斯	病鶴	青雲有意力猶微，豈料低回得所依。幸念翅因風雨困，豈教身陷稻梁肥。曾遊碧落寧無侶，見有清池不忍飛。縱使他年引仙駕，主人恩在亦應歸。〔註438〕	有心高升卻力量微弱，在理想與現實中選擇現實。
晚唐	李　紳	憶放鶴	羽毛似雪無瑕點，顧影秋池舞白雲。閒整素儀三島近，迴飄清唳九霄聞。好風順舉應摩日，逸翮將成莫戀群。凌勵坐看空碧外，更憐鳧鷺老江濆。〔註439〕	鶴神情昂揚之貌。

〔註432〕《搜神後記》卷1：「丁令威本遼東人，學道於靈虛山。後化鶴歸遼。集城門華表柱。時有少年舉弓欲射之，鶴乃飛，徘徊空中而言：有鳥有鳥丁令威，去家千年今始歸。城郭如故人民非，何不學仙冢纍纍。遂高上沖天，今遼東諸丁云其先世有仙者，但不知名爾。」（頁13。北京：中華書局，1985 年。）

〔註433〕《全唐詩》，卷292，頁3322。北京：中華書局，1996 年。

〔註434〕同上，卷275，頁3121。

〔註435〕同上，卷357，頁4025。

〔註436〕同上，卷518，頁5921。

〔註437〕同上，卷518，頁5919。

〔註438〕同上，卷554，頁6421。

〔註439〕同上，卷481，頁5474。

晚唐	褚　載	鶴	欲洗霜翎下澗邊，卻嫌菱刺污香泉。沙鷗浦雁應驚訝，一舉扶搖直上天。〔註440〕	鶴有青雲直上的得意。
晚唐	羅　隱	病中題主人庭鶴	遼水華亭舊所聞，病中毛羽最憐君。稻粱且足身兼健，何必青雲與白雲。〔註441〕	藉鶴發言。
晚唐	李　遠	過舊遊見雙鶴愴然有懷	謝公何歲掩松楸，雙鶴依然傍玉樓。朱頂巉屼荒草上，雪毛零落小池頭。蓬瀛路斷君何在，雲水情深我尚留。他日若來華表上，更添多少令威愁。〔註442〕	《列仙傳》典故的聯想
晚唐	李　涉	失題	華表千年一鶴歸，丹砂爲頂雪爲衣。泠泠仙語人聽盡，卻向五雲翻翅飛。〔註443〕	《列仙傳》典故。
晚唐	姚　合	崔少卿鶴	入門石徑半高低，閒處無非是藥畦。致得仙禽無去意，花間舞罷洞中棲。〔註444〕	鶴爲仙禽。
晚唐	劉得仁	憶鶴	自爾歸仙後，經秋又過春。白雲尋不見，紫府去無因。此地空明月，何山伴羽人。終期華表上，重見令威身。〔註445〕	仙境意象的使用，回憶仙鶴的悵惘。
晚唐	劉得仁	憶鶴	白絲翎羽丹砂頂，曉度秋煙出翠微。來向孤松枝上立，見人吟苦卻高飛。〔註446〕	以鶴的形影孤單自況。
晚唐	許　渾	鄭侍御廳玩鶴	碧天飛舞下晴莎，金閣瑤池絕網羅。巖響數聲風滿樹，岸移孤影雪凌波。緱山去遠雲霄迥，遼海歸遲歲月多。雙翅一開千萬里，祇應棲隱戀喬柯。〔註447〕	仙境意象的使用。

〔註440〕《全唐詩》，卷694，頁7992。北京：中華書局，1996年。
〔註441〕同上，卷665，頁7618。
〔註442〕同上，卷519，頁5933。
〔註443〕同上，卷477，頁5440。
〔註444〕同上，卷502，頁5714。
〔註445〕同上，卷544，頁6290。
〔註446〕同上，卷545，頁6305。
〔註447〕同上，卷533，頁6087。

晚唐	杜牧	鶴	清音迎曉月，愁思立寒蒲。丹頂西施頰，霜毛四皓須。碧雲行止躁，白鷺性靈粗。終日無群伴，溪邊弔影孤。〔註448〕	以鶴的形影孤單自況。
晚唐	杜牧	別鶴	分飛共所從，六翮勢催風。聲斷碧雲外，影孤明月中。青田歸路遠，丹桂舊巢空。矯翼知何處，天涯不可窮。〔註449〕	以鶴的形影孤單自況。
晚唐	皮日休	悼鶴	莫怪朝來淚滿衣，墜毛猶傍水花飛。遼東舊事今千古，卻向人間葬令威。〔註450〕	仙鶴意象的使用。
晚唐	陸龜蒙	和襲美先輩悼鶴	一夜圓吭絕不鳴，八公虛道得千齡。方添上客雲眠思，忽伴中仙劍解形。但掩叢毛穿古堞，永留寒影在空屏。君才幸自清如水，更向芝田爲刻銘。〔註451〕	鶴最後的歸處爲神仙世界。
晚唐	張賁	奉和襲美先輩悼鶴	池塘蕭索掩空籠，玉樹同嗟一土中。莎徑罷鳴唯泣露，松軒休舞但悲風。丹臺舊籙難重緝，紫府新書豈更通。雲減霧消無處問，只留華髮與衰翁。〔註452〕	鶴最後的歸處爲神仙世界。

　　唐代詠鶴的內容，有純爲欣賞鶴的形貌、有承襲自南朝的意象與題材，有神仙世界的追求、長生不死的盼望、寄託個人境遇的感慨，藉鶴抒發內心的耿直高潔。如白居易對鶴的描寫，不但形象清高，更因此讓鶴的意象有了拓展。中晚唐則出現爲數不少了孤鶴、病鶴，甚至仙鶴，伴隨時局的動亂不安，病鶴、孤鶴展現的意象往往是詩人的自況情境，仙鶴則由所處環境的淒冷蕭索暗示了仙境的不可企求，正襯托出晚唐的衰颯蕭瑟之感。

　　鶴在《詩經》中即以其善於鳴叫特性比喻賢者的聲名聞於世，或

〔註448〕《全唐詩》，卷522，頁5973。北京：中華書局，1996年。
〔註449〕同上，卷525，頁6016。
〔註450〕同上，卷615，頁7098。
〔註451〕同上，卷626，頁7195。
〔註452〕同上，卷631，頁7236。

仕或隱，進退不常。於是鶴具有未出仕賢者的意象，有強烈的道德象徵意義。根據《古今圖書集成・禽蟲典》就談到：「蓋鶴體潔白，舉則高至，鳴則遠聞，性又善警，行必依洲嶼，止必集林木，故詩傳以爲君子言行之象其精神氣骨」，〔註453〕依其潔白外表、行止有據，映射到君子的有守有爲、卓立不群的形象，是承襲自《詩經》以來的認知，唐代各時期的詠鶴之作都有這種意象的表達，如前所舉杜甫〈通泉縣署屋壁後薛少保畫鶴〉一詩，除了讚美薛稷的畫技，也讚美鶴的傲骨凌霜、超群不凡的特質，絕非倉庚之類的凡鳥所可比擬。另外，孟郊的〈曉鶴〉更延伸出自喻的意味，不只是一種純欣賞，拋棄了傳統由視覺外貌的描寫，反而由聲音入筆，展現鶴非凡禽的特質，既然不懂人間俗韻，就應該遠離世俗，回到碧落中的窠巢去，這與孟郊的狷介孤傲，不諧流俗，因此不得志的境況是吻合的。白居易更留下許多詠鶴之詩，在他的〈感鶴〉、〈代鶴〉詩中，把鶴與雞、鳥、鳶比擬成君子與小人，甚至以鶴自喻，是白詩中常見的對比，從這樣的比喻中，白居易心中的理想人格與處世哲學也隱然可見。唐人延續《詩經》中以鶴鳥比擬隱遁之有德君子的傳統認知，發揮鶴的貞姿耿介、清高不俗的面向，即使處在群鳥之中，一樣不改其清明潔淨，這是唐詩中鶴意象的第一重特色。

　　其二，離別的意象是從漢樂府以「別鶴」爲題開始的，南朝至唐都有不少以樂府舊題別製新辭的作品，從最早的男女分離的主題外，鶴的高潔脫俗形象加上別離意象，在有漫遊、貶謫等時代背景的唐代，常被詩人用以送別、讚美友人，別離意象於是在男女分離的基礎上，別有發揮，如王建的〈別鶴曲〉，在池水枯涸、池鶴飛散的背景中，孤鶴不知同伴流落何方的哀傷深沈，但儘管相隔分離，兩人的心卻是至死不渝的，詩人歌頌了堅定的情感。而楊巨源的〈別鶴〉、張籍的〈別鶴〉都以樂府古題中的別鶴、病鶴形象出

〔註453〕陳夢雷編《古今圖書集成・禽蟲典》，頁 79。台北：鼎文書局，民國 66 年。

現，同樣以孤鶴為主題，失去伴侶的鶴不飲不休息，思念的描寫裡
有同情的語調。白居易〈雨中聽琴者彈別鶴操〉寫出作者聽人彈琴，
引發對男女相思之情的聯想，不脫別鶴慣有的主題，都算是對別鶴
主題的繼承。不過，唐代士人多漫遊、貶謫經驗，朋友間以詩歌送
別酬贈普遍，鶴的離別意象在唐代於是跳脫男女之思，擴大到思念
朋友的層次，常以孤鶴白雲的形象形容友人，豐富了鶴的意象。而
朋友相別的場面，詩人也常以鶴鳥表達對朋友的祝福讚美，如李白
的〈賦得鶴送史司馬赴崔相公幕〉、〈宣長史弟昭贈余琴谿中雙舞鶴
詩以見志〉中，對於友人的高昇，李白流露的是艷羨的心情，這也
是對別離意象的擴大。

　　而唐代隱逸之風盛行，是人在唐代有或長或短的隱逸經驗是常
態，即使身在官場，也嚮往山林江海的逍遙自在，於是鶴羽的潔白、
身形的仙風道骨都給了詩人聯想的空間，往往以鶴呈顯歸隱之人的閒
適自在或仙家形象。早在先秦時代，人們就已設想「千歲厭世，去而
上仙，乘彼白雲，至於帝鄉」。〔註454〕戰國以來，人們夢想追求的就
是神仙世界，神仙無所不能、長生不死、具有人所不能的力量，在《列
仙傳》中王子喬乘鶴來緱山與人相會的記載，《搜神後記》中丁令威
學道成仙化鶴歸來的傳說又使鶴成為仙家重要標誌，透過道教的盛
行，神仙故事進入文人的創作之中，表達與神仙共遊勝境的遐想，於
是在眾多飄然成仙的故事中，鶴總是扮演重要角色，詩人因羨仙而寫
鶴。唐代文人中受神仙思想影響的代表人物當推李白，他深受道教文
化的薰陶，從早期的遊歷學道，到後來正式受道籙為道士，中間經歷
許多人生的波折與心靈的之掙扎，可以在他的創作中看到豐富的神仙
素材，展現他的道教修養，試看其〈懷仙歌〉：

　　一鶴東飛過滄海，放心散漫知何在。仙人浩歌望我來，應
　　攀玉樹長相待。堯舜之事不足驚，自餘囂囂直可輕。巨鼇

〔註454〕清，郭慶藩輯《莊子集釋》外篇，〈天地第十二〉，頁 403。台北，
　　漢京文化，民國 74 年。

　　莫載三山去，我欲蓬萊頂上行。〔註455〕

看到鶴鳥飛過滄海，詩人開始猜測著鶴的落腳處，聯想到滄海之中仙
人的引吭高歌，願能攀上玉樹等待，期望能到蓬萊仙境去，這便是李
白作品中常見的鶴意象，

　　詩中的神仙故事素材，顯現了李白對神仙世界的追求與嚮往。這
樣的仙家意象迄中晚唐仍未衰歇，只是出現了失落、荒涼與無力感，
如許渾〈鄭侍御廳玩鶴〉，鶴仍是仙家寵物，但詩中的鶴已有贖墮無
力之感。皮日休〈悼鶴〉、陸龜蒙〈和襲美先輩悼鶴〉與張賁的〈奉
和襲美先輩悼鶴〉是中晚唐士人養鶴風尚下的產物，一旦鶴生命結
束，善感的詩人難免賦詩哀悼，意象仍是結合仙家傳說。鶴之為仙禽，
在晚唐也不免浸染人生無奈的悲嘆，除了時代環境的理解，這不能不
說是鶴的仙家意象的轉變。〔註456〕

　　其三，從《左傳》閔公二年的記載可知，春秋時期衛懿公好鶴，
榮寵的程度到了有專車可乘的狀態，以致打仗時，軍士不肯出戰，要衛
懿公以鶴應敵，〔註457〕由此段歷史延伸而出的語意，便有了權貴寵物
的意象，後代便以鶴為權貴象徵，代表了詩人對功名利祿的態度。而唐
代士人「好語王霸事業」是一種特色，李白〈代壽山答孟少府移文書〉
就表達了輔佐明主、平定天下、建功立業乃至功成身退的思想：

　　奮其智能，願為輔弼，使寰區大定，海縣清一。事君之道
　　成，榮親之義畢，然後與陶朱，留侯，浮五海、戲滄州，
　　不足為難矣。〔註458〕

杜甫〈奉贈韋左丞丈二十二韻〉也說出：「自謂頗挺出，立登要路
津。致君堯舜上，再使風俗淳」的遠大抱負，都是典例。表 3-4-2

〔註455〕《全唐詩》卷167，頁1727。北京：中華書局，1996年。
〔註456〕歐麗娟《唐詩的樂園意識》，頁407～408。台北：里仁，民國89
　　　　年。
〔註457〕《左傳·閔公二年》：狄人伐衛。衛懿公好鶴，鶴有乘軒者。將戰，
　　　　國人受甲者皆曰：『使鶴，鶴實有祿位，余焉能戰。』《春秋左傳
　　　　正義》卷11，頁302。北京大學出版，1999年。
〔註458〕《全唐文》卷349，頁3540。北京：中華書局，1983年。

中以鶴表明自己心跡的作品不少，如孫昌胤〈遇旅鶴〉藉鶴表明自己仕宦的心意，希望能在官場上大展鴻圖，自薦意味濃厚、陳季的〈鶴警露〉也顯示出仕進的迫切之意，希望自己能宦途順利，「吾君開太液，願得應明皇」便展現清楚的意圖。藉由鶴的權貴意象表明自己心向魏闕之作尚多，展現唐人對追求功名仕宦的熱切，如張眾甫的〈寄興國池鶴上劉相公〉的鶴馴狎既久，凌天之志喪失，有想又不敢飛的畏怯。張仲素的〈緱山鶴〉則結合富貴與仙家意象，大有只要振翅高飛，其高必無人可及的自信，展現唐士人結合國家使命與時代精神的特質。

鶴為唐人喜愛的禽鳥，由唐詩的創作數量可見一斑，唐代許多詩人的園林中常有鶴的身影，唐人好鶴，與之相處不免觀察仔細，尤其鶴的外型獨特，紅色的冠頂，雪白的外羽是詩人讚嘆的重點，從鶴的隱喻原型觀察，早在唐代以前對於鶴的觀察、描寫、附會其實就很豐富，並且成為慣有的意象。

鶴在唐詩中被觀察、描寫的形象可以說是從頭到腳，除了實用、具體可見、容易瞭解的視覺經驗外，也別有所指，例如：鶴髮除了表示人外在的樣貌，也代言了詩人的憂慮；鶴的羽毛雪白，「白」在人的心中常表示純潔，把白色的概念投射在品格上，白色更延伸出清高聖潔，不受世俗污染、節操高雅的意涵來，「霜翎不染泥」〔註459〕便是以鶴羽雪白如霜，不沾染半點污泥的高潔，李紳的〈憶放鶴〉：「羽毛似雪無瑕點，顧影秋池舞白雲」〔註460〕寫鶴的白羽及其舞姿，「無瑕點」除了寫鶴羽的白，也形容鶴的遠離污濁，聖潔不俗，「白」是鶴在人的心目中固定的形象。

就身形方面而言，相關的創作更是豐富，只要鶴一出現在詩作中，其高雅閒適的步履就會是詩人目光的焦點，鶴既是唐人喜愛的

〔註459〕劉禹錫〈鶴嘆〉二首，《全唐詩》卷 357，頁 4025。北京：中華書局，1996 年。
〔註460〕同上，卷 481，頁 5474。

禽鳥，養在身邊以為清高的伴侶，既怡情也養性，當鶴的高潔成為常留人心中的品格的象徵時，鶴的儀態也就成為書寫的題材，詩人寫鶴常不自覺將情感投射其中，所以喜歡以仙鶴自況，把鶴的高潔不俗投射到自己的品格上，從《詩經》中的鶴被用以比喻未仕的賢者，東晉葛洪《抱朴子》載鶴為君子所化，故稱鶴為君子，此後詩人也多以鶴曲折的表達自己的抱負與人格，鶴在唐詩中常不只是鶴，也是君子或詩人的化身。

　　詩人對鶴孤立的身影也多有著墨，鶴與鷺鷥、海鷗等鳥類相同，都是用一隻腳站立，在詩人眼中，卻成了孤單、寂寞、高潔、卓立不群等抽象敘述的具象呈現。孤單、寂寞之感在唐代以前就是慣用意象，詩人在身世坎坷、前途漫漫的情境中更容易把鶴的孤立身影附會上自己的遭遇感受；而關於高潔，儲光羲以「立如依岸雪」〔註461〕寫出鶴靜立岸邊有如白雪的形貌，白居易的〈問鶴〉寫獨立池邊的鶴獨立在風雪之中，以單足站立竟日，不動不鳴，清幽孤獨的身影，便如同特立獨行的君子一般。〔註462〕唐詩中，鶴與白雲常一起出現，閒雲野鶴的悠哉逍遙，獨立江邊的鶴與悠然飄過的白雲連結成一幅令人嚮往的悠閒畫面，「獨立浦邊鶴，白雲長相親」〔註463〕是很好的寫照。而劉禹錫寫鶴單腳久立池中，直到月上樹梢仍不肯休息，很能呈現詩人在政治場上屢遭打擊的坎坷遭遇。

　　當鶴靜默的梳理自己的羽毛時，別有一種安靜的氣質，錢起〈陪考功王員外城東池亭宴〉寫出「鶴靜疏群羽」，〔註464〕就頗有孤高的氣質，李頎寫「渚花獨開晚，田鶴靜飛遲」，〔註465〕鶴鳥的動作安靜緩慢，

〔註461〕儲光羲〈雜詠五首・池邊鶴〉，《全唐詩》卷136，頁1376。北京：中華書局，1996年。以下引書同。

〔註462〕白居易〈問鶴〉：「烏鳶爭食雀爭窠，獨立池邊風雪多。盡日踡冰翹一足，不鳴不動意如何。」卷455，頁5151。

〔註463〕王昌齡〈送韋十二兵曹〉，卷140，頁1427。

〔註464〕卷237，頁2628。

〔註465〕李頎〈不調歸東川別業〉，《全唐詩》卷132，頁1345。北京：中華

氣氛恬適舒緩，可以看到詩人渴望如鶴一般不受世俗干擾的意圖。延伸而來，鶴飛舞的姿態想必也是俊雅脫俗的，如同王子喬駕鶴飛昇，飄然遠去，是唐人心中深切的願望，鶴遨遊於天際，伴隨千年長壽的傳說，常讓詩人將求道成仙的幻想寄託在鶴的身上，期冀與仙鶴一起飛昇登天，所以鶴的飛行姿態除了可欣賞，飛往何處也勾引出詩人的想像。

　　鶴的鳴叫聲響亮，這與牠的長頸與氣管的發達不無關係，《詩經》的〈鶴鳴〉篇就展現了鶴的叫聲很早就進入文學的領域中，唐人有養鶴風氣，人鶴相處，不免對由來已久的鶴鳴有更多的觀察和著墨，盧綸、李紳、李嶠、孟浩然、盧照鄰等都有對描寫鶴鳴的詩作，詩人多以鶴鳴之音來襯托景物的清幽，更以鶴的叫聲的古奧難懂說明鶴非塵俗中的凡禽，延伸至對人難以被賞識的才華，鶴鳴於是有不得志的意涵出現。鶴的善鳴除了是大自然中的美音，更是賢能君子孤高難懂的心聲。

　　鶴的棲息之處也是觀察的點，鶴的清高不凡自然不能隨便棲息，牠對居住環境的選擇是計較的、嚴選的，孟郊言：「短松鶴不巢，高石雲不棲」，〔註466〕可算是一個註腳。唐詩中鶴常與松一起出現在詩句中，如李嶠「鶴棲君子樹，風拂大夫枝。」〔註467〕、施肩吾「鸞鶴每於松下見，笙歌常向坐中聞」〔註468〕、姚合「青猿吟嶺際，白鶴坐松梢」，〔註469〕延伸而來的便是詩人表達自己對出處之間的選擇態度。由於鶴的超群脫俗──不管是外貌或內在的性情，都被唐人視為隱逸的象徵，常建以「余亦謝時去，西山鸞鶴群」〔註470〕來表達隱遁的意圖，孟郊以「意與雲鶴齊」〔註471〕來寫閒雲野鶴的悠閒意

　　　　書局，1996年。以下引書同。
〔註466〕孟郊〈送豆盧策歸別墅〉，卷378，頁4245。
〔註467〕李嶠〈松〉，卷60，頁717。
〔註468〕施肩吾〈山居樂〉，卷494，頁5601。
〔註469〕姚合〈遊終南山〉，卷500，頁5685。
〔註470〕常建〈宿王昌齡隱居〉，卷144，頁1454。
〔註471〕孟郊〈送豆盧策歸別墅〉，卷378，頁4245。

象，白居易也說「共閒作伴無如鶴」，〔註472〕所以鶴在唐人心中不但形象清高，在山居隱士心中更是最佳的閒適代表，成為山林田園隱居生活的象徵，詩人往往通過鶴的形象來營造田園鄉居的意境氛圍，表現悠然閒適的情感。但一詞多義的現象又使鶴出現在詩句中別有寄託之意，並非單純的悠然閒適，此為觀察鶴意象必須注意的點。

第五節　唐詩中的藥

藥始終是園林中的重要景觀之一，唐人好服食的盛況可以說遍及各階層，自神仙思想興起以來，希冀透過服食以達長生不死的目的，就成為人們熱衷的養生術，帝王士庶紛紛求藥、煉藥、種藥、吃藥。

「服食養生」其實在唐代之前就已有數百年的遞變歷程，唐代作為古代服食養生最興盛的時期，有其繼承的基礎，必須略加論述。

一、唐前服食養生觀念的發展

談到神仙服食的概念，就會聯想到方士，《史記・封禪書》記載：
自齊威、宣之時，騶子之徒論著終始五德之運，及秦帝而齊人奏之，故始皇採用之。而宋毋忌、正伯僑、充尚、羨門高最後皆燕人，為方仙道，形解銷化，依於鬼神之事。騶衍以陰陽主運顯於諸侯，而燕齊海上之方士傳其術不能通，然則怪迂阿諛苟合之徒自此興，不可勝數也。
可見方士之說與燕齊怪迂阿諛之徒在戰國時即已出現，同篇資料：
自威、宣、燕昭使人入海求蓬萊、方丈、瀛洲。此三神山者，其傳在勃海中，去人不遠；患且至，則船風引而去。……及至秦始皇並天下，至海上，則方士言之不可勝數。始皇自以為至海上而恐不及矣，使人乃齎童男女入海求之。船交海中，皆以風為解，曰未能至，望見之焉。……上遂東巡海上，行禮祠八神。齊人之上疏言神怪奇方者以

〔註472〕白居易〈郡西亭偶詠〉，《全唐詩》卷447，頁5022。北京：中華書局，1996年。

萬數，然無驗者。乃益發船，令言海中神山者數千人求蓬
萊神人。公孫卿持節常先行候名山，至東萊，言夜見大人，
長數丈，就之則不見，見其跡甚大，類禽獸雲。群臣有言
見一老父牽狗，言「吾欲見巨公」，已忽不見。上即見大跡，
未信，及群臣有言老父，則大以爲仙人也。宿留海上，予
方士傳車及間使求仙人以千數。〔註473〕

這一大段落交代了許多事：海中仙山、仙藥是燕齊濱海一帶方士製造
的神話，且從未驗證成功。秦始皇深信方士，追求長生不死，造成燕
齊海上方士紛至遝來，卻無一應驗者。漢武亦喜神仙方士，雖明知歷
來都未有驗者，但仍樂此不疲，並且已開始煉丹。〔註474〕

　　始皇與漢武的仙人長生之說，深深影響後代的帝王們，繼漢武之
後歷代帝王，都可說是神仙長生說的堅定信仰者，只是求仙藥的方式
從遠赴海外仙山，至兩漢，神仙世界已經不如以前的飄渺玄虛，例如
劉向的《列仙傳》中神仙居住的世界就在大地之上的某處，且成仙後
也不一定飛昇到白雲仙鄉之上，而是快樂逍遙在某個仙山之中，這樣
的想法毋寧實際多了。武帝時接受方士建議多治宮觀樓台，以求候神
致仙得藥，之後的方士祭祀禱祝的場所便在天子腳下的輿圖宗祠了，

〔註473〕 司馬遷《史記》，卷28，〈封禪書〉，頁1355。台北：新象書店，民
國74年。

〔註474〕 根據《史記》，卷28，〈封禪書〉：「是時李少君亦以祠灶、穀道、卻老
方見上，上尊之。少君者，故深澤侯舍人，主方。匿其年及其生長，
常自謂七十，能使物，卻老。其游以方遍諸侯。無妻子。人聞其能使
物及不死，更饋遺之，常餘金錢衣食。人皆以爲不治生業而饒給，又
不知其何所人，愈信，爭事之。少君資好方，善爲巧發奇中。嘗從武
安侯飲，坐中有九十餘老人，少君乃言與其大父游射處，老人爲兒時
從其大父，識其處，一坐盡驚。少君見上，上有故銅器，問少君。少
君曰：「此器齊桓公十年陳於柏寢。」已而案其刻，果齊桓公器。一
宮盡駭，以爲少君神，數百歲人也。少君言上曰：「祠灶則致物，致
物而丹沙可化爲黃金，黃金成以爲飲食器則益壽，益壽而海中蓬萊仙
者乃可見，見之以封禪則不死，黃帝是也。臣嘗游海上，見安期生，
安期生食巨棗，大如瓜。安期生仙者，通蓬萊中，合則見人，不合則
隱。」於是天子始親祠灶，遣方士入海求蓬萊安期生之屬，而事化丹
沙諸藥齊爲黃金矣。」所載。（頁1355。台北：新象書店，民國74年。）

《列仙傳》極力強調神仙可學的觀點，影響層級已經擴大到士庶。

　　東漢階段出現的《太平經》提出「長生之道，要在神丹」的論說把求長生的方式帶入另一個歷程。連東漢階段最具批判精神的王充《論衡》雖不認為人可成仙，但認為至少可以延長生命，這樣的觀念與神仙是否可致，成為六朝以來養生服食論辯的焦點，其中嵇康、葛洪與影響力及於唐代的陶宏景是主張神仙可致，且藉由服食養生可以練形不死的代表人物。〔註 475〕

　　《晉書》稱嵇康「常修養性服食之事」，〔註 476〕其養生之道在於兼合精神與形體，相信養形存神、服藥可以成仙，他的《養生論》謂：世有神仙且可修致，必須神形相恃修煉，注重服食。〔註 477〕嵇康的養生論述影響到東晉葛洪神仙養生理論體系的建立，葛洪認為神仙必有，但成仙必須經過誠志、信仙與勤加修煉才可達致。〔註 478〕在形神

〔註 475〕　參考廖芮茵《唐代服食養生研究》，頁 25～28，台北：學生書局，2004。《太平經》云：「長生之道，不在祭祀事鬼神也，不在道引與伸也，不在呪喝多語也，不在精思自勤苦也。長生之道，要在神丹。」；王充《論衡‧無形》：「人恆服藥固壽，能增加本性，益其身年也。」

〔註 476〕　《晉書》卷 49，列傳 73，〈阮籍傳〉，頁 1369。台北：鼎文書局，1976 年。

〔註 477〕　嵇康《養生論》，收於《全上古三代秦漢三國六朝文‧全三國文》，卷48。內容摘錄如下：「夫神仙雖不目見，然記籍所載，前史所傳，較而論之，其有必矣。似特受異氣，稟之自然，非積學所能致也。至於導養得理，以盡性命。上獲千餘歲，下可數百年，可有之耳。而世皆不精，故莫能得之。何以言之。……精神之於形骸，猶國之有君也。神躁於中，而形喪於外；猶君昏於上，國亂於下也。……是以君子知形恃神以立，神須形以存。悟生理之易失，知一理之害生。故修性以保神，安心以全身。愛憎不棲於情，憂喜不留於意。泊然無感，而體氣和平。又呼吸吐納，服食養身；使形神相親，表裏俱濟也。……且豆令人重，榆令人瞑，合歡蠲忿，萱草忘憂。愚智所共知也。薰辛害目，豚魚不養，常世所識也。……推此而言，凡所食之氣，蒸性染身，莫不相應。……故神農曰：上藥養命，中藥養性者，誠知性命之理，因輔養以通也。……」（山東：河北教育出版社，1997 年。）

〔註 478〕　葛洪《抱朴子‧塞難》篇云：「命之修短，實由所值，受氣結胎，各有星宿。天道無為，任物自然，無親無疏，無彼無此也。命屬生

與服食養生的論題上，他特別注重金丹的煉製與服食：「余考覽養性之書，鳩集久視之方，曾所披涉篇卷，以千計矣，莫不皆以還丹金液爲大要者焉。然則此二事，蓋仙道之極也。服此而不仙，則古來無仙矣。」〔註479〕不過，神仙是有等級的，服藥的類別決定不同的仙品：

> 太清觀天經曰：
>
> 上士得道，升爲天官；中士得道，棲集崑崙；下士得道，
> 長生世間。〔註480〕
>
> 朱砂爲金，服之升仙者，上士也；茹芝導引，咽氣長生者，
> 中士也；餐食草木，千歲以還者，下士也。〔註481〕

所謂天仙，是居住在雲天之中的，但葛洪不認爲飛騰勝過留在地上人間：

> 篤而論之，求長生者，正惜今日之所欲耳，本不汲汲於升
> 虛，以飛騰爲勝於地上也。若幸可止家而不死者，亦何必
> 求於速登天乎？〔註482〕

這樣的概念結合了現實（眷戀塵世）與超現實（渴慕神仙），給予魏晉世族名士肆欲放誕的行徑與生活以論述的依據，李豐楙說：

> ……既可以純任自然，保全自我，自我逍遙於山林；又可
> 出入紅塵，遊戲人間，而不受世綱的牽累，屬於知識分子
> 希企隱逸的性格；另一方面又透露初中國人重視人間世的
> 現實性格，其中逍遙、遊戲，而又不受任何羈絆，幾乎是
> 一種普遍的理想生活。〔註483〕

星，則其人必好仙道。好仙道者，求之亦必得也。命屬死星，則其人亦不信仙道。不信仙道，則亦不自修其事也。所樂善否，判於所側，移易予奪，非天所能。」（內篇之卷7，頁29。上海：上海書局，1986年。）

〔註479〕葛洪《抱朴子》內篇之卷4，〈金丹篇〉，頁12。上海：上海書局，1986年。
〔註480〕同上，內篇之卷4，〈金丹篇〉，頁12。
〔註481〕同上，內篇之卷16，〈黃白篇〉，頁71。
〔註482〕同上，內篇之卷3，〈對俗篇〉，頁8。
〔註483〕李豐楙《探求不死》，頁74。台北：久大文化股份有限公司，民國76年。

指出魏晉階段不少熱衷學道修仙者都是名門世族，也是知識份子，這樣的人追求的神仙目標往往不是飛騰在天上不食人間煙火的天仙，而是既可以留在人世盡情享受恣樂放逸的生活，又可以長生不死的地仙，那樣的享受才是值得肯定的眞實。

　　陶宏景作爲南朝梁以來的名道士，也主張神仙可致，長生可得，他進一步將神仙世界組織化、人格化，並且承襲葛洪觀點，越是後來提出的養生方式，就越是合修眾術，陶宏景也不例外，他的《養生延命錄》就有此特徵，在序文中他提出了見解：「攝養無虧，間餌良藥，則百年耆壽是常分也。」，所說的良藥當然是可以延年益壽的，經過鼎爐燒煉的金丹妙藥。

　　當然這種服食養生的流風必然要受到質疑，不過這樣複雜的思想論辯非本文討論的範疇。總之，神仙不死的追求從秦始皇以來便已存在，漢代以降更普及於士庶階層，影響所及，至魏晉南北朝未曾衰歇，加上時局動盪，神仙服食思想匯流老莊道家思想與神仙道教的潮流，神仙不死的追求成爲當代知識分子肯定的答案，也造就了隨之而來朝野酷好煉丹服食風尚的唐代。

二、唐代服食盛況

　　追求長生不死、快樂逍遙，是可理解的人之所欲，如前所述，唐人好服食的盛況可以說遍及各階層，上至帝王百官，下至文庶僧眾都可以找到史料。唐代帝王服食的普遍與情況的熱烈，可說是歷代君主中之冠，不過受丹藥的毒害也是最爲嚴重的一個朝代。唐代帝王皆好神仙長生。煉制金丹「餌上」是道流方士爲滿足帝王延長生命，永享權位富貴的願望而做的事。

　　《舊唐書·高士廉傳》與《資治通鑑》卷 198 均載貞觀 21 年正月，申國公高士廉薨，太宗將臨喪，司空房玄齡「以上餌藥石，不宜臨喪」，抗表切諫，長孫無忌馳也勸諫：「陛下餌金石，於方不得臨喪，奈何不爲宗廟蒼生自重。……」「餌金石」應是道教方士所煉之丹藥。

所以，太宗至是服食仙丹的。

《資治通鑑》卷 200 載高宗即位之初，對長生成仙的不信態度，可是《資治通鑑》卷 202，又記載：開耀元年閏七月庚申條云「上以服餌，令太子監國」；《新唐書·方伎傳》也載高宗悉召道士合煉黃白，而《新唐書·隱逸傳》云帝又令劉道合煉制還丹大藥，由此可知高宗亦是迷戀方藥之帝。

武則天簒唐而移鼎祚於大周，對超覺凡塵的神仙抱有極高興致，對道教的神仙丹藥，也一樣的迷戀追求。據《朝野僉載》云：

> 周聖曆中，洪州有胡超僧出家學道，隱白鶴山，微有法術，自云數百歲，則天使合長生藥，所費巨萬，三年乃成，自進藥於三陽宮，則天服之，以爲神妙，望與彭祖同壽，改元爲久視元年。放超還山，賞賜甚厚。〔註484〕

晚年的武則天，據《舊唐書·則天皇后本紀》與《資治通鑑》卷 207 載，也熱烈求仙，並且有親謁仙廟的舉措，到過緱氏謁昇仙太子廟，可以爲證。

中宗時據《舊唐書·五行志》載鄭普思、葉靜能，「或挾小道以登朱紫，或因淺術以取銀黃」，〔註485〕可見這位過渡武、李政權的帝王，對道士的燒煉黃白也興致勃勃。

唐玄宗時，道教金丹術士更得寵信。《唐語林》卷五就載：「玄宗好神仙，往往詔郡國徵奇異之士。」〔註486〕爲能服食長生不死丹藥，玄宗除徵召知名道士到長安詢以道術外，當一些高道將入山修煉時，他甚至作詩相贈，希望道士傳授煉丹秘訣。如〈送道士薛季昌還山〉詩云：

> 洞府修眞客，衡陽念舊居。將成金闕要，願奉玉清書。雲

〔註484〕《朝野僉載》卷 5，頁 107。北京：中華書局，1979 年。

〔註485〕《舊唐書》卷 41，〈志第十七·五行志〉，頁 933。北京：中華書局，1999 年。

〔註486〕周勛初校證《唐語林校證》卷 5，〈補遺〉，頁 419。北京：中華書局，1987 年。

路三天近，松溪萬籟虛。猶期傳秘訣，來往候仙輿。〔註487〕

此詩之前原有小序云：「鍊師初解簪裾，棲心衡嶽，及登道籙，慨然來茲。願歸舊居，以守虛白。不違雅志，且重精修。倘遇靈藥，尚望時來城闕也。」充分表達他對伏煉丹藥、延壽保齡的心願。

憲宗亦是道教金丹服餌的熱衷者，於是群臣諸處頻薦藥術之士，憲宗本人也在服食丹藥後身亡。

繼位的穆宗聽道士趙歸真之說，在長慶四年亦餌金石。

《舊唐書・敬宗本紀》載敬宗也是崇道迷仙者。寶曆元年八月：「遣中使往湖南、江南等道及天臺山採藥。時有道士劉從政者，說以長生久視之道，請於天下求訪異人，冀獲靈藥。」

武宗踐祚，更積極從事煉丹活動。會昌三年，築望仙觀於禁中；五年，又造望仙台於南郊壇，甚至修造了降真臺。目的都是希望能迎接天上神仙降臨。反映出武宗是真心的做著想成仙的美夢。他日餌金丹，膚澤卻漸銷槁，當他自覺疾病纏身時，道士們卻仍以「換骨」誑騙，終致喜怒失常，疾篤而死。宣宗晚年亦酷好仙道，其後竟餌太醫李玄伯所制長生藥，病渴且中躁，疽發背而崩。

唐代道士在帝王崇道下，自稱能制神仙不死藥的道人數已較前朝為多，但亦多不學無術之輩，也因帝王的寵遇豐厚，致使流風所及，終唐一世服食餌藥成了社會各階層營求講究的風尚。

唐代文士階層的服食之風由詩文不少種藥、採藥、曬藥、洗藥的描述，《全唐詩》中關於「藥」的詩有一千二百餘首，〔註488〕史傳的紀錄中有具體隱逸行跡者，差不多都有與藥相關的創作，吃藥、種藥、採藥、煉藥是日常生活習見的意象，茲將此類詩擇要整理如下表，以為論述參考之用：

〔註487〕唐玄宗〈送道士薛季昌還山〉，《全唐詩》卷3，頁33。北京：中華書局，1996年。

〔註488〕此數據根據元智大學羅鳳珠，中國文學網路研究室，唐宋文史資料庫（http：//cls.admin.yzu.edu.tw）《全唐詩》檢索系統查索並統計所得。

表3-5-1　藥的慣用意象

時　期	詩　人	代表作品	詩　句　摘　要	意象表現
初唐	王　績	採藥	野情貪藥餌，郊居倦蓬藋。青龍護道符，白犬遊仙術。腰鐮戊己月，負鍤庚辛日。時時斷嶂遮，往往孤峰出。行披葛仙經，坐檢神農帙。龜蛇採二苓，赤白尋雙朮。地凍根難盡，叢枯苗易失。從容肉作名，薯蕷膏成質。家豐松葉酒，器貯參花蜜。且復歸去來，刀圭輔衰疾。〔註489〕	入山採藥情景，所採皆養生藥材。
盛唐	王　維	過太乙觀賈生房	昔余棲遯日，之子煙霞鄰。共攜松葉酒，俱簪竹皮巾。攀林遍巖洞，采藥無多春。謬以道門子，徵為驂御臣。常恐丹液就，先我紫陽賓。〔註490〕	採藥是隱居生活內容之一。
盛唐	孟浩然	山中逢道士雲公	偃息西山下，門庭罕人跡。何時還清溪，從爾鍊丹液。〔註491〕	鍊藥是隱居生活內容之一。
盛唐	儲光羲	田家雜興八首其四	田家趨壟畝，當晝掩虛關。鄰里無煙火，兒童共幽閒。桔橰懸空圃，雞犬滿桑間。時來農事隙，採藥遊名山。但言所採多，不念路險艱。人生如蜉蝣，一往不可攀。君看西王母，千載美容顏。〔註492〕	採藥是一種農隙時的休閒。
盛唐	岑　參	下外江舟懷終南舊居	顏容老難紿，把鏡悲鬢髮。早年好金丹，方士傳口訣。敝廬終南下，久與真侶別。道書誰更開，藥灶煙遂滅。頃來壓塵網，安得有仙骨。巖壑歸去來，公卿是何物。〔註493〕	昔日煉藥的藥灶煙已滅。
盛唐	王昌齡	就道士問周易參同	仙人騎白鹿，髮短耳何長。時余采菖蒲，忽見嵩之陽。稽首求丹經，乃出	採藥時遇見道士，

〔註489〕王績〈採藥〉，《全唐詩》卷37，頁481。北京：中華書局，1996年。以下引書同。

〔註490〕王維〈過太乙觀賈生房〉，卷125，頁1252。

〔註491〕孟浩然〈山中逢道士雲公〉，卷159，頁1626。

〔註492〕儲光羲〈田家雜興八首〉其四，卷137，頁1387。

〔註493〕岑參〈下外江舟懷終南舊居〉，卷198，頁2045。

		契	懷中方。披讀了不悟，歸來問嵇康。嗟余無道骨，發我入太行。〔註494〕	求了丹經，卻無福領悟其中奧秘。
盛唐	常建	仙谷遇毛女意知是秦宮人	溪口水石淺，泠泠明藥叢。入溪雙峰峻，松栝疏幽風。垂嶺枝嫋嫋，翳泉花濛濛。蠶緣靄人目，路盡心彌通。盤石橫陽崖，前流殊未窮。回潭清雲影，彌漫長天空。水邊一神女，千歲為玉童。羽毛經漢代，珠翠逃秦宮。目覿神已寓，鶴飛言未終。祈君青雲祕，願謁黃仙翁。嘗以耕玉田，龍鳴西頂中。金梯與天接，幾日來相逢。〔註495〕	採藥遇仙。
盛唐	李白	留別廣陵諸公	憶昔作少年，結交趙與燕。金羈絡駿馬，錦帶橫龍泉。寸心無疑事，所向非徒然。晚節覺此疏，獵精草太玄。空名束壯士，薄俗棄高賢。中回聖明顧，揮翰凌雲煙。騎虎不敢下，攀龍忽墮天。還家守清真，孤潔勵秋蟬。鍊丹費火石，採藥窮山川。臥海不關人，租稅遼東田。乘興忽復起，櫂歌溪中船。臨醉謝葛強，山公欲倒鞭。狂歌自此別，垂釣滄浪前。〔註496〕	失意之後決定專心鍊丹學道，過隱居生活。
盛唐	杜甫	將赴成都草堂途中有作先寄嚴鄭公五首其四	生理祇憑黃閣老，衰顏欲付紫金丹。〔註497〕	藉丹藥期冀長生。
中唐	薛據	出青門往南山下別業	懷抱曠莫伸，相知阻胡越。弱年好棲隱，鍊藥在巖窟。及此離垢氛，興來亦因物。末路期赤松，斯言庶不伐。〔註498〕	鍊藥是遠離世俗垢氛的。
中唐	韋應物	種藥	好讀神農書，多識藥草名。持縑購山客，移蒔羅眾英。不改幽澗色，宛如	種藥是賞心樂事。

〔註494〕《全唐詩》卷141，頁1431。北京：中華書局，1996年。
〔註495〕同上，卷144，頁1455。
〔註496〕同上，卷174，頁1782。
〔註497〕同上，卷228，頁2477。
〔註498〕同上，卷253，頁2853。

			此地生。汲井既蒙澤，插楱亦扶傾。陰穎夕房斂，陽條夏花明。悅玩從茲始，日夕繞庭行。州民自寡訟，養閒非政成。〔註499〕	
中唐	劉長卿	秋日夏口涉漢陽獻李相公	舊業成青草，全家寄白雲。松蘿長稚子，風景逐新文。山帶寒城出，江依古岸分。楚歌悲遠客，羌笛怨孤軍。鼎罷調梅久，門看種藥勤。十年猶去國，黃葉又紛紛。〔註500〕	種藥是賦閒日課。
中唐	錢起	題溫處士山居	誰知白雲外，別有綠蘿春。苔繞溪邊徑，花深洞裏人。逸妻看種藥，稚子伴垂綸。潁上逃堯者，何如此養眞。〔註501〕	種藥是隱居生活內容。
中唐	錢起	閒居寄包何	去名即棲遁，何必歸滄浪。種藥幽不淺，杜門喧自忘。」〔註502〕	種藥乃隱居生活內容之一。
中唐	劉禹錫	送盧處士歸嵩山別業	世業嵩山隱，雲深無四鄰。藥爐燒姹女，酒甕貯賢人。晚日華陰霧，秋風函谷塵。送君從此去，鈴閣少談賓。〔註503〕	藥與酒是隱居生活內容。
中唐	白居易	戒藥	促促急景中，蠢蠢微塵裏。生涯有分限，愛戀無終已。早夭羨中年，中年羨暮齒。暮齒又貪生，服食求不死。朝吞太陽精，夕吸秋石髓。徼福反成災，藥誤者多矣。以之資嗜慾，又望延甲子。天人陰騭間，亦恐無此理。域中有眞道，所說不如此。後身始身存，吾聞諸老氏。〔註504〕	吃藥是為了求長生。
晚唐	許渾	題灞西駱隱居	志凌三蜀客，心愛五湖人。聯死酒中老，謀生書外貧。掃花眠石榻，擣藥轉溪輪。往往乘黃犢，鹿裘烏角巾。〔註505〕	種藥乃隱居生活內容之一。

〔註499〕《全唐詩》卷193，頁1993。北京：中華書局，1996年。
〔註500〕同上，卷149，頁1542。
〔註501〕同上，卷237，頁2625。
〔註502〕同上，卷238，頁2649。
〔註503〕同上，卷357，頁4013。
〔註504〕同上，卷459，頁5218。
〔註505〕同上，卷532，頁6077。

晚唐	賈　島	送胡道士	短褐身披滿漬苔，靈溪深處觀門開。卻從城裏移琴去，許到山中寄藥來。臨水古壇秋醮罷，宿杉幽鳥夜飛迴。丹梯願逐眞人上，日夕歸心白髮催。〔註506〕	道士、鍊師是以鍊藥製丹求仙爲業的。
晚唐	溫庭筠	贈張鍊師	丹溪藥盡變金骨，清洛月寒吹玉笙。他日隱居無訪處，碧桃花發水縱橫。〔註507〕	道士、鍊師是以鍊藥製丹求仙爲業的。
晚唐	方　干	山中即事	趨世非身事，山中適性情。野花多異色，幽鳥少凡聲。樹影搜涼臥，苔光破碧行。閒尋採藥處，仙路漸分明。〔註508〕	採藥乃隱居生活內容之一。
晚唐	羅　隱	自貽	衰老應難更進趨，藥畦經卷自朝晡。縱無顯效亦藏拙，若有所成甘守株。漢武巡遊虛軋軋，秦皇吞併謾驅驅。如何只見丁家鶴，依舊遼東歎綠蕪。〔註509〕	種藥乃隱居生活內容之一。
晚唐	鄭　谷	遠遊	江湖猶足事，食宿戍鼙喧。久客秋風起，孤舟夜浪翻。鄉音離楚水，廟貌入湘源。岸闊黿鼉小，林垂橘柚繁。津官來有意，漁者笑無言。早晚酬僧約，中條有藥園。〔註510〕	藥園是園林別業重要景緻。
晚唐	吳　融	病中宜茯苓寄李諫議	千年茯菟帶龍鱗，太華峰頭得最珍。金鼎曉煎雲漾粉，玉甌寒貯露含津。南宮已借徵詩客，（杜工部有寄楊員外茯苓之什）內署今還託諫臣。飛檄愈風知妙手，也須分藥救漳濱。〔註511〕	朋友間常以藥相贈。

　　例如王績〈採藥〉詩中寫到山中採藥情景，必須有特定時間月日，深入群山重嶺之中，拿著葛洪、神農的經帙檢視，而且採藥必須選擇

〔註506〕《全唐詩》，卷574，頁6679。北京：中華書局，1996年。
〔註507〕同上，卷579，頁6731。
〔註508〕同上，卷649，頁7460。
〔註509〕同上，卷660，頁7573。
〔註510〕同上，卷676，頁7740。
〔註511〕同上，卷687，頁7893。

特別的時間，帶著青龍護道符、白犬等裝備，所採皆茯苓、朮、肉蓯蓉等藥材，是中醫裡常見的養生藥材。又盧照鄰也是爲愛藥之人，他的〈羈臥山中〉，寫到煉藥是山中生活的形式之一，倘若丹藥練成，登臨太虛就不再是夢想。盛唐王維作爲山水田園詩人代表，流風所及，生活也有藥的存在：「昔余棲遲日，之子煙霞鄰。共攜松葉酒，俱簪竹皮巾。攀林遍巖洞，采藥無冬春。謬以道門子，徵爲驂御臣。常恐丹液就，先我紫陽賓。」，〔註512〕寫的是與友人相偕攀林採藥的情形，對於友人煉就丹藥就會先一步成仙有著擔心。一生未曾任官的孟浩然，常與道士交往，煉丹採藥，期冀能過逍遙自在的神仙生活，其〈山中逢道士雲公〉寫道：「偃息西山下，門庭罕人跡。何時還清溪，從爾煉丹液。」〔註513〕與王、孟皆有往來的儲光羲的真實生活寫照是：「田家趨壠畝，當晝掩虛關。鄰里無煙火，兒童共幽閒。桔槔懸空圃，雞犬滿桑間。時來農事隙，採藥遊名山。但言所採多，不念路險艱。人生如蜉蝣，一往不可攀。君看西王母，千載美容顏。」〔註514〕採藥是農隙時的休閒，但採藥的危險與辛苦是不可言喻的，所求唯千載的容顏不變，詩中企求長生的意圖很明顯。

　　岑參也曾寫過〈下外江舟懷終南舊居〉：「藥灶煙逐滅。頃來壓塵網，安得有仙骨。」〔註515〕懷念他的隱居生活；王昌齡的〈就道士問周易參同契〉寫採藥食遇見道士，求了丹經，卻無福領悟其中奧秘：「稽首求丹經，乃出懷中方。披讀了不悟，歸來問嵇康。嗟余無道骨，發我入太行。」〔註516〕《唐才子傳》稱：「往來太白、紫閣諸峰，有肥遯之志，嘗採藥仙谷中」〔註517〕的常建，有描寫採藥遇仙的描寫：

〔註512〕王維〈過太乙觀賈生房〉，《全唐詩》卷125，頁1252。北京：中華書局，1996年。以下引書同。
〔註513〕孟浩然〈山中逢道士雲公〉，卷159，頁1626。
〔註514〕儲光羲〈田家雜興八首〉其四，卷137，頁1387。
〔註515〕參考表3-5-1，頁192。
〔註516〕參考表3-5-1，頁192～193。
〔註517〕傅璇琮主編《唐才子傳校箋》卷2，頁375。北京：中華書局，2002

　　水邊一神女，千歲爲玉童。羽毛經漢代，珠翠逃秦宮。目
　　覩神巳寓，鶴飛言未終。祈君青雲祕，願謁黃仙翁。嘗以
　　耕玉田，龍鳴西頂中。金梯與天接，幾日來相逢。〔註518〕

這樣的描述，採藥是實，但遇仙之說卻無可驗證，恐怕是想像之詞，
但期待長生的意圖是明顯的。

　　　談服食不談李白是有缺憾的，據「十五遊神仙，仙遊未曾歇」
〔註519〕的句子，可以知道他是相信神仙之說的。《留別廣陵諸公》：

　　鍊丹費火石，採藥窮山川。臥海不關人，租稅遼東田。乘
　　興忽復起，棹歌溪中船。臨醉謝葛強，山公欲倒鞭。狂歌
　　自此別，垂釣滄浪前。〔註520〕

是李白在被賜金放還之後的作品，把心思放在煉丹學道之上。受道
籙之後，更加追求長生：「攀條摘朱實，服藥鍊金骨。安得生羽毛，
千春臥蓬闕。」〔註521〕在加入永王璘陣營被肅宗擊敗後，李白被
流放夜郎，後中途遇赦，求仙之心又熾：「棄劍學丹砂，臨鑪雙玉
童。寄言息夫子，歲晚陟方蓬。」，〔註522〕〈古風〉其四：「吾營
紫河車，千載落風塵。藥物秘海嶽，採鉛青溪濱。時登大樓山，舉
手望仙眞。羽駕滅去影，飆車絕迴輪。尚恐丹液遲，志願不及申。
徒霜鏡中髮，羞彼鶴上人。」〔註523〕其五：「我來逢眞人，長跪問
寶訣。粲然啓玉齒，授以鍊藥說。銘骨傳其語，竦身已電滅。仰望
不可及，蒼然五情熱。吾將營丹砂，永與世人別。」都是李白服食
丹藥的自述。

　　年。
〔註518〕常建〈仙谷遇毛女意知是秦宮人〉，《全唐詩》卷144，頁1455。北
　　　　京：中華書局，1996年。以下引書同。
〔註519〕李白〈感興六首〉其四，卷183，頁1864。
〔註520〕李白〈留別廣陵諸公〉其四，卷174，頁1782。
〔註521〕李白〈天台曉望〉其四，卷180，頁1834。
〔註522〕李白〈流夜郎半道承恩放還兼欣剋復之美書懷示息秀才〉其四，卷
　　　　170，頁1756。
〔註523〕李白〈古風〉其四，卷161，頁1679。

　　杜甫雖非隱者，也被葛洪、王喬煉丹成仙的的事跡所吸引，更是到處乞藥求長生：「濁酒尋陶令，丹砂訪葛洪。」〔註524〕、「知子松根長茯苓，遲暮有意來同煮。」〔註525〕、「生理祇憑黃閣老，衰顏欲付紫金丹。」〔註526〕，也自己種藥，對藥草頗有心得。

　　中唐服食的文士較初、盛唐爲多，尤其隱遁山林者，如爲《唐才子傳》所載，「好棲遁，居高煉藥」〔註528〕的薛據，其〈出青門往南山下別業〉：「煉藥在巖窟。及此離垢氛，興來亦因物。末路期赤松，斯言庶不伐。」（參考表 3-5-1），認爲煉藥在深山巖窟之中，遠離詩俗垢氛，期望能有朝一日成爲仙人。韋應物以種藥爲樂：「好讀神農書，多識藥草名。」，所以買山經營藥園，「持縑購山客，移蒔羅眾英。不改幽澗色，宛如此地生。汲井既蒙澤，插榿亦扶傾。陰穎夕房斂，陽條夏花明。」在種藥的過程中獲得許多愉悅：「悅玩從茲始，日夕繞庭行。州民自寡訟，養閒非政成。」（參考表 3-5-1）全詩呈現一種悠閒愉悅的氛圍。

　　而劉長卿寫到自己的隱居生活，也與種藥相關：「舊業成青草，全家寄白雲。松蘿長稚子，風景逐新文。山帶寒城出，江依古岸分。楚歌悲遠客，羌笛怨孤軍。鼎罷調梅久，門看種藥勤。十年猶去國，黃葉又紛紛。」（參考表 3-5-1），種藥成了隱者日常生活當中不可或缺的點綴。錢起也有描述種藥、採藥之樂的創作：「誰知白雲外，別有綠蘿春。苔繞溪邊徑，花深洞裏人。逸妻看種藥，稚子伴垂綸。潁上逃堯者，何如此養眞。」（參考表 3-5-1）說自己閒居在白雲之外，妻子看著他種藥，稚子陪著他魚釣，要隱居逃名，這才是眞正的養眞之道。

〔註524〕杜甫〈奉寄河南韋尹丈人〉，《全唐詩》卷224，頁2392。北京：中華書局，1996年。以下引書同。

〔註525〕杜甫〈嚴氏溪放歌行〉，卷220，頁2323。

〔註526〕杜甫〈將赴成都草堂途中有作先寄嚴鄭公五首〉其四，卷228，頁2477。

〔註528〕傅璇琮主編《唐才子傳校箋》卷2，頁375。北京：中華書局，2002年。

　　不管是否隱居山中，文人多與山中隱士、道士、鍊師有所往來，本章第七節將有專文探討。仰慕隱者或隱居生活都存在著一種超越的、世外的意涵，隱者或道士鍊師的形象也常是採藥、種藥或煉藥，試看李端〈送馬尊師〉：「南入商山松路深，石床溪水晝陰陰。雲中採藥隨青節，洞裏耕田映綠林。」〔註529〕

　　王季友〈酬李十六岐〉寫：「鍊丹文武火未成，賣藥販履俱逃名。」《唐才子傳》說他：家貧賣履，其妻嫌其窮醜而求去，是個篤志山水，遠性風流的人，〔註530〕詩中說的應該就是他自己的生活。劉禹錫〈送盧處士歸嵩山別業〉，寫處士的山中生活也是煉藥飲酒：「世業嵩山隱，雲深無四鄰。藥爐燒姹女，酒甕貯賢人。晚日華陰霧，秋風函谷塵。送君從此去，鈴閣少談賓。」。〔註531〕

　　白居易是中唐時期寫藥的詩人中的冠軍，從他的作品中體現了一個隱士日常生活中茶、藥、酒的不可或缺，他有一首〈戒藥〉詩寫餌藥的心理：

> 促促急景中，蠢蠢微塵裏。生涯有分限，愛戀無終已。早天羨中年，中年羨暮齒。暮齒又貪生，服食求不死。朝吞太陽精，夕吸秋石髓。徼福反成災，藥誤者多矣。以之資嗜慾，又望延甲子。天人陰騭間，亦恐無此理。域中有真道，所說不如此。後身始身存，吾聞諸老氏。〔註532〕

長生是每個人所企求的，所以服食是為求不死，沒想到未蒙其利，反受藥害，但即使如此，白居易對藥的依賴仍是肯定的，例如他的〈能無愧〉：

> 十兩新綿襖，披行暖似春。一團香絮枕，倚坐穩于人。婢僕遣他嘗藥草，兒孫與我拂衣巾。迴看左右能無愧，養活

〔註529〕李端〈送馬尊師〉，《全唐詩》卷286，頁3270。北京：中華書局，1996年。

〔註530〕《唐才子傳校箋》，卷4，頁70。北京：中華書局，2002年。

〔註531〕劉禹錫〈送盧處士歸嵩山別業〉，《全唐詩》卷357，頁4013。北京：中華書局，1996年。

〔註532〕同上，白居易〈戒藥〉，卷459，頁5218。

　　枯殘廢退身。〔註533〕
說自己在社會價值觀的檢視下是可以無愧於自己與家人的，有溫暖的
棉衣、柔軟的香枕，有奴僕伺候嘗藥草，有兒孫環繞在側，這種人生
確實悠閒美好。劉禹錫的〈酬樂天閑臥見寄〉就說：「散誕向陽眠，
將閒敵地仙。詩情茶助爽，藥力酒能宣。風碎竹間日，露明池底天。
同年未同隱，緣欠買山錢。」〔註534〕用現在的話語說，白樂天每天
睡到自然醒，閑散到如同地仙一般，有茶、有藥、有酒怡情養性，劉
氏與之同年卻沒有能夠如同白居易一般享受隱逸的快活逍遙，只因欠
缺買山的錢。白居易的隱逸生活的優渥是劉禹錫所稱羨的，所以即使
只是隨性的小詩一首，都不掩飾的展現他的滿足與愜意：

　　見月連宵坐，聞風盡日眠。室香羅藥氣，籠暖焙茶煙。鶴
　　啄新晴地，雞棲薄暮天。自看淘酒米，倚杖小池前。〔註535〕
　　長松樹下小溪頭，班鹿胎巾白布裘。藥圃茶園為產業，野
　　麋林鶴是交遊。雲生潤戶衣裳潤，嵐隱山廚火燭幽。最愛
　　一泉新引得，清冷屈曲繞階流。〔註536〕

這樣的生活確實是相當閑散享受的。

　　那麼，白居易服食的藥物為何？在他的〈早服雲母散〉有這樣的
敘述：

　　曉服雲英漱井華，寥然身若在煙霞。藥銷日晏三匙飯，酒
　　渴春深一碗茶。每夜坐禪觀水月，有時行醉玩風花。淨名
　　事理人難解，身不出家心出家。〔註537〕

可以由詩中讀到詩人對自己生命的珍惜與心境的寧靜。

　　另，姚合寫藥的詩有62首之多，可見藥在他的生活中扮演重要
角色，他的〈酬光祿田卿六韻見寄〉說自己是種藥翁，可惜現實的忙

〔註533〕白居易〈能無愧〉，《全唐詩》卷460，頁5242。北京：中華書局，
　　　　1996年。以下引書同。
〔註534〕劉禹錫〈樂天閑臥見寄〉，卷358，頁4036。
〔註535〕白居易〈即事〉，卷450，頁5082。
〔註536〕白居易〈重題〉，卷439，頁4890～4891。
〔註537〕白居易〈早服雲母散〉，卷454，頁5147。

碌不能讓他一遂歸山之願，還惹來他人的譏誚：「額職才微薄，歸山路未通。名卿詩句峭，誚我在關東。」，說到自己的居家環境，他說：「居止日蕭條，庭前唯藥苗。」，〔註538〕「入門石徑半高低，閒處無非是藥畦。致得仙禽無去意，花間舞罷洞中棲。」，〔註539〕即使住家簡陋，境況蕭條，居家庭園所見無非是藥苗、藥畦，藥與姚合關係密切可見一斑。

晚唐杜荀鶴寫給友人的詩，有「拋山野客橫琴醉，種藥家僮踏雪鋤。」〔註540〕的句子，酒、琴、藥構成一個山中隱者的形象。藥還可以更進一步成為隱者的志向，施肩吾的〈贈採藥叟〉說：「老去唯將藥裹行，無家無累一身輕。」張籍還寫詩邀請他：「世間漸覺無多事，雖有空名未著身。合取藥成相待喫，不須先作上天人。」〔註541〕表達了一起求仙的意願，可見晚唐文人隱者與藥的關係也是密切的。許渾的〈尋戴處士〉，寫隱士居所：「曬藥竹齋暖，擣茶松院深。」可見藥與茶也是晚唐隱者生活重要象徵物，李商隱用華美的文句也寫下對藥的觀感：

> 鬱金堂北畫樓東，換骨神方上藥通。露氣暗連青桂苑，風聲偏獵紫蘭叢。長籌未必輸孫皓，香棗何勞問石崇。憶事懷人兼得句，翠衾歸臥繡簾中。〔註542〕

許渾〈秋日〉寫隱居的生活：

> 有計自安業，秋風罷苦吟。買山兼種竹，對客更彈琴。煙起藥園晚，杵聲松院深。閒眠得真性，惆悵舊時心。〔註543〕

一樣的悠閒自適，一樣的有竹有藥，但卻多了分淡淡的無奈感，生活是悠閒的，心態是惆悵的。羅隱寫給自己的詩裡就透露了隱居的不得

〔註538〕姚合〈春日閒居〉：「居止日蕭條，庭前唯藥苗。身閒眠自久，眼苦視還遙。簷燕酬鶯語，鄰花雜絮飄。客來無酒飲，搔首擲空瓢。」《全唐詩》卷498，頁5661。北京：中華書局，1996年。以下引書同。
〔註539〕姚合〈崔少卿鶴〉，卷502，頁5714。
〔註540〕杜荀鶴〈夏日登友人書齋林亭〉，卷692，頁7954。
〔註541〕張籍〈贈施肩吾〉，卷386，頁4360。
〔註542〕李商隱〈藥轉〉，卷539，頁6160。
〔註543〕許渾〈秋日〉，卷532，頁6075。

已──年華老去的自己很難有騰達的機會了吧？一切都顯得如此的遙遠，現下的自己只能以藥畦經卷來自我安慰，即使看不到效果也是一種等待機會的方式。

鄭谷的〈詠懷〉也顯現了茶藥之間，是一種等待，期許自己仍有亨途到來的一天：

> 竹聲輸我聽，茶格共僧知。景物還多感，情懷偶不卑。溪鶯喧午寢，山蕨止春飢。險事銷腸酒，清歡敵手棋。香鋤拋藥圃，煙艇憶莎陂。自許亨途在，儒綱復振時。〔註544〕

當然也有真心甘於恬退生活者，在方干的山中生活就顯得愜意而且值得追求。劉得仁寫給陶山人的詩：

> 處士例營營，惟君縱此生。閒能資壽考，健不換公卿。藥圃妻同耨，山田子共耕。定知丹熟後，無姓亦無名。〔註545〕

這是劉得仁對不知名的陶隱士的讚美，能真心隱逸者在當代應是令人敬仰的。

晚唐的道士、鍊師仍是以煉藥製丹求仙為業的，溫庭筠〈贈張鍊師〉與李洞的〈賦得送軒轅先生歸羅浮山〉表達讚美的同時也顯露出詩人的期待。

藥之為物，在唐詩中的意象是與隱逸生活緊密相連的，作為養生或求仙的需要，藥是居住環境中的主角之一，藥是日常生活中與茶、酒同為重要飲食的要項，對隱者而言，藥既是一種心理期待，也是一種超然於世俗之外的象徵，作為一個隱士，選擇離群索居，自然各方面都與都會人群有所差異，於是所見不外山、雲、竹、鶴，所聽為琴、嘯、林濤，所食就是養生之物，茶、藥之類，與朋友交，贈詩之外，贈茶、贈酒、贈藥都受到歡迎，當然，交遊圈也能顯示自我階層的不同於流俗，不管真情假意，當以上這些意象都成了被肯定的隱者象

〔註544〕鄭谷，〈詠懷〉《全唐詩》卷 675，頁 7726。北京：中華書局，1996年。以下引書同。

〔註545〕劉得仁，〈贈陶山人〉卷 544，頁 6297。

徵，自然這些意象就成了隱者詩中常見的慣用語了。

第六節　唐詩中的漁釣主題

　　自古以來漁釣總是隱逸者賴作爲隱逸表徵與寄託人生懷抱的模式，漁釣與中國古代隱士之間存在著普遍、持久、密切的聯繫，正所謂「古來賢哲，多隱於漁」。〔註546〕漁釣是農業社會的產物和重要的生活內容，最初有其謀生的實用功能，但當隱士走入山林藪澤、過著或漁或樵的生活以後，江湖藪澤對隱士文人而言，就成了相對於魏闕的另一精神空間。而隨著隱士精神內涵的確立並成爲全社會普遍認同的對象，當隱士或隱逸生活成爲被歌頌描述的題材，漁釣亦隨之進入詩歌的殿堂，開始作爲一種象徵，映射著古代文人特有的價值取向與文化心理。垂釣是隱逸生活的具體化與典型化，在傳統文化中，垂釣很早就具有符號化的意義，表達江湖隱逸的特定內涵。早在姜尚垂釣渭濱的時候，可以說「釣」與「隱」的意象就被結合在一起了，隨著時空累積，漁釣迄唐代已延伸出許多文化意象，值得專文探討。

一、唐以前的漁釣意象

　　《莊子》和《楚辭》的《漁父》是我們所熟知的漁父典型，伴隨著避世的漁父形象的面世，垂釣的意象於是有了基本定型。大致說來，唐詩中的垂釣意象主要包含著四個層面的內容：從主體來說是漁父釣叟，從用具而言則是釣竿，從地點來看爲釣磯、釣台、扁舟、江湖、滄海等。垂釣的隱逸象徵有其內在特質及歷史故事兩層原因，因此走入漁釣的文學世界，對我們理解那個時代的文人生活和精神旨趣有其需要。

　　在歷史上從帝王將相、文人名流到庶民百姓都有許多漁釣活動的愛好者，而且源遠流長，殷商時代便見諸於文學記載了，古代典籍中

〔註546〕劉克莊〈木蘭花慢漁父詞〉，唐圭璋編《全宋詞》，頁2608。北京：中華書局，1965年。

保留著許多名聞遐邇的漁釣者的軼事：例如皋陶釣於雷澤，姜太公臨溪垂釣待文王的傳說早已家喻戶曉，姜尚的渭濱漁隱可算是開釣隱結合之先河。《史記》：

> 呂尚蓋嘗窮困，年老矣，以漁釣奸周西伯。……於是周西伯獵，果遇太公於渭之陽，與語大說。……載與俱歸，立為師。」〔註547〕

可見垂釣是他當時謀生待時的一種手段。《韓詩外傳》卷8亦云：

> 太公望少為人婿，老而見去，屠牛朝歌，賃於棘津釣於蟠溪。文王舉而用之。封於齊。〔註548〕

這些都說明發跡前的呂尚是一個隱士，在蟠溪釣魚。至於「姜太公垂釣磻溪，直鉤無餌，離水三尺，願者上鉤」的說法，是人們根據他後來遇文王，佐武王而建功業後，將其垂釣生活理想化了，呂尚於是由漁隱而遂志、以隱待仕的典型。

　　到了春秋戰國時期，漁隱成了聖賢的人生退路，並開始帶有江湖隱逸的特定內涵。莊子筆下的江海避世之士就是就數澤，處閑曠，釣魚閑處的垂釣者，而他本人也以釣於濮水的故事顯示自己不慕榮利的風範，《莊子·秋水》載莊子釣於濮水以快己志，對楚王的禮聘「持竿不顧」而辭卿相之位，這樣弊屣名位、視富貴如浮雲的品格與姜尚是不同的，但同樣豐富了隱逸文化的內涵。

　　《楚辭·漁父》裡與屈原對話的漁父也是一位特立獨行的隱士，他通達世故、超世曠達，勸誡屈原何不追隨「聖人不凝滯於物」而能與世推移的法則處世，在世道昏濁、人心不古的亂世「淈其泥而揚其波」、「餔其糟而歠其醨」，〔註549〕放棄執著，隨遇而安，從中不難看出其避世隱居的行為特徵。漢代王逸就指出這是一位「避世隱身，釣魚江濱，

〔註547〕《史記》卷32，〈齊太公世家〉第二，頁1477～1478。台北：新象書店，民國74年。
〔註548〕《韓詩外傳》卷8，頁99。北京：中華書局，1985年。
〔註549〕《楚辭補注》，頁179～180。台北：漢京文化出版，民國72年。

欣然自樂」的漁父。〔註 550〕漁父的釣魚自樂、與世無爭與深思遠舉、自放濱澤實際上代表了屈原內心兩種價值選擇的衝突對立。屈原筆下的這個漁父是現實的，他所說的「隨波逐流」、「與世推移」的觀點事實上有些「苟全性命於亂世」的全身意味。詩中以垂釣爲特徵的漁父已超出了打漁爲生的職業表層含義，而且具有了隱逸超世的思想蘊涵，所以屈原《漁父》中的「漁父」實際上是一個如同世外高人的隱者形象。

東漢嚴光也以垂釣聞名。他年輕時曾與劉秀一同遊學，後來光武即位，他改變姓名，隱身不見，披羊裘釣澤中。劉秀思其賢，召其進京受官，嚴光辭不就，退隱垂釣於富春江，成就不趨附權勢，不慕名利的高士形象，其所釣處後人名之爲「嚴陵瀨」或「七里瀨」。嚴光這種不攀附權貴的偉大人格，亦成爲後世文人爭相歌頌的對象。可以看出，垂釣這項活動中從開始就不斷增加諸多的文化意蘊，使其內涵繁複，並且與隱者建立了密切關係。

漢魏六朝，隱士與漁釣之結合更是不絕如縷。隱者多以漁釣爲事，如東漢張衡《歸田賦》就以「追漁父以同嬉」來表達返歸自然的人生取向；〔註 551〕鄭敬素「隱於弋陽山，以漁釣自娛」；〔註 552〕高鳳「隱身漁釣，終於家」；〔註 553〕石秀「性放曠，常弋釣林澤，不以榮爵嬰心」；〔註 554〕東晉王羲之去官後，與東土人士盡山水之遊，弋釣爲娛；〔註 555〕孟陋，爲司空宗之曾孫，「清操絕倫，口不及世事，時或弋釣，孤興獨往」；〔註 556〕隱士子莊，「不交人物，耕而後食，語不及俗，「惟以弋釣爲事」；〔註 557〕郭翻，家於臨川，不交世事，惟以漁釣射獵爲

〔註 550〕《楚辭補注》，頁 179。台北：漢京文化出版，民國 72 年。

〔註 551〕《新譯昭明文選》卷 15，頁 610。台北：三民書局，民國 86 年。

〔註 552〕《後漢書集解》卷 29，列傳 19，頁 360。北京：中華書局，1984 年。

〔註 553〕同上，卷 83，列傳 73，〈隱逸傳・高鳳傳〉，頁 963。

〔註 554〕《晉書》卷 74，列傳 44，〈桓彝傳・石秀傳〉，頁 1945。台北：鼎文書局，1976 年。

〔註 555〕同上，卷 80，列傳 50，〈王羲之傳〉，頁 2101。

〔註 556〕同上，卷 94，列傳 64，〈隱逸傳・孟陋傳〉，頁 2443。

〔註 557〕同上，卷 94，列傳 64，〈隱逸傳・翟湯傳・子莊〉，頁 2445。

娛」。〔註 558〕也正是在這一時期，隨著隱逸懷道高尚的觀念的確立，垂釣的精神層面日益得到重視。

　　西晉石崇晚年篤好林藪，肥遁於河陽別業，就曾「以遊目弋釣為事」。〔註 559〕從嵇康「嘉彼釣叟，得魚忘筌」〔註 560〕、王彬之「臨川欣投釣，得意豈在魚」〔註 561〕這些詩句中可知，漁叟的閒適散淡正在於其釣只是一種姿態，其意旨不在於得魚，而是呈現一種了無掛礙的淡泊生活與坐忘境界，垂釣生活從此被賦予了重在得意、不拘形跡的玄學意趣。

　　玄學盛行之時，隱逸不再講求形跡之隱，只要得其真意，即使朝堂鬧市亦可得與塵世疏離的隱逸旨趣。在這種魏闕崖壑嚴重錯位的「出處同歸」思想指引下，世族文人不必在丘園枯槁自守，不必釣於蹼水，游於壕梁之上，只要在自家的園林亭池漁弋山水、執竿而釣，也可以體悟與物相親、歸返自然的無限意趣。

　　於是，從《莊子・漁父》和《楚辭・漁父》面世以來，漁父改變行業角色為高潔隱士的化身，每當隱逸思想興盛之時，詩賦中描寫漁父的也就大量產生。東晉玄學理論盛極一時，清談名士風流和其「不以世事嬰務於心」的處事方式使與世無爭、與世推移的漁父形象日益得到世家名士的青睞，他們或不慕榮利、出塵脫俗，或和光同塵，與世推移，總之，唐以前的垂釣是依附於漁父形象而存在的。

二、唐代文人的臨水垂釣

　　唐代文人對垂釣也十分喜尚。唐詩中以「漁」為名的詩有九百餘

〔註 558〕 《晉書》卷 94，列傳 64〈郭翻傳・郭翻傳〉，頁 2446。台北：鼎文書局，1976 年。

〔註 559〕 嚴可均《全上古三代秦漢三國六朝文》，〈全晉文〉卷 33，頁 344。山東：河北教育出版社，1997 年。

〔註 560〕 嵇康〈四言贈兄秀才入軍詩〉其 14。逯欽立《先秦漢魏晉南北朝詩》上冊，〈魏詩〉卷 9，頁 483。北京：中華書局，1984 年。

〔註 561〕 王彬之〈蘭亭詩〉。逯欽立《先秦漢魏晉南北朝詩》中冊，〈晉詩〉，卷 13，頁 914。北京：中華書局，1984 年。

首，詩句亦然；以「樵」爲名的詩約五百首，詩句五百餘，「漁樵」
合稱的作品七十餘首，從數量看，唐代不但不少文人都有過隱居的經
歷，而且描寫自己的隱居生活內容時，「漁」、「樵」或相關的語詞出
現的比例相對是高的，〔註562〕不過唐詩中的「樵」常是詩人描寫的
他者，眼睛所見的景象，而非是對自己的表述，但漁或釣的意象卻常
是自況的存在，所以此處暫且略去「樵」意象的探討。

　　以下統整唐詩中的漁釣意象與釣叟形象二表，藉以觀察唐代文人
對漁釣與釣叟的描寫，以作爲對唐代隱逸風氣盛行的觀察項目之一：

表 3-6-1　唐詩中漁釣的慣用意象

時期	作者	作品	詩句摘錄	意象說明
盛唐	王維	戲贈張五弟諲三首其三	閉門二室下，隱居十年餘。宛是野人野，時從漁夫漁。……設罝守麏兔，垂釣伺遊鱗。此是安口腹，非關慕隱淪。〔註563〕	垂釣是隱逸生計來源。
盛唐	孟浩然	萬山潭作	垂釣坐盤石，水清心亦閒。魚行潭樹下，猿挂島藤間。〔註564〕	垂釣的自然淳樸的情趣。
盛唐	孟浩然	冬至後過吳張二子檀溪別業	外事情都遠，中流性所便。閒垂太公釣，興發子猷船。〔註565〕	漁釣有其等待。
盛唐	孟浩然	題李十四莊兼贈萼毋校書	抱琴來取醉，垂釣坐乘閒。歸客莫相待，尋源殊未還。〔註566〕	垂釣是一種閒情。

〔註562〕此數據根據元智大學羅鳳珠，中國文學網路研究室，唐宋文史資料庫
　　　　（http://cls.admin.yzu.edu.tw）《全唐詩》檢索系統查索並統計所得。
〔註563〕《全唐詩》卷125，頁1239。北京：中華書局，1996年。以下引書同。
〔註564〕卷159，頁1626。
〔註565〕卷160，頁1663。
〔註566〕卷160，頁1633。。

盛唐	孟浩然	西山尋辛諤	石潭窺洞徹，沙岸歷紆徐。竹嶼見垂釣，茅齋聞讀書。〔註567〕	垂釣是隱居生活的日課。
盛唐	李 頎	晚歸東園	請謝朱輪客，垂竿不復返。〔註568〕	垂竿是歸隱的代稱。
盛唐	韋應物	遊溪	野水煙鶴唳，楚天雲雨空。玩舟清景晚，垂釣綠蒲中。落花飄旅衣，歸流澹清風。緣源不可極，遠樹但青蔥。〔註569〕	垂釣的自然淳樸的情趣。
盛唐	張 謂	過從弟制疑官舍竹齋	竹裏藏公事，花間隱使車。不妨垂釣坐，時膾小江魚。〔註570〕	垂釣是一種忙裡偷閒。
盛唐	王昌齡	獨游	林臥情每閒，獨游景常晏。時從灞陵下，白釣往南澗〔註571〕	垂釣是一種閒情。
盛唐	高 適	自淇涉黃河途中作十三首	結廬黃河曲，垂釣長河裏〔註572（原文）〕	垂釣是一種閒情。
盛唐	岑 參	初授官題高冠草堂	三十始一命，宦情多欲闌。自憐無舊業，不敢恥微官。澗水吞樵路，山花醉藥欄。祗緣五斗米，辜負一漁竿。〔註572〕	不得垂釣之樂而心生遺憾。
盛唐	李 頎	贈別高三十五	五十無產業，心輕百萬資。屠酤亦與群，不問君是誰。飲酒或垂釣，狂歌兼詠詩。焉知漢高士，莫識越鷗夷。寄跡樓霞山，蓬頭睡水湄。忽然辟命下，眾謂趨丹墀。〔註573〕	垂釣與飲酒、狂歌詠詩成為賞心樂事。

〔註567〕《全唐詩》，卷160，頁1665。北京：中華書局，1996年。
〔註568〕同上，卷132，頁1345。
〔註569〕同上，卷192，頁1977年。
〔註570〕同上，卷197，頁2019。
〔註571〕同上，卷141，頁1431。
〔註572〕同上，卷200，頁2089。
〔註573〕同上，卷132，頁1344。

盛唐	李　白	和盧侍御通塘曲	何處滄浪垂釣翁，鼓櫂漁歌趣非一。〔註574〕	垂釣是一種閒情
盛唐	杜　甫	江上值水如海勢聊短述	新添水檻供垂釣，故著浮槎替入舟。焉得思如陶謝手，令渠述作與同遊。〔註575〕	垂釣是一種閒情
中唐	丘　為	泛若耶溪	結廬若耶裏，左右若耶水。 無日不釣魚，有時向城市。 溪中水流急，渡口水流寬。 每得樵風便，往來殊不難。 一川草長綠，四時那得辨。 短褐衣妻兒，餘糧及雞犬。 日暮鳥雀稀，稚子呼牛歸。 住處無鄰里，柴門獨掩扉。 〔註576〕	垂釣是隱居生活的日課。
中唐	劉長卿	送子婿崔眞甫李穆往揚州四首十其四	狎鳥攜稚子，釣魚終老身。殷勤囑歸客，莫話桃源人。〔註577〕	隱居之所是世外桃源。
中唐	錢　起	罷章陵令山居過中峰道者二首	幽人還絕境，誰道苦奔峭。隨雲剩渡溪，出門更垂釣。〔註578〕	享受便捷而自然的垂釣之樂。
中唐	張　籍	祭退之	板亭坐垂釣，煩苦稍已平。共愛池上佳，聯句舒遐情。〔註579〕	釣魚令人忘憂。
中唐	白居易	秋暮郊居書懷	若問生涯計，前溪一釣竿。〔註580〕	垂釣是隱逸生計來源。

〔註574〕《全唐詩》，卷167，頁1730。北京：中華書局，1996年。
〔註575〕同上，卷226，頁2443。
〔註576〕同上，卷129，頁1318。
〔註577〕同上，卷147，頁1481。
〔註578〕同上，卷236，頁2619。
〔註579〕同上，卷383，頁4302。
〔註580〕同上，卷436，頁4838。

中唐	白居易	家園三絕・其一	滄浪峽水子陵灘，路遠江深欲去難。何似家池通小院，臥房階下插魚竿。〔註581〕	享受便捷而自然的垂釣之樂。
中唐	白居易	渭上偶釣	況我垂釣意，人魚又兼忘。無機兩不得，但弄秋水光。〔註582〕	釣魚令人無機心。
中唐	韓翃	寄雍丘竇明府	吳江垂釣楚山醉，身寄滄波心白雲。〔註583〕	垂釣是歸隱的代稱。
晚唐	皮日休	臨頓（里名）爲吳中偏勝之地陸魯望居之不出郛郭曠若郊墅余每相訪欣然惜去因成五言十首奉題屋壁	鶴靜共眠覺，鷺馴同釣歸……詩任傳漁客，衣從遞酒家。〔註584〕	招朋喚侶手拋釣絲，忘卻是非榮辱。
晚唐	陸龜蒙	頃自桐江得一釣車以襲美樂煙波之思因出以爲玩俄辱三篇復抒酬答	曾招漁侶下清潯，獨繭初隨一錘深。細轉煙華無轍跡，靜含風力有車音。相呼野飯依芳草，迭和山歌逗遠林。得失任渠但取樂，不曾生箇是非心。〔註585〕	招朋喚侶手拋釣絲，忘卻是非榮辱。
晚唐	鄭損	釣閣	小閣愜幽尋，周遭萬竹森。誰知一沼內，亦有五湖心。釣直魚應笑，身閒樂自深。晚來春醉熟，香餌任浮沈。〔註586〕	垂釣是一種閒情
晚唐	方干	路支使小池	主人垂釣常來此，雖把魚竿醉未醒。〔註587〕	垂釣是一種閒情
晚唐	許渾	贈高處士	宅前雲水滿，高興一書生。垂釣有深意，望山多遠情。〔註588〕	垂釣有其深意。

〔註581〕《全唐詩》，卷456，頁5166。北京：中華書局，1996年。
〔註582〕同上，卷429，頁4726。
〔註583〕同上，卷243，頁2733。
〔註584〕同上，卷612，頁7060。
〔註585〕同上，卷625，頁7185。
〔註586〕同上，卷667，頁7632。
〔註587〕同上，卷651，頁7474。
〔註588〕同上，卷531，頁6067。

晚唐	李群玉	同張明府遊溇水亭	垂釣坐方嶼，幽禽時一聞。何當五柳下，酌醴吟庭筠。〔註589〕	垂釣之靜謐。
晚唐	徐　鉉	自題山亭三首其三	機心忘未得，棋局與魚竿。〔註590〕	漁釣是忘機心的手段。
晚唐	杜荀鶴	山居寄同志	茅齋深僻絕輪蹄，門徑緣莎細接溪。垂釣石臺依竹壘，待賓茶灶就巖泥。〔註591〕	隨興而釣、因釣生趣
晚唐	杜荀鶴	戲贈漁家	見君生計羨君閒，求食求衣有底難。養一箔蠶供釣線，種千莖竹作漁竿〔註592〕	漁調為謀生方式。
晚唐	杜荀鶴	登靈山水閣貽釣者	江上見僧誰是了，修齋補衲日勞身。未勝漁父閒垂釣，獨背斜陽不采人。〔註593〕	漁釣之閒勝修禪。
晚唐	杜荀鶴	溪岸秋思	桑柘窮頭三四家，挂罾垂釣是生涯。〔註594〕	垂釣是隱逸生計來源。
晚唐	羅　隱	贈漁翁	葉艇悠揚鶴髮垂，生涯空托一綸絲。是非不向眼前起，寒暑任從波上移。風灘長歌籠月裏，夢和春雨晝眠時。逍遙此意誰人會，應有青山淥水知。〔註595〕	漁釣有其逍遙意境。
晚唐	崔道融	釣魚	閒釣江魚不釣名，瓦甌斟酒暮山青。醉頭倒向蘆花裏，卻笑無端犯客星。〔註596〕	垂釣是一種閒情
晚唐	李　中	徐司徒池亭	奢侈心難及，清虛趣最長。月明垂釣興，何必憶滄浪。〔註597〕	漁釣有其逍遙意境。

〔註589〕《全唐詩》，卷569，頁6594。北京：中華書局，1996年。
〔註590〕同上，卷755，頁8594。
〔註591〕同上，卷692，頁7954。
〔註592〕同上，卷692，頁7968。
〔註593〕同上，卷692，頁7965。
〔註594〕同上，卷693，頁7979。
〔註595〕同上，卷664，頁7606。
〔註596〕同上，卷714，頁8207。
〔註597〕同上，卷747，頁8506。

晚唐	陳 陶	避世翁	海上一蓑笠，終年垂釣絲。滄洲有深意，冠蓋何由知。〔註598〕	垂釣有避世意含。
晚唐	李咸用	題劉處士居	渭水高人自釣魚。〔註599〕	垂釣有避世意含。
晚唐	來 鵠	宛陵送李明府罷任歸江州	官滿便尋垂釣侶。〔註600〕	垂釣是歸隱後的選擇。
晚唐	張 喬	宿江叟島居	了得平生志，還歸築釣臺。〔註601〕	垂釣是歸隱後的選擇。
晚唐	羅 鄴	春日宿崇賢里	勞歌莫問秋風計，恐起江河垂釣心。〔註602〕	垂釣是歸隱的代稱。

以上表格想呈現的是唐人的垂釣意象的某些共相，例如王昌齡「林臥情每閑，獨游景常晏。時從灞陵下，垂釣往南澗」、高適的「結廬黃河曲，垂釣長河裏」所訴說的是垂釣的閒情逸趣，岑參隱居終南別業時也是「興來從所適，還欲向滄洲。」、丘為結廬若耶溪，也是「無日不釣魚」，劉長卿甚至稱自己「釣魚終老身」，而張志和、陸龜蒙作為隱士更是其中的佼佼者，不僅有垂釣之實，而且在詩作中有意識地藉以抒發隱逸之志。其垂釣不僅是為了資口腹之欲的，而更在美其雲水之樂。

《新唐書》卷196寫張志和：

> 以親既喪，不復仕，居江湖，自稱「煙波釣徒」，……每垂釣不設餌，志不在魚也……觀察使陳少遊往見。為終日留、表其居曰玄眞坊、以門臨、為買地大其閾、號回軒巷。先是門阻流水、無梁，少遊為構之，人號大夫橋，帝嘗賜奴婢各一，志和配為夫婦，號為漁童、樵青。陸羽常問：「孰為往來者？」對曰：「太虛為室，明月為燭，與四海

〔註598〕《全唐詩》，卷745，頁8471。北京：中華書局，1996年。
〔註599〕同上，卷646，頁7410。
〔註600〕同上，卷642，頁7357。
〔註601〕同上，卷639，頁7330。
〔註602〕同上，卷654，頁7507。

諸公共處，未嘗少別也，何有往來？」，顏眞卿爲湖州刺
史，值志和來謁，眞卿以舟敝漏，請更之，志和曰：「願
爲浮家泛宅，往來苕雪間。」……善圖山水，酒酣，或擊
鼓吹笛，舐筆輒成。嘗撰《漁歌》，憲宗圖眞求其歌，不
能致。李德裕稱志和「隱而有名，顯而無事，不窮不達，
嚴光之比」云。

由上文可知，張志和是全身心融入締造並享受漁釣的閑隱境界的人，
而陸龜蒙的生活理想更是趨向追求漁釣的閒情雅趣，他：

不乘馬，升舟設篷席，齎束書、茶灶、筆床、釣具往來。
時謂「江湖散人」，或號「天隨子」、「甫裏先生」，自比涪
翁、漁父、江上丈人。〔註603〕

其《漁具詩序》自云：

天隨子駃於海山之顏有年矣，矢魚之具，莫不窮極其趣。
〔註604〕

皮日休《添魚具詩序》與之相和：

天隨子爲《魚具詩》十五首以遺予。凡有駃己來，術之與
器，莫不盡於是也。噫，古之人或有溺於漁者，行其術而
不能言，用其器而不能狀，此與澤助之駃者，又何異哉？
如吟魯望之詩，想其致，則江風海雨，槭槭生齒牙間，眞
世外漁者之才也。〔註605〕

陸龜蒙說自己「矢魚之具莫不窮極其趣」，流露出他以漁釣爲隱的情
致，皮日休稱陸爲「世外漁者之才」，則表露出對其人格的推崇。

　　垂釣本來就有生產的經濟實利，漁樵是除農耕以外古代社會隱
士重要的謀生方式。如「若問生涯計，前溪一釣竿」、「君知釣磯在，
猶喜有生涯」，〔註606〕、「緣餐學釣魚」〔註607〕、「桑拓窮頭三四家，

〔註603〕《全唐詩》卷219，〈隱逸傳〉，頁4311。北京：中華書局，1996年。
〔註604〕同上，陸龜蒙〈漁具詩序〉，卷620，頁7134。
〔註605〕同上，卷611，頁7046。
〔註606〕同上，孟貫〈送人歸別業〉，卷758，頁8625。
〔註607〕同上，姚合〈武功縣中作三十首〉其二，卷498，頁5659。

掛罾垂釣是生涯」，從這些詩句中可以看出釣事在唐代依然有其維持生存的實際需要。白居易說溪釣是爲了生涯計，既指以此度日消遣，也指此爲裹腹之資。王維詩中更明白無誤地指出垂釣遊鱗「此是安口腹，非關慕隱淪」。當然唐人也有「雁池垂釣心長苦」〔註608〕的無奈，但在作品中漁隱垂釣的困窘或鬱悶往往被安閒的悠情所淡化。

　　唐代文人注重漁釣所涵蘊的閒適之趣，往往體現在逸神悅情、陶冶情操以及留連山水、寄託懷抱的之中，所以漁釣多半被文士視爲怡情遣興的樂事。隱逸目的本來就在於形跡或精神上遠離世俗，而垂釣正是通向這一境界的重要途徑之一。所以唐詩中的漁釣意象往往表現有歸返自然的閒適的特點，使吟詠垂釣成爲唐代詩歌中的常見題材。

　　垂釣之處，不外江河、湖澤、溪澗、潭池、釣磯，所提漁具多是竿綸、扁舟、網罟、蓑笠等，其環境或煙波風浪，或台磯岸渚，或汀洲浦口，或蘆蓼菱荷，或鷗鷺鱗藻，或漁歌漁火，上述自然景觀結合人文景觀構成垂釣意象，使垂釣披上了隱逸面紗。

　　唐詩中，垂釣是文士怡情遣興的樂事，在垂釣中文人享受悠閒樂趣，或可暫時忘卻塵世機心。徐鉉就說：「機心忘未得，棋局與魚竿」。〔註609〕李頎「飲酒或垂釣，狂歌兼詠詩」，垂釣與飲酒、狂歌詠詩成爲賞心樂事。孟浩然「垂釣坐磐石，水清心亦閑」，詩人垂釣於萬山潭，身心凝定於垂釣一端，世上的庸俗和紛擾暫時都能忘掉，水的清淨仿佛也能蕩滌胸中的塵累，心境爲此而舒放開朗起來，表現出了垂釣的自然淳樸的情趣。韋應物〈遊溪〉：「野水煙鶴唳，楚天雲雨空。玩舟清景晚，垂釣綠蒲中。」杜甫說：「新添水檻供垂釣，故著浮搓替入舟」杜荀鶴說：「茅齋深僻絕輪蹄，門徑緣莎細接溪。垂釣石台依竹壘，待賓茶灶就岩泥」，這些作品寫出了隨興而釣、因釣生趣的景相情致。岑參甚至

〔註608〕高適〈別韋參軍〉，《全唐詩》卷213，頁2221。北京：中華書局，1996年。
〔註609〕參考表3-6-1，以下引詩同。

曾因授官不得垂釣之樂而生出遺憾：「只緣五斗米，辜負一漁竿。」

對唐代的隱者或羨隱者來說「垂釣有深意」的首要要義就是閒適逍遙。羅隱說：「逍遙此意誰人會，應有青山淥水知」崔道融也說：「閒釣江魚不釣名，瓦甌斟酒暮山青。」與孟浩然的「外事情都遠，中流性所便。閒垂太公釣，興發子猷船」等等，都指出隱者因閒而釣、以釣顯閒的因果關係。

杜荀鶴〈戲贈漁家〉則寫道：「見君生計羨君閒，求食求衣有底難」，詩人筆下的這位「漁家」過著自足自尚的生活，而精神上的澹泊無求、閒適自得不由使詩人欣羨漁釣閒雅的氛圍，皮日休「鶴靜共眠覺，鷺馴同釣歸」、「詩任傳漁客，衣從遞酒家。」陸龜蒙寫下：「曾招漁侶下清潯，獨繭初隨一錘深。細輾煙華無轍跡，靜含風力有車音。相呼野飯依芳草，迭和山歌逗遠林。得失任渠但取樂，不曾生個是非心。」詩人乘舟以資雲水之興，招朋喚侶手拋釣絲，迭和山歌，忘卻是非榮辱自有其超然的逸趣在漁釣之中。而杜荀鶴甚至認為垂釣之樂是勝過釋家修禪念佛的生活的，所以他說：「江上見僧誰是了，修齋補衲日勞身。未勝漁父閒垂釣，獨背斜陽不采人」。

唐代文人不僅親身體驗垂釣的「身閒樂自深」，而且在讚譽友人生活時，也時時透露出一種對閒情逸趣的欣羨來。如孟浩然「抱琴來取醉，垂釣坐乘閒」、「石潭窺洞徹，沙岸歷紆纖徐。竹嶼見垂釣，茅齋聞讀書」，石潭、沙岸、竹嶼、茅齋，寥寥數筆就點出友人辛諤所居的環境，主人身份與心志呼之欲出，而垂釣和讀書則將其坐實，垂釣見其悠閒，讀書見其博學，可見主人是位隱居避世、修身不輟的貞士。錢起的「幽人還絕境，誰道苦奔峭。隨雲剩渡溪，出門更垂釣」寫出雖然罷官山居，卻少了幾分苦愁與牢騷，反而可以此自慰，因為可以享受在大自然中的垂釣之樂。雖然這是詩人故作曠達之辭，但亦可見唐人以垂釣作為排煩解憂的靈丹妙藥。

隱者漁隱於水邊溪澗、以江湖舟棹為生活樂趣，令文人士大夫十分憧憬嚮往，所以即使身在魏闕，也無妨他們忙中偷閒去體味垂

釣的樂趣，如張謂〈過從弟制疑官舍竹齋〉：「竹裏藏公事，花間隱使車。不妨垂釣坐，時膾小江魚」，暫時擱下煩雜的公務，閑坐垂釣，偶有所得，亦得烹食的野趣。李群玉〈同張明府游樓水亭〉：「垂釣坐方嶼，幽禽時一聞」，垂釣於方嶼之上，此時人與自然俱處於深深的靜寂中，忽而鳥兒的啼叫如石投水，打破了這種寧靜，襯出垂釣之靜。

大致說來，唐代官吏多有私家園林，園中水池正可滿足垂釣之需，方干〈路支使小池〉：「主人垂釣常來此，雖把魚竿醉未醒」，使其足不出戶就可以垂釣，既標舉了自己的脫俗閑淡無機心，也顯示了在家垂釣的便利性。此意在白居易詩中也展現得甚為明白：「滄浪峽水子陵灘，路遠江深欲去難。何似家池通小院，臥房階下插魚竿。」因此白居易在渭上閒居時寄情漁釣，寫出〈渭上偶釣〉云：「況我垂釣意，人魚又兼忘。無機兩不得，但弄秋水光」。對白居易來說，垂釣重在求得忘機之旨，即使不能達此境界，亦可在秋光水色中尋求到片刻的逸趣。

不過官宦文人對垂釣的追求恐怕更多的是一種標榜，是閒暇時的精神休憩，是優渥生活的片刻點綴。他們與避世的垂釣翁相比，避世的意味要淡化得多，但其背後仍有對隱逸精神的企羨。正如李白所說：「何處滄浪垂釣翁，鼓櫂漁歌趣非一」，趣味的蘊含既是因人而異，垂釣一事就非字面意義那麼單純，喜好垂釣的文人也會在池亭垂釣中尋求仕途受挫後的慰藉，追求超脫世俗的名利榮辱的境界。

張籍在〈祭退之〉中追憶二人過去的情誼時就說：「板亭坐垂釣，煩苦稍已平。共愛池上佳，聯句舒遲情」，垂釣可淡化煩苦，達到心靈的暫時平衡，加上山水之助與吟詩抒情，自然對煩苦不再著意。因此在白居易眼中，嚴光的垂釣、孫登的蘇門長嘯，所重即在悠然得意，正所謂「嚴子垂釣日，蘇門長嘯時。悠然意自得，意外何人知」，〔註

〔註610〕白居易〈秋池獨泛〉，《全唐詩》卷452，頁5111。北京：中華書局，1996年。

610〕從中可知仕途文人對這種郡齋中垂釣的閒適之趣如此鍾愛和眷戀，因為忘機閒適的一面較容易被關注，反而其抗志塵表的一面就有意無意地被抹煞了。李中〈徐司徒池亭〉一詩明白地道出了這一點：「奢侈心難及，清虛趣最長。月明垂釣興，何必憶滄浪。」〔註611〕對園主人來說，他們所追求的是一種情興的愜意與滿足，如果能滿足片刻的情緒需要，倒不必日日灌纓滄浪，泛舟五湖，過辛苦的漁翁生涯。

　　此外，漁釣雖有閑淡意蘊，卻非漁釣意象的全部內涵。漁釣也是人們在個人心境或時代處境下為了適時作出對人生方向的調整。唐代的盛世確實鼓蕩著唐人追求功名與實現濟世理想的慾望，不只是那些無法躋身仕途者會以放浪山水、與漁樵雜處來調適自我，就連那些位居要津者，也常會因仕途多舛或與志向不偶或官場的傾軋貶謫中而生疲倦感，這時漁釣就成為一種高情逸趣的象徵而走進文人的心中，撫慰淡化其心中的傷痛，誠如陳陶在〈避世翁〉一詩中所說：「海上一蓑笠，終年垂釣絲。滄洲有深意，冠蓋何由知」，〔註612〕滄洲二字點出詩題「避世」的深意，於是，漁翁的意象就值得觀察了：

表 3-6-2　唐詩中的釣翁形象

詩　人	詩　名	詩　句　摘　錄	釣叟形象
張　祐	七里瀨漁家	七里垂釣叟，還傍釣臺居。莫恨無姓名，嚴陵不賣魚。	釣叟如同嚴光，為高義的隱者。
陸龜蒙	春雨即事寄襲美	比鄰釣叟無塵事，灑笠鳴簑夜半歸。	釣叟不染塵事。
方　干	山中言事	山陰釣叟無知己，窺鏡撏多鬢欲空。	釣叟是孤獨的。
王貞白	蘆葦	高士想江湖，湖開庭植蘆。……穿花思釣叟，吹葉少羌雛。	認知中釣叟所處的環境。
李　範	句	鶴歸秋漢遠，人去草堂空。……釣叟	釣叟是無機心

〔註611〕《全唐詩》卷747，頁8506。北京：中華書局，1996年。以下引書同。
〔註612〕卷745，頁8471。

		無機沙鳥睡，禪師入定白牛閒。	的。
李　白	沐浴子	沐芳莫彈冠，浴蘭莫振衣。處世忌太潔，至人貴藏暉。滄浪有釣叟，吾與爾同歸。	釣叟是至人。
李商隱	井泥四十韻	磻溪老釣叟，坐爲周之師。	釣叟有用世之意。
常　建	漁浦	別家投釣翁，今世滄浪情。	漁家的不與世俗爭。
常　建	太公哀晚遇	日出渭流白，文王畋獵時。釣翁在蘆葦，川澤無態罷。	釣叟有用世之意。
劉長卿	禪智寺上方懷演和尙寺即和尙所創	捨筏追開士，迴舟狎釣翁。平生江海意，惟共白鷗同。	釣翁爲作者認同的人生方向。
孟浩然	耶溪泛舟	白首垂釣翁，新妝浣紗女。相看似相識，脈脈不得語。	釣翁的形象爲白首。
岑　參	冬夜宿仙遊寺南涼堂呈謙道人	相識唯山僧，鄰家一釣翁。	釣翁點出生活的平靜。
元　結	漫問相裏黃州	東鄰有漁父，西鄰有山僧。……漫問軒裳客，何如耕釣翁。	釣翁點出生活的平靜。
薛　據	句	省署開文苑，滄浪學釣翁。	釣翁是嚮往的對象。
耿　湋	夏日寄東溪隱者	惆悵多塵累，無由訪釣翁。	釣翁是無塵累的。
李　賀	南園十三首	邊讓今朝憶蔡邕，無心裁曲臥春風，舍南有竹堪書字。老去溪頭作釣翁。	釣翁是老來的志業。
姚　合	杏溪十首之石潭	釣翁坐不起，見我往來熟。	暗示自己的生活與釣翁是相同的不染塵俗。
朱慶餘	送崔約下第歸淮南覲省	迴期須及來春事，莫便江邊逐釣翁。	勸有人別流連江湖之中。
杜　牧	杜秋娘詩	射鉤後呼父，釣翁王者師。	釣翁可以成爲王者師。
許　渾	寄天鄉寺仲儀上人富春	詩僧與釣翁，千里兩情通。雲帶雁門雪，水連漁浦風。	釣翁與詩僧都是超塵的。

	孫處士		
許　渾	送嶺南盧判官罷職歸華陰山居	關西舊友如相問，已許滄浪伴釣翁。	釣翁是罷職的歸所。
許　渾	夜歸驛樓	早炊香稻待鱸鱠，南渚未明尋釣翁。	釣翁是悠閒景象的點綴物。
許　渾	漢水傷稼	才微分薄憂何益，卻欲回心學釣翁。	釣翁有用世意。
劉　滄	贈天台隱者	看書飲酒餘無事，自樂樵漁狎釣翁。	釣翁是悠閒的象徵。
司馬扎	白馬津阻雨	功名儻遂身無事，終向溪頭伴釣翁。	釣翁是罷職的歸所。
許　棠	宿靈山蘭若	旦夕聞清磬，唯應是釣翁。	釣翁是超塵的。
方　干	送永嘉王令之任二首	浮客若容開荻地，釣翁應免稅苔田。	釣翁應該獲得免稅禮遇。
羅　鄴	舊侯家	人間若算無榮辱，卻是扁舟一釣翁。	釣翁是沒有榮辱纏身的。
羅　隱	秋曉寄友人	更見南來釣翁說，醉吟還上木蘭舟。	釣翁生活是悠閒的。
羅　隱	遣興	青雲路不通，歸計奈長蒙。……長短遭譏笑，迴頭避釣翁。	汲汲名利是有愧於釣翁的。
顧在熔	題光福上方塔	六時金磬落何處，偏傍蘆葦驚釣翁。	釣翁是悠閒景象的點綴物。
翁　洮	夏	身心已在喧闐處，惟羨滄浪把釣翁。	釣翁的隱居令人羨慕。
章　碣	桃源	別後自疑園吏夢，歸來誰信釣翁言。	詠桃花源意象
韓　偓	訪隱者遇沈醉書其門而歸	曉入江村覓釣翁，釣翁沈醉酒缸空。	隱者即釣翁
韓　偓	地爐	禪客釣翁徒自好，那知此際湛然心。	禪與釣皆是忘機的。
吳　融	赴闕次留獻荊南成相公三十韻	澳汗霑明主，滄浪別釣翁。	功名與釣翁是對立的概念。

韋　莊	關河道中	平生志業匡堯舜，又擬滄浪學釣翁。	志業與歸隱的矛盾。
韋　莊	解維	二年辛苦煙波裏，贏得風姿似釣翁。	釣翁的身影是辛苦的。
韋　莊	將卜蘭芷村居留別郡中在仕	從今隱去應難覓，深入蘆花作釣翁。	釣翁是歸隱的身份。
徐　夤	送王校書往清源	吟詩臺上如相問，與說蟠溪直釣翁。	釣翁有用世意。
周　曇	太公	危邦自謂多麟鳳，肯把王綱取釣翁。	釣翁有用世意。
李　中	晉陵縣夏日作	至論招禪客，忘機憶釣翁。	釣翁是忘機的。
李　珣	南鄉子六	釣翁回棹碧灣中，春酒香熟鱸魚美誰同醉，纜卻扁舟篷底睡。。	釣翁生活愜意。
李　白	東武吟	書此謝知己，扁舟尋釣翁。	釣翁生活愜意。
李　白	效古二首之一	光景不可留，生世如轉蓬。早達勝晚遇，羞比垂釣翁。	有勝過姜尚的意，春風得意之作。
杜　甫	解悶十二首之四	獨當省署開文苑，兼泛滄浪學釣翁。	說薛據的二者得兼，有羨慕意
白居易	憑李睦州訪徐凝山人	郡守輕詩客，鄉人薄釣叟。解憐徐處士，唯有李郎中。	詩客與釣翁都不被世俗所理解。

　　以上詩中的釣翁形象可以看出唐人對釣翁或釣叟身份的認同狀況，作為釣叟，延續呂尚的典故，是有所待的，是希望能用世的；延續嚴光的形象，是不慕名利，超塵於世外的。當然，漁夫是悠閒情境、景緻中不可或缺的妝點物，釣叟更是失意文人或士人歸隱後的志業或想要扮演的角色。雙重的意象顯示著「釣翁」認知概念的複雜性，既出世又入世，唐人在使用釣翁的意象時，往往是別具用心的。

　　唐詩中塑造了許多意趣不同、個性迥異的釣叟形象，往往寄寓著詩人自己的理想人格和思想感情，或用以表達自己的處世態度。這是因為釣叟雖然生活清貧，卻遠離名利的追逐，擺脫了富貴權勢的羈絆，因為自食其力，故能怡然自得，曠達超脫，既保持自己獨

立的人格情操，也享有高雅的逸趣。如李頎〈漁父歌〉中那個蓑笠其身、臨流垂綸的漁父，就是一個「避世長不仕」〔註613〕的獨醒者。岑參的〈漁父〉寫道：「竿頭釣絲長丈餘，鼓枻乘流無定居。世人那得識深意，此翁取適非取魚。」〔註614〕漁父具有「取適非取魚」的深意，漁父甚至就與隱士是畫上等號的。司空曙的〈江村即事〉中的「漁父」形象則另有一番風采：「釣罷歸來不繫船，江村月落正堪眠。縱然一夜風吹去，只在蘆花淺水邊。」〔註615〕中的漁父釣罷歸來，在月落天暗的江村舟中坦然無憂地入眠，表現出釣叟泰然處世、豁達自信的胸懷。而柳宗元〈江雪〉中的漁父形象則清高而孤傲，在「千山」「萬徑」遼闊空寂的寒江上獨自垂釣，這種不與世俗同調的「漁父」的堅韌頑強、冷峻寂寞、遺世獨立與孤傲不屈的形象正是詩人的自況。杜牧筆下的漁父「白髮滄浪上，全忘是與非。秋潭垂釣去，夜月叩船歸」，〔註616〕岑參筆下的漁父「心與滄浪清」，「無人知姓名」〔註617〕說得也是遺卻榮利，心志清貞，一切任運自然的隱者形象。唐人稱賞漁釣者的雅致，所以詩作中往往以此自況。劉鄴就自稱「曾是江波垂釣人，自憐深厭九衢塵。」〔註618〕有的詩人甚至還因世事囂囂，而表露出追慕釣叟的心跡：綦毋潛幽居獨處，春日泛舟若耶溪，面對溪水的幽美景致，發出感歎：「生事且瀰漫，願為持竿叟」，〔註619〕可作為例證。

　　另外，唐人文人使用釣隱的意象或典故也相當頻繁，他們一面稱許別人「渭水高人自釣魚」〔註620〕「賢達垂竿小隱中」，〔註621〕一

〔註613〕《全唐詩》卷132，頁1339。北京：中華書局，1996年。
〔註614〕《全唐詩》，卷199，頁2061。北京：中華書局，1996年。以下引書同。
〔註615〕卷292，頁3324。
〔註616〕杜牧〈漁父〉，卷525，頁6011。
〔註617〕岑參〈漁父〉，卷199，頁2061。
〔註618〕劉鄴〈翰林作〉，卷607，頁7006。
〔註619〕綦毋潛〈春泛若耶溪〉，卷135，頁1368。
〔註620〕李咸用〈題劉處士居〉，卷646，頁7410。

面也發出歸釣江湖的心願：

表 3-6-3　幾個唐詩中的釣隱意象

詩　人	詩　名	詩句摘錄	釣隱意象
李　頎	晚歸東園	請謝朱輪客，垂竿不復返。〔註 622〕	垂竿爲歸隱的代稱
劉長卿	喜朱拾遺承恩拜命赴任上都	今日卻迴垂釣處，海鷗相見已高翔。〔註 623〕	垂釣處即隱居處所。
李　白	留別廣陵諸公	狂歌自此別，垂釣滄浪前。〔註 624〕	歸釣江湖是心願
高　適	廣陵別鄭處士	溪水堪垂釣，江田耐插秧。人生只爲此，亦足傲義皇。〔註 625〕	釣隱是一種人生志業。
韓　翃	寄雍丘竇明府	吳江垂釣楚山醉，身寄滄波心白雲。〔註 626〕	垂釣是身心所寄
許　渾	送嶺南盧判官罷職歸華陰山居	已許滄浪伴釣翁。〔註 627〕	已作歸隱的決心。
張　喬	宿江叟島居	了得平生志，還歸築釣臺。〔註 628〕	垂釣是歸隱後的選擇。
來　鵠	宛陵送李明府罷任歸江州	官滿便尋垂釣侶。〔註 629〕	釣隱是官滿後的選擇
羅　鄴	春日宿崇賢里	勞歌莫問秋風計，恐起江河垂釣心。〔註 630〕	歸釣是一種嚮往。

　　從這些詩例中可以看出：漁釣很明顯是與入世展志相反的人生選擇。前引岑參的詩：「只緣五斗米，辜負一漁竿」就是藉垂釣的象徵

〔註621〕陸龜蒙〈自遣詩三十首〉之 21，卷 628，《全唐詩》頁 7209。北京：中華書局，1996 年。
〔註622〕同上，卷 132，頁 1345。
〔註623〕同上，卷 151，頁 1572。
〔註624〕同上，卷 174，頁 1782。
〔註625〕同上，卷 214，頁 2229。
〔註626〕同上，卷 243，頁 2733。
〔註627〕同上，卷 533，頁 6087。
〔註628〕同上，卷 639，頁 7330。
〔註629〕同上，卷 642，頁 7357。
〔註630〕同上，卷 654，頁 7507。

把與仕宦相對的現實矛盾點明出來，漁釣作為餬口的職業是清貧的，為了現實生計，岑參辜負了漁竿的高蹈逸趣。吳筠「澆風久成俗，真隱不可求。何悟非所冀，得君在扁舟。」〔註631〕說明了當代的隱逸之風盛行，卻真隱難覓，真正的隱者應該是寄身在扁舟之中的釣叟吧？不過這只是詩人自己的見解，漁釣在唐代的意含複雜已如前述。

附帶的補充，這種隱逸之思有時會以「漁樵」二字表達。例如陸龜蒙在其〈樵人十詠序〉云：「世言樵漁者，必聯其命稱，且常為隱君子事。」〔註632〕就說明了「漁樵」一詞在唐詩中與漁釣二字同樣有著特定的文化內涵。請參考下表：

表3-6-4　幾個唐詩中的漁樵意象

詩　人	詩　名	詩　句　摘　錄	漁樵意象
李　嶠	奉和幸韋嗣立山莊侍宴應制	幽情遺紱冕，宸眷屬樵漁。〔註633〕	漁樵為歸隱的代稱
李　頎	不調歸東川別業	十室對河岸，漁樵祇在茲。〔註634〕	漁樵是官場不調的退路。
高　適	自淇涉黃河途中作十三首其十一	臨水狎漁樵，望山懷隱淪。〔註635〕	漁樵令人聯想到歸隱。
錢　起	郎員外見尋不遇	軒騎來相訪，漁樵悔晚歸。〔註636〕	漁樵成了詩人自稱。
殷堯藩	過雍陶博士邸中飲	此身何所似，天地一漁樵。〔註637〕	漁樵是歸隱的代稱。
李　益	蘭陵僻居聯句	進思諧啟沃，退混即漁樵。〔註638〕	漁樵是歸隱的代稱。

〔註631〕《全唐詩》〈舟中遇柳伯存歸潛山因有此贈〉，卷853，頁9650。北京：中華書局，1996年。
〔註632〕同上，卷620，頁7138。
〔註633〕同上，卷61，頁725。
〔註634〕同上，卷132，頁1345。
〔註635〕同上，卷212，頁2212。
〔註636〕同上，卷239，頁2683。
〔註637〕同上，卷492，頁5564。
〔註638〕同上，卷789，頁8890。

李咸用	依韻修睦上人山居十首	不論軒冕及漁樵，性與情違漸漸遙。〔註639〕	漁樵是歸隱的代稱。

這些例子可以看出：終唐一世，漁樵成爲士人的縈懷之所在，這與唐代社會隱逸風氣的盛行與漁樵隱逸傳統有關。漁樵是隱逸生活的重要內容，因此，詩人會以漁釣、漁樵稱美友人，或描述自己，即使仍在任爲官，也會積攢隱退之資，以備歸隱生活的所需，如白居易說：「終當求一郡，聚少漁樵費。」〔註640〕詩人在遊訪山水遣興時，也會表現出：「遂耽水木興，盡作漁樵言」〔註641〕的態度；罷官離任時也以漁樵的不染塵世自慰我安慰：「州縣名何在。漁樵事亦違。故山桃李月，初服薜蘿衣」；〔註642〕遭受戰亂時，漁樵也是一種權宜的避禍全身之策，例如杜甫在安史之亂中就高吟「胡羯何多難，漁樵寄此生」；〔註643〕而高適早年混跡漁樵十二年，後雖授封高官，但他仍思念漁樵生活：「物性各自得，我心在漁樵」。〔註644〕漁樵不只是字面上所展示的職業與工作，在唐代，這個詞彙與擁有更豐富的內涵。

總之，漁樵雖大多居藪澤，但作爲謀求生計的一種模式，有美譽而無謗毀，有逸樂而無憂煩，所以自然而然的成爲唐人心中一個閒適自得的漁樵情結。他們或者「不嫌門巷似漁樵」，〔註645〕或者「空務漁樵事」，〔註646〕又或者「不知林下訪漁樵」，〔註647〕或「秦城歸去夢，夜夜到漁樵」，〔註648〕或「曲江晴望憶漁樵」，〔註649〕或「五斗

〔註639〕《全唐詩》，卷646，頁7414。北京：中華書局，1996年。以下引書同。
〔註640〕白居易〈衰病無趣因吟所懷〉，卷434，頁4809。
〔註641〕岑參〈維山西峰草堂作〉，卷198，頁2039。
〔註642〕劉長卿〈罷攝官後將還舊居留辭李侍御〉，卷150，頁1551。
〔註643〕杜甫〈村夜〉，卷226，頁2440。
〔註644〕高適〈同群公秋登琴臺〉，卷212，頁2205。
〔註645〕韓翃〈寄隱者〉，卷681，頁7804。
〔註646〕劉得仁〈和段校書冬夕寄題廬山〉，卷545，頁6301。
〔註647〕陸龜蒙〈奉和襲美見訪不遇〉，卷624，頁7175。
〔註648〕許棠〈憶宛舊居〉，卷604，頁6989。
〔註649〕羅鄴〈曲江春望〉，卷654，頁7509。

米留人，東谿憶垂釣」，〔註650〕或「長貪山水羨漁樵」，〔註651〕或「卻羨漁樵侶，閒歌落照中」，〔註652〕或「遲爾訪漁樵」，〔註653〕即使許渾已經赴闕，還「猶自夢漁樵」。〔註654〕這大概正如他們告白的那樣：漁樵沒有是非得失之憂，故能忘機任性吧？

漁樵是自然山水的親近者，所以最得山水之樂。當然漁樵之隱並非純然的逍遙自在，有時，也有其不得已的無奈與苦衷，例如中晚唐時期政局大壞之後，漁樵就成了內憂外患之下文人的自我解脫之辭，爲唐代文人在漁樵中再注入一種隱逸情懷。

不過，仍要強調漁隱生活雖然成爲唐代文人普遍關注的生活狀態，但他們之中的多數人並沒有瞭解實際的漁家生活，忽視其清貧困苦的現實面而重其精神超脫的象徵面，所以這些作品很少爲漁人樵夫立言，言及風浪之苦，生活之艱，反而排除了形體上的艱辛，著重表現其中的逍遙曠達、享受山水等精神上的逸趣，並不能客觀地反映出一般漁樵生活的苦與樂。

第七節　唐詩中的尋隱主題

唐代隱士相對於其他時代隱士，特別的地方在於社會活動頻仍。唐詩中展現隱士與文人的交遊情境的作品數量很多。唐代隱士沒有隱者絕跡世俗，遠辭百里君，終年獨掩扉的寂寞自持，他們反而是活躍的，或四方遊歷，或聚眾講學，或拜謁公卿。而唐代文人則不論貴爲執宰官吏，或屈爲幕府僚屬，也多喜與隱士交往。與隱士相關之詩，其主題或與隱士宴賞游集，或自己親自造訪山居，或招請隱士來訪敞

〔註650〕岑參〈衛郡守還〉，卷198，頁2047。
〔註651〕韓偓〈建谿灘波心目驚眩余平生溺奇境今則畏怯不暇因書二十八字〉，卷681，頁7802。
〔註652〕馬戴〈客行〉，《全唐詩》卷555，頁6427。北京：中華書局，1996年。以下引書同。
〔註653〕劉長卿〈赴江西湖上贈皇甫曾之宣州〉，卷148，頁1519。
〔註654〕許渾〈秋日赴闕題潼關驛樓〉，卷529，頁6053。

居，或送隱士歸山，或痛悼隱士的仙逝，在在都顯示了唐代士人仰慕隱逸的心態，針對本論文的議題，這是個值得關注的現象。

透過瞭解文人尋隱、訪隱的作品，我們可以檢視唐代隱士的文化心態，也可以看到它對唐詩發展所帶來的深刻影響。一般談到唐人重視隱逸的問題，大多肯定唐代統治者對隱逸的有所獎掖、褒揚與誘導，導致崇尚隱逸的社會風氣。其實，這應只是原因之一，換個角度看，通常選擇隱逸山林者多半學識淵博、有道德修養，其逍遙江湖的恬逸生活情趣更是受到置身幽暗官場的文人士大夫所欣羨。陳寅恪先生在《陶淵明之思想與清談之關係》一文中曾對中國傳統文人的生存心態作過剖析：「兼尊顯之達官與清高之名士于一身而無所慚忌，既享朝端之富貴，仍存林下之風流。」〔註655〕這恐怕才是徘徊在仕隱之間的士人真正的心聲，可惜想兩者得兼何其困難，在必須有所抉擇的情境下，並非所有的文人都對朝端富貴心嚮往之，還是有視名利如敝屣，棄避唯恐不及的隱士，而且，選擇做清高名士、得林下風流反而可以得到更多的認同，於是隱逸成了絕大多數文人所趨慕和追求的情境，即使因為生計使他們不能從仕途上抽身，但與隱士的交遊唱和多少也可使生命意識在遠離俗世的林野吟唱中得以舒展。唐代文人與隱士的交遊正是緣於這種心理而盛行起來。

因為士往往學識淵博，通達世事，能以其文化素養折服眾人。當時局既不能提供隱者經世致用的機會，於是隱者選擇以文化立身，以著述為樂，以淡化或消減對功利的希求。讀書作為士之基本職責，成為隱士方便選擇的自我安頓模式是順理成章的邏輯，所以一般優遊山林的隱士大多以讀書為消遣陶養自我之道，既帶有娛慰自我的色彩，也成為隱士最有價值的生活型態之一。《高士傳》卷中云：「左琴右書，樂在其中矣」。〔註656〕對於隱士來說，讀書沖淡了因靜處閒居所

〔註655〕詳參《金明館叢稿初編‧陶淵明之思想與清談之關係》。收入〈陶淵明研究〉。台北：九思出版社，民國66年。
〔註656〕晉‧皇甫謐《高士傳》卷中，〈陳仲子〉，頁8。台北：藝文印書館，

產生的寂寥枯索，並且帶來樂趣：「衡門之下，有琴有書，載彈載詠，愛得我娛。豈無他好，樂是幽居」，〔註657〕陶淵明的說法，讀書是靜處時的消遣，有其趣味性與娛樂性，這是一種悠閒自得的生活情趣與逍遙無待的人生態度。

況且，隱居本來多暇時，所以隱士的閱讀書卷，心境總是傾向閒逸。如賈島「杖頭書數卷，荷入翠微煙。」〔註658〕、王績「置酒燒枯葉，披書坐落花。新垂滋水釣，舊結茂陵罝。歲歲長如此，方知輕世華。」〔註659〕、周賀「趁風開靜戶，帶葉卷殘書」〔註660〕、羅隱「雞窗夜靜開書卷，魚檻春深展釣絲。」〔註661〕等，皆為隱者隨興讀書的逸致閒情。這樣的逸致閒情或多或少表現出了隱士們超越世俗社會的形象，既藉著經籍著述撫慰仕途受挫的創傷，也緩和了物質生活的壓迫和對生命型態的焦慮。

隱士著述風習在唐詩中也多有體現：如呂逸人「閉戶著書多歲月」，〔註662〕方干「松蘿本自伴刪書」。〔註663〕可以說隱居既有著述的時間，又可藉以展現自己的政治主張和才藝，所以隱士每每著意于此，延伸而來，唐代文人的寄贈唱和之詩也多借此恭維隱士們的博學，富於著述。

再者，隱士道德人格的高尚，為世人景仰。作為士階層中的一個獨特角色，他們顧惜名行、潔身自守，有其深入社會人心的教化功能，成為時人傾慕的中心。而唐代的隱士雖不像前代有絕對的道德標準，

1966 年。
〔註657〕陶淵明〈答龐參軍詩〉。逯欽立《先秦魏晉南北朝詩》中冊，卷 16，〈晉詩〉，頁 973。北京：中華書局，1984 年。
〔註658〕賈島〈送孫逸人〉，《全唐詩》卷 573，頁 6662。北京：中華書局，1996 年。以下引書同。
〔註659〕王績〈策杖尋隱士〉，卷 37，頁 483。
〔註660〕〈酬吳處士〉，卷 503，頁 5716。
〔註661〕〈題袁溪張逸人所居〉，卷 662，頁 7587。
〔註662〕王維〈春日與裴迪過新昌里訪呂逸人不遇〉，卷 128，頁 1298。
〔註663〕方干〈贈華陰隱者〉，卷 650，頁 7468。

但多半還是非常珍視自我操守。隱士的心境大多能坦蕩從容，平交諸侯士庶，展現出一種暢適的情誼，往往能被統治者和時俗所激賞。對照廊廟士人處於其特有的政治機制的運作與社會背景條件之下，常常必須掙扎在道統與政統之間，因政治、經濟、人倫所困而難享身心自由，如此的問題在隱士身上反而是淡化的，隱士不必，也很少受世俗價值及朝廷政局的操縱與束縛，他們放逸瀟灑，了無拘束的生活方式正是一般文人所心嚮往之的，也被社會價值所肯定。所以，唐代的朝野文人喜歡通過與隱士的交遊來達到獲取身心愉悅的目的，當然其中不乏藉以鳴高者。

如此，不難明白唐代詩人何以總不乏隱逸之思。在唐代，不但那些沒有隱逸經歷的文人屢屢在閒居待官、休沐度假、題贈酬唱時表達著企慕歸隱的情懷，更通過與隱士的交往，來滿足自己回歸自然的白雲青山之念。唐詩中有大量題贈隱士的詩篇，其內容或讚美隱士的才情，或敘寫彼此友誼，或感歎來訪未遇的遺憾，或豔羨其恬適的生活等，有不少精彩之作。這類詩歌不但留下隱士與文人往還的紀錄，也為詩人提供了詩歌創作所的生活素材，相對的隱士的聲名和作品也借詩人的傳播久遠而留名。這類詩以「訪某隱者」、「訪某道士」、「尋某山人」、「訪某處士」等為名的作品約有五百餘首，〔註 664〕形成了唐詩中的「尋隱」主題，從這些尋訪隱者的詩可以看到唐代詩人生命價值的某一種認同。

「尋訪隱士」主題的出現事實上可以上溯到西晉時期。當時〈招隱〉詩創作蔚為風氣，文人的〈招隱〉詩一改漢代〈招隱士〉的招致山林隱士回歸世俗的傾向，轉而抒發尋訪隱士之意。在淮南小山的〈招隱士〉中，隱士棲遲之地是幽深兇險的，所以詩人以「局外人」的立場，向王孫（隱士）發出了走出山林、回歸世俗的籲求：「王孫兮歸來，山中兮不可以久留。」不難看出，在詩人的心目中，世俗生活要優於遁居

〔註 664〕此數據根據元智大學羅鳳珠，中國文學網路研究室，唐宋文史資料庫（http：//cls.admin.yzu.edu.tw）《全唐詩》檢索系統查索並統計所得，檢索或有遺漏之處，故只列概略之數量。

山澤，隱逸的價值取向與生活方式是受貶斥的。〔註665〕而晉代，招隱題材所展現的內容與旨趣與前代大異其趣，如張華的〈招隱〉詩一方面歌詠了隱士保眞守節的高潔情操，一方面則流露出懷才不遇、陸沉下僚的無奈與盛年難待、功業無成的苦楚。雖名曰「招隱」，卻是詩人的內心告白，基本上內容與「招」字無涉。這種想要「遁世以保眞」的認知說明詩人對棲遲山野的肯定和憧憬，可以想見張華處在仕隱之間對於「以隱待仕」的期待與執著。〔註666〕而張載的〈招隱〉詩更以「山林有悔悟，人間實多累」……「去來捐時俗，超然辭世僞。得意在丘中，安事愚與智」〔註667〕點出詩人對仕與隱之間的批判和選擇。從張華〈招隱〉詩中以隱待仕的企圖到張載則以隱爲上，其發展與詩人所處時代的動盪是相互應和的。

　　發展到左思與陸機的〈招隱〉詩，則又從詩文內部顚覆了招隱的本義，山林中不但沒有了山林野的兇險，還充滿令人遐想嚮往的出塵美景，在立意上與站在世俗立場讓隱士走出山居之意截然相反，反而變成了由「招還」隱士逆轉成「追隨」隱士。左思詩云：

> 杖策招隱士，荒塗橫古今。岩穴無結構，丘中有鳴琴。白雪停陰岡，丹葩曜陽林。石泉漱瓊瑤，纖鱗或浮沉。非必絲與竹，山水有清音。何事待嘯歌，灌木自悲吟。秋菊兼餱糧，幽蘭間重襟。躊躇足力煩，聊欲投吾簪。〔註668〕

詩從杖策荒途、招尋隱士寫起，描寫走入山居的所見所聞，完全是一幅優美的幽人閒居圖，詩末感歎自己爲世務勞促，而有高蹈出塵之念。詩中的隱居環境已經不再是幽深艱險的所在，而是從視覺上有白雪丹葩、石泉游魚，在聽覺上有勝過絲竹的山水清音，精神上

〔註665〕參考《中國古代文學史》第二章所整理，頁345～373。台北，萬卷樓，民國87年。

〔註666〕張華〈招隱詩〉，遼欽立《先秦漢魏晉南北朝詩》，〈晉詩〉卷3，頁623。北京：中華書局，1984年。

〔註667〕同上，張載〈招隱詩〉，〈晉詩〉卷3，頁740。

〔註668〕《先秦漢魏晉南北朝詩》，〈晉詩〉卷7，頁734。北京：中華書局，1984年。

是自由無羈絆的，隱居至此給人一種世俗難求的感受，讓人油然而生歸隱的盼望，自然山水之美令人萌生隱逸念頭。大自然不再被看作是相對於世俗的、充滿危險的世界，反而成了擺脫現實煩憂的快樂所在。

　　魏晉以前的知名隱士，大多只在一些著述或史傳中留下或詳或略記錄，很少描述隱居生活經驗與感受的詩篇。魏晉時期，歌頌隱逸的作者，像張華、陸機、左思等詩人，都只是在詩中抒發隱逸情懷、表達對隱者棲遲山林、無為逍遙的欣羨與嚮往而已，不是真正的隱士，這樣的尋隱只能算是詩人主觀的希冀，並非親身訪隱的記錄。遊仙詩與山水詩的盛行使西晉盛極一時的招隱詩日漸式微，但尋訪隱士的題材並未就此衰絕，反而隨著唐代隱逸風尚的盛行以及士人與隱士交遊的益加密切，尋訪隱士不但不只是一種文本存在，而且體現詩人的實際行動，因為尋隱詩往往是詩人尋隱行動的記錄。茲將《全唐詩》中有關尋訪處士、隱者作品中較具代表性者整理如下表，作為以下敘述的參考：

表 3-7-1　唐詩中具代表性的尋隱意象

時期	詩　人	尋隱詩歌數量	代表作品	詩句摘錄	表現意象
初唐	王　績	2	策杖尋隱士	策杖尋隱士，行行路漸賒。 石樑橫澗斷，土室映山斜。 孝然縱有舍，威輦遂無家。 置酒燒枯葉，披書坐落花。 新垂滋水釣，舊結茂陵罝。 歲歲長如此，方知輕世華。〔註 669〕	展現尋隱的歷程和隱者所居的環境，與環境使詩人認同歸隱的價值。
初唐	沈佺期	1	同工部李侍郎適訪司馬子微	紫微降天仙，丹地投雲藻。 上言華頂事，中問長生道。	隱士所居為人間仙境，尋隱

〔註 669〕《全唐詩》卷 37，頁 483。北京：中華書局，1996 年。

				華頂居最高，大壑朝陽早。 長生術何妙，童顏後天老。 清晨朝鳳京，靜夜思鴻寶。 憑崖飲蕙氣，過澗摘靈草。 ……〔註670〕	為求長生。
盛唐	王　維	2	春日與裴迪過新昌里訪呂逸人不遇	桃源一向絕風塵。柳市南頭訪隱淪。到門不敢題凡鳥，看竹何須問主人。城上青山如屋裏，東家流水入西鄰，閉戶著書多歲月。種松皆老作龍鱗。〔註671〕	隱士索居之處終年少人跡。
盛唐	李　白	24	尋高鳳石門山中元丹丘	尋幽無前期，乘興不覺遠。 蒼崖渺難涉，白日忽欲晚。 未窮三四山，已歷千萬轉。 寂寂聞猿愁，行行見雲收。 高松來好月，空谷宜清秋。 溪深古雪在，石斷寒泉流。 峰巒秀中天，登眺不可盡。 丹丘遙相呼，顧我忽而哂。 遂造窮谷間，始知靜者閒。 留歡達永夜，清曉方言還。〔註672〕	尋隱是乘興不覺遠的，隱者索居之處風景優美。
盛唐	杜　甫	21	與李十二白同尋范十隱居	李侯有佳句，往往似陰鏗。 余亦東蒙客，憐君如弟兄。 醉眠秋共被，攜手日同行。 更想幽期處，還尋北郭生。 入門高興發，侍立小童清。 落景聞寒杵，屯雲對古城。 向來吟橘頌，誰欲討蓴羹。 不願論簪笏，悠悠滄海情。〔註673〕	與李白同訪范十隱居過程。

〔註670〕《全唐詩》，卷95，頁1023。北京：中華書局，1996年。
〔註671〕同上，卷128，頁1298。
〔註672〕同上，卷182，頁1852。
〔註673〕同上，卷224，頁2394。

盛唐	孟浩然	21	尋白鶴岩張子容隱居	白鶴青巖半，幽人有隱居。 階庭空水石，林壑罷樵漁。〔註674〕	隱者居所的景緻。
盛唐	韋應物	9	陪王郎中尋孔徵君	俗吏閒居少，同人會面難。 偶隨香署客，來訪竹林歡。 暮館花微落，春城雨暫寒。 甕間聊共酌，莫使宦情闌。〔註675〕	尋隱是愉悅的。
盛唐	岑參	13	春尋河陽陶處士別業	風煖日暾暾，黃鸝飛近村。 花明潘子縣，柳暗陶公門。 藥碗搖山影，魚竿帶水痕。 南橋車馬客，何事苦喧喧。〔註676〕	隱居所見景緻。
盛唐	秦系	3	晚秋拾遺朱放訪山居	不逐時人後，終年獨閉關。 家中貧自樂，石上臥常間。 墜栗添新味，寒花帶老顏。 侍臣當獻納，那得到空山。〔註677〕	隱者雖貧亦樂。
盛唐	錢起	11	仲春晚尋覆釜山	蝴蝶弄和風，飛花不知晚。 王孫尋芳草，步步忘路遠。 況我愛青山，涉趣皆遊踐。 縈迴必中路，陰晦陽復顯。 古岸生新泉，霞峰映雪巘。 交枝花色異，奇石雲根淺。 碧洞志忘歸，紫竹行可搴。 應嗤嵇叔夜，林臥方沈湎。〔註678〕	隱所令人流連忘返。
中唐	朱灣	1	尋隱者韋九山人於東溪草堂	尋得仙源訪隱淪，漸來深處漸無塵。 初行竹裏唯通馬，直到花間始見人。 四面雲山誰作主，數家煙火自為鄰。 路傍樵客何須問，朝市如今不是秦。 〔註679〕	隱者居所少人煙。
中唐	于鵠	4	尋李逸人舊居	舊隱松林下，沖泉入兩涯。 琴書隨弟子，雞犬在鄰家。	隱者居所的景緻。

〔註674〕《全唐詩》，卷160，頁1650。北京：中華書局，1996年。
〔註675〕同上，卷195，頁2010。
〔註676〕同上，卷200，頁2086。
〔註677〕同上，卷260，頁2895。
〔註678〕同上，卷236，頁2618。。
〔註679〕同上，卷306，頁3478。

				茅屋長黃菌，槿籬生白花。 幽墳無處訪，恐是入煙霞。〔註680〕	
中唐	劉長卿	21	棲霞寺東峰尋南齊明徵君故居	山人今不見，山鳥自相從。 長嘯辭明主，終身臥此峰。…… 惆悵空歸去，猶疑林下逢。〔註681〕	尋隱所尋未必是當世隱士。
中唐	施肩吾	4	訪松嶺徐鍊師	千仞峰頭一謫仙，何時種玉已成田。 開經猶在松陰裏，讀到南華第幾篇。〔註682〕	隱者爲謫仙
中唐	姚　合	6	謝秦校書與無可上人見訪	道同無宿約，三伏自從容。 窗豁山侵座，扇搖風下松。 客吟多遶竹，僧飯只憑鐘。 向晚分歸路，莓苔行跡重。〔註683〕	隱者所隱處令人流連。
中唐	白居易	43	訪陶公舊宅	垢塵不污玉，靈鳳不啄羶。 嗚呼陶靖節，生彼晉宋間。 心實有所守，口終不能言。 永惟孤竹子，拂衣首陽山。 夷齊各一身，窮餓未爲難。 先生有五男，與之同飢寒。 腸中食不充，身上衣不完。 連徵竟不起，斯可謂眞賢。 我生君之後，相去五百年。 每讀五柳傳，目想心拳拳。 昔常詠遺風，著爲十六篇。 今來訪故宅，森若君在前。 不慕尊有酒，不慕琴無弦。 慕君遺榮利，老死此丘園。 柴桑古村落，栗里舊山川。 不見籬下菊，但餘墟中煙。	尋隱所尋未必是當世隱士——此爲訪陶淵明舊宅。

〔註680〕《全唐詩》，卷310，頁3505。北京：中華書局，1996年。
〔註681〕同上，卷148，頁1526。
〔註682〕同上，卷494，頁5605。
〔註683〕同上，卷501，頁5701。

				子孫雖無聞，族氏猶未遷。 每逢姓陶人，使我心依然。〔註684〕	
中唐	劉禹錫	9	尋汪道士不遇	仙子東南秀，冷然善馭風。 笙歌五雲裏，天地一壺中。 受籙金華洞，焚香玉帝宮。 我來君閉戶，應是向崆峒。〔註685〕	隱者爲仙人，仰慕之心明顯。
中唐	孟 郊	8	尋言上人	萬里莓苔地，不見驅馳蹤。 唯開文字窗，時寫日月容。 竹韻漫蕭屑，草花徒蒙茸。 披霜入眾木，獨自識青松。〔註686〕	隱者生活逍遙自適。
中唐	賈 島	11	尋隱者不遇	松下問童子，言師採藥去。 只在此山中，雲深不知處。〔註687〕	隱者生活自由無羈絆。
晚唐	李商隱	7	訪隱	路到層峰斷，門依老樹開。 月從平楚轉，泉自上方來。 薤白羅朝饌，松黃暖夜杯。 相留笑孫綽，空解賦天臺。〔註688〕	尋隱所經路途。
晚唐	杜 牧	3	訪許顏	門近寒溪窗近山，枕山流水日潺潺。 長嫌世上浮雲客，老向塵中不解顏。 〔註689〕	訪隱者居所。
晚唐	盧 綸	7	尋賈尊師	玉洞秦時客，焚香映綠蘿。 新傳左慈訣，曾與右軍鵝。 井臼陰苔遍，方書古字多。 成都今日雨，應與酒相和。〔註690〕	隱者生活內容。
晚唐	許 渾	11	尋戴處士	車馬長安道，誰知大隱心。 蠻僧留古鏡，蜀客寄新琴。	隱者居所在長安。

〔註684〕《全唐詩》，卷430，頁4740。北京：中華書局，1996年。
〔註685〕同上，卷358，頁4042。
〔註686〕同上，卷380，頁4262。
〔註687〕同上，卷574，頁6693。
〔註688〕同上，卷541，頁6227。
〔註689〕同上，卷525，頁6009。
〔註690〕同上，卷278，頁3163。

				曬藥竹齋暖，擣茶松院深。 思君一相訪，殘雪似山陰。〔註691〕	
晚唐	劉得仁	7	山中尋道人不遇	年過弱冠風塵裏，常擬隨師學鍊形。 石路特來尋道者，雲房空見有仙經。 棋於松底留殘局，鶴向潭邊退數翎。 便欲此居閒到老，先生何日下青冥。 〔註692〕	對隱者表達仰慕之意。
晚唐	皮日休	9	秋晚訪李處士所居	門前襄水碧潺潺，靜釣歸來不掩關。 書閣鼠穿廚簏破，竹園霜後桔橰閒。 兒童不許驚幽鳥，藥草須教上假山。 莫爲愛詩偏念我，訪君多得醉中還。 〔註693〕	隱者居所。
晚唐	陸龜蒙	7	和訪寂上人不遇	芭蕉霜後石欄荒，林下無人閉竹房。 經抄未成拋素几，錫環應撼過寒塘。 蒲團爲拂浮埃散，茶器空懷碧餑香。 早晚卻還宗炳社，夜深風雪對禪床。 〔註694〕	隱者居所。
晚唐	李咸用	3	秋日訪同人	忽憶金蘭友，攜琴去自由。 遠尋寒澗碧，深入亂山秋。 見後卻無語，別來長獨愁。 幸逢三五夕，露坐對冥搜。〔註695〕	訪隱過程。
晚唐	鄭谷	10	重陽日訪元秀上人	紅葉黃花秋景寬，醉吟朝夕在樊川。 卻嫌今日登山俗，且共高僧對榻眠。 別畫長懷吳寺壁，宜茶偏賞雪溪泉。 歸來童稚爭相笑，何事無人與酒船。 〔註696〕	隱者生活內容，自在逍遙。
晚唐	杜荀鶴	4	訪道者不遇	寂寂白雲門，尋眞不遇眞。 祗應松上鶴。便是洞中人。	隱者居所景觀。

〔註691〕《全唐詩》，卷529，頁6050。北京：中華書局，1996年。

〔註692〕同上，卷545，頁6298。

〔註693〕同上，卷613，頁7068。

〔註694〕同上，卷626，頁7190。

〔註695〕同上，卷645，頁7389。

〔註696〕同上，卷675，頁7739。

| 晚唐 | 李　　中 | 10 | 訪山叟留題 | 策杖尋幽客，相攜入竹扃。
野雲生晚砌，病鶴立秋庭。
茶美睡心爽，琴清塵慮醒。
輪蹄應少到，門巷草青青。〔註698〕 | 訪隱的過程。 |
| 晚唐 | 徐　　鉉 | 6 | 秋日雨中與蕭贊善訪殷舍人於翰林座中作 | 野出西垣步步遲，秋光如水雨如絲。
銅龍樓下逢閒客，紅藥階前訪舊知。
亂點乍滋承露處，碎聲因想滴蓬時。
銀臺鑰入須歸去，不惜餘歡盡酒卮。〔註699〕 | 隱者居所景觀。 |

表格上方另有一行：藥圃花香異。沙泉鹿跡新。／題詩留姓字。他日此相親。〔註697〕

　　初唐王績的〈策杖尋隱士〉詩，展現尋隱的歷程和隱者所居的環境，寫出環境使詩人認同歸隱的價值。「路漸賒」暗示了隱居處的僻遠，「石棧橫澗斷，土室映山斜」則可以看出隱者所處環境不是陶淵明筆下「曖曖遠人村，依依墟里煙。」的那種滿是人間煙火與田園的風光，而是荒蕪且人跡罕有的自然山野，這正是詩人所追求和欣賞的自然境界。而孟浩然的「白鶴青岩半，幽人有隱居。階庭空水石，林壑罷樵漁。」則勾勒出隱者居所的形象；朱灣、于鵠。劉長卿與李商隱等都是一方面寫自己尋隱的過程與心情，一方面也在展現隱所的令人嚮往。

　　從上表整理的材料至少可以看出幾個特點：

　　其一，尋隱主題終唐都是重要創作題材，且中晚唐以後大量出現，著名詩人都有大量的尋隱、訪隱之作。

　　其二，由於道教在唐代的勃興和唐人仙隱合一的體認，所以有時尋隱是以尋道的面目出現的，例如沈佺期的〈同工部李侍郎適訪司馬子微〉就把司馬承禎的居所比擬為仙人居所，尋隱成了求長生；施肩吾的〈訪松嶺徐鍊師〉與劉禹錫的〈尋汪道士不遇〉也把所訪隱者視為流落謫仙，尋隱如同求先求道。

〔註697〕《全唐詩》，卷691，頁7925。北京：中華書局，1996年。
〔註698〕同上，卷747，頁8506。
〔註699〕同上，卷752，頁8555。

　　其三，很多詩人自己本身就是隱者或有具體階段性的隱居經歷，如上表所列詩人多半如此，顯示出文人整體上認同隱逸的價值傾向，而被訪者有同時代也有前代著名隱者，尤其是陶潛、嵇康、阮籍等人。

　　其四，越是文壇領袖或詩名越盛者，尋隱訪隱的作品量就越多，如白居易多達 43 首，李白也有 24 首之多，杜甫 21 首，孟浩然與劉長卿也都有 21 首之多，此現象的內蘊是頗耐人尋味的，如果文人藉尋隱寄託出世之志，平衡現實中的不遇挫敗情緒，恐怕反過來看，隱者也不無藉詩人標榜自我的可能。

　　其五，尋隱未必單獨行動，往往有志同道合的友人結伴而行。如沈佺期〈同工部李侍郎適訪司馬子微〉、王維〈春日與裴迪過新昌里訪呂逸人不遇〉、杜甫〈與李十二白同尋范十隱居〉、韋應物〈陪王郎中尋孔徵君〉等都可以看出此點。

　　從尋隱的意象來看，由於傳統對隱居生活的理想化，所以尋訪隱士實際展現的是對精神自由的渴慕。唐代隱士所居多有林泉之勝，或峰巒俊秀，或清幽靜雅，如白居易的〈廬山草堂記〉說到自己隱居的別業景觀：

> 樂天既來為主，仰觀山，俯聽泉，傍睨竹樹雲石，自辰至酉，應接不暇。俄而物誘氣隨，外適內和。一宿體寧，再宿心恬，三宿後頹然嗒然，不知其然而然。自問其故。答曰：是居也，前有平地，輪廣十丈；中有平臺，半平地；臺南有方池，倍平臺。環池多山竹、野卉。池中生白蓮、白魚。又南抵石澗。夾澗有古松、老杉，大僅十人圍，高不知幾百尺，脩柯戛雲，低枝拂潭；如幢豎，如蓋張，如龍蛇走。松下多灌叢，蘿蔦葉蔓，駢織承翳，日月光不到地。盛夏風氣，如八九月時。下鋪白石，為出入道。堂北五步，據層崖、積石，嵌空垤塊，雜木異草，蓋覆其上。綠陰蒙蒙，朱實離離，不識其名，四時一色。又有飛泉，植茗就以烹燀，好事者見，可以永日。堂東有瀑布，水懸

三尺，瀉階隅，落石渠，昏曉如練色，夜中如環珮琴筑聲。堂西倚北崖右趾，以剖竹架空，引崖上泉，脈分線懸，自簷注砌，纍纍如貫珠，霏微如雨露，滴瀝飄灑，隨風遠去。其四旁耳目杖屨可及者，春有錦繡谷花，夏有石門澗雲，秋有虎谿月，冬有爐峰雪。陰晴顯晦，昏旦含吐，千變萬狀，不可殫紀，覼縷而言，故云甲廬山者。〔註700〕

唐人的熱愛山水，讚賞自然，甚且將居所置於風景優美之處，他們視游賞山水為高雅的精神活動，王績詩云：「從來山水韻，不使俗人聞」，〔註701〕可作為引證。此外，山水也常被當作是排遣愁悶的寄託，所謂：「閱丘壑之新趣，縱江湖之舊心。」〔註702〕隱士幽居之處往往是唐代文士閒遊之地，士人藉尋隱來探幽攬勝、舒暢身心，甚至因為出於對這些勝境名景的渴慕，他們是可以不辭辛勞的，姚合〈謝秦校書與無可上人見訪〉寫出：「道同無宿約，三伏自從容。窗豁山侵座，扇搖風下松。客吟多遶竹，僧飯只憑鐘。向晚分歸路，莓苔行跡重。」〔註703〕展現的是探幽覽勝的令人心嚮往之，興之所至，可以不必期約，不畏溽暑。方干在其〈陸處士別業〉一詩中就說：「問道遠相訪，無人覺路長。」〔註704〕在唐人看來，尋訪隱士與徜徉山水可以並行不悖，因而尋隱被唐人視為不流於俗的精神活動，尋訪隱逸也就樂此不疲了。

儘管尋隱者的心態不一，但在尋隱過程中他們都會把大自然景觀作為歌詠的對象。與世俗的紛擾相比，隱士的居所的安謐恬靜，有時甚至是荒僻且渺無人煙，如「幽人在何處，松檜深冥冥」〔註705〕「攀

〔註700〕白居易〈廬山草堂記〉，《全唐文》，卷676，頁6900～6901。北京：中華書局，1996年。

〔註701〕王績〈山夜調琴〉，《全唐詩》卷37，頁485。北京：中華書局，1996年。

〔註702〕王績〈遊北山賦〉，《王無功文集》卷1，頁1。上海：上海古籍出版社，1987年。

〔註703〕《全唐詩》卷501，頁5701。北京：中華書局，1996年。以下引書同。

〔註704〕方干〈陸處士別業〉，卷649，頁7457。

〔註705〕于鵠〈宿西山修下元齋詠〉，卷310，頁3508。

崖復緣澗，遂造幽人居」。〔註 706〕而這種荒僻之地卻是隱者所刻意追求的，如賈島〈題隱者居〉中的隱者就是「雖有柴門常不關，片雲孤木伴身閒。猶嫌住久人知處，見擬移家更上山。」〔註 707〕景物如畫的隱居地容易使詩人對境心自愜，正所謂「最堪佳此境，爲我長詩情」〔註 708〕在尋訪隱士的游賞過程中，隱居之地的清淨自在往往與擾擾的世俗形成對照，所以唐代詩人在尋隱的作品中，他們總是著力渲染和讚美隱居環境的清幽靜謐，恬淡安適，在此基礎上托出自己願意投身此中的超塵出世之念，領悟到瀟然塵外的情趣，藉以得到精神上的曠放與自適。如戴叔倫〈過友人隱居〉：「瀟灑絕塵喧，清溪流遠門。水聲鳴石瀨，蘿影到林軒。地靜留眠鹿，庭虛下飲猿。春花正夾岸，何必問桃源。」〔註 709〕在靜謐安詳的氛圍中可以感受到隔絕塵喧的超然。皮日休〈秋晚訪李處士所居〉寫出居所的景緻：「門前襄水碧潺潺，靜釣歸來不掩關。書閣鼠穿廚篋破，竹園霜後桔槔閒。兒童不許驚幽鳥，藥草須教上假山。莫爲愛詩偏念我，訪君多得醉中還。」〔註 710〕在這樣一個幽靜的環境中生活，追求的是個人情性的閒逸，表現出超塵脫俗的意味。

　　尋隱詩其實也寄寓著唐人對閒逸自由生活的嚮往，而悠遊山林所感受到的身心解放很容易和自由聯繫在一起，唐代隱士沿襲著山居的歷史傳統，多隱於山中，文人的閒遊喜歡尋幽訪勝，便增加了與隱士接觸的機會。在唐代文人的尋隱作品中，常會刻意淡化隱居生活的孤寂或清貧，每每著意於隱居的閒適自由。因爲對他們而言，尋隱不僅是感受一種隱居的幽靜，更是一種心靈的暫時放逐，寄寓著對遠離世俗的生活情

〔註 706〕 韋應物〈至西峰蘭若受田婦饋〉，卷 192，頁 1981。
〔註 707〕 《全唐詩》卷 574，頁 6689。北京：中華書局，1996 年。以下引書同。
〔註 708〕 周繇〈甘露寺北軒〉：「曉色宜閒望，山風遠益清。白雲連晉閣，碧樹盡蕪城。水靜沙痕出，煙消野火平。最堪佳此境，爲我長詩情。」卷 635，頁 7291。
〔註 709〕 卷 273，頁 3083。
〔註 710〕 卷 613，頁 7068。

趣的嚮往，所謂「幽人棲息處，一到滌塵心。」〔註711〕在在功名追逐上不甘寂寞的唐人，強烈的用世思想並不允許其真的遁跡遺世，透過尋隱的暫時舒放身心，或可稍稍慰藉徘徊在仕隱矛盾中不確定的靈魂，於是，文人一旦去尋訪隱士，心靈就可以獲得暫時的解放。正如錢起的〈仲春晚尋覆釜山〉所寫：「蝴蝶弄和風，飛花不知晚。王孫尋芳草，步步忘路遠。況我愛青山，涉趣皆游踐。縈迴必中路，陰晦陽復顯。古岸生新泉，霞峰映雪巘。交枝花色異，奇石雲根淺。碧洞志忘歸，紫芝行可搴。應嗤嵇叔夜，林臥方沈湎。」〔註712〕隱者的閒適恬然恰恰成為自己世俗生活比照，反映了詩人對隱士生活的欽慕。杜甫在漫遊時期曾與李白同尋魯城北范居士，有〈與李十二白同尋范十隱居〉記其事。其詩後半首寫道：「更想幽期處，還尋北郭生。入門高興發，侍立小童清。落景聞寒杵，屯雲對古城。向來吟橘頌，誰欲討蓴羹。不願論簪笏，悠悠滄海情。」〔註713〕李益〈入華山訪隱者經仙人石壇〉也說：「三考四嶽下，官曹少休沐。久負青山諾，今還獲所欲。鄙哉宦游子，身志俱降辱。再往不及期，勞歌叩山木。」〔註714〕當然，他們的尋隱只是為了減輕世俗政治生活中的心靈負擔，他們的心還留在世間，所以像這種令人感到壯志消歇、心灰意懶的出世之思，只能姑妄聽之，不必太過認真。

　　唐代文人們尋隱訪逸，筆下所尋訪隱士的生活彷彿成了人生最理想的境界，可以不事勞動，盡情放浪煙霞，一無煩憂。事實上，這種理想生活只是文人的一種想像，刻意把隱士的生活美化了，彷彿這樣就可以補償自己不能超越世俗價值的遺憾，有些詩還是寫出了隱者的生計貧困，如秦系的〈晚秋拾遺朱放訪山居〉：「不逐時人後，終年獨閉關。家中貧自樂，石上臥常間。」〔註715〕即使家貧仍要強調心靈

〔註711〕李中〈訪蔡文慶處士留題〉，卷747，頁8497。
〔註712〕《全唐詩》，卷236，頁2618。北京：中華書局，1996年。
〔註713〕同上，卷224，頁2394。
〔註714〕同上，卷282，頁3206。
〔註715〕同上，卷260，頁2895。

的愉悅，所以，唐人筆下的隱者，很少是困頓悲哀的。

　　此外尋隱的過程是這類作品多所著墨的主題。劉長卿〈尋張逸人山居〉：「危石纔通鳥道，空山更有人家。桃源定在深處，澗水浮來落花。」〔註716〕岩石磷磷，暗示出隱者處所的深遠。千岩路轉，心中卻不煩悶，因為他相信「空山更有人家」。而潺湲流水上飄浮著的落花則像個信使一樣，給詩人帶來了桃源的些許消息。李中的〈訪山叟留題〉：「策杖尋幽客，相攜入竹局。野雲生晚砌，病鶴立秋庭。茶美睡心爽，琴清塵慮醒。輪蹄應少到，門巷草青青。」，〔註717〕隱者所住之處必定人煙罕至，末二句點出了空山的寂寥，社交的稀少。又，李商隱的〈訪隱〉寫到尋隱的過程：「路到層峰斷，門依老樹開。月從平楚轉，泉自上方來。薤白羅朝饌，松黃暖夜杯。相留笑孫綽，空解賦天臺。」〔註718〕隱者所居之處遠在層峰之上，斷崖之邊，所以有絕美的景觀可供欣賞。

　　而從尋訪結果來看，並非每次的尋訪隱逸都是成功的，唐詩中有很多尋訪未遇的作品（如上表所列詩名，可見端倪），這類尋訪未遇的作品中頗有一些佳作名篇。往往呈現的不是憾恨的情緒，反而只是小小的失落感，有的甚且只是乘興而往，盡興可歸，如孟浩然〈尋菊花潭主人不遇〉：「行至菊花潭，村西日己斜。主人登高去，雞犬空在家。」〔註719〕詩人可能花了一整天的路程才到隱者家中，對於只有雞犬相迎的狀況並未有隻字片語的抱憾，丘為的〈尋西山隱者不遇〉則更為曠達：

　　　　絕頂一茅茨，直上三十里。扣關無僮僕，窺室唯案几。若
　　　　非巾柴車，應是釣秋水。差池不相見，黽勉空仰止。草色
　　　　新雨中，松聲晚窗裏。及茲契幽絕，自足蕩心耳。雖無賓

〔註716〕《全唐詩》，卷 150，頁 1555。北京：中華書局，1996 年。
〔註717〕同上，卷 747，頁 8506。
〔註718〕同上，卷 541，頁 6227。
〔註719〕同上，卷 160，頁 1667。

> 主意，頗得清淨理。興盡方下山，何必待之子。〔註720〕

詩人出於對隱士的仰慕，專程而來卻尋隱不遇，本是件掃興的事，但詩人卻轉換了情緒，從環顧四周環境的清靜，猜想主人的去向，或登高或魚釣，興味無窮，訪人不遇的憾恨於是變為賞景的滿足，也展現了詩人喜尚靜幽的雅趣與曠達超脫的情懷。這樣鋪敘隱者的日常生活和居處的潔靜幽雅在尋隱詩中是常見內容（參考上表所列舉詩），而此詩能化入了王子猷興盡而返的典故，寫來不落俗套。再如王維的〈春日與裴迪過新昌里訪呂逸人不遇〉：

> 桃源一向絕風塵，柳市南頭訪隱淪。到門不敢題凡鳥，看竹何須問主人。城上青山如屋裏，東家流水入西鄰。閉戶著書多歲月，種松皆老作龍鱗。〔註721〕

詩人與好友裴迪結伴到長安柳市之南尋訪呂逸人。呂逸人的居所有如桃源，既點出呂逸人的情懷超俗，也表明詩人的造訪是因為仰慕之情。但尋訪不遇，詩人並未懊惱，反而讚賞其長年閉戶著書，隱逸之志的堅定。又如李白〈訪戴天山道士不遇〉：

> 犬吠水聲中，桃花帶雨濃。樹深時見鹿，溪午不聞鐘。野竹分青靄，飛泉掛碧峰。無人知所去，愁倚兩三松。〔註722〕

在大清早中，詩人緣溪而行，伴著流水與犬吠，一路上觀賞著鮮豔的桃花，在林木深處有時還可見野鹿的出沒，在此清幽的中午時分，卻沒有聽見道觀裡的鐘聲。走到道院才發現道士已經外出，只好斜倚青松，遊賞眼前的景色。此詩無一字說到訪未遇，只有鋪陳沿途景觀，尾聯的「無人知所去，愁倚兩三松」帶出了暗示，也流露些許的悵惘之情。

有尋訪未遇，自然就有相訪既遇的作品，往往氣氛愉悅融洽，賓主盡歡，如戴叔倫〈春日訪山人〉：「遠訪山中客，分泉謾煮茶。相攜林下坐，共惜鬢邊華。歸路逢殘雨，沿溪見落花。候門童子問，遊樂

〔註720〕《全唐詩》，卷129，頁1318。北京：中華書局，1996年。
〔註721〕同上，卷128，頁1298。
〔註722〕同上，卷182，頁1858。

到誰家。」〔註723〕山居野外，對遠來的朋友最好的招待莫過於好茶好水，與好友品茗談天，最是忘憂樂事。韋應物《陪王郎中尋孔微君》：「俗吏閒居少，同人會面難。偶隨香署客，來訪竹林歡。暮館花微落，春城雨暫寒。甕間聊共酌，莫使宦情闌。」〔註724〕詩人不僅訪到了友人，而且從「甕間聊共酌」可以看出主人以酒待友的深厚交誼。

　　總體來看，初盛唐詩人尋隱的心境是平和閒適的，所以即使不遇，那也是淡淡的輕愁，甚至在訪尋隱者的過程中飽覽美景已經得到了尋隱的真意與目的，尋隱的結果反而在其次了。所以岑參〈過緱山王處士黑石谷隱居〉中說：「舊居緱山下，偏識緱山雲。處士久不還，見雲如見君。」，〔註725〕就算見不到隱者，「見雲如見君」也聊可慰藉了。

　　中晚唐詩中的尋隱佳作，當然還是以賈島的〈尋隱者不遇〉最為人所熟知，其詩曰：「松下問童子，言師采藥去。只在此山中，雲深不知處。」〔註726〕詩中的隱者應是以采藥為生，而且是一位真隱士，這樣一位高隱，詩人尋而不遇，其悵惘之情可想而知。全詩用筆精省，但只從問答之中也可以見出詩人對隱者的仰慕之情。另外如皎然〈尋陸鴻漸不遇〉：「移家雖帶郭，野徑入桑麻。近種籬邊菊，秋來未著花。扣門無犬吠，欲去問西家。報道山中去，歸時每日斜。」〔註727〕前二句為我們點染出陸羽隱居的別業風光。五六句寫出友人的外出，詩人只好詢問鄰居隱者的去處，末二句寫鄰人的回答，「歸時每日斜」的答案令人感到悵惘若失，卻又無可奈何。

　　附帶一提的是隱士的身份，在尋隱、訪隱的創作中，不乏詩僧創作，無可、皎然、貫休、齊己等都有不少這類尋、訪隱逸的詩作，他們常是被尋訪的對象，也主動到訪文人或隱者，說明了唐代文人社交

〔註723〕《全唐詩》，卷273，頁3077。北京：中華書局，1996年。
〔註724〕同上，卷195，頁2010。
〔註725〕同上，卷198，頁2039。
〔註726〕同上，卷574，頁6693。
〔註727〕同上，卷815，頁9178。

的模式與網絡及於方外宗教，並且，唐代隱士與道士的界限也相當含糊，有些作品直接以尋訪鍊師、道士為題，顯見唐代文人是著意於求長生、求神仙的，如劉得仁的〈山中尋道人不遇〉：「年過弱冠風塵裏，常擬隨師學鍊形。石路特來尋道者，雲房空見有仙經。棋於松底留殘局，鶴向潭邊退數翎。便欲此居閒到老，先生何日下青冥。」〔註728〕與劉禹錫的〈尋汪道士不遇〉：「仙子東南秀，泠然善馭風。笙歌五雲里，天地一壺中。受籙金華洞，焚香玉帝宮。我來君閉戶，應是向崆峒。」〔註729〕二詩都給予隱者謫仙、神仙的形象，展現了一種企慕之情。

　　總之，唐代文人與隱士交遊密切已是一種流俗風尚，唐代文人借尋隱來尋求心靈的暫時解放，滿足其山水之好而大量創作尋隱、訪隱的詩歌，雖然在不同階段中尋隱詩體現的思想有不同的意趣，但企慕隱逸的本質仍是相同的。

本章結論

　　綜上所述，本章所作是形式／文本的分析。關於唐詩這個文學類型，本章借用認知語言學中 Lakoff&Johnson 的觀念來進行分析，除了數量的觀照，也檢視特定語詞的語意演變顯現了何種認知？在歷時演變與共時的共同蘊含的交集間，我們可以觀察到唐代士人對隱逸一事的認知，也展現在詩作之中已經顯現的觀念上的改變。

　　詩歌中意象的背後總有著悠遠而深厚的文化意蘊，假如這些意象在某個相對的歷史平面中反復出現，應該有相對一致的內在含義，而且這個含義不會因作者和作品的不同而出現混亂。照此劃分，從唐詩中語詞意象出現的頻率至少可以窺知某一時代社會風氣在文學中的反映，基於此，本章擇取有典型意義的隱逸慣用意象予以探討，有其意義。

〔註728〕《全唐詩》，卷545，頁6298。北京：中華書局，1996年。
〔註729〕同上，卷358，頁4042。

　　慣用意象在一定的文化中會形成一個系統的、一致的整體，並在人們認爲的客觀世界中產生作用，不同文化領域中一件事物或概念與另一件事物概念之間的聯想意義和文化意象，會反映出不同文化內涵，比如唐詩中的「雲、鶴、藥、漁釣、尋隱」等很多詞語都有特別的文化函義，沒有相應的唐代文化知識和心理聯繫是無法理解這些隱喻的文化內涵的。因此，語言表達中慣用意象的出現常是系統的，它不僅反映了人的心理結構，而且也反映出不同的文化模式。而上述諸多慣用意象已展現出它們是由特定的語言社團（speech community）所擁有，由於它們已深入詩人潛意識，以致人們頻頻使用而不自知，所以很容易發現他們的存在。

　　從認知的角度而言，個體對環境的注意，主要取決於作品內容的心理結構。個體在適應環境的過程中，會建立認知思維活動的模型。所以，在文學創作的過程中，詩人分別與情境、心理活動變化以及相關的經驗聯繫，組織出己身的「認知網路」，進而表達出主觀的意志和情感。在這個過程中，有外部的情境活動，也有內部的心理活動，還有內部和外部的交互動活。本章的重點，即在解析唐詩中詩人與隱逸概念所建立的認知網路，以掌握其思維方向與內涵。

　　本章嘗試以唐詩中常見的隱逸相關意象的語意演變與共同蘊含的交集觀察隱逸觀念如何在唐詩中呈現人們的社會經驗、文化環境及思維習慣。因爲，意象的相似性與頻繁使用不僅表現在唐詩中呈現的客觀事物，而且影響著當時與後人對其社會經驗和思維方式的認知。

　　如果慣用意象展現了文人的思維方式，則觀察詩歌中慣用的隱逸相關意象應可有助於掌握唐代文人對隱逸一事所認同的觀念。而從上文中我們確實可以肯定，不論就文本數量或慣用意象的呈現來看，隱逸作爲多數唐代士人所肯定的行爲與價值，其實是不乏功利色彩和認知的。